FEUER
WERKE
VERLAG

Das Buch

Jan ist verliebt in Laura. Ein Teufelsweib! Sie macht die lustigsten Grimassen, schreit die tollsten Ausdrücke und mit ihr kann man einfach Pferde stehlen gehen. Und Geld. Denn mit der jungen Frau raubt der etwas einfältige Jan „unfreiwillig" eine Bank aus. Unfreiwillig, weil Laura unter dem Tourette-Syndrom leidet.

Das ungleiche Paar macht sich mit der Beute auf eine Reise durch halb Europa. Ob als versehentlicher Drogenkurier in Brüssel, Roof Climber auf dem Eifelturm oder Karnevalsprinz vor dem Buckingham Palace – Jan ist bei seinen Aktionen stets in seinem Element und bei seinen Schilderungen im eigenen Blog sehr ausführlich.

Doch die plötzliche Berühmtheit reizt auch düstere Gestalten. Welche Rolle spielt der gemeinsame Psychologe von Laura und Jan in diesem Spiel? Was hat es mit dem findigen Journalisten Günter auf sich? Und warum verschwindet Laura ganz plötzlich mitsamt der Beute?

Der Autor

1978 im Schatten der Domstadt geboren, wurde Simon Bartsch mit zwei wesentlichen Dingen ausgestattet: Mit der Liebe zu zwei großen Kölnern Sportvereinen und dem obligatorischen rheinischen Frohsinn. In einem mehrjährigen Englandaufenthalt während seiner Kindheit feilten Eric Idle, Michael Palin und Co. unwissentlich an seinem Humor. Schon in dieser Zeit entstand die Leidenschaft am geschriebenen Wort. Nachdem der Traum einer Profi-Fußballkarriere bereits früh an einer rudimentären Technik scheiterte, entschied sich Bartsch, dem Profisport treu zu bleiben und sein Heil im Sportjournalismus zu suchen. Nach dem Abitur in Bonn folgte das Studium der Medien- und Kommunikationswissenschaften an der Deutschen Sporthochschule Köln. Bereits während des Studiums arbeitete Bartsch als freier Journalist für den Westdeutschen Rundfunk, den Sport-Informations-Dienst sowie zahlreiche Tageszeitungen. *„Entschuldigung? Ich bräuchte mal Ihr Kind!"* war das Erstlingswerk des Journalisten. Nun folgt mit *„Wie ich aus Versehen eine Bank ausraubte."* der zweite Roman.

Wie ich aus Versehen eine Bank ausraubte.

Simon Bartsch

Mehr zum Autor finden Sie auf
www.facebook.com/bartschsimon/ und
www.feuerwerkeverlag.de/bartsch/

Abonnieren Sie auch unseren Verlags- und Autoren-Newsletter und erfahren Sie so als Erster von unseren **Neuerscheinungen**, **Autorennews** und exklusiven **Buch-Gewinnspielen**:
www.feuerwerkeverlag.de/newsletter/

Originalausgabe Februar 2015

Maracuja GmbH, Laerheider Weg 13, 47669 Wachtendonk
Herstellung: Books on Demand GmbH
Umschlaggestaltung: Judith Jünemann
Lektorat: Sandra Schindler
ISBN: 978-3-945362-06-8
Printed in Europe

Für meine Frau, meine Familie
und meine Widdiger „Jungs“.

Köln

„Albert ist tot. Schon seit einiger Zeit. Sein rechtes Auge sieht arg angeknabbert aus und seine orangene Haut ist etwas matt. Dabei habe ich ihn dreimal täglich gefüttert. Er muss krank gewesen sein. Die Essensreste im kleinen Aquarium sind fast verschwunden, ansonsten wirken sie unberührt. Das Wasser sieht dreckig aus. Albert ist mein bester Freund. Ich habe ihn mir von meinem Taschengeld gekauft. Damals wollte ich eigentlich Papa treffen, aber er kam nicht. Ich habe Albert nach meinem Vater benannt, denn der heißt auch Albert."

Ich mustere Laura, als ich ihr diese traurige Geschichte erzähle. Jetzt, wo Albert tot ist, ist Laura meine beste Freundin. „Elender Fettarsch", schreit sie mich an, verzieht ihr Gesicht und lächelt wieder. Sie ist groß, hübsch und hätte meine Mutter es mir nicht verboten, würde ich von ihren schönen Brüsten schwärmen. Ein wenig, vielleicht ein ganz klein wenig, bin ich in Laura verliebt. In ihre roten Zöpfe und die blauen Augen. Früher in der Schule mochte ich Mädchen noch nicht so richtig. Laura ist aber kein Mädchen aus der Schule. Sie ist erwachsen, vielleicht drei, vier Jahre älter als ich und eine echte Spaßrakete. Sie verzerrt ihr Gesicht immer zu herrlichen Grimassen und ruft obszöne Ausdrücke. Auch mich schreit sie an. Sie nennt mich ein „dickes Arschloch" oder ein „fettes Schwein". Natürlich ist das nicht nett und Mutter, wenn sie denn noch leben würde, hätte Laura schon längst befohlen, sich den Mund mit Seife auszuwaschen. Jedes Kind weiß, dass Seife im Mund nicht lecker ist. Laura schaut mich an und hört aufmerksam zu. Meine Aufregung wächst, denn ich spüre, dass sie gleich wieder rumschreien wird. Sie kennt Ausdrücke, die ich in meinem Leben noch nicht gehört habe. „Auf jeden Fall habe ich mir überlegt, mir dieses Yps-Heft mit den Urzeitkrebsen zu kaufen. Ich will wieder Haustiere haben", fahre ich also fort und zögere die Worte hinaus. Warum schreit sie denn nicht?

„Willst du kochen?", will Victor von Laura wissen. Er spricht mit einem wirklich lustigen Akzent. So wie diese beiden Boxer, die so unheimlich gerne Milchschnitte essen. Victor steht in der Tür, hat seinen Arm cool angelehnt und ist nur mit einer Trainingshose bekleidet. Seine Brustmuskeln zucken, als wohnten Tiere darin. Victor ist Ausländer. Dafür kann er nichts. Ich weiß nicht genau, wo er herkommt. Laura sagt Absurdistan. Ich habe keine Ahnung, wo das liegt. Ich glaube aber, nicht in Deutschland. Wenn ich mir das so recht überlege, weiß ich tatsächlich nicht, wo Victor herkommt. Er war auf einmal einfach da. Seltsam. Die Wohnung hatte Helmut für mich besorgt. Nur für mich. Nicht für diesen Victor, der eines Abends in meinem Wohnzimmer saß, meine Erdnüsse verputzt und meine Limo geschlürft hat. Aber wie sagt man einem durchtrainierten Mann mit großem Kopf aus Absurdistan, dass er wieder gehen soll? Ich weiß es nicht. Er sieht ziemlich stark aus. Eigentlich ergänzen wir uns ja auch recht gut. Ich schlafe im Schlafzimmer, er lebt im Wohnzimmer. So weit, so gut. In die Küche und ins Bad gehen wir beide, wenn wir denn müssen. Ich sollte mir vielleicht nur mal überlegen, meinen Fernseher aus dem Wohnzimmer zu holen. „Also? Kochen?", fragt Victor noch einmal. Er zwinkert Laura seltsam zu und seine Hand formt eine Pistole. „Piu piu", rufe ich, doch die beiden beachten mich nicht.

„Einwanderungsbehörde?", fragt Laura Victor selbstbewusst, der daraufhin brummend ins Wohnzimmer verschwindet. Laura ist ein echtes Teufelsweib. Ich weiß nicht, wie sie es geschafft hat, aber der Kerl frisst ihr aus der Hand.

„Jan, ich wollte noch in die Stadt fahren. Magst du mich begleiten?", fragt sie, obwohl meine Urzeitkrebs-Geschichte eigentlich noch gar nicht beendet ist. „Dicker Schweinekopf", ruft sie, guckt mich aber freundlich an. Na ja, einen Schweinekopf habe ich nicht gerade. Wenn ich mein Kinn so vorstrecke, dass sich mein Hals spannt, die Augen leicht zukneife und mir mit der Zunge großflächig über die Lippen fahre, ähnle ich möglicherweise einer Schildkröte. Das werde ich vor dem Spiegel aber noch einmal ausprobieren müssen. Aber dass sie mich einlädt, sie zu begleiten, entschädigt die Beschimpfung auf alle Fälle. Denn natürlich mag ich mitkommen. Ich springe auf und renne in den Flur, schließlich hängt dort mein Anorak. Er glänzt und seine Federn halten warm. Draußen scheint die Sonne. Mutter hätte mir jetzt bestimmt erklärt, dass es für eine Jacke zu warm sei, aber Mutter ist nicht mehr da. Jetzt kann ich tun und lassen, was ich will.

Ich wünschte, Laura würde mich mal an die Hand nehmen. Meine Gedanken malen die schönsten Bilder hinter meine Stirn, als wir an der Bahnstation der Linie 16 stehen. Laura pfeift, klopft sich auf den Kopf und steckt sich den Daumen ins Auge. Das sieht lustig aus. Es ist ein wunderschöner Sommertag und die Vögel zwitschern. Mir ist unglaublich heiß, aber meine Jacke ist so cool, ich werde sie sicherlich nicht ausziehen. Laura lächelt mich an. Vielleicht wäre jetzt der richtige Zeitpunkt, sie zu küssen. Das dürfte ich auch, denn ich bin alt genug. Aber vielleicht mag sie Küssen nicht und dann habe ich den Salat.

Nur wenige Augenblicke später stehen wir in der Bahn und berühren uns. Die 16 hat in Höhe Marienburg überraschend gebremst. Meine Reflexe sind nicht die besten, aber ich konnte mich rechtzeitig auf Laura abstützen. Sie war mir nicht böse. Vielleicht werde ich sie heute Abend küssen. Dann sind wir auch offiziell endlich beste Freunde.

Köln ist meine Lieblingsstadt. Ich habe noch nicht viele andere Städte gesehen, aber auch so weiß ich, dass Köln die schönste ist. Zumindest hat mir Mutter das immer erklärt und sie kann das auch einschätzen. Schließlich hat sie mit Papa schon ganz Europa besucht. Papa ist viel in der Welt herumgekommen. Deswegen war er eigentlich nie bei uns. Aber er hat mir immer Postkarten geschickt. Die bewahre ich in einem Schuhkarton unter meinem Bett auf. Im Schatten der großen Kirche schlendern wir über den Platz davor. Nicht nur ich bin von Laura begeistert. Die anderen Menschen drehen sich mit großen Augen um, wenn sie Tiere nachahmt. Der Elch gefällt mir persönlich am besten. Über ihre Ausdrücke kann der ein oder andere auch lachen.

Laura kennt sich in der Stadt sehr gut aus. Sie führt mich auf eine Straße, die vor Menschen nur so wimmelt. Sie sprechen in verschiedenen Sprachen. Ich kann sie nicht verstehen. Vielleicht gibt es auch hier Leute aus Absurdistan. Die Fülle ist mir ein wenig unheimlich und ich bin heilfroh, als Laura meine Hand nimmt. Mir wird noch heißer und ich beginne furchtbar zu schwitzen. Außerdem juckt es mich am Hintern, Mutter hat mir aber verboten, mich in der Öffentlichkeit an gewissen Stellen zu kratzen.

Laura zeigt mir verschiedene Plätze und Geschäfte. In einem Schuhladen besorgt sie mir eine bunte Kappe. Ich verstehe nicht, warum ein Schuhladen Kappen verkauft, aber ich sage nichts. Ich habe Angst, ich könnte Laura verärgern. Wir marschieren über eine breite Straße und an einer Eisdiele kauft mir Laura ein Eis mit drei Kugeln. Vanille, Schokolade und Haselnuss. Ich hätte lieber Erdbeere gehabt, aber Jungs und Rosa ist ja ohnehin so 'ne Sache. Laura hat gerade ihr Gesicht wunderbar verzerrt und sich zweimal an den Zöpfen gezogen. Sie ist so lustig. Sie verkrampft ihre Arme und flucht. Ich könnte den ganzen Tag über sie lachen. Wir halten vor einer Bank in einer Seitenstraße. „Sparkasse" steht da dran. So eine haben wir in unserem Dorf auch. Bei Herrn Rudolph holen Helmut und ich einmal im Monat Geld ab. Nicht viel. Aber es reicht.

„Kommst du mit rein? Ich will nur ein wenig Geld abheben", erklärt Laura. Natürlich will ich. Ich würde am liebsten alles mit ihr gemeinsam machen. Auch wenn mich Banken eigentlich langweilen, nicke ich. Sie verzieht wieder das Gesicht und ihre Hände nehmen eine ungewöhnliche Position ein. „Affenhirn", sagt sie. Das sieht so lustig aus. Ich will ihr auch eine Freude machen. Mit meinen Zeigefingern ziehe ich meinen Mund in die Breite, strecke die Zunge heraus und mache „Bläbläblä". Laura lacht. Das fand sie wohl lustig. Also wiederhole ich meine Grimasse noch mal. „Bläbläbläblä." Dieses Mal lächelt Laura nicht einmal. Sie schüttelt nur den Kopf. Die Bank ist nicht so gut besucht wie die Straße draußen. Ein alter Mann mit Gehstock wartet zittrig vor einer Geldmaschine. Hilflos drückt er auf verschiedene Knöpfe. Ich würde ihm gern helfen, aber ich habe ebenfalls meine Probleme mit dem Ding. Vor dem Schalter steht eine dicke Frau mit Kinderwagen. Sie hat Tränen in den Augen und wedelt mit einem Stück Papier. Der junge, picklige Mann auf der anderen Seite des Glases schüttelt immer nur den Kopf.

„Hände hoch, das ist ein Überfall", schreit Laura wie aus dem Nichts. Ihr Gesicht ist seltsam verzogen und ihre Arme wirken verkrampft. „Arschgeigen", ruft sie hinterher. Sie ist wunderbar. Woher sie diese schönen Schimpfwörter nur kennt? Auch wenn mir „Hände hoch, Hosen runter", schon als kleiner Junge besser gefallen hat, freue ich mich wie ein König. Laura ist einfach eine Spaßhaubitze.

Sie findet immer den richtigen Zeitpunkt. „Genau, ein Überfall“, stimme ich mutig ein. Die Frau hält vor Schreck dem Kind die Augen zu und der alte Mann legt sich nervös, ganz langsam auf den Boden. In der rechten Hand hält er noch immer den Gehstock. „Spiel jetzt bloß nicht den Helden“, schreie ich in bester CSI-Manier und gebe ihm einen vorsichtigen Tritt. Nicht feste, denn ich will ihn auf keinen Fall verletzen. Er ähnelt meinem Opa, der auch einen Gehstock hatte. Am meisten überrascht mich aber die Reaktion des jungen Mannes hinter der Glasscheibe. Er ist höchstens zwei, vielleicht drei Jahre älter als ich. Völlig verängstigt stapelt er Geldbündel in eine Plastiktüte. Das ist mir neu. In unserem Dorf hat Laura auch schon einmal eine Bank überfallen. Herr Rudolph, der bei unserer Bank hinter der Glasscheibe steht, hat nur gelacht. Sein dicker Schnauzer tanzte wie ein Hula-Hoop-Mädchen hin und her und hin und her. Er hat uns fröhlich nach draußen begleitet und einen wunderschönen Tag gewünscht. Auch Laura ist verwundert. Sie schüttelt die ganze Zeit den Kopf.

„Nein, nein“, stottert sie. „Das war so nicht gemeint“, erklärt sie. Doch der junge Mann ist in seinem Element. Er hat bereits eine Tüte durch die Öffnung geschoben. Wieso eigentlich nicht, denke ich mir und greife nach dem Plastik. „Nein“, wiederholt Laura seltsam geschockt. „Das war ein Spaß. Komm, Jan, wir müssen gehen.“ Verwundert folgt mein Blick ihrem Weg zur Tür. Wieso gehen? Der junge Mann ist noch nicht fertig! Habe ich etwas falsch gemacht? Was jetzt? Ich schaue dem Pickelgesicht im schlecht sitzenden Anzug tief in die Augen. Offenbar versteht er das als Aufforderung zum Weitermachen. Ich schaue mich um. Laura steht in der Tür und zwinkert mir verschwörerisch zu. Dann verschwindet sie. Das ist mir unheimlich. Aber ich werde den Weg nach Hause schon finden.

„Tüte her“, schreie ich den Typen an, reiße ihm den zweiten Beutel aus der Hand und renne aus der Bank. Laura ist nicht mehr zu sehen. Das macht mich ein wenig traurig. Immerhin darf ich auf das Geld aufpassen. Vermutlich ist sie den Weg zurückgegangen, den wir gekommen sind. Doch wo war der noch mal? Die Stadt ist unheimlich groß, die Straßen wirken jetzt noch überfüllter und ich habe Schwierigkeiten, mich auf das richtige Tempo der anderen Menschen einzustellen. Eine alte Frau vor mir hält abrupt an und nur mit Mühe kann ich ihr ausweichen. Dabei hätte ich beinahe eine Tüte verloren. An einer Bäckerei bleibe ich kurz stehen. Der Berliner hat mich schon auf dem Hinweg angelacht. Hilflos blicke ich mich nach Laura um. Sie würde mir bestimmt einen kaufen. Aber Laura hat mich stehen lassen. Ein alter Mann zeigt mir glücklicherweise den Weg zu der großen Kirche. Er wusste sofort, wovon ich redete. Er sagte, das Kölner Wahrzeichen müsse man eigentlich kennen. Ich kenne den Bahnhof in der Nähe der Kirche. Auf dem Vorplatz stehen verkleidete Menschen und sammeln Geld dafür, dass man ein Foto von ihnen macht. Was für eine tolle Idee. Vielleicht mache ich das später auch mal. Ich wäre ein super Teenage Mutant Ninja Turtle. Noch lieber wäre ich aber bei der Polizei, fällt mir auf, als drei Streifenwagen mit Blaulicht in einem Affenzahn auf der anderen Seite der Kirche vorbeijagen. Ich packe die Tüten fest unter den Arm und betrete den Bahnhof. Auch hier herrscht ein buntes Treiben. Menschen mit unterschiedlichen Hautfarben und verschieden großen Augen schieben sich an mir vorbei. Mit der Rolltreppe fahre ich zum Bahnsteig 4 hinunter. Dort fährt die Linie 16 ab. Das weiß ich. Hier war ich oft mit Mutter und Lars. Damals. Als sie alle noch gelebt haben.

Eine Anzeigetafel verrät mir, dass die nächste Bahn in zwei Minuten einfahren muss. Ich gucke ungeduldig auf meine Casio-Armbanduhr mit Taschenrechner. Ich hasse Warten. Für ein wenig Ablenkung sorgt ein großer, brauner Hund, der mich aus traurigen Augen anschaut. Er sitzt direkt vor seinem Herrchen, einem alten, schlafenden Mann mit grau-gelblichem Bart. Auf dessen Stirn klebt getrocknetes Blut und auf seiner aufgequollenen Nase ein gelbliches Pflaster. Er riecht ein wenig streng. Ich habe Mitleid mit dem Hund, denn ich bezweifle, dass der Mann für ihn sorgen kann. Auch wenn ich das Geld noch nicht gezählt habe und nicht weiß, wie Laura die Beute aufteilen will, denke ich, dass das Tier bei mir besser aufgehoben ist. Zumindest kann ich ihm Hundefutter kaufen und jetzt, wo Albert tot ist, habe ich auch Platz für ein neues Haustier. Je näher ich dem Alten komme, umso unangenehmer ist der Geruch. Eine Mischung aus Schweiß und dem Zeug, das Victor in sich hineinschüttet. Es ist ein ganz besonderes Wasser. Ich habe noch nie davon probiert. Mama hat gesagt, das Zeug sei gefährlich und man werde gelb davon. Der Hund stupst mich mit seiner feuchten Schnauze an und wackelt mit dem Schwanz. Er ist wirklich schön und scheint mich auch zu mögen. Ich binde ihn vorsichtig los, schließlich will ich den Mann nicht im Schlaf stören. Ich mag ja auch nicht grundlos geweckt werden. Ich taufe den Vierbeiner auf den Namen Pluto. Denn so hat der Hund meines Lieblings-Comics geheißen. Pluto scheint keine enge Bindung zu dem Opa gehabt zu haben. Ohne zurückzublicken, folgt er mir. Auch als wir die Bahn betreten, hält er es nicht für nötig, sich von dem Alten zu verabschieden. Vermutlich ist er froh, ein besseres Zuhause zu kriegen. Wer wäre das nicht?

Pluto entpuppt sich als guter Wegbegleiter. Ganz lieb hat er es sich vor meinem Platz gemütlich gemacht. Sein Kopf liegt flach auf den großen Pfoten. Nur ab und an spitzt er die Ohren und blinzelt durch seine traurigen, verträumten Augen. Eine Frau mittleren Alters tätschelt ihm vorsichtig den Kopf. Ich mag nicht, dass eine wildfremde Person meinen Hund anfasst. Aber verbieten kann ich es ihr vermutlich auch nicht. Laura hätte sie bestimmt eine hässliche Brillenschlange genannt. Ich traue mich das nicht.

„Was ist das für einer?“, fragt mich die Frau freundlich. Ihre Augen wirken durch die rote Brille seltsam groß. Sie muss ohne die Gläser fast blind sein.

„Ein Hund“, erkläre ich.

„Na, das sehe ich“, sagt sie. Ich verstehe nicht, warum sie dann überhaupt fragt. „Aber was genau für einer?“ Sie sieht mich an, als wäre ich ein Doofkopf. Das finde ich sehr unhöflich, bleibe aber ruhig.

„Ein brauner Hund“, gebe ich zurück.

„Und wie alt ist der braune Hund?“, fragt sie.

Tja. Das weiß ich nun wirklich nicht. Ich könnte den alten Mann fragen, aber dafür müsste ich einige Stationen zurückfahren und ihn wecken. „Vier Monate“, sage ich stattdessen. Die Frau mustert mich skeptisch, schüttelt den Kopf und schaut aus dem Fenster. Anscheinend glaubt sie mir nicht. Muss sie ja auch nicht. Für drei Stationen habe ich meine Ruhe. Dann steigen zwei Männer in Uniform ein. Uniformen faszinieren mich. Vor allem die der Polizei. Diese Männer tragen allerdings andere Jacken. Sie gehören zu der Bahn.

„Ihr Bahnticket“, fordert mich ein Mann auf, dessen Bart noch lustiger aussieht als der von Herrn Rudolph aus der Bank.

„Ich fahre bei Laura mit“, erkläre ich ihm. Das mache ich eigentlich immer. Aber der Mann will mich nicht verstehen. Er guckt die Frau an.

„Stimmt das?“, fragt er sie. Die Frau blickt etwas überrascht aus ihren großen Gläsern und schüttelt dann den Kopf.

„Ich kenne keine Laura“, sagt sie schließlich. Sie greift in ihre Handtasche und kramt ein Ticket hervor. Der Mann mit dem lustigen Schnauzer nickt zufrieden und wendet sich wieder mir zu.

„Also, wo ist jetzt Ihre Fahrkarte?“, will er wissen. Er scheint nicht alle Tassen im Schrank zu haben. Das habe ich ihm schließlich gerade erklärt.

„Bei Laura“, wiederhole ich. „Sie nimmt mich mit auf ihr Ticket.“

„Und wo ist diese Laura?“ Er wirkt langsam etwas ungehalten. Meine Antwort scheint ihm nicht zu reichen. Leider kann ich ihm nicht wirklich helfen.

„Ich weiß es nicht. Laura hat mich in der Bank stehen lassen. Aber ich weiß ja zum Glück, wie ich alleine nach Hause komme.“ Ich zucke mit den Schultern. Der Mann blickt mich verwundert an. Dann schaut er zu der Frau. Sie hält ihre Hand vors Gesicht und wackelt vorsichtig hin und her.

„Das geht doch nicht, Junge. Du musst ein Ticket haben!“

„Ich bin kein Junge mehr“, gebe ich ihm zu verstehen. „Ich bin nämlich schon einundzwanzig.“

„Trotzdem brauchst du ein Bahnticket“, erklärt er mir und macht mich damit so langsam wütend.

„Das hat Laura“, versuche ich es noch einmal. „Sie wollte mich mit auf ihr Ticket nehmen.“ Der Mann schüttelt den Kopf.

„Aber Laura ist ja jetzt nicht hier. Sie kann dich nur auf die Fahrkarte mitnehmen, wenn sie auch dabei ist.“ Das macht aus meiner Sicht gar keinen Sinn. Schließlich fahren wir den gleichen Weg, nur in unterschiedlichen Zügen. „Und der Hund?“, hakt er nach.

„Der heißt Pluto“, sage ich.

„Wo ist sein Ticket?“ Die Frage verwundert mich.

„Wie soll er mit den dicken Pfoten ein Ticket ziehen?“, will ich wissen.

„Jetzt reicht's!“, schimpft der Mann und zieht mich an meinem T-Shirt. Glücklicherweise denke ich noch an die Plastiktüten, bevor Pluto und ich die Bahn unfreiwillig verlassen müssen.

Ein Mann mit blauer Uniform stellt sich als Johannes Reuter vor, reicht mir aber nicht die Hand. Trotzdem bin ich stolz, dass er wegen mir gekommen ist. Er ist für einen echten Polizisten noch sehr jung, doch seine Pistole überzeugt mich. Nach meiner Casio-Uhr haben Pluto und ich seit zwanzig Minuten auf diesen Herrn Reuter gewartet. Warum, weiß ich nicht. Ich hatte dem Kontrolleur mit dem dicken Schnauzer noch einmal erklärt, dass ich auf Lauras Ticket mitfahre. Er wollte mich einfach nicht verstehen. Irgendwann hat er böse geschimpft und die Polizei gerufen. Also versuche ich mein Glück bei Herrn Reuter. Zunächst wirkt er sehr reserviert, nachdem ich ihm aber von meiner Freundin erzählt habe, ist er plötzlich sehr freundlich. Vor allem der Teil mit den Schimpfwörtern hat ihm besonders gut gefallen.

„Hast du einen Personalausweis“, fragt er mich.

„Na klar. Den hat ja jeder Bundesbürger“, weiß ich.

„Dann zeig den mir mal“, schlägt er vor.

„Der ist zu Hause. Aber ich heiße Jan Lehmann und bin einundzwanzig Jahre alt.“ Der Polizist sieht mich mit großen Augen an.

„Wie heißt du?“, will er wissen.

„Na, Jan Lehmann.“ Er nickt verständnisvoll.

„Wir übernehmen ab hier“, erklärt er dem Kontrolleur, der darüber anscheinend erleichtert ist. „Wir haben ihn“, haucht der Polizist anschließend in sein Funkgerät. „Jan Lehmann. Einundzwanzig Jahre alt.“ Er hat ein sehr gutes Gedächtnis. Gut so.

„Ich will auch zur Polizei“, erkläre ich ihm. Wieder nickt er und antwortet: „Das denke ich mir.“ Sein Lachen hat etwas Freundliches. Ich mag Herrn Reuter. „Sollen wir dich nach Hause fahren, Jan?“

„Au ja. Victor wartet bestimmt auf mich.“

„Sicher!“

Meine erste Fahrt in einem Polizeiauto ist wirklich aufregend. Herr Reuter hat sogar extra für mich das Blaulicht angemacht. Er ist ein schlauer Mensch, denn er fährt mich nach Hause, ohne mich überhaupt nach der Adresse gefragt zu haben. Pluto sitzt im Kofferraum und bewacht die Plastiktüten. Ich drücke meine Nase an die Fensterscheibe. Die Menschen auf der Straße schauen mich mit großen Augen an. Zumindest einige von ihnen. Ich fühle mich wie ein Star. In der ganzen Aufregung bekomme ich erst mit, dass Herr Reuter sich verfährt, als wir uns schon in einem ganz anderen Teil von Köln befinden. Den kenne ich aber glücklicherweise, denn hier wohnt Helmut. Tatsächlich stellt Herr Reuter das Fahrzeug vor Helmuts Haus ab. Er öffnet mir die Tür und bittet mich hinaus.

„Ist nicht schlimm, dass Sie sich verfahren haben“, sage ich und klopfe Herrn Reuter freundlich auf die Schulter. „Von hier aus kenne ich den Weg.“ Der Schutzmann lacht wieder und schüttelt den Kopf. Dann begleitet er mich zur Tür. Bevor wir klingeln, hat Helmut schon geöffnet. Vermutlich hat er mit mir gerechnet. Helmut sieht etwas beunruhigt aus, geradezu aufgeregt. Er stürmt die Treppenstufen herunter.

„Ist das Jan?“, fragt der Polizist. Das hatte ich ihm doch schon erklärt. Vielleicht ist er doch nicht so schlau.

„Ja, ja. Das ist Jan. Mein Gott, wo warst du denn?“, fragt mich Helmut und drückt mich an sich. Helmut ist ein guter Freund – so etwas wie meine Familie. Er kümmert sich um viele junge Menschen, die wie ich ihre Familie verloren haben. Er übernimmt für uns alle die Vaterfigur, hat uns Wohnungen besorgt und gibt uns ab und zu Geld. Helmut ist ein guter Mensch.

„In der Stadt. Wieso?“

„Mein Gott, Jani. Wir suchen dich schon seit heute Morgen. Du hattest einen Termin bei Dr. Oswald.“ Das ist mir glatt entfallen. Ich zucke mit den Schultern, hole Pluto und die Plastiktüten aus dem Auto und verabschiede mich per Handschlag von Herrn Reuter, denn das gehört sich so. Er ist wirklich ein netter Kerl.

*****

„Willst du spielen?“, fragt Victor, als ich die Küche betrete. Pluto habe ich in mein Zimmer gesperrt. Er soll das Geld bewachen. Natürlich will ich spielen. Auch wenn mich der heutige Ausflug ganz schön geschlaucht hat. Ich bin nämlich ein wahrer Meister in „Spitz pass auf!“ und auch „Malefiz“ liegt mir ganz gut. Zumindest habe ich meinen kleinen Bruder Lars viele Jahre lang darin bezwungen. Victor bittet mich freundlich in sein Zimmer. Er hat noch immer kein T-Shirt gefunden und ich spiele mit dem Gedanken, ihm eins von mir zu leihen. Im Wohnzimmer sitzen zahlreiche Leute, die ich noch nie gesehen habe. Sie ähneln Victor, könnten Geschwister sein, denn sie sprechen ebenfalls diese seltsame Sprache. Es sind nicht nur Jungs. Victor hat auch Mädchen eingeladen. Hübsche Mädchen, die aber verhältnismäßig wenig bekleidet sind. Eine Blonde auf der Couch blickt mich seltsam an und leckt sich über die Lippen. Auf meinem Fernseher flimmert eine Musiksendung mit halbnackten Weibern und Jungs mit Knarren. Auf dem Tisch qualmen Zigaretten. Oha, das wird Helmut aber gar nicht gefallen. Gut, Victor kann nicht wissen, dass Helmut Zigaretten verboten hat. Er kennt ihn ja auch gar nicht.

„Hallo! Also ich bin der Jan aus Köln. Das liegt in Deutschland“, stelle ich mich der Gruppe vor, die mir und meiner Ansage jedoch wenig Beachtung schenkt. Ich wünschte, Laura wäre hier. Mit ihren Tier-Imitationen würde sie die Stimmung bestimmt auflockern. Victor setzt sich auf die Couch und grinst mich an. Dann zieht er genüsslich an einer Zigarette.

„Kannst du tanzen?“, fragt er mich. Klar kann ich tanzen. Jeder kann tanzen. Im Sportunterricht haben wir mal einen Tanz einstudiert. Ich durfte sogar – wenn auch nur kurz - das Tamburin spielen. Also nicke ich. „Dann tanz für uns!“ Mit den Armen macht er eine einladende Bewegung.

„Aber ich dachte, wir würden etwas spielen. Vielleicht ‚Stadt, Land, Fluss‘. Aber es gelten keine Städte aus Absurdistan, die kenne ich nicht.“

„Tanz!“ Victors Stimme nimmt einen seltsamen Tonfall an. Das gefällt mir nicht. Aber ich will ihn nicht verärgern. Er ist ja anscheinend der Gastgeber. Also versuche ich mich zu der seltsamen Musik aus dem Fernseher zu bewegen. Das scheint mir ganz gut zu gelingen, denn in Nullkommanichts habe ich die gesamte Aufmerksamkeit. Vielleicht wird aus mir ja eines Tages mal ein bekannter Tänzer. Werden Tänzer überhaupt bekannt?

Nach kurzer Zeit bin ich vollkommen außer Atem. Ich baue für mein Publikum noch zwei, drei spezielle Moves ein, die auch besonders gut ankommen. Zumindest lachen alle vor Freude. Dann höre ich mit einem Kniefall und ausgebreiteten Armen wieder auf. Auf einen Applaus warte ich vergebens. Vermutlich klatscht man in Absurdistan nicht. „Und jetzt spielen wir!“, erklärt Victor. Super. Jetzt geht es also los.

„Soll ich die Spielesammlung oder Stifte holen?“, will ich wissen. „Ich habe auch Cluedo, so ein Polizeispiel, das ich nicht richtig verstehe.“ Victor zieht erneut an seiner Zigarette, die irgendwie eine komische Form hat. Das blonde, sich über die Lippen leckende Mädchen steht auf und setzt sich auf seinen Schoß. Dann zieht auch sie an der komischen Zigarette.

„Keine Spielesammlung“, stellt Victor klar. „Wir spielen Wette.“ Sein Deutsch ist wirklich nicht gut und ich bin geneigt, ihn zu verbessern. Doch ich weiß, wie scheiße sich das anfühlt. Das habe ich jahrelang selber in der Schule erlebt. Stottermännchen haben sie mich genannt. Laura nennt mich nie so.

„Was für eine Wette spielen wir denn?“, frage ich ganz langsam. Damit er mich auch ja versteht.

„Wir spielen Saufwette“, erklärt er mir. „Wir trinken abwechselnd kleines Glas. Wer zuerst aufgibt oder kotzt, verliert.“ Das hört sich eigentlich fair an.

„Was trinken wir?“

„Russisches Wasser“, sagt Victor und grinst über beide Ohren. Das scheint besonders lecker zu sein. Er freut sich wie ein Schneekönig. Ich kenne den Unterschied zwischen russischem und deutschem Wasser nicht so genau. Ich hoffe nur, er meint nicht das Zeug, das er sonst trinkt. Denn davor hat mich Mutter ja gewarnt. Als Kind habe ich nach einem Fußballspiel mal anderthalb Flaschen Sprudelwasser getrunken. Ich konnte rülpsen wie ein Elch und war stolz wie Oskar. Vermutlich weiß Victor nicht, mit wem er sich hier anlegt.

„Wenn ich gewinne, kriege ich Wohnung. Wenn du gewinnst, behältst du Wohnung", erklärt er die weiteren Regeln. Ich denke über seine Worte nach und komme schließlich zu dem Schluss, dass die Bedingungen sich ziemlich fair anhören.

Russisches Wasser ist ganz anders als deutsches. Es schmeckt bitter, man trinkt es aus ziemlich kleinen Gläsern und es macht den Kopf ganz duselig. Um uns herum sitzen Victors Freunde und feuern ihn unentwegt an. Ich bin eher auf mich alleine gestellt. Schon nach dem dritten Glas bin ich mir vollkommen im Klaren, dass ich deutsches Sprudelwasser bevorzuge. Leider steht das laut Victor aber nicht in den Regeln. Das muss ich ihm wohl oder übel glauben. Er ist der Experte und als echter Sportsmann wird er mich bestimmt nicht beschummeln. Nach dem fünften Glas wird mir plötzlich sehr schlecht. Mir läuft das Wasser mitsamt dem Frühstück aus dem Mund. Das scheint sehr lustig zu sein, denn Victors Freunde fühlen sich eins a unterhalten. Wäre mir nicht so unglaublich übel, würde ich mitlachen. Aber aufgeben ist nicht, sage ich mir. Ich halte noch genau anderthalb Gläser durch. Dann wird es schwarz.

*****

Victor ist wirklich ein guter Freund. Nachdem ich den gestrigen Abend in seinem Wohnzimmer verbracht hatte, verbringt er offenbar den Vormittag in meinem Schlafzimmer. Das nenne ich mal sportlich. Als ich unter schrecklichen Kopfschmerzen wach werde, steht er mit zwei Koffern in der Tür. Zunächst erschrecke ich, denn ich habe Angst, dass er ausziehen will. Doch er klärt das Missverständnis freundlicherweise umgehend auf.

„Du musst gehen", sagt er einigermaßen nett.

„Warum?“, will ich wissen, wobei die Frage vermutlich eher „Wohin?“ hätte lauten müssen.

„Wette verloren. Wohnung mir.“ Mist. Unser Spiel, das hatte ich glatt vergessen. Ich habe Schwierigkeiten, mich aufzurichten. Glücklicherweise unterstützt Pluto mich und leckt mir mit seiner übel riechenden Schnauze übers Gesicht. Mein Kopf brummt. Vermutlich habe ich mir auf der Bahnfahrt eine Erkältung eingefangen. Außerdem ist mir ziemlich schlecht. Pluto gibt seltsame Laute von sich. Ich gehe davon aus, dass er mal an die frische Luft muss. Victor stellt die beiden Koffer neben das Bett. „Du musst gehen“, wiederholt er.

„Aber warum?“, will ich wissen. Schließlich hat er ja auch lange genug unter meinem Dach gewohnt.

„Weil Victor sein Geschäft aufbauen will“, erklärt er. „Geschäft mit Mädchen.“ Hmmm. Das sagt mir nichts. Kurz sehe ich vor meinem inneren Auge Mädchen mit aufgeklebten Preisschildern in einem Schaufenster und entschließe mich dann, nicht weiter darüber nachzudenken. „Weißt du? Bumm, Bumm!“ Mit der flachen Hand klopft er auf seine Faust. Ich verstehe ehrlich gesagt nur Bahnhof.

„Aber wo soll ich denn bloß hingehen?“, frage ich zugegebenermaßen ein wenig verzweifelt.

„Papa, Mama … egal.“ Victor kann nicht wissen, dass meine Mutter im Himmel und mein Vater im Ausland ist.

„Wann muss ich gehen?“ Er schaut mich ein wenig traurig an.

„Morgen Abend?“, fragt er. Auch wenn mich das vor ungeahnte Probleme stellt, nicke ich. Er hätte mich ja auch direkt auf die Straße setzen können. Es ist ja schließlich seine Wohnung.

„Wo bist du gewesen?“, will Dr. Oswald wissen, als er mir die Tür öffnet. Der Psychologe ist ein großer Mann, dessen Bart ähnlich braun ist wie das Fell von Samson aus der Sesamstraße. Überhaupt ähnelt er dieser Puppe. Ich würde zu gerne wissen, welchen ausgefallenen Namen Laura für ihn parat hätte. Aber in ihren Sitzungen darf ich nicht anwesend sein. Etwas irritiert blicke ich mich um. Schließlich hat mir der Psychologe gerade selbst die Tür geöffnet.

„Draußen", erkläre ich selbstverständlich. Für einen Psychologen stellt Dr. Oswald ganz schön oft ziemlich doofe Fragen. Ich bin mir sicher, mit ein wenig Nachdenken könnte er viele seiner Fragen selbst beantworten.

„Gestern, Jan. Wo bist du gestern gewesen?"

„Auch draußen", erkläre ich und schiebe Pluto durch die Tür.

„Was ist denn das?" Seine Augen weiten sich und er weicht einen Schritt zurück.

„Ein Hund", erkläre ich. Wieder so eine Frage, auf deren Antwort er sicherlich auch selbst gekommen wäre.

„Wieso bringst du einen Hund mit zu dieser Sitzung?"

„Sie haben da doch auch einen Bären sitzen", erkläre ich und zeige auf den Bären auf der Couch.

„Der ist aber aus Stoff", erwidert er.

„Und Pluto aus Fell!" Bevor Dr. Oswald ein weiteres Wort sagen kann, hat es sich mein Hund neben dem Bären auf der Couch bequem gemacht. Ich folge Pluto und setze mich auf meinen Sitzsack. Jetzt, wo ich Geld habe, kaufe ich mir für zuhause auch einen Sitzsack. Der ist so bequem. Nur blöderweise habe ich zurzeit kein Zuhause.

Die Praxis ist wie ein Wohnzimmer eingerichtet. Sie sieht der Praxis von normalen Ärzten gar nicht ähnlich. Das gefällt mir. Und Dr. Oswald ist immer wieder für Überraschungen gut. Seit Neuestem hat er dieses schicke Planeten-Mobile an der Decke hängen. Supi. Ich stelle mir Luke Skywalker zwischen den Sternen vor.

„Jan, du hast gestern deinen Termin verpasst", erklärt mir Dr. Oswald, als er sich mit einer Tasse Tee auf seinen Lederstuhl setzt. „Du weißt, dass du immer herkommen sollst."

„Ja, schon. Aber ich hatte zu tun." Noch immer klebt mein Blick an den Sternen. In meiner Hosentasche habe ich einen R2D2-Schlüsselanhänger, der sich eins a an dem Mobile machen würde. Leider weiß ich aber auch, wie Dr. Oswald reagiert, wenn ich mitten im Gespräch aufstehe.

„Also. Was hast du gestern gemacht?", will er wissen.

„Eine Bank ausgeraubt." Dr. Oswald verschluckt sich fast an seinem Tee. Das Getränk muss sehr heiß sein. Er prustet und hustet. Als ich das erste Mal bei ihm war, hat er mir erklärt, dass ich ihm alles sagen kann. Er darf gar nicht die Polizei rufen. Selbst wenn ich einen Mord begehen würde, würde er mich nicht verpfeifen dürfen. Ich habe überhaupt keine Geheimnisse vor ihm. Also kann ich ihm auch von der Bank erzählen.

„Du hast also eine Bank ausgeraubt", wiederholt er, als hätte er nicht richtig aufgepasst. Vorsichtig ziehe ich den kleinen Plastikanhänger aus meiner Hose. „Und wie hast du das gemacht?"

Ich schildere Dr. Oswald die ganze Geschichte. Ab und zu schüttelt er den Kopf, fragt mich, wie ich mich dabei gefühlt habe, und erkundigt sich nach Laura. Immer wieder schließt er die Augen und denkt nach. In diesen Augenblicken versuche ich vergeblich aus dem Sitzsack aufzustehen, um R2D2 in seine Heim-Galaxie zu befördern. Leider macht der Sack seltsame Geräusche, die Dr. Oswald immer aufschrecken lassen. Es ist schön, dass er sich meine Geschichte ganz anhört und sie mir offenbar auch glaubt. Nach einigen Minuten bin ich fertig und Dr. Oswald macht große Augen. R2D2 wohnt leider noch immer in meiner Hand. Dann stellt Dr. Oswald fest, dass seine Tasse mittlerweile leer ist. Er entschuldigt sich kurz, als er das Zimmer verlässt. Das ist meine Chance. Ich klettere aus dem Sack und auf die Sessellehne, reiße einen Planeten mit seinem unnützen Ring ab und binde R2D2 an den übrig gebliebenen Faden. Toll. Ich versuche, die Geräusche des Droiden nachzumachen, muss aber zugeben, dass Lauras Imitationen um Welten besser sind. Schließlich will ich noch einen geeigneten Platz für den komischen Planeten finden. Zum Glück hat auch Dr. Oswald ein Aquarium.

„Und jetzt? Was hast du jetzt vor?", fragt er schließlich, als er das Zimmer wieder betritt. Ich denke lange über die Frage nach. Immer wieder schaue ich, ob R2D2 sich in seiner neuen Umgebung auch wohlfühlt. Er ist ein wenig groß für die anderen Planeten, aber das stört nicht weiter. Eine Antwort fällt mir nicht ein. Ich weiß nicht, was ich jetzt vorhabe. Ich habe keine Wohnung, kein Zuhause. Aber viel Geld. Vielleicht kaufe ich mir ein neues Haus. Oder ich frage Helmut, ob er eine andere Wohnung für mich hat. Dr. Oswald muss sich mit einem Schulterzucken zufriedengeben. Ein schrilles Klingeln unterbricht die Stille. Das ist das Zeichen, dass die Stunde beendet ist. Fröhlich stehe ich auf und nehme Pluto an die Leine. Dr. Oswald ist über das Geräusch ebenfalls überrascht. So schnell war noch nie eine seiner Stunden vorbei.

„Warte", ruft er, als ich bereits im Flur stehe, doch ich will an die frische Luft. „Was zum …? Wo ist …?", höre ich noch und dann ein leichtes Scheppern, bevor die Haustür ins Schloss fällt. Vermutlich will er wissen, wo Laura ist. Das kann ich ihm auch nicht beantworten.

Pluto ist wirklich gut erzogen. Er schnüffelt zwar an jeder Straßenecke und wenn er etwas Interessantes wittert, kann ich ihn kaum noch halten, aber ab und zu geht er brav neben mir. Nur dass er nicht auf seinen Namen hört, bringt mich noch zur Verzweiflung. Er ist mir schon zweimal ausgebüxt und nur weil ein netter Mensch ihn aufgehalten hat, ist er nicht abgehauen. Die Hundeschule will ich ihm ersparen. Da wird man eh nur verarscht und gehänselt, wenn man nicht sofort mitkommt. Vielleicht gibt es aber auch für Hunde eine Schule für besonders Begabte. Mutter hatte mich auch auf so einer speziellen Schule angemeldet. Auch wenn ich nicht den Eindruck hatte, meine Mitschüler wären begabt gewesen.

Beim Spazierengehen habe ich in Frau Kramers kleinem Büdchen am Rhein eine große Tüte Gummibärchen gekauft. Eine bunte Tüte heißt das bei ihr. Da ist wirklich alles drin. Lakritzschnecken, Gummibärchen und diese grünen Frösche. Lecker. Das Geld habe ich aus dem Beutel genommen. Zwar hätte ich Laura vielleicht fragen müssen, schließlich gehört es auch ihr, aber momentan habe ich keine Ahnung, wo Laura ist. Sie wird schon nichts dagegen haben. Und wenn ich ehrlich bin, weiß ich noch nicht einmal, wo sie wohnt. Ich habe sie in der Praxis von Dr. Oswald kennengelernt. Als ich die Praxis betrat, stand sie auf einmal vor mir. Mit ihren roten Zöpfen und diesen türkisblauen Augen habe ich sie sofort gemocht. Sie hat mich angelächelt, dann einen Vogel imitiert, die Arme verkrampft und sich vorsichtig auf den Kopf geklopft. Da wusste ich, Laura ist genauso wie ich. Vielleicht ein wenig anders, aber schon ein bisschen wie ich. Ich habe Dr. Oswald nach ihr gefragt. Er sagte nur, er sei Arzt und dürfe deswegen nichts verraten. Ich habe einige Male vor der Praxis gewartet, weil ich Laura wiedersehen wollte. Verschiedene Menschen gehen zu Dr. Oswald. Er scheint ein guter Arzt zu sein. Doch Laura habe ich nicht mehr gesehen. Also habe ich ihn gebeten, mir einen Termin direkt vor ihrem gegeben. Er hat mir gesagt, ich solle gar nicht erst daran denken. Woran hat er mir nicht verraten. Also habe ich wieder vor der Praxis gewartet. Und siehe da, als ich schon nicht mehr daran geglaubt hatte, war sie einfach da. Wir haben uns angelächelt und sie ist mir gefolgt. Bis zu mir nach Hause. Wir haben uns lange unterhalten und Laura hat mir einen Großteil ihres Repertoires vorgespielt. Sie ist wirklich begabt. Ich glaube, sie wäre eine gute Schauspielerin. Jetzt ist sie nicht mehr da.

Vor einem kleinen Geschäft bleibe ich stehen. Eine alte Schreibmaschine hat mein Interesse geweckt. Mein Opa hat auf so einer geschrieben. Was, weiß ich nicht. Damals konnte ich ja noch nicht lesen. Aber sie erinnert mich an ihn. Bislang konnte ich sie mir nicht kaufen. Aber jetzt, wo ich die Plastiktüten habe …

Die Tür öffnet sich mit einem seltsamen Glockenspiel. In dem Laden riecht es ein wenig wie in einem Keller. Eine Frau mit weißen Haaren und ledriger Haut kommt auf mich zu. Sie schaut mich verwirrt an, als wäre sie überrascht, dass jemand ihren Laden betritt.

„Nicht mit dem Hund“, schreit sie panisch. Ich schaue Pluto verwirrt an. Ich weiß nicht, was sie meint. „Guten Tag“, begrüße ich sie. „Mein Name ist Jan Lehmann. Ich würde gerne …“ Mit einem seltsamen „Pschpschpsch“ unterbricht sie mich, geht in die Knie und macht mit den Händen eine Bewegung, als wollte sie Volleyball spielen. Ich würde gerne mitspielen. Aber offensichtlich fehlt ein Ball. Erst nach wenigen Augenblicken wird mir bewusst, dass sie Pluto irgendetwas mitteilen will, nur guckt der Hund genauso verdattert wie ich.

„Der Hund muss raus“, schreit sie.

„Aber er wird nicht auf mich warten“, versuche ich der Alten zu erklären, die mittlerweile zu einem schrillen „Bubububu“ übergegangen ist. Sie erinnert mich ein wenig an Laura, auch wenn ihre Laute bei Weitem nicht so gut sind.

„Dann müssen Sie ihn festbinden."

„Sie können ‚du' sagen. Das machen alle. Mein Name ist Jan. Und ich …"

„Bring den Hund raus!", schimpft die Frau. Ihr Ton gefällt mir nicht. Aber es wäre genauso unhöflich, alte Menschen nicht zu respektieren und sie anzuschreien. Sie sind sehr erfahren, hat Mama mir mal erklärt. Da ich mir nicht anders zu helfen weiß, binde ich Pluto an ein Fahrrad, das in unmittelbarer Nähe des Ladens steht. Die Frau blickt mich seltsam an. Es ist eine Mischung aus Unverständnis, Ekel und Zorn. „Was willst du, Junge?", fragt sie ziemlich forsch.

„Ich will die Schreibmaschine in Ihrem Schaufenster haben." Für einen kurzen Moment wirkt sie freundlich, dann verzieht sich ihr Gesicht wieder zu einer zornigen Grimasse.

„Und wovon willst du die bezahlen?"

„Na mit Geld", schlage ich verwundert vor, denn mir war nicht bewusst, dass es möglicherweise noch ein anderes Zahlungsmittel gibt. Ein lautes Scheppern und ein Kratzen lenkt mich für einen Moment ab. Dann öffne ich die Plastiktüte und ziehe drei Fünfzig-Euro-Scheine hervor. Laut Preisschild komme ich damit genau hin. Die Frau sieht verwirrt auf die Tüte, dann auf das Geld. Plötzlich wird ihr Gesicht freundlich.

„Du solltest unbedingt noch den Koffer dazu kaufen", rät sie mir freundlich und zeigt auf eine graue Kiste. „Da gehört die Maschine rein", erklärt sie weiter. Ich denke einen Moment darüber nach. Schaden kann eine ordentliche Verpackung sicher nicht. Außerdem ist die Maschine mit dem praktischen Griff sicherlich leichter zu transportieren. Ich nicke zufrieden und biete der Frau einen grünen Frosch an. Sie lehnt kopfschüttelnd ab und zieht die graue Kiste unter einigen alten Büchern hervor. Dann holt sie die Schreibmaschine aus dem Schaufenster und legt sie in die viel zu große Kiste. Vielleicht war früher noch ein Kabel dabei, das in den Freiraum gepasst hat. Oder das Papier zum Schreiben. „Das macht dann dreihundertfünfzig Euro", sagt sie schließlich. Das überrascht mich jetzt - ich sehe kein Preisschild an der Plastikkiste.

„Sie müssen aber ganz schön viele Schreibmaschinen verkaufen", stelle ich fest, als ich mich umblicke und diverse Kisten unter dem alten Kram stehen sehe. „Das muss der absolute Verkaufshit sein." Die Frau kann mir offenbar nicht folgen. Doch sie nickt und strahlt schließlich, als ich das Geld abgezählt auf den Tresen lege. Dann bietet sie mir noch zahlreiche andere Dinge an. Aber was will ein Mensch in meinem Alter mit einer Kuckucksuhr oder einem Gemälde vom kleinen Jesus?

Als ich das Geschäft verlasse, fehlt von Pluto inklusive Fahrrad jegliche Spur. Er wird doch nicht … Nein. Ein paar Meter weiter hat der kleine Racker das Fahrrad in zwei stehenden Autos so unglücklich verkeilt, dass er keinen Schritt weiter vorankommt. Glück für mich, so konnte er nicht fliehen. Ich binde ihn vorsichtig los und vergewissere mich, dass er sich nicht verletzt hat. Hat er nicht. Also machen wir uns auf den Heimweg.

Es riecht nach einer Mischung aus russischem Wasser und diesen absurdischen Zigaretten, die Victor raucht. Aus dem Wohnzimmer schallen Musik und Gelächter. Mir ist irgendwie nicht nach Feiern zumute, denn ich habe diese Wohnung geliebt. Aber Opa hat immer gesagt: „Wettschulden sind Ehrenschulden." Er hat mir erklärt, dass das bedeutet, man muss immer seine Schulden bezahlen. Mein Opa hat immer solche Sätze gesagt. Ich glaube, er war ein sehr gescheiter Mensch. Von irgendwem muss ich es ja haben.

Als ich die Tür zu meinem Zimmer öffne, trifft mich fast der Schlag. Meine Fußballzeitschriften liegen verteilt auf dem Boden, meine Star-Wars-Figuren stehen wild durcheinander und meine Wäsche überdeckt mein Bett. Das würde Mama gar nicht gerne sehen. Schnell räume ich die Sachen zusammen. Ich hasse Unordnung. Gerade als ich den Kleiderschrank schließe, höre ich ein seltsames Geräusch. Laura. Sie hat sich auf den Kopf gehauen. Ich lache laut. Ich freue mich so unglaublich, sie zu sehen.

„Hallo Jan", sagt sie lieb und lässt zwei Pupsgeräusche und ein Schnaufen folgen. „Wie geht es dir?", will sie wissen.

„Wo warst du?“, frage ich etwas zu schnell. Sie mag es nicht, wenn ich mit der Tür ins Haus falle. Das hat sie mir schon oft erklärt, aber ich kann nicht anders. Ich habe mir ja Sorgen gemacht. Sie denkt einen Moment nach. Dann verdreht sie kurz die Augen und schüttelt sich. Haha.

„Ich musste etwas erledigen.“ Ich kenne sie lange genug, um zu wissen, dass sie mir nicht verraten wird, was sie getan hat. Aber das ist jetzt auch unwichtig. Wichtig ist nur, dass sie wieder da ist.

„Arschgeweih“, ruft Laura wie aus dem Nichts.

„Willst du für mich arbeiten?“, fragt Victor. Ich habe ihn nicht kommen hören.

„Gerne“, antworte ich. Ein wenig Arbeit kann ja nicht schaden. Meine Mutter hat immer gesagt, ich solle kellnern oder so etwas. Das habe ich auch gemacht. Ich arbeite in einer Kneipe in Köln. Zweimal bin ich schon eingeteilt worden. Noch läuft es nicht so gut. Meine Abrechnung stimmte beide Male nicht mit dem Geld in meinem Kellner-Portemonnaie überein. Aber Übung macht den Meister. Michael, der Besitzer der Kneipe, meinte, dass das nicht so schlimm sei und er sich bei mir melde, wenn sie denn wieder Bedarf hätten. Seit einem guten Jahr warte ich nun schon auf einen weiteren Einsatz. Anscheinend lief der Betrieb diesen Sommer nicht so gut. Das tut mir leid. Michael ist so eine ehrliche Haut.

„Nicht du“, schimpft Victor. „Das Mädchen“, sagt er und deutet auf Laura.

„Im Leben nicht“, erklärt sie ihm. „Hässlicher Wasserkopf!“ Dann verkrampft sich ihr Gesicht. Ihr Auge zuckt, sie zwinkert. Das scheint Victor zu gefallen. Er zwinkert zurück und macht einen Kussmund.

„Du darfst ihn nicht beschimpfen“, belehre ich sie. „Victor gehört jetzt die Wohnung. Er könnte dich rausschmeißen.“ Laura schaut mich verwirrt an, doch sie fragt nicht weiter nach. „Ich muss ausziehen. Das haben wir so abgemacht.“

„Wo willst du denn hin?“, fragt mich Laura. Wenn ich ehrlich bin, würde ich am liebsten bleiben. Seit dem Tod meiner Mutter lebe ich hier. Es ist mein neues Zuhause geworden. Einen anderen Platz kenne ich nicht. Vielleicht hatte ich gehofft, Laura bietet mir an, mit zu ihr zu kommen. Ich weiß es nicht. Traurig fahren meine Finger über die wenigen Dinge, die ich besitze. Auf dem Boden liegt auch der Pappkarton mit meinen Postkarten. Ich hebe sie vorsichtig auf. London, Antwerpen, Rom – überall ist mein Vater schon gewesen. Auf die Rückseite hat er nie etwas geschrieben. Er war wohl nicht der große Schreiberling. Aber Mutter hat mir gesagt, dass sie von ihm seien. Dann habe ich eine Idee.

„Ich will da überall hin", erkläre ich und reiche ihr die Postkarten.

„Das kannst du dir gar nicht leisten", stellt sie fest und schüttelt traurig den Kopf. „Spatzenhirn!"

„Jetzt schon", sage ich und zeige ihr die beiden Plastiktüten.

„Du hast es mitgenommen?", fragt sie mich und ihre Augen weiten sich.

„Ja, klar. Sonst hätte das alles gar keinen Sinn gemacht." Ich freue mich, Laura so verdutzt zu sehen. Normalerweise überrascht eher sie mich.

„Wir sollten es zurückbringen, Jan", erklärt sie mir. Auch wenn ich nicht verstehen kann, warum wir dann überhaupt die Bank ausgeraubt haben, meint sie es ernst. Das verraten mir ihre Augen. „Gib es mir und ich bringe es zurück. Hirnverbrannter Wichskopf", ruft sie und hat mich damit fast überzeugt. Doch dann bleibt mein Blick an der Postkarte von London hängen. Dort ist Vater besonders gerne gewesen. „Du musst einfach den Big Ben gesehen haben", hat mir meine Mutter als ich noch klein war geraten, „davon hat Papa so geschwärmt. Das würde dir gefallen, Jani."

„Nein. Wir geben das Geld nicht zurück", entscheide ich. Laura blickt mich verwirrt an.

„Ich bringe es zur Bank, Jan. Mach dir keine Sorgen", wiederholt Laura und öffnet ihre Hand. Ich schüttle den Kopf. Meine Entscheidung ist gefallen.

„Wir machen eine Reise!"

Brüssel

Meine Mutter hat immer gesagt: „Eine Seefahrt, die ist lustig“. Tatsächlich finde ich eine Bahnfahrt mit Laura auch ziemlich spaßig. Sie hat zwei, drei neue Moves ausgearbeitet, mit denen sie für viel Unterhaltung sorgt. Aber ihr Programm kommt leider nicht überall an. Mittlerweile befindet sich bereits der vierte Passagier in unserem Abteil. Vielleicht liegt es auch an Pluto, der einen etwas schlechten Geruch an sich hat. Ich habe den Eindruck, dass Laura von meinen Plänen nicht wirklich begeistert ist. Bereits dreimal hat sie vorgeschlagen umzukehren. Außerdem will sie das Geld viel lieber an sich nehmen. Ich halte das für keine gute Idee und behalte die Beute erst einmal bei mir. Im Bahnhof vor der großen Kirche habe ich drei Bahntickets gekauft. Ich habe sogar mein eigenes Ticket. Nicht, dass es wieder zu einem Fiasko mit dem lustigen Schnauzbart kommt. Unsere Route habe ich festgelegt. Mutter hat mir immer von den Waffeln in Brüssel vorgeschwärmt. Das ist unser erstes Ziel. Zum einen reimt sich Brüssel auf Rüssel und schon Pumuckl hat gesagt, dass alles, was sich reimt, gut ist. Zum anderen ist mein Frühstück heute nicht so üppig ausgefallen und Waffeln darf man auch zum Frühstück essen.

Laura hat mir geraten, nicht zu viel über unsere Beute zu erzählen. Es gebe schließlich überall Neid. Da hat sie vermutlich recht. Vielleicht ist uns auch die Interpol schon auf den Fersen. Das habe ich mal in so einem Agentenfilm gesehen. Der Passagier in unserem Abteil macht jedenfalls nicht den Eindruck, als wäre er von der Polizei. Er ist ziemlich schmächtig und liest in einem Comic-Heft. Er ist ein Afro-Amerikaner. Dafür kann er wahrscheinlich nichts. Aber ich habe den Eindruck, als würde das Pluto ein wenig beunruhigen. Ab und zu mustert der Mann uns. Vor allem, wenn Laura wieder einen Laut von sich gibt.

„Nigger“, schreit sie und entschuldigt sich sofort. „Baumwolle.“ Laura hat Zuckungen im Gesicht, die mich an einen unter Strom gesetzten Frosch erinnern. Ich finde das lustig. Auch wenn Baumwolle kein Ausdruck ist. Vermutlich meint sie das krause Haar des Mannes. Dieser lächelt freundlich. Auch er scheint Lauras Auftritt zu mögen.

„Tourette?“, fragt er schließlich. Laura nickt verlegen. Mich wundert, dass sie die Sprache des Mannes versteht. „Mein Neffe leidet auch darunter“, fährt er fort. Er spricht für einen Ausländer erstaunlich gut Deutsch. Aber worunter leidet sein Neffe? Irgendwie habe ich den Einstieg des Gesprächs offenbar verpasst. „Er hat auch super Ausdrücke drauf.“ Der Mann ist wirklich nett und ich mag ihn. Er strahlt eine unglaubliche Ruhe aus. Vielleicht auch, weil er einheitlich in schwarz gekleidet ist. Nur ein quadratisches weißes Etwas strahlt unter seinem Kragen hervor. „Ich finde das toll, dass Sie dennoch so viel Lebensfreude haben. Das sollte anderen Menschen Mut machen.“ Der Mann schaut Laura tief in die Augen. Sie gucken sich bestimmt zehn Sekunden still an. Dann imitiert Laura ein Lama und spuckt dem Mann ins Gesicht. „Oh“, sagt sie erschrocken, steht auf und wischt ihm mit dem Ärmel über die Wange. „Das wollte ich nicht.“ Ich könnte mich totlachen. Eine persönliche Gesichtsdusche. Das Lama kannte ich noch gar nicht.

„Ist schon gut“, beschwichtigt der Mann. Aus seiner Tasche zieht er ein Taschentuch und wischt sich die restlichen Tropfen von der Haut. Laura ist sichtlich peinlich berührt. Dabei war das eine ihrer lustigsten Nummern seit Langem. Kurz darauf hat auch er das Abteil verlassen und Laura und ich sind wieder alleine.

„Hör mal, Jan“, sagt Laura schließlich. „Ich glaube, wir sollten umkehren.“ Sie macht eine kurze Pause. „Das Geld gehört uns nicht. Bestimmt wird es schon vermisst. Gib es mir. Ich kümmere mich darum.“ Sie legt den Kopf zur Seite und ich würde sie so gerne küssen. „Schweinepimmel!“ Auch wenn sie möglicherweise nicht ganz unrecht hat – ich kann das nicht genau einschätzen –, muss ich lachen. Für einen Moment hätte ich ihr die Nummer fast abgenommen. Doch sie kann einfach nicht ernst bleiben. Das gefällt mir so an ihr.

Glücklicherweise hat Laura ein Kartenspiel eingepackt. Nach einigen Partien Mau-Mau will sie sich ein wenig hinlegen. Das ist ziemlich doof, denn ich bin nicht wirklich müde. Doch ich will sie nicht verärgern. Als mein Opa damals für immer eingeschlafen ist, hat Mutter gesagt, dass man müde Menschen nicht wecken soll. Natürlich weiß ich, dass man Tote nicht ohne Weiteres wieder zum Leben erwecken kann, den Spruch meiner Mutter habe ich mir aber hinter die Ohren geschrieben. Ich muss immer lachen, wenn ich mir Sprichwörter bildlich vorstelle. Außerdem sieht Laura so hübsch aus, wenn sie schläft, und sie kann mich nicht wieder schimpfen, weil ich sie dumm anstarre.

Ich blicke zwei lange Minuten aus dem Fenster und komme zu dem Schluss, dass eine Bahnfahrt doch nicht so lustig ist. Wenn ich ehrlich bin, ist sie sogar ziemlich langweilig. Vielleicht tut mir ein bisschen Bewegung gut. Vorsichtig klettere ich über Pluto, der direkt vor Laura liegt. Seine Pfoten zucken ganz seltsam und er fiept ab und zu. Vielleicht hat er eine seltene Krankheit. Ich schließe die Tür des Abteils leise und befinde mich auf dem Flur. Grüne Bäume jagen an den Fenstern vorbei. Der Zug bewegt sich ziemlich unruhig voran, sodass ich mich immer wieder irgendwo abstützen oder festhalten muss. Ein Mann mit roter Fliege und seltsam gestreiftem Anzug kommt mir entgegen. Gekonnt balanciert er ein Tablett mit verschiedenen Leckereien. Das gefällt mir, erinnert mich aber auch an den großen Hunger, den ich verspüre. Vielleicht finde ich irgendwo etwas zu essen. Andererseits ist dann mein Magen voll und ich kann vielleicht keine Waffeln mehr verputzen.

Die Bahnwaggons sind gut besetzt. Es gibt nur wenige freie Plätze. An einem kleinen Tisch sitzen drei Kinder und spielen Karten. Meine Adleraugen erkennen sofort, dass die beiden Mädchen und der Junge Mau-Mau spielen. Das ist genau mein Ding.

„Hallo“, sage ich. Mein Herz rast und ich merke, dass meine Hände leicht feucht werden. Ich bin es nicht gewohnt, Kinder anzusprechen. In der Schule ist mir das nie so gut gelungen. Die beiden Mädchen wirken ein wenig irritiert, der kleine Junge schaut mich interessiert an. „Ich bin der Jan und fahre nach Brüssel“, stelle ich mich ordnungsgemäß vor. „Ihr spielt Mau-Mau, oder?“

Die Mädchen beachten mich herzlich wenig. Das finde ich nicht nett. Aber der Junge sieht mich mit großen Augen an.

„Ja“, sagt er und nickt eifrig dazu. „Kannst du das auch?“, will er wissen. Ich lächle. Das Eis ist gebrochen. Mein Herzschlag beruhigt sich ganz langsam wieder.

„Ich bin sogar ein wahrer Meister darin“, stelle ich stolz fest. „Ich würde gerne mit euch spielen. Ihr dürft dafür in meine Tüte greifen“, erkläre ich den Dreien und halte ihnen die Reste von Kramers Süßigkeitentüte unter die Nase. Eine Frau dreht sich um, blickt mich finster an und schüttelt den Kopf. Ich habe den Eindruck, als wäre sie sauer auf mich, doch das kann eigentlich nicht sein. Ich habe ihr ja nichts getan.

„Setz dich“, sagt eines der beiden Mädchen und langt in die Papiertüte. Mist. Warum muss sie sich ausgerechnet einen Frosch nehmen? Ich schlucke den Ärger herunter. Die Frau ist mittlerweile aufgestanden und hat das Abteil verlassen. Vielleicht liegt es gar nicht an Lauras Darstellungen, dass wir immer alleine gelassen werden, sondern an mir.

„Ich bin Philipp“, sagt der kleine Junge, der mir direkt gegenübersitzt. „Das sind meine Schwestern Elli und Patricia.“ Die beiden Mädchen wirken mittlerweile viel freundlicher. Zumindest Elli grinst mich fröhlich an. Ich weiß, dass sie viel jünger sind als ich und dass das vielleicht für andere Menschen doof aussieht. Aber ich habe festgestellt, dass man mit Kindern am besten spielen kann. Sie sind ehrlich und versuchen einen nicht zu beschummeln.

„Woher kommst du?“, fragt mich Elli.

„Von da hinten“, erkläre ich den Kindern und zeige in die Richtung des Abteils, in dem Laura tief und fest schläft.

„Nein“, ruft Patricia. „Wo du wohnst!“ Tja. Das ist eine gute Frage. Ich lege die 7 auf die von Patricia und freue mich, dass Elli nun vier Karten ziehen muss.

„Ich habe kein Zuhause mehr“, erkläre ich. „Das habe ich an Victor verloren.“

„Aber du musst doch irgendwo wohnen“, stellt Philipp fest. „Man kann nicht ohne Zuhause sein.“

„Momentan habe ich kein Zuhause. Aber ich kaufe mir schon bald eins. Erst gehe ich auf Weltreise“, erkläre ich. Die Mädchen machen große Augen. Anscheinend habe ich ihnen mit dieser Geschichte imponiert. Das gefällt mir. Ich weiß nicht, wann ich das letzte Mal so gut bei Kindern angekommen bin. Das muss schon sehr lange her sein.

„Aber woher nimmst du das ganze Geld?“, will Elli wissen.

„Ich habe eine Bank ausgeraubt“, erkläre ich und erziele damit die erhoffte Wirkung. Alle drei staunen Bauklötze.

„Das kann ja gar nicht sein“, stellt Philipp fest. „Ein Bankräuber hat einen Strumpf auf dem Kopf.“ Das stimmt. Daran habe ich gar nicht gedacht.

„Doch nicht mehr jetzt, du Dummi“, erklärt Elli. „Nur in der Bank, damit er nicht erkannt wird.“

„Genau“, stimme ich ihr zu und strecke Philipp die Zunge raus. „Ich kann es auch beweisen. Ich habe mein ganzes Abteil voll mit Geld.“ Zumindest Philipp scheint mir zu glauben. „Arschpirat“, rufe ich und schmeiße alle Karten in die Luft. Die Kinder schauen mich verwirrt an. Diese Regel hat mir Laura noch vor wenigen Minuten beigebracht. Ich kannte sie bis dahin auch nicht.

„Entschuldigung“, mischt sich nun ein Mann in dunklem Anzug und mit roter Krawatte ein. Er hat ein ziemlich dickes, rotes Gesicht. Um seinen Hals hat er eine glänzende silberne Trillerpfeife gebunden, in die ich zu gerne reinblasen würde. Hinter ihm steht die Frau, die das Abteil eben noch verlassen hat. „Belästigt euch der Mann?“, fragt er die Kinder. Das verwirrt mich.

„Ich habe mit Elli, Patricia und Philipp nur Mau-Mau gespielt“, erkläre ich. Der Mann in dem Anzug scheint wenig begeistert.

„Das können Sie der Polizei erzählen“, sagt er mit brüchiger Stimme. Er ist wesentlich älter als ich und hat im ganzen Gesicht graue Haare. Wenn er atmet, bläht sich sein Bauch seltsam auf und die Pfeife baumelt wild hin und her. Eine dicke Brille sitzt auf seiner Nase und ich bin mir sicher: damit ist er in der Schule gehänselt worden.

„Nicht die Polizei“, sagt eine tiefe Stimme hinter mir. Der Mann dreht sich verwundert um. Das ist meine Chance. Ich springe auf, greife die Pfeife und blase mit aller Kraft zweimal hinein. Dann zeige ich auf den Boden, als würde sich dort der Mittelpunkt eines Spielfelds befinden. „Das ist nur ein Missverständnis“, erklärt der Mann. Er spricht ähnlich schlecht Deutsch wie Victor, sieht aber ganz anders aus. Er hat seine dunklen Haare zu einem Zopf gebunden und trägt so einen Bart wie die Musketiere. Seine Augen sind finster und wäre ich ihm nachts begegnet, hätte ich bestimmt Angst bekommen. „Das ist mein Freund Jan“, erklärt er und nimmt mir die Pfeife aus dem Mund. Ich bin gerne mit anderen Menschen befreundet. Auch wenn ich diesen Mann noch nie gesehen habe. „Ich kümmere mich darum“, spricht er weiter und kratzt sich mit dem Zeigefinger komisch an der Stirn – oder zeigt er dem Mann den Vogel? Der Uniformierte nickt und zieht von dannen. Die Kinder schauen mich wieder mit großen Augen an. Ich würde gerne weiterspielen, aber Elli packt das Kartenspiel zusammen und anschließend in ihren Rucksack.

„Mein Name ist Ludovic Jasnic“, stellt sich der Mann bei mir vor.

„Mein Name ist Jan Lehmann“, sage ich und reiche ihm die Hand. Er ist unheimlich stark und der Druck schmerzt ein wenig, ich lasse mir aber nichts anmerken. Dann ziehe ich meine Digitalkamera aus der Hosentasche und mache ein Foto. Ich knipse alle meine Freunde, damit ich mir später ein besseres Bild von ihnen machen kann.

„Du kannst mich Ludo nennen. Setz dich“, fordert er mich auf, als sich seine Augen von dem Blitzlicht erholt haben. Auch die anderen Menschen setzen sich wieder.

„Sind wir wirklich Freunde?“, will ich wissen. Ludo lacht und entblößt dabei einen goldenen Zahn. So etwas Fieses habe ich noch nie gesehen.

„Ludo lügt nicht. Natürlich sind wir Freunde“, sagt er. Sein Gesicht ist wirklich freundlich und ich vertraue ihm. „Du hast also eine Bank ausgeraubt?“, fragt er mich und seine Ausstrahlung lädt mich geradezu ein, die ganze Geschichte zu erzählen. Dennoch ich bin auf der Hut, er könnte ja ein Undercover-Polizist sein und ein verstecktes Mikro am Körper tragen. Ich nicke vorsichtig – er sieht mein Zögern.

„Bist du ein Spion?“, frage ich aufmerksam.

„Keine Sorge“, lacht er. „Ich werde es niemandem verraten. Bist du gerne Gangster?“ Der Ausdruck ist schon ziemlich cool. Jan Lehmann, der Gangster. Ich stelle mir mein Phantombild im Fernsehen vor. Das sähe bestimmt ganz wunderbar aus und Mutter wäre sicherlich stolz auf mich. Ich nicke vorsichtig. „Willst du der größte Gangster von allen sein?“ Ich denke einen Moment nach. Natürlich sind nicht alle Gangster gut, aber wenn ich der größte von allen wäre, könnte ich tun und lassen, was ich wollte. Ich würde mir einen Strumpf kaufen und alle Banken in Köln ausrauben. Jan Lehmann, der Schrecken von Köln. Wieder bewege ich den Kopf leicht auf und ab. Er nickt nun auch. „Ich habe einen Auftrag für dich“, fängt er an. „Aber du darfst mit niemandem darüber sprechen.“ Irgendwie erinnert mich der Kerl an den Schlemihl aus der Sesamstraße, der Ernie ein unsichtbares Eis verkauft. Nur dass Ludo weder einen schicken Trenchcoat noch einen modischen Hut trägt. Er hat einen einfachen grauen Pulli an. Ich nicke, denn ich finde die Situation wirklich spannend. „Du fährst nach Brüssel, Jan?“, vergewissert er sich und ich nicke erneut. Erst jetzt merke ich, dass mein Mund offensteht. Mutter hat immer gesagt, dass das doof aussieht. Also schließe ich ihn mit einem schnappenden Geräusch. „Ich habe hier ein kleines Paket.“ Ludo zeigt auf den grauen Rucksack, der vor seinen Füßen steht. „Das muss heute Nachmittag in Brüssel einem Mann mit grauer Schirmkappe und rotem Pullover gegeben werden.“ Vor lauter Aufregung habe ich die Merkmale schon wieder vergessen, doch ich traue mich nicht nachzufragen. Glücklicherweise wiederholt Ludo die wichtigsten Punkte. „Also: graue Kappe, roter Pullover. Er wird um 16 Uhr unter dem Triumphbogen im Jubelpark stehen.“ Ludo schaut mich mit großen Augen an. „Kannst du das für mich machen, Jan? Wir sind doch Freunde.“ Das stimmt. Das sind wir. Und Freunde helfen einander. „Wiederhol noch mal, was du mit dem Päckchen machen sollst“, fordert er mich auf.

„Also, ich bringe das dem Mann am Triumphbogen. Um 16 Uhr. Roter Pulli, graue Kappe.“ Ludo grinst über beide Ohren. Das freut mich. Offensichtlich habe ich mir die Details richtig gemerkt. „Ach, Moment“, sage ich dann enttäuscht. „Ich kann das Paket gar nicht tragen. Ich habe eine Schreibmaschine, die Beute, Pluto und einen Rucksack.“ Ludo wirkt ein wenig überrascht.

„Du kannst das Paket in deinen Rucksack stecken“, schlägt er vor. Er ist ein gescheiter Mann. „Und die Beute könnte ich doch dann für dich tragen.“ Ich blicke ihm tief in die Augen. Er ist wirklich ein guter

Freund. Ist ja nicht selbstverständlich, dass er mir beim Tragen hilft. Er reicht mir seine Hand. Das wundert mich, denn ich wollte mich noch gar nicht verabschieden. „Abgemacht“, sagt er, als ich einschlage. Doch noch eine Sache brennt mir auf der Seele.

„Du, Ludo?“, frage ich ihn.

„Ja“, sagt er väterlich.

„Was ist eigentlich in dem Paket?“ Er denkt einen Moment nach. Vielleicht ist sein Gedächtnis nicht mehr das beste und ich könnte ihn zu einer Partie Memory überreden.

„Damenunterwäsche“, sagt er dann. Hui. Das ist aber ein Ding. Ich merke, dass ich rot anlaufe und meine Hände feucht werden. So ein heißes Paket habe ich ja noch nie besessen. „Ist das ein Problem für dich?“ Ich lächle verlegen.

„Ein Problem ist das nicht, aber ich bin es wirklich nicht gewohnt, Damenunterwäsche zu tragen.“ Ludo muss lachen. Das ist schön. Ich mag es, wenn Menschen glücklich sind. Dennoch komme ich mir ein wenig doof vor, denn ich weiß nicht, was jetzt so lustig war. Um nicht wie der letzte Depp zu wirken, lache ich einfach mit und wiederhole den Satz noch einmal.

„Okay“, sagt er schließlich. „Dann würde ich sagen, wir bringen das Paket in dein Abteil und du gibst mir die Beute. Nicht, dass du zu viel tragen musst.“

„Gut. Das ist übrigens Pluto“, erkläre ich Ludo, dessen Hintern gerade von meinem Hund begutachtet wird. Erst jetzt frage ich mich, wo der Hund so plötzlich herkommt. Er muss wohl ausgebüxt sein.

„Hallo Pluto“, begrüßt Ludo meinen Freund. „Du bist aber ein schöner Hund.“ Tatsache. Ludo hat das Tier richtig geraten, er ist wirklich ein gescheiter Mann.

Gemeinsam schlendern wir durch den Zug. Ich kneife die Augen leicht zusammen, um ein wenig gefährlicher auszusehen. Das wirkt. Die Leute starren alle aus dem Fenster. Gangster sein gefällt mir. Für einen kurzen Augenblick spiele ich sogar mit dem Gedanken, mir meine Tennissocke über den Kopf zu ziehen. Das machen Gangster nun mal. Da ich den ganzen Tag in engen Turnschuhen unterwegs bin, entscheide ich mich dagegen. Ludo geht zwei, drei Schritte vor mir und sein Zopf wackelt wie der Schweif eines Pferdes hin und her. Ich werde mir auch einen wachsen lassen und so einen Musketier-Bart. Das tragen die Gangster bestimmt alle. Die Tür zu unserem Abteil steht offen. Kein Wunder, dass Pluto wegrennen konnte.

„Hallo Laura", rufe ich aufgeregt. „Ich wollte dir Ludo vorstellen."

„Du reist gar nicht alleine?", fragt mich Ludo überrascht und weicht einen Schritt zurück.

„Nein. Nein. Ich reise mit Laura. Sie ist meine beste Freundin, seit Albert tot ist. Aber dafür gibt es jetzt Pluto." Ludo wirkt verunsichert. Er denkt nach. Ich nutze die Zeit, um nach Laura zu sehen. Doch von meiner besten Freundin fehlt jede Spur.

„Ist Laura auch so wie du?", fragt mich Ludo, der mittlerweile ebenfalls das Abteil betreten hat.

„Nein", sage ich. „Laura ist ein Mädchen." Jetzt muss auch Ludo lachen. Vielleicht hat er etwas anderes gemeint.

„Aber ihr versteht euch sehr gut?"

„Sie ist meine beste Freundin", wiederhole ich und frage mich, ob mir Ludo nicht zugehört hat.

„Und wo ist sie jetzt?", will er wissen. Er blickt sich suchend auf dem Flur um. Vielleicht hat er irgendetwas verloren.

„Keine Ahnung." Ich zucke mit den Schultern. „Wahrscheinlich ist sie mal auf die Toilette gegangen oder sie spielt mit mir Verstecken", vermute ich.

„Wir sollten uns beeilen", sagt Ludo. Er guckt genervt auf seine Uhr und drückt mir das Päckchen in die Hand. Ich lege es auf den Sitz. „Es ist nicht mehr weit bis nach Belgien." Das kann ich nicht beurteilen, aber ich hoffe, ich habe Laura bis dahin wiedergefunden. Sie kann sich sehr gut verstecken. „Also? Gibst du mir jetzt die Beute?" Ludos Ton hat sich ein wenig verändert. Aber das nehme ich ihm nicht übel. Diese ganze Situation in unserem Bahnabteil ist für ihn ja auch neu. Ich klettere auf den Sitz und ziehe die Schreibmaschinenkiste von der Ablage. Sie ist wirklich schwer und beinahe hätte ich mir daran den Kopf gestoßen.

„Nicht die Kiste“, zischt Ludo. Er hat recht. Ich sollte ihm die Tüten geben. Aber die liegen etwas ungünstig hinter der Kiste. Zumindest kann ich sie gerade nicht sehen. Ich klettere von dem Sitz auf die Armlehne. Dann ziehe ich mich mit einem Ruck hoch und rutsche etwas unglücklich in die Ablage hinein. Dabei verheddert sich mein Pulli irgendwo. Mist. Ich hänge fest. Ludo ist über meine Lage nicht gerade glücklich. Zumindest würde ich den kräftigen Zug an meinem Fuß so deuten. Das Gute ist: Ich habe die volle Ablage im Blick. Das Schlechte: Die Tüten mit der Beute sind verschwunden. Wie doof. Aber nicht schlimm. Dann geht mir ein Licht auf: Vermutlich hat Laura die Beute mit in ihr Versteck genommen. Schließlich ist ja viel Geld darin. Sie ist einfach so schlau. Nach dem zweiten Ruck löst sich mein Pullover und ich plumpse wie ein nasser Sack auf den Sitz.

„Laura muss die Tüten mitgenommen haben“, erkläre ich Ludo, der mittlerweile irgendwie nervös ist. Ständig guckt er auf seine Uhr, den Flur entlang oder aus dem Fenster. Er wirkt unentschlossen, wie ich vor den Süßigkeiten bei Kramers. Wobei ich die Frösche schon am liebsten mag. „Wir haben sie in Nullkommanichts gefunden“, verspreche ich ihm, bin mir aber in echt nicht so sicher. Denn Laura ist in Sachen Verstecken eine Eins. Bevor ich das Abteil verlasse, hält mich Ludo am Arm. Es tut ein bisschen weh, aber ich sage nichts.

„Du wirst doch nicht das Paket alleine lassen“, sagt er und schaut mich mit finsterer Miene an. „Das ist richtig guter Stoff.“ Ich stelle mir Unterwäsche aus Frottee vor. Das ist mein Lieblingsstoff. Der ist so schön weich. Mutter hat mir leider vor ein paar Jahren erklärt, dass ich zu alt sei, Frotteeunterwäsche zu tragen. Jetzt habe ich so luftige Boxershorts, wo immer alles hin und her baumelt.

„Nein. Natürlich nicht“, sage ich scheinheilig. Das Paket hatte ich nämlich eigentlich schon wieder vergessen. Diese ganze Situation beginnt mich ein wenig zu überfordern. Ich schiebe Ludos Paket in meinen Rucksack und schnalle mir diesen über die Schulter. „Ich nehme das einfach so mit“, sage ich. „Siehst du?“ Er ist nicht wirklich beeindruckt. Diese Seite von Ludo gefällt mir nicht. Dann habe ich eine Idee. Ich ziehe Pluto an seinem Halsband zu Lauras Sitz und drücke seine Nase zugegebenermaßen nicht ganz vorsichtig in den

Stoff. „Riech“, fordere ich ihn auf. Tatsächlich macht Pluto ein leicht gequältes schnaufendes Geräusch. Damit er auch wirklich die richtige Fährte findet, drücke ich seinen Kopf noch fester in den Sitzbezug. Pluto fiept ein wenig, doch er ist bemüht, durch die Nase einzuatmen. Ludo atmet gerade ziemlich laut aus. So ein Geräusch hat Lars immer gemacht, wenn er den Müll runterbringen sollte. Wie lustig. „Los“, befehle ich Pluto, „finde Laura.“ Ich lasse den Hund los. Plutos Augen wirken für einen Moment orientierungslos. Er hechelt ein bisschen viel. Dann setzt er sich hin und schaut mich blöd an. Gut, er kann nicht so gut Deutsch. Das ist mir schon ein paar Mal aufgefallen. Aber mein Englisch ist nicht perfekt und viele andere Sprachen spreche ich nicht. Vielleicht noch „Bonjour“, aber das wird mir jetzt auch nicht weiterhelfen. Ludo atmet wieder angestrengt aus. Vielleicht hat er Asthma. Holger aus meiner Klasse hatte das auch. Das ist so eine Lungensache. Er musste immer mit einem Gerät inhalieren. „Los, finde Laura“, fordere ich Pluto erneut auf und zeige aus der Tür. Tatsächlich setzt er sich kurz in Bewegung, um es sich dann aber vor dem Abteil gemütlich zu machen. Ludo unterstützt mich dankenswerterweise und zieht Pluto am Halsband.

„Los jetzt, Jan“, schimpft er. „Ich habe keine Zeit für Spielchen.“ Schade, ich spiele doch so gerne. „Lass uns deine Freundin finden.“

„Sie ist aber keine feste Freundin“, erkläre ich noch, als er mich etwas unsanft an meinem Pulli aus dem Abteil zieht.

Laura hat sich wirklich richtig gut versteckt. Pluto, Ludo und ich haben bereits einige Waggons erfolglos durchsucht. Das ärgert Ludo. Er ist offensichtlich kein guter Verlierer. Das war ich früher auch nicht. Für ihn ist es aber auch zugegebenermaßen ein bisschen schwieriger. Er kennt Laura ja nicht so gut wie ich. Wütend zieht er einem Mann den Schlapphut vom Kopf, stellt dann aber fest, dass der Bart für Laura ein wenig zu männlich wirkt. Auch bei mir stellt sich langsam eine gewisse Enttäuschung ein. Ich habe Angst, Laura nicht mehr rechtzeitig zu finden. Ich hoffe, sie weiß, wo sie aussteigen muss. Mir wird Ludo sicherlich die richtige Bahnstation zeigen.

„Okay. Scheiß auf Laura und die Beute", sagt Ludo plötzlich. „Wir finden sie nicht. Deine Freundin hat sich mit dem Geld aus dem Staub gemacht." Ich sehe, dass er wütend ist, und widerspreche ihm lieber nicht. Natürlich hat sie sich nicht aus dem Staub gemacht. Es ist ja unser Geld. Aber das kann Ludo nicht wissen. „Wir sind gleich da. Du solltest deine Sachen packen."

„Und Laura?", frage ich entsetzt. Ludo ist wirklich wütend. Er schlägt mit der Faust auf einen leeren Sitz. Dann noch mal.

„Jan, du hast mir versprochen, dich um das Paket zu kümmern, oder?" Das stimmt. Das habe ich wirklich. Also nicke ich. „Laura ist sicherlich alt genug, dass sie die richtige Bahnstation finden wird. Ihr habt bestimmt ein gemeinsames Ziel, an dem ihr euch treffen werdet, oder?" Ludo hat recht.

„Ja. Wir treffen uns in Brüssel", sage ich. So groß wird die Stadt ja sicherlich nicht sein.

„Dummer Vollpfosten", schreit plötzlich eine Frau mit Kopftuch und zuckt seltsam mit den Händen. Toll. Ich hatte sie gar nicht erkannt. Laura hat sich verkleidet. Wie originell. Vor ihren Füßen stehen die beiden Plastiktüten. Sie ist einfach die Beste.

„Das ist Laura", erkläre ich Ludo. Er schaut sich die Frau mit Kopftuch an. Fröhlich ziehe ich an Pluto, dessen Schnauze sich gerade in die Chipstüte eines kleinen Jungen verirrt hat. Laura schaut mich mit traurigen Augen an. Dabei habe ich sie doch gefunden. Gut, nur, weil sie mir einen Tipp gegeben hat. Aber gefunden ist gefunden.

„Jan. Wir müssen umkehren", sagt sie.

„Wieso?", will ich wissen.

„Wir müssen das Geld zurückbringen. Wirklich. Du willst doch nicht, dass wir im Gefängnis landen." Nein, das will ich wirklich nicht. Ich drehe mich hilfesuchend nach Ludo um, der sich auf einen freien Platz gesetzt hat und aus dem Fenster starrt. „Wir können nicht von Geld, das uns nicht gehört, durch die Welt reisen", sagt Laura. Ihre Augen sehen wirklich traurig aus. Das finde ich schade. „Warum willst du denn so viel reisen? Wir können auch in Köln viel Spaß haben. Du magst die Stadt doch so gerne", stellt sie fest. Das stimmt. Ich mag

Köln wirklich gerne. Ich ziehe einige Postkarten aus meinem Rucksack.

„Die sind von meinem Vater“, erkläre ich ihr. „Ich habe ihn nie gesehen. Das ist alles, was ich von ihm habe.“ Ich reiche ihr die Postkarten. Sie schaut mich einen Moment mit großen Augen an. Dann nimmt sie die Andenken.

„Die sind alle leer und da ist gar keine Briefmarke drauf“, sagt sie. „Die wurden nie abgeschickt.“

„Doch. Von meinem Vater. Die hat meine Mutter für mich empfangen und mir dann immer gegeben.“ Laura hat sogar eine Träne im Auge. Dabei sollte sie eigentlich fröhlich sein. Es ist doch schön, dass mein Vater mir immer geschrieben hat. „Vielleicht treffe ich ihn an einem dieser Orte“, erkläre ich. Die Träne rollt langsam ihre Wange hinunter und ich würde sie gerne auffangen. Aber ich traue mich nicht. Laura wischt sich mit dem Ärmel übers Gesicht. Dann gibt sie mir die Postkarten zurück.

„Okay, Jan. Wir machen einen Kompromiss. Du suchst dir fünf Karten aus“, sagt sie. „Und diese fünf Orte besuchen wir. Und dann fahren wir wieder zurück nach Hause, okay?“ Natürlich würde ich am liebsten alle Plätze sehen. Doch ich bin froh, dass Laura überhaupt bereit ist, diese Reise mit mir zu machen. „Und jetzt möchte ich, dass wir uns umarmen“, sagt sie. Sie steht auf und nimmt mich fest in den Arm. Es ist ein unbeschreibliches Gefühl. So nah war ich ihr noch nie. Sie riecht so gut. „Pimmelpirat!“

*****

Brüssel ist größer, als es auf der Postkarte aussieht. Und wenn Laura nicht so schlau gewesen wäre und an der Bahnstation einen Stadtplan gekauft hätte, würden wir wahrscheinlich immer noch wie zwei Verrückte durch die Stadt irren.

„Wohin willst du denn genau?“, fragt sie mich, während sie mit dem komisch gefalteten Papier hantiert. Ihre Hände nehmen kurz eine seltsame Stellung ein und sie drückt das Papier fest zusammen. „Arschkopf."

„Na zu dem großen Raumschiff", erkläre ich und zeige auf Papas Postkarte. Laura lächelt. Ich mag diese kleinen Grübchen in ihrem Gesicht. Dann schlägt sie sich kurz auf den Kopf und macht ein schnalzendes Geräusch.

„Das ist das Atomium", erklärt sie mir. „Laut Karte liegt das ein wenig weiter im Norden." Da ich das Paket ja erst um 16 Uhr abliefern muss und bis dahin noch einige Stunden Zeit sind, bin ich einverstanden, unsere Reise zunächst zu Fuß fortzusetzen. Auch wenn der Schreibmaschinenkasten schwerer ist als gedacht und Pluto unentwegt zieht. Belgier sind sehr freundlich. Auch sie mögen Lauras Darbietungen. Ein älterer Mann ist sogar vor ihr stehen geblieben und hat mit ihr gemeinsam den lieblichen Gesang einer Meise imitiert. Das war ein Spaß. Ich hätte auch gerne mit eingestimmt, aber leider kann ich ja nicht so gut pfeifen. Schwer beladen schlendern wir durch die Stadt, die mir zunehmend ans Herz wächst, denn offenbar teilen die Belgier eine große Leidenschaft mit mir: Auf unserem Weg entdecke ich an verschiedenen Hauswänden Lucky Luke, Tim und Struppi und die Schlümpfe. Die Comic-Helden meiner Kindheit, die ich zugegebenermaßen heute noch immer mit großer Freude lese. Das waren noch echte Marken. Lucky Luke zum Beispiel konnte schneller als sein Schatten schießen und hat den Daltons gerne den Garaus gemacht. Ein Teufelskerl.

„Hier in Brüssel kann man das Fach Comic sogar studieren", liest mir Laura aus einem kleinen Reiseführer vor, den sie an einem Kiosk erstanden hat. Kein Wunder, dass die ganzen Wände vollgemalt sind. „Es gibt auch ein Comic-Museum." Leider mag ich Museen gar nicht, sonst hätte ich mir das gerne mal angesehen. Das Comic-Studium wäre vielleicht auch eine Option für mich. Vermutlich ist es aber ganz schön schwer.

„Wir werden verfolgt", flüstert Laura irgendwann. Zunächst halte ich ihre Ansage für ein weiteres Schauspiel, dafür sind ihre Gesichtszüge aber viel zu entspannt. Hastig drehe ich mich um. „Nicht so auffällig", erklärt sie mir und ich drehe den Kopf noch einmal viel langsamer. „Stinkender Furzmacher“, schreit sie. Natürlich macht sie mir mit ihren Ausdrücken eine große Freude, aber unauffällig ist ihr Verhalten nun auch nicht gerade, zumal sie sich mit dem Zeigefinger ins Auge bohrt. Das sieht nicht wirklich gesund aus. Zahlreiche Menschen haben sich mittlerweile zu uns umgedreht. Ein junges Mädchen bleibt vor Laura stehen.

„Bist du behindert?“, will das Kind wissen und ich bin positiv überrascht, dass die Menschen hier offensichtlich auch Deutsch sprechen. Mein Belgisch ist nicht so gut. Kinder sind so herrlich. Natürlich kann sie Lauras Schauspiel nicht erkannt haben.

„Nein“, antworte ich für Laura, die gerade ein neues Trommelsolo auf ihrem Kopf einstudiert. „Laura ist eine Schauspielerin“, erkläre ich dem Mädchen. „Sie ist unheimlich begabt.“ Etwas angewidert und kopfschüttelnd zieht die Mutter ihre Tochter an der Hand weiter.

„Komm schon. Es gibt noch viel zu sehen“, sagt sie. Die Tochter kann den Blick nicht von Laura lassen, die ihre musikalische Darbietung mit einem schrillen Zungenwackeln untermalt.“Lölölölö.“ Toll, was sie an den körpereigenen Instrumenten so alles kann. Als Laura mit ihrer Darbietung fertig ist, schaut sie sich wieder suchend um.

„Ich glaube, unser Verfolger ist weg“, stellt sie fest. Ich nicke zustimmend, obwohl ich bezweifle, dass uns jemand hinterhergekommen ist. Es gibt ja keinen Grund dafür.

Auch das Aloticum ist viel größer, als es auf der Postkarte aussieht. Die großen silbernen Bälle erinnern an eine Mischung aus Boulekugeln und Schlupp vom grünen Stern. Sie sind mit dicken Stangen verbunden. Ich finde das Bauwerk mächtig beeindruckend. Die Kugeln glitzern einfach wunderschön im Sonnenlicht. Viel überwältigender ist das Bauwerk von innen. Durch die Stangen verlaufen verschiedene Rolltreppen und Gänge und in den Kugeln befinden sich bunte Räume. Offenbar sprechen leider doch nicht alle Belgier so gut Deutsch, denn als ich jemanden des Sicherheitspersonals nach der Startkapsel des Raumschiffs frage, zuckt er nur gelangweilt die Schulter. In der höchsten Kugel befindet sich ein Restaurant und man hat einen super Ausblick über Brüssel. Vor dem

Gerüst mit den großen Kugeln steht ein Imbisswagen. Ich habe ja schon viel von den belgischen Pommes gehört, gegessen habe ich sie noch nie. Durch das geweckte Interesse vergesse ich sogar die gesuchte Startkapsel.

Der Imbisswagen entpuppt sich als kleiner Trugschluss. Pommes gibt es nämlich nicht. Dafür aber Waffeln. Von denen hatte Mutter geschwärmt, als sie mir Papas Postkarte überreichte. Vermutlich hatte sie Papa hier einst besucht. Es fühlt sich gut an, auf den Pfaden meines Vaters zu wandeln. Irgendwie habe ich das Gefühl, auf diese Weise mehr über ihn zu erfahren. Es macht mich stolz, eine so hübsche Frau wie Laura an meiner Seite zu haben. Nicht nur, weil sie unglaublich lustig ist. Sie ist auch optisch genau nach meinem Geschmack.

„Du sabberst", stellt sie trocken fest, als sich meine Augen von ihrem Dekolleté lösen und ihre Pupillen finden. Oh. Peinlich berührt wische ich mir mit dem Ärmel übers Kinn und starre auf den Boden. „Ich mag dich trotzdem", erklärt sie und tätschelt mir über den Kopf. Ein seltsam warmes Gefühl überkommt mich und mein Magen fühlt sich an, als wäre meine ganze Urzeitkrebs-Kolonie darin entlaufen. Aber die sind ja seit vielen Jahren tot. Auch wenn mich das Gefühl ein wenig verunsichert und ich nicht genau weiß, wie ich reagieren soll, bin ich unheimlich glücklich. So glücklich, dass ich mich entschließe, Laura eine dieser duftenden Waffeln zu spendieren. Ich ziehe langsam einen Fünfzig-Euro-Schein aus der Tüte und drücke ihr Plutos Leine in die Hand. Den Schreibmaschinenkasten lasse ich zwar nur ungern bei ihr – da hängen so viele Erinnerungen dran –, aber ich muss ihn ja nicht immer mit mir herumschleppen.

„Hallo, mein Name ist Jan", stelle ich mich dem dicken Imbiss-Mann vor. „Ich würde gerne zwei Waffeln kaufen." Der Dicke guckt mich etwas skeptisch an. Noch immer. Er guckt. Das verunsichert mich.

„Zwei Waffeln", wiederhole ich ganz langsam, denn ich könnte mir vorstellen, dass er ein Ausländer ist. Er hat mich ja nicht verstanden. Er guckt. Um die Situation aufzulockern, würde Laura ihn bestimmt anspucken. Was für eine gute Idee, denke ich mir und pfeffere dem armen Kerl eine Ladung mitten ins Gesicht. Der scheint darüber weniger amüsiert zu sein. Laura kann so etwas offensichtlich besser als ich. Eine Waffel gibt es für mich heute nicht mehr. Dafür eine wilde Verfolgungsjagd. Der Mann stolpert erzürnt aus seinem Imbisswagen.

„Lauf, Jan, lauf", schreit Laura und ähnelt dabei einer Person, die ich mal in einem Film über einen lustigen Kerl mit Pralinen gesehen habe. Der konnte vielleicht Tischtennis spielen. Der Imbissmann versucht mich am Kragen zu fassen, doch ich ducke mich schnell genug. Meine Reflexe sind sehr gut. Ich nehme meine Beine unter die Arme, lache kurz über die Vorstellung der Redewendung und laufe los. Ich kenne mich in Brüssel verhältnismäßig schlecht aus und renne demnach etwas ziellos durch die Gegend, bin aber viel schneller als der dicke Verkäufer. Nach einigen Augenblicken habe ich ihn abgeschüttelt. Nur Pluto kann mit mir mithalten. Seine Leine schlackert über den Boden. Ich biege in eine Seitenstraße ein und versuche, erst einmal wieder zu Atem zu kommen. Allerdings habe ich keine Ahnung, wo ich bin, und von Laura und meiner Schreibmaschine fehlt jede Spur. Nur meinen Rucksack inklusive der heißen Unterwäsche habe ich noch. Tatsächlich fühle ich mich ein wenig einsam und aus der Puste. Auf der anderen Straßenseite hält ein Linienbus. Ich steige ein und frage den Fahrer nach dem Altomenicum. Er nickt freundlich und kassiert ein paar Münzen, die ich ihm reiche. Der Bus fährt eine ganz andere Strecke als die, die ich gekommen bin. Seltsam. Ich sehe auf der netten Fahrt einige Schlösser und Bauwerke. Das Ameticum allerdings nicht. Ich frage den Fahrer nach der richtigen Station, er antwortet mir nicht. Wütend steige ich an der nächsten Haltestelle aus und merke, dass mein Kopf ähnliche Ausdrücke wie Lauras entwickeln kann. Ich traue mich aber nicht, sie auszusprechen. Als ich auf der Straße stehe, klingelt mein Notfall-Handy. Das habe ich von Helmut zur Verfügung gestellt bekommen. Ich kann ihn immer und überall anrufen, wenn ich in Schwierigkeiten bin. Allerdings hat er mir gesagt, dass ich es auch wirklich nur im Notfall benutzen darf. Meine jetzige Situation ist als solcher wohl kaum einzustufen, also ignoriere ich das Klingeln. Nach kurzer Zeit verstummt das Handy, um dann aber sofort wieder von Neuem zu klingeln. Ich traue mich aber wenigstens, auf das Display zu schauen. Laura. Ich bin hin und her gerissen. Wie gesagt, ich befinde mich nicht in einem Notfall. Aber vielleicht Laura. Was ist dann? Ich entschließe mich, dranzugehen.

„Wo bist du?“, will sie wissen.

„Ist das ein Notfall?“, frage ich sicherheitshalber.

„Jan“, schimpft sie. „Wo bist du?“

„In Brüssel“, erkläre ich ihr. Sie kann unmöglich glauben, dass ich in der kurzen Zeit eine andere Postkartenstadt aufgesucht habe.

„Siehst du einen Straßennamen?“ Ich schaue mich um. „Fingerfotze“, schreit Laura. Ich finde es super, dass sie mir selbst über das Telefon so eine Freude macht. An einer Häuserfassade erkenne ich ein Schild mit Schrift. Ich lese Laura den Straßennamen so gut es geht vor. Die Buchstaben machen so aneinandergereiht nur wenig Sinn. Das erkennt Laura auch und bittet mich, ihr jeden einzelnen Buchstaben vorzulesen. „Okay, Jan. Bleib bitte genau da, wo du jetzt bist. Ich komme zu dir. Du musst auf mich warten. Hast du das verstanden?“, will sie wissen. Ihre Stimme hört sich bei Weitem nicht so lustig an wie sonst und ich bin tatsächlich ein wenig beunruhigt. Deswegen würde ich mein Versprechen ja zu gerne halten, doch mir ist auch ein wenig langweilig. Und sich ein bisschen umzusehen, hat ja noch niemandem geschadet. Ich schlendere mit Pluto eine Straße entlang. Ein kleines Mädchen mit einem Schokoladeneis schreit, als es den Hund sieht. Dann sagt sie etwas, das ich nicht verstehe. Sie streckt die Hand aus und Pluto schnüffelt an ihr. Auch wenn ich das Mädchen nicht verstehen kann, sehe ich, dass es bei den beiden Liebe auf den ersten Blick ist. Sie himmeln sich geradezu an und Pluto wackelt mit seinem Schwanz. Das Mädchen ruft einige andere Kinder, die sich in Nullkommanichts um mich und Pluto scharen. Der Hund leckt dem Mädchen die Schokolade von den Fingern. Die Kinder streicheln Pluto. Er genießt die Aufmerksamkeit. Eine Aufmerksamkeit, die er von mir bislang noch nicht bekommen hat. Das stimmt mich ein wenig traurig.

„Bonjour“, sagt eine freundliche Frau mit rötlichen Haaren. Sie sieht sehr nett aus, denn sie lächelt. „Ça va?“, fährt sie fort und schaut mich mit großen Augen erwartungsvoll an. Ich nicke, denn ich bin mir nicht ganz sicher, was sie von mir will. „Nederlands?“ Ich schüttle den Kopf, denn sie hat mich offenbar nach meiner Herkunft gefragt.

„Deutsch“, sage ich. Dann zeige ich auf Pluto. „Hund.“ „Ein schöner Hund“, sagt sie mit komischem Akzent, der mir aber irgendwie gefällt.

„Ich bin Jan Lehmann“, stelle ich mich vor. „Ihre Kinder mögen meinen Hund.“ Ihr Lachen ist einfach herzergreifend.

„Das sind nicht meine Kinder“, erklärt sie mir. „Ich passe nur auf sie auf. Das ist ein Waisenhaus“, sagt sie und ihr Blick wirkt erstmals ein wenig traurig. Doch dann lächelt sie wieder Pluto an, der jetzt die Hand eines dicken rothaarigen Jungen ableckt. Ich werde das Gefühl nicht los, dass sich die dicken Finger eben noch in seiner Nase befunden haben. „Aber es stimmt schon. Die Kinder scheinen den Hund zu mögen. Er ist aber auch ein wirklich schönes Exemplar.“ Ich nicke, auch wenn ich nicht alle Worte verstanden habe. Das Mädchen dreht sich zu der Frau um und spricht wieder in dieser seltsamen Sprache. Dann lacht die Rothaarige wieder. „Sie wollte wissen, ob du mit dem Hund hier bleiben willst.“ Ihr Lachen ist wirklich toll.

„Nein“, erkläre ich. „Ich mache mit Laura und Pluto eine Weltreise. Ich habe leider keine Zeit, um zum Spielen zu bleiben.“ Jetzt schüttelt die Frau den Kopf. Wahrscheinlich hat sie mich nicht verstanden. Dann ruft sie den Kindern etwas zu.

„Die Kinder müssen jetzt reingehen. Es war schön, euch kennengelernt zu haben“, sagt sie. Während sie sich umdreht, nimmt sie ein anderes Mädchen auf den Arm. Das kleine Mädchen mit den Schokofingern streichelt Pluto noch einmal über den Kopf, dann dreht es sich traurig um und läuft ins Haus. Auch Pluto scheint sehr traurig zu sein. Er jault und fiept in den höchsten Tönen. So kenne ich ihn gar nicht. Also fasse ich einen Entschluss: Ich setze mich auf die Straße, öffne meinen Schuh, ziehe den Schnürsenkel heraus und binde ihn Pluto um den Bauch. „Hasenohr, Hasenohr, einmal rum und dann durchs Tor.“ Mein handwerkliches Geschick lässt ein wenig zu wünschen übrig, doch mit viel Wohlwollen ist eine Schleife zu erkennen. Und eine Schleife gehört nun mal an ein Geschenk. Dann binde ich die Leine an den Metallzaun und verabschiede mich von meinem Weggefährten, mit dem ich so viele schöne Erinnerungen verbinde. Aber die Kinder brauchen Pluto bestimmt mehr als ich. Ich weiß ja, wie es ist, alleine groß zu werden, und hätte damals gerne einen Freund fürs Leben gehabt.

Ich bin gerade zurück, als Laura endlich aus einem Taxi steigt. An meine Schreibmaschine hat sie zum Glück gedacht. Als ich zu ihr hinüberlaufe, nimmt sie mich sogar in den Arm. Mir bleibt die Spucke weg und ich spüre, dass mein Herz anders schlägt als normal. Laura riecht gut und ich wünschte, die Umarmung würde niemals enden. Tut sie aber. Nach wenigen Augenblicken.

„Das war aber aufregend“, sagt sie. „Ich wäre dafür, jetzt mal etwas ganz Ruhiges zu machen.“ Aus ihrer Handtasche zieht sie eine Papiertüte, wickelt das Papier auf und zieht eine dicke Waffel hervor. „Die ist für dich“, sagt sie stolz. Dann haut sie sich auf den Kopf und streckt mir gleich viermal die Zunge raus. Während wir das heiße Gebäck verschlingen, denke ich über uns nach. Sie ist so gut zu mir und ich würde ihr zu gerne auch eine Freude machen. „Manneken Pis“, sagt sie ganz plötzlich. Den Ausdruck kannte ich noch gar nicht. Was für eine wunderbare neue Kreation. Lachend zeigt sie auf eine kleine Statue, die zwischen zwei Häuserecken auf einem Sockel steht. Das Kind ist ganz nackt und pinkelt in einen kleinen Behälter. Das ist genau nach Lauras Geschmack. Und plötzlich weiß ich, wie ich ihr eine Freude machen kann. Ich klettere über den Metallzaun und hieve mich auf ein kleines Mäuerchen. Dabei zertrample ich das eine oder andere Blümchen, doch das ist mir der Spaß jetzt wert. Einige andere Passanten beäugen mich streng, aber wenn es Laura gefällt, werden sie es bestimmt auch gut finden. Fast schon in Rekordgeschwindigkeit reiße ich mir die Hose herunter und befördere zeitgleich den Rucksack zwischen meine Beine. Dann lasse ich laufen. Ich pinkle mit dem kleinen Kind sogar Schere. Das habe ich früher auch mit Lars gemacht. Sehr zum Ärger meiner Mutter, die immer geschimpft hat, wir würden danebenpinkeln. Das kleine Männlein stellt sich auf die Entfernung sehr gut an. Bei mir geht der ein oder andere Tropfen daneben. Wahrscheinlich machen die Menschen, die sich neben Laura versammelt haben, deswegen so komische Geräusche. Vielleicht sollte ich mich ein wenig anders hinstellen. Ich halte noch einmal kurz ein, um mich dem Jungen ein wenig zu nähern. Laura richtet ihr Handy auf mich. Und als der helle Blitz aufflackert, gebe ich blöderweise meinem Rucksack mit dem Fuß einen kleinen Schubs, woraufhin das Teil prompt in das Urinbecken fällt. Wie ekelig.

„Bist du vollkommen bescheuert?“, ruft eine mir bekannte Stimme. Auch Laura dreht sich abrupt um. „Das ist feinster Stoff“, schreit Ludo. Mittlerweile hat er die Aufmerksamkeit sämtlicher Menschen, die sich eben noch ausschließlich für mich interessiert haben. Es dauert einen Moment, bis mir die Unterwäsche in meinem Rucksack einfällt. Natürlich kann ich seinen Zorn verstehen. So schlimm wird es schon nicht sein, in der Waschmaschine wird Unterwäsche ja auch nass. Soviel ich weiß auch Frottee. Bevor ich mir die Hose hochziehe, springe ich von dem kleinen Mäuerchen und fische den Rucksack aus dem Wasser. Dann springe ich über den Zaun.

„Ludo“, rufe ich und breite erfreut die Arme aus.

„Was machst du?“, will Laura wissen und reißt mich an der Hand.

„Na, ich wollte Ludo begrüßen. So macht man das unter Freunden.“

„Ludo ist nicht mehr unser Freund“, schreit Laura, haut sich zweimal auf den Kopf, pfeift, schlägt sich gegen die Brust und zieht mich dann schnell hinter sich her. „Komm jetzt!“ Mein Auftritt war so gut, dass zahlreiche Leute stehen geblieben sind, in der Hoffnung, noch mehr zu sehen. So gerne ich ihnen diesen Gefallen tun würde, Laura scheint es sehr wichtig zu sein, schnell von hier zu verschwinden. Durch die Menschenmasse ist das mit einer Schreibmaschine, einem nassen Rucksack und einer trommelnden Laura gar nicht so einfach. Auf der anderen Seite ist Ludo weit und breit nicht zu sehen. Wir springen in den offenen Bus, der zum Glück auch umgehend startet. An der nächsten Station steigen wir wieder aus und nehmen von dort einen anderen Bus. Ich weiß zwar nicht genau warum, doch Laura wird schon wissen, was sie tut. Eine gute Stunde später befinden wir uns wieder am Bahnhof. Völlig erschöpft ziehe ich die nächste, feuchte Postkarte aus meinem Rucksack. Laura nickt und geht die Bahntickets kaufen.

Paris

Mit Laura ist es ziemlich schwer, neue Bekanntschaften zu machen. Ich glaube, dass nicht jeder etwas mit ihrem Humor anfangen kann. Das ist schon ein bisschen schade, denn ich finde gerne neue Freunde. So viele habe ich ja noch nicht. Zum Beispiel der wirklich dicke Mann, der unser Abteil mit einem freundlichen Nicken betreten hat, wird in naher Zukunft sicherlich nicht mehr zu meinen guten Freunden gehören. Lauras „Du fieser Fettarsch“ ist nicht gerade die Grundlage für eine gute Männerbekanntschaft. Ich kenne Lauras Humor ja, aber der dicke Mann ist fluchend hinausgestürzt. Und auch die ältere Dame, die im Anschluss zu uns gestoßen ist, konnte mit den wirklich kreativen Ausdrücken meiner Freundin wie „stinkende alte Schachtel“ nichts anfangen. Selbst Lauras Katzenimitation konnte sie nicht zum Bleiben umstimmen. So sitzen wir einmal mehr alleine in unserem Abteil. Das ist nicht schlimm, schließlich bin ich gerne mit Laura unterwegs. Doch ein bisschen Abwechslung könnte auf so einer Reise ja nicht schaden.

„Mir ist langweilig“, sage ich deswegen. „Sollen wir vielleicht etwas spielen?“ Laura scheint nicht begeistert. Überhaupt ist ihre Laune alles andere als gut. Vielleicht hängt es mit dem Telefonat zusammen, das sie geführt hat, als wir in den Zug gestiegen sind. Sie klang sehr aufgebracht. Ich habe sie nicht wirklich verstanden. Lauschen gehört sich ja auch nicht. Dennoch würde ich zu gerne wissen, warum sie nun so schlecht drauf ist.

„Was hältst du davon, das Geld zu zählen?“, schlägt sie vor. Das ist ein kleines Problem. Ich kann nämlich nicht besonders gut zählen. Grundsätzlich schon. Doch ich habe Schwierigkeiten, meine Konzentration aufrecht zu halten. Nach wenigen Minuten habe ich die Summe wieder vergessen oder keine Lust mehr zu zählen. „Wir wissen gar nicht, wie lange wir von dem Geld reisen können.“ Da muss ich Laura natürlich recht geben. Ich will aber nicht, dass sie über meine schlechten Mathekünste Bescheid weiß.

„Oder wir spielen ‚Stadt, Land, Fluss‘.“ Ich liebe das Spiel, auch wenn ich es nicht besonders gut kann. Meistens erfinde ich irgendwelche Orte. Lars war nie so clever, im großen Atlas nachzuschauen, ob es die Städte wirklich gibt. Laura denkt eine Weile nach. Dann schüttelt sie den Kopf.

„Was hältst du von Verstecken?“, schlägt sie mir vor. „Gestern war ich dran, jetzt darfst du dich verstecken.“ Toll. Laura kennt die besten Spiele. In einem Zug Verstecken spielen, ist einfach eine prima Idee. „Ich mache die Augen zu und zähle bis fünfzig, dann suche ich dich.“ Ich bin schon ganz aufgeregt. Am liebsten würde ich Laura fragen, ob ich mich auch in anderen Abteilen verstecken darf, aber dann würde sie mich vermutlich schnell finden. Ich bin so mutig und stecke die Regeln nicht genauer ab. Laura macht die Augen zu und beginnt ganz langsam zu zählen. Bei „drei“ habe ich das Abteil bereits verlassen.

Die Suche nach einem geeigneten Versteck ist in einem Zug schwerer als gedacht. Eigentlich bin ich sehr gut und kreativ in diesem Spiel, jetzt habe ich so meine Probleme. Meine erste Wahl war natürlich das Nachbarabteil. Doch der fiese Fettarsch war über meine Anwesenheit ähnlich erfreut wie die stinkende alte Schachtel. Im dritten Abteil reagierte ein vermutlich französischer Familienvater nicht ganz so positiv darauf, dass ich den Prinzessin-Lillifee-Koffer seiner Tochter von der Ablage genommen habe, um mich dahinter zu verstecken. Auch die restlichen Gummibärchen aus meiner Papiertüte konnten ihn nicht überzeugen. Auf dem Flur kam mir schließlich die Idee, mich in den Servierwagen eines Kellners zu hocken. Tatsächlich gelange ich mit meinen Beinen und meinem Gesäß problemlos in den Metallwagen, nur am Oberkörper scheine ich ein paar Kilo zu viel mit mir herumzutragen. Mein Bauch und mein Kopf wollten nicht mehr in den Wagen passen. Für Verstecken ist das eine durchaus schlechte Ausgangsposition, denn ich glaube, gerade am Kopf dürfte mich Laura besonders gut erkennen. Da mir die Zeit so langsam davonläuft, probiere ich es nun auf der Toilette. Zugegebenermaßen ist das sicherlich nicht das kreativste Versteck. Auf dem Klo riecht es nach einer Mischung aus heißer Zitrone, die ich schon als Kind nicht besonders mochte, und dem ehemaligen Besitzer von Pluto. Doch der Gestank ist das kleinste Problem. Heute scheint das Klo noch nicht gereinigt worden zu sein und an der Toilette selber muss sich ein ähnlich guter Scherenpinkler wie ich bemüht haben. Dazu hat mein Vorgänger offenbar ein großes Geschäft erledigt und nicht gewusst, wozu Klopapier und Spülung verwendet werden. Kurzum: Es gibt für mich weder eine Sitzgelegenheit noch die Möglichkeit, mich irgendwo festzuhalten. Ich drücke meine Beine also fest in den Boden, um genügend Halt zu haben. Nach einigen Minuten wird mir diese Position ein wenig zu anstrengend. Meine Oberschenkel beginnen zu zittern und zu schmerzen. Aufgeben kommt für mich aber gar nicht in die Tüte. Plötzlich klopft es an der Tür. Laura. Sie verstellt ihre Stimme und spricht in einer Sprache, die ich nicht verstehe. Doch es kann nur Laura sein. Jemand anderes sucht mich ja nicht. „Besetzt", rufe ich mit der besten Frauenstimme, die ich imitieren kann. Noch einmal klopft es.

„Excusez?", ruft die Stimme. „Besoin de temps?"

„Merci, Peugeot, bonjour", antworte ich Laura in meinem besten Französisch. Sie wird mich schon nicht erkennen.

„Êtes-vous d'accord?", will die Stimme wissen. Vielleicht ist es doch nicht Laura. Ich wusste nicht, dass sie Französisch spricht.

„O là là. Croissant, baguette au pipi", sage ich freundlich und bin von mir selbst beeindruckt, als die Stimme sich wieder entfernt. Mein Französisch ist besser als gedacht. Zum Glück fahren wir nach Frankreich. Da werde ich vor Laura glänzen können. Kurz darauf klopft es erneut an der Tür. Dieses Mal spricht allerdings ein Mann. Ich habe nicht die leiseste Ahnung, was er von mir will - der Tonfall hört sich nicht so positiv an. Immer wieder hämmert er gegen die Tür und ich muss zugeben, dass ich es ein wenig mit der Angst zu tun bekomme. Erst jetzt fällt mir auf, dass eventuell ein anderer Fahrgast die Toilette benutzen will. Tja. „Camembert", rufe ich dem Mann beruhigend zu. Dennoch habe ich das dringende Bedürfnis, das WC möglichst schnell zu verlassen. Auch deswegen widersetze ich mich Mutters Anweisung, die Toilette immer sauber zu hinterlassen. Auf den ersten Blick habe ich ohnehin kein Putzmittel gesehen. Als ich die Tür schließlich öffne, wirkt der Mann wirklich alles andere als begeistert. Aus dunklen, von buschigen Brauen umrandeten Augen starrt er mich an. Erst jetzt wird mir bewusst, dass er denken wird, ich habe das Klo so verlassen. Ich merke, dass meine Wangen rot anlaufen, und spüre eine gewisse Hitze in mir aufsteigen. Ich halte mir die Hand vor den Mund und rufe „O là là“. Dann verschwinde ich so schnell ich kann.

Die Bahn ruckelt ganz schön. Dennoch bemühe ich mich, geduckt zu gehen, schließlich will ich nicht, dass Laura mich entdeckt. Ich komme an verschiedenen Abteilen vorbei und gönne mir ab und zu einen flüchtigen Blick. Bei der stinkenden alten Schachtel verharre ich einen Moment. Sie scheint zu schlafen. Der Mann ist mittlerweile verschwunden. Mir kommt eine Idee. Vorsichtig schleiche ich mich in ihr Abteil und klettere etwas mühselig unter ihren Sitz. Das ist das perfekte Versteck. Der Sitz verhindert den direkten Blick auf mich und sollte Laura auf die Idee kommen, sich zu bücken, verdeckt mich der Rock der alten Frau. Tatsächlich gelingt es mir, unbemerkt in mein neues Versteck zu schlüpfen. So gut die Idee auch war, schon nach wenigen Minuten nervt sie mich. Von Laura fehlt jede Spur. Dazu schnarcht die Frau schlimmer als Victor – und das will was heißen. Ich überlege, der alten Frau ganz kurz die Nase zuzuhalten, nur fliegt dann womöglich mein Versteck auf. Bereits nach wenigen Augenblicken ist mir so langweilig, dass ich am liebsten das Spiel abbrechen würde. Doch ich will Laura nicht so doof dastehen lassen. Vielleicht kann ich ihr ja ein bisschen unter die Arme greifen. Schließlich hat sie sich mir ja auch zu erkennen gegeben. Am besten mit einer Tierimitation. Optisch mag ich sicherlich einer Schildkröte am ähnlichsten sehen. Ich strecke mein Kinn nach vorne und kneife die Augen zusammen. Akustisch liegen mir Vögel besser. Meine Parade-Imitation ist sicherlich der Kuckuck. Denn der macht einfach nur „Kuckuck“.

„Kuckuck“, rufe ich also. Nichts passiert. Vielleicht befindet sich Laura gar nicht in meiner Nähe. Also rufe ich noch mal „Kuckuck“. Dieses Mal ein bisschen lauter. Wieder nichts. Nur das Schnarchen endet abrupt. „Kuckuck“, schreie ich nun schon fast. Von Laura fehlt weiterhin jede Spur. Dafür scheine ich die alte Frau geweckt zu haben. Mühselig beugt sie sich vornüber und schaut in mein Versteck.

Die Frau flucht in einer fremden Sprache und fuchtelt mit den Armen. Das sieht lustig aus. Der Spaß vergeht mir jedoch jäh, als sie mich mit ihrem breiten Schuhabsatz auf dem Handrücken trifft. In den folgenden Worten meine ich das Wort Polizei erkannt zu haben.

„Ich spiele nur Verstecken", erkläre ich, als mich der Schuh ein weiteres Mal trifft. Dieses Mal auf den Fingern. Das ist jetzt gar nicht mehr lustig. Mühsam quäle ich mich aus dem Versteck und ernte einen weiteren Tritt. Wütend schimpft die Alte auf mich ein, als ich aus dem Abteil flüchte. Vermutlich kennt man Verstecken in Frankreich nicht. In Windeseile wanke ich den Flur entlang. Auch wenn mir das bei der Geschwindigkeit relativ schwerfällt. Laura hat in der Zwischenzeit offensichtlich aufgegeben. Als ich unser Abteil betrete, häuft sie die Geldscheine aus den Tüten auf verschiedene kleine Stapel und starrt mich völlig überrascht an. Gut, mein Versteck war auch allererster Kajüte. Hastig stopfe ich das Geld in die Tüten. Laura flucht und schimpft, doch kann sie mich damit gerade nicht glücklich machen. Schließlich erwarte ich jeden Moment eine weitere Attacke der verrückten alten Frau. Schnell ziehe ich meinen Anorak an, schultere die Schreibmaschine und meinen Rucksack und packe die Tüten zusammen. „Wir müssen los", bestimme ich und blicke in Lauras Augen. Laura kneift sie kurz zusammen und streckt mir die Zunge raus. Jetzt muss ich lachen.

„Was ist passiert?", will sie wissen. Das ist eine gute Frage. Eigentlich habe ich nur Verstecken gespielt. Doch das hat die Alte offenbar nicht verstanden. Ich stopfe die Tüten in den Rucksack.

„Wir sollten jetzt wirklich los", erkläre ich ein wenig ungehalten. Laura schüttelt verständnislos den Kopf.

„Aber hier ist überhaupt keine Station", erklärt sie und zieht sich am rechten Ohr. Dann macht sie mit der Zunge das Geräusch eines Hubschraubers nach. Das kannte ich auch noch nicht. Sie hat recht, aus dem fahrenden Zug auszusteigen, ist vermutlich nicht die beste Idee. Wobei Colt Seavers bei seiner Stuntman-Rolle immer eine gute Figur gemacht hat. Aber Colt war auch eine ganz andere Marke. Meine Augen suchen vergeblich nach der Notbremse, als der Mann von der Toilette inklusive alter Frau das Abteil betritt. Die Frau scheint noch immer sehr aufgebracht zu sein. Ich muss soeben feststellen, dass die beiden eine sehr schlechte Aussprache haben, denn obwohl ich ja ganz gut Französisch gesprochen habe, verstehe ich jetzt nicht ein einziges Wort. Und auch Laura ist ein wenig überfordert. Sie nuschelt verschiedene Worte. Auch wenn ich den Menschen in diesem Abteil nicht wirklich folgen kann, spüre ich die angespannte Stimmung. Um die Situation ein wenig aufzulockern, lasse ich mich zu einer kleinen Tanzeinlage hinreißen. Damit habe ich schließlich Victor und seinen Freunden auch eine große Freude bereiten können. Tatsächlich lächelt die Frau kurz und auch Laura scheint ganz angetan. Sie wippt mit den Hüften, haut sich auf den Kopf und ruft: „Hände hoch. Das ist ein bewaffneter Raubüberfall!“ Dann steckt sie sich den Daumen ins Auge. Der Blick des Mannes wechselt zwischen Laura und mir hin und her. Er sieht aus, als würde er einem Tennis-Match von Roger Federer folgen. Sein Blick bleibt an Laura hängen. FedEx hat den Punkt gemacht. Laura nicht. Sie hält sich die Hand vors Auge. Aus dem anderen läuft eine Träne. Na toll. Jetzt hat sie es mit ihrer Show anscheinend übertrieben. Dann flucht sie wieder. Zum Glück hat sie ihren Humor nicht verloren. Der Mann schüttelt den Kopf und sagt etwas wie „attardé“ oder so ähnlich. Die Frau nickt und sieht mich liebevoll an. Mein Gott, meinen Tanz sollte sich die Supernanny mal anschauen. Da ist die stille Treppe ein Witz gegen. Auch der Mann wirkt plötzlich ganz freundlich.

Lauras Auge ist rot angelaufen, aber sie sagt, sie könne noch genug sehen. Das ist ganz praktisch, denn mittlerweile sind wir in Paris angekommen. Es ist dunkel, als wir den Bahnhof verlassen. Kurz nach unserem Intermezzo mit der alten Schachtel und dem Mann haben wir den Zug verlassen. Laut Laura gibt es in Paris mehrere Hauptbahnhöfe. Das erscheint mir zwar nicht wirklich sinnvoll, aber wer wird schon diese Franzosen verstehen? Wir sind noch zweimal umgestiegen und mit einer unterirdischen Bahn in die Innenstadt gefahren. Paris ist ein Traum. Die Bahn ist einfach unbeschreiblich. Sie heißt genauso wie der Laden, in dem mir Mama früher die Kisten Haribo Negertaler gekauft hat. Außerdem sind die Züge in verschiedenen Farben dargestellt. Der Fahrplan ähnelt einem Teller mit bunten Spaghetti. Wie bei uns gibt es mehrere Linien. Die 16 finde ich auf dem Fahrplan nicht. Sonst wären wir ja in Nullkommanichts wieder in Köln.

Die ganzen Stationen verwirren mich und ich bin heilfroh, dass Laura den Überblick behält. An einer Station mit seltsamem Namen steigen wir schließlich aus. Ich bekomme eine Gänsehaut, als ich die leuchtende Spitze des Eiffelturms sehe. Den ganzen Fußweg zerbreche ich mir den Kopf darüber, warum das Ding wohl Eiffelturm heißen mag. Ich weiß, dass Mutter mit uns vor vielen Jahren mal einen Ausflug in die Eifel gemacht hat. Wir sind Wandern gegangen. Einen Turm habe ich nicht gesehen. Mit jedem Schritt wird das Bauwerk größer und ich kann verstehen, warum Papa mir eine Postkarte davon geschickt hat. Es ist wirklich sehr beeindruckend. Von der Spitze kann man bestimmt über ganz Frankreich hinweggucken. Als ich langsam an dem Turm hinaufschaue, wird mir ganz schwindelig. Wie mag das wohl erst von oben sein? Laura nimmt mich an die Hand und wir schlendern wie ein altes Ehepaar über eine kleine Brücke. Eigentlich wäre ich gerne die Stufen des Eiffelturms hinaufgeklettert, doch als ich Lauras warme Hand spüre, entschließe ich mich, diesen Moment zu genießen. Auf der Brücke bieten uns verschiedene Menschen kleine Türme aus Metall an. Ich kaufe einen Schlüsselanhänger, schließlich befindet sich R2D2 ja im Sonnensystem von Dr. Oswald. Laura ist über meinen Einkauf offenbar nicht wirklich glücklich, denn sie gerät in einen kleinen Streit mit dem Verkäufer. Als sie plötzlich „Police" ruft, rennt der Händler wie von der Tarantel gestochen los. Und nicht nur er. Auf der anderen Straßenseite setzen sich weitere Verkäufer in Bewegung. Laura würde eine gute Startpistole in der Leichtathletik oder beim Schwimmen abgeben. Wir steigen einige Treppenstufen hinauf und endlich sehe ich, wohin mich Laura führen will. Von einer kleinen Plattform haben wir den perfekten Blick auf den Eiffelturm.

„Siehst du?", sagt sie leise. „Genau hier ist das Bild der Postkarte entstanden."

„Das heißt, mein Vater war hier?" Laura guckt auf den Boden, als wollte sie etwas Gemeines sagen. Doch dann nickt sie. Mit ihrem Handy macht sie ein Foto von uns und dem Turm. Es ist ein tolles Andenken an einen tollen Abend und ich frage mich, warum mein Vater auf seinen Reisen nie ein Foto von sich hat machen lassen. Das wäre viel schöner als diese Postkarten. Vielleicht hat er kein Smartphone mit Foto-Funktion.

In der Nähe der Plattform entdecken wir eine weitere Bahnstation. Laura gibt eine wunderbare Reiseführerin ab. Sie lenkt mich geschickt durch die Menschenmassen, die selbst zu dieser späten Zeit noch die Straßen säumen. Hin und wieder starrt man uns an. Vermutlich, weil wir so ein schönes Paar abgeben. Mich überrascht allerdings, wie wenig Franzosen es in Paris gibt. Zumindest halte ich nach der landestypischen Baskenmütze und dem blau-weißen Ringelpullover vergeblich Ausschau.

Laura weiß ihr Handy geschickt einzusetzen. Sie ist unglaublich. Während sie mich im Zug gesucht hat, hat sie uns über ihr Handy ein Hotelzimmer in Paris besorgt. Ich bin wirklich überrascht, wozu Laura in der Lage ist. Vielleicht könnte ich das mit Helmuts Handy auch, doch das darf ich ja nur im Notfall benutzen. Und unsere Reise nach Paris ist wirklich alles andere als ein Notfall. An der Bahnstation „Blanche" steigen wir aus und eine Treppe empor. Es ist bereits kurz vor elf, auf der Straße ist aber noch viel los. Ein Mann begutachtet Laura und pfeift ihr hinterher. Sie antwortet mit einer Grimasse, einer Rotkehlchen-Imitation und dem Stinkefinger. Ha, das hat der Kerl aber noch nicht gekannt. Auf der rechten Straßenseite befindet sich ein komisches Gebäude mit einer leuchtenden Windmühle. Ich meine, sie schon einmal irgendwo gesehen zu haben. Vermutlich ein TV-Bericht über außergewöhnliche Gebäude in Großstädten. Denn irgendwie passt eine Windmühle so gar nicht nach Paris. Auf der anderen Straßenseite entdecke ich einen Erotik-Shop. Ich spüre, dass meine Wangen warm werden, und hoffe, dass Laura das Geschäft nicht sieht. Ich versuche, den Blick woanders hinzurichten, doch ich kann nicht. Die Plakate sind einfach wunderschön. Eine Frau in sexy Unterwäsche erregt mein Interesse. Plötzlich fällt mir Ludos Paket in meinem Rucksack ein. Mittlerweile dürfte es wieder trocken sein. Jetzt, wo Ludo nicht mehr bei uns ist, kann Laura vielleicht die Unterwäsche haben. Sie wird sich sicherlich freuen. Das ist mal ein Geschenk für eine so hübsche Frau.

Daniel ist Franzose, spricht dafür aber unglaublich gut Deutsch. Er trägt einen dunkelblauen Anzug und eine helle Krawatte und steht am Empfang des kleinen Hotels, das Laura für uns ausgesucht hat. Ich bin mächtig von ihm beeindruckt, denn er wird wohl kaum älter sein als ich, hat aber offenbar schon sein eigenes Hotel.

„Elender Froschfresser", entgegnet Laura Daniel auf die Frage, wie viel Gepäck wir denn bei uns hätten. Der junge Mann wirkt etwas verunsichert und wiederholt vorsichtshalber die Frage noch mal.

„Wie lange wollen Sie bleiben?", will er wissen.

„Zwei Nächte", erklärt Laura jetzt deutlich freundlicher. „Steck dir dein Scheißbaguette in den Hintern!" Doch nicht. Sie läuft gerade zu ihrer Hochform auf. Zwischenzeitlich klopft sie sich so fest gegen die Brust, dass ich Angst habe, es könnte etwas platzen.

„Ein Zimmer für Sie beide?", fragt der freundliche Daniel höflich. Seine Reaktion ist wirklich seltsam. Normalerweise lachen die Leute, wenn Laura ihre Show macht, oder schauen, wenn sie es nicht lustig finden, einfach weg. Doch Daniel ignoriert Lauras Fluchen.

„Ja", sagt sie, als sich ihre Hände wieder ein wenig beruhigt haben. Laura ist ganz außer Atem. „Ein Zimmer für uns beide mit zwei Betten, bitte!"

„Sie haben das Zimmer 206. Frühstück gibt es bis zehn Uhr", unterbricht Daniel meine stille Trauer, während er eine Karte über den Tisch schiebt. Laura steckt das Plastik ein und dreht sich um.

„Wir brauchen noch einen Schlüssel", protestiere ich.

„Dummerchen", antwortet sie, ohne ihr Gesicht zu verziehen und mit einer angenehm fröhlichen Stimme. So freundlich hat sie mich noch nie beleidigt. Ohne Daniel nach dem Schlüssel zu fragen, schlendert sie zum Aufzug. Sie ist wirklich bildhübsch und ich bin schon ganz aufgeregt, die Nacht in einem Zimmer mit ihr zu verbringen. Ich habe noch nie neben einem Mädchen schlafen dürfen. Daniels Augen folgen uns. Seine Augenbrauen sind hochgezogen und er schüttelt den Kopf. Ich denke, er ist einfach nur neidisch auf mich. So eine Frau wie Laura ist aber auch einfach nur wundervoll.

„Hirnamputierter Lackaffe!"

Das Zimmer ist wunderbar eingerichtet. Es gibt einen kleinen Kühlschrank, einen flachen Fernseher und sogar ein Telefon. Das darf ich bestimmt auch benutzen, wenn es gerade keinen Notfall gibt. Ich könnte Victor mal anrufen und fragen, wie es meiner Wohnung geht. Lauras Handy reißt mich aus den Gedanken. Bevor ich einen Blick auf das Display werfen kann, hat sie das Smartphone an sich gerissen. Sie guckt mich mit großen Augen an. „Ich muss da schnell drangehen“, sagt sie und verschwindet auf dem Flur. Ein seltsames Gefühl übermannt mich. Vielleicht hat sie einen Verehrer, von dem ich nichts weiß. Ein kalter Schauer läuft mir über den Rücken. Der Gedanke macht mich traurig und ich schiebe ihn vorerst beiseite. Außerdem bin ich nicht gerne alleine. Da mir etwas langweilig ist, krame ich Papas Postkarten hervor. Der Eiffelturm sieht bei Tageslicht wunderschön aus und ich nehme mir vor, Laura noch einmal da hinzubringen. Doch etwas macht mich stutzig. Ich kann nicht verstehen, warum mein Vater nichts auf die Karten geschrieben hat. Laura und ich haben in den vergangenen Tagen so viel erlebt. Und die Eindrücke der großen Stadt überwältigen mich. Warum hat Papa nicht geschrieben, wie aufregend die Stadt ist? Warum hat er noch nicht einmal einen Gruß auf das Stück Papier gekritzelt? Das gehört sich doch so. Ich würde zu gerne irgendwem meine Erlebnisse mitteilen. Also setze ich mich aufs Bett und wähle meine alte Telefonnummer. Victor ist bestimmt zu Hause. Ein Geschäftsmann lässt seinen Laden schließlich nicht aus den Augen. Schon nach der Vorwahl gibt mir das Tuten im Hörer zu verstehen, dass ich mich verwählt habe. Ich probiere es erneut – mit demselben Ergebnis. Vermutlich habe ich mir die falsche Nummer gemerkt. Als ich die Zahlen ein drittes Mal eingebe, betritt Laura das Zimmer. Ihre Augen sind rot unterlaufen, als hätte sie geweint. Aber dafür gibt es bestimmt keinen Grund. Wir machen ja gerade Urlaub.

„Hey“, flüstert sie. Ich spüre, dass etwas nicht stimmt, also klopfe ich mir dreimal auf den Kopf und fluche. Damit heitert sie mich ja sonst auch auf. „Was machst du?“, will sie wissen und setzt sich neben mich.

„Ich schaue mir Papas Karten an.“

„Wie war er?“

„Wer?“

„Na, dein Vater.“ Meine Augen zucken ganz seltsam und ich merke, dass sie sich mit Wasser füllen. Laura kann es nicht wissen.

„Mutter hat immer gesagt, dass Papa ein toller Mann war. Nur immer so fleißig. Sie hat ihn sehr geliebt.“

„Du hast keine Erinnerungen an ihn?“, will sie von mir wissen.

„Nein. Nicht direkt.“ Lauras Augen werden groß und ich sehe, dass sie am liebsten etwas Lustiges rufen würde, doch sie kämpft erfolgreich dagegen an. Ihre Unterlippe tanzt einen Lambada.

„Du hast deinen Vater nie kennengelernt?“

Das Thema ist mir unangenehm. Als Kind war ich oft traurig, wenn die anderen Schüler beim Papa-Sohn-Fußballspiel auf dem Schulhof stolz ihre Väter präsentierten. Bei mir durfte Mama immer mitspielen. Das war nett, aber ihre sportlichen Fähigkeiten hielten sich in Grenzen. Immerhin lachten meine Mitschüler dann mal nicht über mich. Ich schüttle verlegen den Kopf.

„Warum war er denn nicht bei euch?“ Laura ist wirklich hartnäckig. Aber dieser Teil der Geschichte ist zum Glück nicht so traurig. Eigentlich bin ich ganz stolz darauf.

„Mein Vater ist Seefahrer“, erzähle ich. „Er musste direkt nach meiner Geburt auf Weltreise. Deswegen ja auch die Postkarten. Von jedem Hafen hat er mir eine geschickt.“

„Paris hat keinen Hafen“, sagt Laura. „Du dummer Vollidiot.“ Endlich schimpft sie mal wieder. „Warum war er dann wohl hier?“ Sie schaut mich an, als erwarte sie eine Antwort von mir. Doch ich habe keine Ahnung, warum mein Vater in Paris war. Er war ja überall auf der Welt. „Ich finde das ein wenig komisch“, sagt sie.

„Ich auch. Nur ein paar Zeilen hätten ja gereicht.“ Sie streichelt mir über die Wange.

„Warum schreibst du denn nicht ein paar Zeilen über unsere Erlebnisse? Das wäre toll.“

„Für wen? Meine Familie ist ja nicht mehr da und Victor will nicht ans Telefon gehen.“

„Du könntest deine Erlebnisse als Blog im Internet veröffentlichen. Du weißt, was ein Blog ist?“ Natürlich weiß ich, was ein Block ist. Ich habe in der Schule oft genug auf einen geschrieben. Allerdings habe ich nicht die leiseste Ahnung, wie man diesen ins Internet bekommt. Also schüttle ich den Kopf. „In einem Blog kann man den anderen

Internetnutzern interessante Dinge mitteilen oder Fotos posten. So könntest du allen von deinen Erfahrungen hier in Paris schreiben."

„So wie bei Facebook?", will ich wissen.

„Genau." Facebook kenne ich. Doch da weder Helmut noch Laura oder Dr. Oswald dort angemeldet sind, ist meine Freundesliste recht überschaubar. Ich glaube, ich bin nur mit dem dicken Ulf befreundet, der bei mir die Deutsch-Hausaufgaben abgeschrieben hat. Selber schuld.

„Das ist eine super Idee", stimme ich Laura zu. „Aber ich bin nicht soooo gut im Schreiben", gestehe ich ein. „Und mit dem Internet kenne ich mich auch nicht gut aus."

„Ich kann ja deine Erlebnisse posten", schlägt sie vor. „Wir melden dich an. Du sagst mir, was ich schreiben soll und ich verwandle deine Eindrücke in kleine Notizen." Sie ist einfach so toll. „Was hältst du davon?"

„Ich bin begeistert", sage ich und umarme sie vor lauter Freude. Doch dann fällt mir auf, dass ich einen Schritt zu weit gegangen bin. Sofort lasse ich sie wieder los und weiche ein paar Meter zurück.

Ein schrilles Klingeln reißt mich aus dem Schlaf. Ich habe geschlafen wie ein Gott in Frankreich. Das hat meine Mutter immer gesagt. Jetzt weiß ich, wie sich das anfühlt. Die Matratze ist wunderbar weich und das Bettzeug flauschig und warm. Dazu duftet es nach einem süßlichen Waschpulver. Als Kind habe ich öfter die Ferien mit Kindergruppen in Holland oder der Eifel verbracht. Die Matratzen haben eher nach Katzenpipi gestunken. Dafür gab es aber Hochbetten. Das war auch nicht schlecht. Wir haben damals stundenlang erzählt. Mit Laura habe ich nicht stundenlang gequatscht. Sie hat sich an ihren kleinen Computer gesetzt und wild in die Tasten gehauen. Nach wenigen Minuten hatte sie mir einen Blog eingerichtet. Er heißt „Jans verrückte Reise" und sieht überhaupt nicht aus wie Facebook. Laura hat mir erklärt, wie ich selber etwas posten kann, aber wenn ich ehrlich bin, halte ich mich von den Tasten lieber fern. Meine Rechtschreibung ist wirklich nicht so gut. Wir haben bestimmt eine halbe Stunde mit dem ersten Eintrag verbracht. Darin hat sie geschrieben, wie wir in

Brüssel das Atrithikum besucht haben. Dann hat sie gesagt, sie müsse ins Bett, schließlich hätten wir ja noch viel vor. Laura lächelte mich liebevoll an und verschwand im kleinen Waschraum. Den hat es in den Zimmern der Kindergruppen übrigens nicht gegeben. Als sie wiederkam, trug sie nur noch ein T-Shirt. Dann hat sie sich in ihr Bett gelegt und mir eine gute Nacht gewünscht. So weich das Bett auch war, einschlafen konnte ich nicht. Ich war viel zu aufgeregt. Als Laura eingeschlafen war, bin ich noch einmal heimlich aufgestanden und habe sie mir angeschaut. Gut, eigentlich wollte ich ihr mit einem Filzstift einen Bart malen, doch als ich ihr näherkam, ist sie wieder aufgewacht. Also bin ich schnell in mein Bett und habe ihr beim Einschlafen zugehört. Laura schnarcht.

Meine Augen sind noch ein wenig verschleiert, als ich endlich die Ursache für das schrille Klingeln erkenne. Mein Notfall-Handy. Ich richte mich auf, schaue auf die Nummer und erkenne sie sofort. Dr. Jürgen Oswald hat wohl die einfachste Telefonnummer, die es gibt. Sie endet mit vier Neunen. Dennoch muss ich mal loswerden, dass Helmuts Notfall-Telefon nicht gut durchdacht ist. Für mich als Anrufer ist das ja kein Problem, aber wenn ich angerufen werde, weiß ich nie, ob es sich um einen Notfall handelt oder nicht. Dr. Oswald ist ein sehr gescheiter Mann, immerhin ist er Doktor. Wenn er in einer Notsituation steckt, wird er sich sicherlich selber helfen können. Ich drücke ihn weg, in der Hoffnung, dass Laura nicht aufgewacht ist.

„Wichsknubbel“, schreit sie. Vermutlich meint sie das Telefon. Der Ausdruck ist jedenfalls unheimlich lustig. Sie schlägt sich ein paar Mal auf die Brust. Das tut schon beim Zuschauen weh. Doch als Laura ihre Einlage beendet hat, lächelt sie. Ich muss zugeben, eine große Freude hat sie mir damit nicht gemacht. Wieder klingelt mein Notfall-Telefon. Dr. Oswald ist ganz schön hartnäckig. Vielleicht steckt er in der Klemme. Oder R2D2 ist abgestürzt. Ich versuche, die Situation mit einem Spaß aufzulockern.

„Hier ist der Pumuckl“, erkläre ich mit hoher Stimme, als ich das Gespräch annehme. Dr. Oswald zögert einen Moment.

„Jan, bist du das?“, will er schließlich wissen.

„Nein. Hier ist der Kobold mit dem roten Haar“, helfe ich ihm auf die Sprünge. Ich kann mich vor Lachen kaum halten. Wieder antwortet der Doktor nicht sofort. „Dr. Oswald?“, frage ich nach einigen Sekunden.

„Ja?“

„Ich bin es. Also der Jan!“

„Wo steckst du?“, fragt er und seine Stimme klingt ein wenig erbost.

„Na, in Paris“, sage ich.

„In Paris?“, fragt er, als würde ich das Blaue vom Himmel lügen.

„Warum?“, will ich wissen. Denn Paris ist laut meiner Mutter immer eine Reise wert.

„Du hattest gestern einen Termin“, erklärt er zornig. Ich denke einen Moment nach. Daran kann ich mich nun wirklich nicht erinnern. Zwei Termine so nah beieinander sind sehr ungewöhnlich. Aber Dr. Jürgen Oswald ist ein gelehrter Mann. Er erklärt mir so viele wichtige Dinge, dass ich mir einfach nicht vorstellen kann, dass er einen Fehler macht.

„Den habe ich wohl verschwitzt“, gebe ich also zu.

„Ihr solltet schnell nach Hause kommen“, schlägt er vor. „Nicht, dass es noch Ärger gibt. Ich kann ja die Beute zurückbringen.“ Dr. Oswald ist ein herzensguter Mensch. Ich bin wirklich gerührt, dass er mich so unterstützt. Aber nach einem Notfall hört sich das für mich nicht gerade an. Also verabschiede ich mich und lege auf, bevor er noch ein Wort sagt. Laura sitzt auf ihrem Bett und pfeift wie ein Rohrspatz. Das hat Mama immer gesagt. Ich habe noch nie einen echten Rohrspatz gesehen. Dabei tanzen Lauras Augen wild hin und her. Es ist fantastisch, wie sie ihre Gesichtszüge unter Kontrolle hat. Auch ich versuche, mit den Augen schnell hin und her zu wackeln. Doch mir wird dabei schwindelig.

„Wer war das?“, will sie wissen und deutet mit dem Kopf in Richtung des Handys.

„Das war Dr. Oswald. Er wollte wissen, wo ich bin. Und dann hat er uns geraten, schnell nach Hause zu kommen. Mit uns meint er wahrscheinlich Pluto und mich. Er kann ja nicht wissen, dass du bei mir bist“, erkläre ich stolz. Laura zuckt kurz zusammen und blickt dann auf den Boden. Dieses kurze Zucken habe ich zum ersten Mal bei ihr gesehen.

„Das stimmt. Das kann er nicht wissen. Hast du gut geschlafen?“, fragt sie mich. Ihr Lächeln ist zurück und löst eine innere Wärme in mir aus. Ich bin wirklich glücklich.

„Ja, es war wunderbar“, gluckse ich. „Diese Bettdecke ist so weich. Wenn wir zu Hause sind, kaufe ich mir auch so eine Decke“, erkläre ich. Den Gedanken, dass ich momentan gar kein Zuhause habe, schiebe ich für den Moment beiseite.

„Also?“ Sie guckt mich mit großen Augen an. „Was wollen wir heute machen?“ Wenn wir alleine sind, macht Laura viel weniger Quatsch, als wenn wir unter Fremden sind. Das verwundert mich ein bisschen, denn sie muss doch wissen, wie gerne ich ihre Show habe. Vielleicht kann ich sie animieren. Ich kneife die Augen ein wenig zusammen, ziehe eine Schnute, klopfe mir zweimal auf die Nase und wackle ganz plötzlich mit der Zunge hin und her. Laura reagiert nicht wie erhofft. Sie scheint ein wenig genervt. Das verstehe ich nicht. „Jan, komm schon. Lass den Quatsch. Was willst du heute unternehmen?“ Ich lasse meine Zunge langsam auswackeln und setze mich auf ihr Bett.

„Ich würde gerne ein Baguette essen gehen. Das macht man nämlich in Frankreich. Man isst viel Baguette.“

„Okay. Also kein Frühstück im Hotel. Und dann? Was machen wir nach dem Baguette?“ Das ist eine gute Frage, die ich nicht so einfach beantworten kann. Wir haben die Postkarte ja schon abgearbeitet. „Was hältst du davon, wenn wir eine Stadtrundfahrt mit einem Bus machen? Dann können wir uns die schönsten Bauwerke schon mal ansehen und wenn dir etwas besonders gut gefällt, gehen wir hinein.“

„Aber kein Museum“, lege ich fest.

„Nein, kein Museum“, sagt sie und streichelt mir vorsichtig über den Kopf.

„Ich will aber erst sehen, wie es unserem Blog geht“, schlage ich ihr vor.

„Na, da wird sich seit gestern bestimmt noch nichts getan haben“, erklärt sie mir lachend, startet aber dennoch ihren kleinen Computer. Niemand hat unseren Blog gelesen oder kommentiert. Das stimmt mich ein wenig traurig. Ich hatte mir mehr davon versprochen. Vielleicht hat mein Vater deswegen nie etwas geschrieben. Es hat die anderen Menschen nicht interessiert. „Jan“, sagt Laura und ich spüre ihren Blick, „da kann sich noch nicht viel getan haben. Woher sollen die Leute denn wissen, dass du einen Blog hast? Dazu muss man erst ein bisschen Werbung machen. Vielleicht bei Facebook oder Twitter.“ Sie streichelt mir über die Haare. „Jetzt mach dir nichts draus. Wenn wir da mal etwas Spektakuläres posten, geht es bestimmt ganz schnell.“ Was Spektakuläres? Was meint sie? Ist unser Reisebericht nicht spektakulär genug? „Komm, wir gehen jetzt raus und heute Abend schauen wir, wie wir für ein wenig Betrieb auf der Seite sorgen, okay?“ Wenn ich ehrlich bin, finde ich das nicht okay. Ich würde lieber jetzt schon für mehr Betrieb sorgen, doch ich kann ihr mit ihren schönen, großen Augen einfach keine Bitte ausschlagen.

In einer Bäckerei kaufen wir mir ein Baguette, das allerdings ziemlich trocken ist und, wenn ich ehrlich bin, nach einem ganz gewöhnlichen Brötchen schmeckt. Um Laura nicht zu verärgern, meckere ich aber nicht. Das Scheiß-Baguette ist aber erschreckend groß. Laura hat sich für ein Croissant mit Schokoladenfüllung entschieden. Das sieht schon ziemlich lecker aus.

„Du sabberst schon wieder“, stellt sie fest und reißt mir ein Stück ihres Gebäcks ab. Wir laufen über einen kleinen Spielplatz, auf dem Mädchen Passanten nach Zigaretten anschnorren. In dem Alter sollte man aber nicht rauchen. Grundsätzlich sollte man nicht rauchen. Das kann nämlich tödlich sein. Steht zumindest auf den Packungen, die Victor in meinem Wohnzimmer liegen hat. Die Sonne strahlt mir angenehm ins Gesicht und ich wünschte, diese Tage mit Laura würden niemals vorübergehen. Zwischen einigen hohen Häusern erkenne ich eine weiße Kuppel, die sicherlich zu einer Kirche gehört. Der helle Anblick zieht mich in seinen Bann.

„Das ist Sacré Coeur“, erklärt mir Laura, die ihr Croissant leider schon verdrückt hat. „Die Kirche liegt auf einem kleinen Hügel, der

Montmartre heißt. Laut Reiseführer hat man von dort einen unglaublichen Ausblick auf Paris." Das lasse ich mir natürlich nicht zweimal sagen. Ich kann ja nicht ahnen, wie viele Stufen ich hochklettern muss. Auf der Treppe hinauf zu der Kirche befinden sich unglaublich viele Menschen, die hin und wieder über Lauras Schimpfworte lachen können. Laura stiehlt sogar einem Mann die Show, der sich mit rundem, schwarzem Hut, falschem Schnauzer und weiß geschminkter Haut verkleidet hat. Dazu wackelt er mit einem Gehstock seltsam hin und her. Die Verkleidung ist dem Kerl nicht sonderlich gut gelungen, denn ich habe sofort erkannt, dass dieses Outfit nur eine Maskerade ist. Zumal er einen weiteren Hut auf den Boden gelegt hat, in den Menschen Geld werfen. Er erinnert mich an die Menschen, die sich vor der Kölner Kirche als Bär oder Clown verkleiden. Nur dass sein Kostüm nicht sonderlich gut gewählt ist. Ich warte nur darauf, dass meine Begleiterin sich zu einer weiteren Einlage hinreißen lässt, dann lege ich meine Kappe auch auf den Boden. Laura scheint durch ihre Show bereits eine kleine Fangemeinschaft aufgebaut zu haben. Denn immer wieder sprechen uns kleine Mädchen an und fordern uns auf, ihnen ein Autogramm auf einem Klappbrett zu geben, dann halten sie die Hand auf, als wollten sie Geld haben. Für einen kurzen Augenblick spiele ich mit dem Gedanken, den Mädchen eine Tüte zu überlassen. Doch eigentlich ist es ja auch Lauras Beute und ich kann nicht über ihren Kopf hinweg entscheiden. Laura ist bereits ein paar Stufen vorangegangen und genießt gerade den Ausblick. Es gehört sich nicht, sie in der Menschenmasse zu rufen.

Auf einigen Treppenstufen bieten Männer Freundschaftsarmbänder an. Nett, wie sie nun mal sind, wickeln sie diese direkt um die Arme der Passanten. Ich finde die Idee super. So kann ich Laura zeigen, wie gut wir wirklich befreundet sind. Da wird sie sicherlich Augen machen. Hoffentlich die großen mit dem Ploppgeräusch ihrer Zunge.

„Hallo, ich bin Jan Lehmann", stelle ich mich einem dunkelhäutigen Mann vor. Der wirkt etwas verunsichert, als ich ihm die Hand reichen will. Ich halte diese Geste jedoch für angebracht, schließlich geht es bei seinem Anliegen um nichts Geringeres als Freundschaft. Also mache ich mit meiner Digitalkamera noch schnell ein Foto von ihm. „Ich würde gerne zwei Ihrer Freundschaftsarmbänder kaufen."

„Looki, looki“, sagt der Mann und winkt mit den Bändern.

„Ja. Genau. Zweimal Lukiluki, bitte“, sage ich und verdeutliche mein Anliegen mit den Fingern. Der Mann ruft einem anderen Verkäufer etwas zu und ehe ich mich versehe, befinde ich mich in einer ganzen Traube von Händlern. Sie bieten mir Eiffeltürme in unterschiedlichen Größen, Freundschaftsarmbänder in verschiedenen Farben, leuchtende Schwerter – die finde ich schon ziemlich interessant –, ja sogar Lederhandtaschen und -schuhe an. Eine Frau würde sich hier wie im siebten Himmel fühlen. Es dauert, bis ich sämtliche Angebote gehört habe. Die Freundschaftsarmbänder waren zu einem echten Spottpreis zu haben. Und auch das Leuchtschwert war recht erschwinglich. Ich packe es allerdings in eine Tüte, denn eigentlich bin ich für ein Schwert schon ein wenig alt. Aber das leuchtet in drei Farben und wenn man auf einen Knopf drückt, macht es „Wiiii“!

Es dauert noch einige Verkaufsgespräche, die allerdings recht einseitig verlaufen, denn ich spreche nach neuster Erkenntnis nicht so gut Französisch wie erhofft, dann erreiche ich Laura auf einer Plattform. Zunächst wundert sie sich doch über das bunte Leuchtband, das ich um den Hals trage, und die beiden kleinen Eiffeltürme, die neben dem Schwert aus der Tüte schauen, dann lächelt sie wieder warmherzig.

„Siehst du?“, fragt sie und zeigt hinter mich. Ich drehe mich langsam um. Tatsache. Der Ausblick über Frankreich ist schon beeindruckend. Zwischen den ganzen Dächern ragen mehrere Kirchtürme in die Luft. Nur den Eiffelturm sehe ich nicht. Er liegt bestimmt auf der anderen Seite der Kirche. „Wo ist dein Rucksack?“, fragt Laura plötzlich. Ich lache, denn Laura will sich bestimmt einen Spaß erlauben. Mein Rucksack ist ja schließlich auf meinem Rücken.

„Da hinten“, erkläre ich ihr und deute mit dem Daumen auf meinen Rücken. Sie schüttelt den Kopf.

„War da das Geld drin?“, fragt sie eine Spur zu laut. Ihr Gesichtsausdruck macht mir ein wenig Angst. Sie scheint nicht zum Spaßen aufgelegt zu sein. „Jan, wo ist das Geld?“, fragt sie mich. Der Zorn in ihrer Stimme macht mich traurig. Wenn ich nicht schon so groß wäre, würde ich am liebsten anfangen zu weinen. Mein geliebter Rucksack ist weg. Unendlich viele schöne Erinnerungen verbinde ich damit. Und dann ist Laura auch noch sauer auf mich. So sehr, dass sie mich fest an den Armen packt und hin und her schleudert. „Wo ist das beschissene Geld?“ Selbst das Schimpfwort macht mir so keine Freude mehr. Warum ist ihr das Geld denn nur so wichtig? Immerhin verbringen wir hier wunderbare Tage.

„In den Tüten“, antworte ich und halte beide hoch, allerdings ziemlich vorsichtig, damit Laura das Schwert nicht sieht. Sie atmet hörbar aus. „Ich habe ihn sicherlich irgendwo stehen lassen“, versuche ich sie zu beruhigen. „Mach dir keine Sorgen. Den finden wir schon wieder.“ Doch Laura will sich offenbar nicht damit zufriedengeben.

„War in deinem Rucksack irgendetwas anderes Wertvolles?“

„Lass uns einfach den gleichen Weg zurückgehen und wir werden ihn in Nullkommanichts wiederhaben.“

„War in dem Rucksack etwas Wertvolles?“, wiederholt Laura energisch. Sie ist wirklich böse auf mich. So kenne ich sie gar nicht.

„Nein. Eigentlich nicht.“ Den Rest des Baguettes schätze ich jedenfalls nicht als besonders wertvoll ein, doch ich werde Laura sicherlich nicht beichten, dass ich das Brot in einem unbeobachteten Moment habe verschwinden lassen. Oh. Das Paket von Ludo. Daran hatte ich jetzt gar nicht mehr gedacht. Mist. Ich wollte Laura doch die Unterwäsche schenken.

„Nur das Paket von Ludo“, beichte ich ihr.

„Was für ein Paket?“, will sie wissen.

„Na das mit dem Stoff.“ Laura schaut mich etwas verwundert an. Doch ich komme gar nicht mehr dazu, sie in Ludos Unterwäsche-Handel einzuweihen. Vor den Treppenstufen hinauf zu der Kirche ist ein kleiner Tumult entstanden. Menschen in Uniformen – ich vermute, es handelt sich um die französische Polizei – unterhalten sich mit den aufgebrachten Händlern und den Mädchen mit Klappbrett. Wie nett, dass die Polizisten auch Autogramme geben. Ein großgewachsener Mann mit Lederjacke hält den Verkäufer der Freundschaftsarmbänder am Ärmel fest. In der anderen Hand trägt er meinen Rucksack. Gott sei

Dank. Ich bin überglücklich, dass der Mann meine Tasche wiedergefunden hat, und würde ihm am liebsten ein „Dankeschön" zurufen. Doch der Kerl ist zu weit weg. Wir steigen die ersten Treppenstufen wieder hinunter. Ein anderer Mann in grauem T-Shirt nähert sich dem Lederjackenträger. Er schaut den Verkäufer freundlich an, wechselt ein paar Worte mit ihm und nimmt sich schließlich meinen Rucksack. Das ist mir ein wenig unangenehm, denn eigentlich gehört es sich nicht, in fremden Taschen herumzuschnüffeln. Das hat mir Mutter während der gesamten Schulzeit eingetrichtert, und außerdem will ich nicht mit heißer Unterwäsche erwischt werden. Das wäre mir peinlich, auch wenn sie ja eigentlich Ludo gehört. Wir haben den Fuß des kleinen Berges fast erreicht, als der Mann das Paket aus meiner Tasche fischt. Ich halte Laura am Arm fest und bleibe stehen. Sie sieht mich irritiert an.

„Das ist das Paket von Ludo?", fragt sie mich. „Wieso hast du es?"

„Ich sollte es für ihn in Brüssel einem anderen Mann übergeben."

„Du Schwachkopf", schimpft sie, aber schon wieder nicht so lustig wie sonst. „Du kannst nicht für andere Menschen Pakete durch die Gegend tragen. Er war auch in Brüssel. Was meinst du, warum er das Paket nicht selbst übergeben hat?" Oh. Das ist aber eine sehr gute Frage. Ich denke einen Moment nach.

„Na ist doch klar", fällt es mir plötzlich wie Schuppen von den Augen. „In dem Paket befindet sich heiße Unterwäsche. Ludo war es bestimmt peinlich, Damenunterhosen zu tragen."

„Qu'est-ce que c'est?", will der Mann im T-Shirt von dem Händler wissen und zeigt auf Ludos Paket.

„Sollen wir denen sagen, dass es Unterwäsche ist?", frage ich Laura. Sie hat sich vorsichtig abgewandt und steigt die Treppen ganz langsam wieder hinauf.

„Auf keinen Fall", sagt sie in ernstem Tonfall. „Wir sehen zu, dass wir hier verschwinden."

„Aber was ist mit meinem Rucksack?", protestiere ich, „Damit verbinde ich jede Menge toller Erinnerungen." Laura ist von meinem Einwand wenig begeistert. Sie zieht mich etwas grob an der Hand. Das gefällt mir nicht. Ich reiße mich los und will bei den Männern meinen Rucksack holen gehen, als einer der beiden plötzlich laut schreit. Ich verstehe keinen Ton, aber es hat sicherlich mit meinem Päckchen zu tun. Klar, Unterwäsche ist aber auch aufregend. Vor allem so schöne.

„Jan, komm jetzt“, sagt Laura energisch. Ich verstehe noch immer nicht, wo ihr Problem liegt. „Das ist keine Unterwäsche“, erklärt sie schließlich. „Wir sollten sehen, dass wir uns unauffällig aus der Affäre ziehen“, flüstert sie. Wir haben die erste Plattform erreicht, als ein Schwall von Schimpfwörtern aus ihrem Mund sprudelt. Laut. Sie lässt ihren Worten noch ein grunzendes Schwein folgen und kräht wie ein Hahn. So langsam frage ich mich, ob Laura und ich unter dem Begriff „unauffällig“ andere Dinge verstehen. Doch ich komme nicht dazu, sie zu fragen. Als der Händler auf uns zeigt, zieht sie mit aller Kraft an meiner Hand. Ich habe Schwierigkeiten, nicht umzufallen. Schnellen Schrittes bewegen wir uns durch die Menschenmassen hinauf zu der weißen Kirche. Laura führt mich an einer Gruppe Asiaten vorbei und springt über eine kleine Absperrung. Das tut man eigentlich nicht, aber man überfällt ja normalerweise auch keine Bank. Also folge ich ihr. Ein Mann protestiert auf Deutsch und ich freue mich, Einheimische zu sehen. Ich schüttle ihm im Vorbeigehen die Hand, Laura streckt ihm die Zunge raus und nennt ihn einen „dreckigen Spießer“. Dann besteigen wir eine seltsame Gondel und fahren damit den Berg wieder hinunter. Ich vermute, Laura hat in der Hektik die Orientierung verloren, denn als wir aus der Gondel aussteigen, stehen wir wieder am Fuß des Berges. Das ist alles sehr verwirrend. Sie zieht mich in einen kleinen Souvenirladen und kauft uns dort einen Schal und eine Baskenmütze. Dann wickelt sie sich den Schal um den Kopf, setzt mir die Mütze auf und schaut auf die Straße. Dieses neue Spiel gefällt mir außerordentlich gut. Sie nimmt mich wieder an die Hand und zieht mich in eine kleine Seitengasse. Hier reihen sich Imbissbuden aneinander. Ich kann mich nicht entscheiden zwischen einem überbackenen Baguette und einer Eiscreme. Laura hat leider keine Augen für die ganzen Leckereien. Sie zieht mich hektisch hinter sich her und bleibt noch nicht einmal vor einer Bäckerei mit Croissants mit Schokofüllung in der Auslage stehen. Ich blicke noch einmal zurück.

Auf der weißen Treppe herrscht ein hektisches Treiben. Männer laufen wild durcheinander. Ab und zu schreit jemand.

„Komm schon", ruft Laura, doch ich kann nicht anders, als noch einmal kurz zurückzugehen. Ich drücke ihr die Tüten in die Hand und laufe los. Auf einem grauen Opel steht mein Rucksack. Ich verbinde zu schöne Erinnerungen mit ihm, als ihn einfach zurücklassen zu können. Er ist offen. Der Mann in Lederjacke hält ein Päckchen mit weißem Zeug in den Händen. Es sieht nicht wirklich aus wie Damenunterwäsche, vermutlich war Ludo in Eile und hat nach dem falschen Paket gegriffen. Ich laufe zwischen den Autos hindurch, geduckt, denn ich habe schon verstanden, dass die Männer nach uns Ausschau halten. Mit einer Agentenrolle überquere ich die Straße zum Auto, stoße mir dabei aber ziemlich böse den Kopf an und schlage mit dem Becken unsanft auf. Ein Kind lacht über mich, die dazugehörige Mutter schaut mich mitleidig an. Das braucht sie nicht, denn ich bin mir ziemlich sicher, dass meine Agentenrolle gut aussah. Ich mache das Victory-Zeichen und grüße meine neuen Fans. Dann schleiche ich mich an meinen Rucksack und stibitze ihn. So schnell ich kann - und ich kann ziemlich schnell –, laufe ich zurück. „Bist du jetzt vollkommen bescheuert?", raunzt Laura mich an.

„Mein Rucksack." Ich zeige auf das Textilstück. Laura muss doch wissen, wie wichtig er mir ist.

„Du kannst der Polizei nicht den Rucksack stehlen."

„Ist ja meiner. Also nicht geklaut", erkläre ich. Doch Laura hat sich schon längst umgedreht und stapft wütend davon. Wir kommen an eine große Straße, in deren Mitte ein grün-rotes Schild auf eine Metrostation aufmerksam macht. Mehrere Autos mit Blaulicht jagen in Höllentempo über die Straße. Kurz bevor das erste Fahrzeug uns passiert, reißt Laura mich herum und drückt mir ihre Lippen auf den Mund. Das fühlt sich traumhaft an. Ihr Mund ist ganz warm und sie riecht ein wenig süßlich. Ein kalter Schauer läuft mir über den Rücken, dafür ist mein Magen umso wärmer. Ich zittere ein wenig und merke, dass mir ein bisschen schummrig wird. Ich habe noch nie eine Frau geküsst. Noch nicht einmal meine Mutter. Ob Laura und ich jetzt ein Paar sind? Ich werde sie bei Gelegenheit fragen müssen. Auch wenn ich nicht genau weiß, wie ich die Frage am besten formuliere. Nach einigen endlosen Sekunden löst sie sich wieder von mir. Ich bin noch immer ganz hin und weg, als sie mich die Bahnstation hinunter in den Untergrund zieht. Meine Wangen sind ganz warm und sicherlich auch ziemlich rot. Wir springen in die nächste Bahn und fahren ein paar Stationen. Laura scheint von dem Kuss auch ein wenig irritiert zu sein. Sie wirkt sehr nervös. An jeder Bahnstation blickt sie ängstlich aus der Tür. Ich verstehe ihre Bedenken nicht. Plötzlich steigen wir aus, folgen einem langen Tunnel und erreichen nach wenigen Augenblicken einen anderen Bahnsteig. Nach zwei Minuten läuft ein weiterer Zug ein und Laura zieht mich hinein. Er ist unglaublich voll und eine kleine Asiatin reibt ihre festen Brüste an meinen Rücken. Das ist mir unangenehm. Wir fahren drei Stationen, bis wir erneut aussteigen. Dann laufen wir eine Treppe hoch und befinden uns direkt vor unserem Hotel. Laura wartet nicht lange. Sie zieht mich wie einen Hund an der Leine hinter sich her und ehe ich mich versehe, stehe ich in dem Aufzug. Seit unserem Kuss hat sie kein Wort mehr mit mir gesprochen. Ich strecke ihr lustig die Zunge raus, doch Laura reagiert nicht. Sie guckt mich seltsam an und lässt sich noch nicht einmal zu einer ihrer Grimassen hinreißen. Wir steigen im zweiten Stock aus und ich folge ihr leise den Flur entlang zu unserem Zimmer. Vielleicht will Laura mich noch einmal küssen. Meine Vorfreude steigt genauso schnell wie die Angst, dabei etwas falsch zu machen. Wir betreten das Zimmer und Laura schließt die Tür ab.

„Bist du jetzt vollkommen übergeschnappt?“, will sie in ernstem Ton von mir wissen.

„Nicht mehr als sonst auch“, sage ich lachend. Das hat meine Mutter mir beigebracht. Laura findet das offensichtlich nicht halb so lustig wie ich. Ich bin vollkommen verwirrt. Vor weniger als einer Stunde hat sie mich geküsst und jetzt ist sie vollkommen aufgebracht.

„Du kannst nicht von einem fremden Mann ein Paket annehmen und es durch Brüssel schmuggeln.“ Eigentlich hatte ich gedacht, das Thema wäre bereits beendet.

„Aber Ludo ist kein Fremder. Er hat mir versprochen, dass wir Freunde sind“, erkläre ich ihr.

„Er hat dir Rauschgift gegeben“, stellt sie fest. „Da war keine Unterwäsche in dem Paket. Und was hättest du gemacht, wenn die Polizei das Geld bei dir gefunden hätte?“ Wieder so eine gute Frage.

„Vielleicht geteilt?“, schlage ich vor. „Die hätten sich bestimmt gefreut.“

„Die hätten gedacht, dass das Geld aus einem Drogendeal ist, Jan. So dumm kann man doch nicht sein. Selbst du nicht“, schimpft sie. Normalerweise mag ich es, wenn sie mich beleidigt. Aber das tat weh. Ich kann es nicht haben, wenn man sagt, ich sei dumm. Das hat mir schon in der Schule nicht sonderlich gut gefallen. „Mein Gott, wie hättest du ihnen das ganze Geld denn erklären wollen?“

„Na mit dem Banküberfall. Das stimmt doch auch.“ Laura schüttelt den Kopf. Sie ist enttäuscht von mir. Dabei wollte ich nur meinen Rucksack wiederhaben. Jetzt sitzt sie auf ihrem Bett und schweigt mich an. Das ist traurig, denn eigentlich wollte ich sie fragen, ob wir nun ein Paar sind. Und ich wollte in dem Blog schreiben, dass wir uns endlich geküsst haben. Wenn das mal nicht spektakulär ist, dann weiß ich auch nicht. Damit werde ich wohl noch ein wenig warten müssen.

*****

Am Morgen ist Laura schon wieder ein wenig besser gelaunt. Wahrscheinlich war sie einfach nur müde. Wir sind ziemlich schnell ins Bett gegangen. Laura war noch einmal kurz vor der Tür. Vielleicht wollte sie einen Moment alleine sein. Heute Morgen waren wir schon frühstücken und haben das Hotelzimmer verlassen. Laura hat gesagt, sie wolle so schnell wie möglich die Stadt verlassen, aber ich konnte sie noch zu einem Spaziergang überreden. Schließlich wollten wir uns ja eigentlich noch die schönsten Bauwerke der Stadt ansehen. Ich habe Laura gesagt, sie dürfe sich ein Bauwerk aussuchen und das würden wir dann besuchen. Tatsächlich ist sie darauf eingegangen. Sie scheint den Streit von gestern Abend vergessen zu haben. Ich hoffe, dass sie sich noch an unseren Kuss erinnern kann. Denn der war unheimlich leidenschaftlich und ich hätte gerne weitere davon. Lauras Gefühlsschwankungen verwirren mich schon ein wenig. Sie hat sich schließlich für ein Museum entschieden. Wieso, weiß ich nicht. Denn eigentlich hatten wir ja vereinbart, dass wir da keinen Fuß reinsetzen wollten. Doch aus Angst, sie erneut zu enttäuschen, willige ich ein. So schlimm wird es ja schon nicht werden. Laura kommt mir auch ein wenig entgegen. Nach ihrer Aussage gibt es in den Museen Souvenir-Läden und ich darf mir etwas Schönes aussuchen. Das kann ich mir ja nicht entgehen lassen. Vielleicht gibt es da diese tollen Holzschläger wie in den Souvenir-Shops am Strand in Holland.

Laura wirkt während der Fahrt zu dem Museum noch immer ein wenig nervös. Ständig schaut sie aus dem Fenster und schreckt zusammen, wenn ihr jemand zu nahe kommt. Ihren Humor hat sie glücklicherweise noch nicht verloren. Immer wieder ruft sie lustige Dinge. In der Bahn hat sie einen Asiaten „Schlitzi“ genannt. Vermutlich wegen der komischen Augen. Das war lustig. Um ihr eine Freude zu machen, habe ich „Drei Chinesen mit dem Kontrabass“ mit „u“ gesungen. Herrlich! Auch Laura hat gelacht. Ich glaube, der Asiate hat das Lied nicht verstanden, er hat einfach nur aus dem Fenster gestarrt. Vielleicht kannte er den Gassenhauer aber auch nicht. Wir fahren mit der Linie 7 quer durch die ganze Stadt. Die Linie 7 mag ich am wenigsten, denn sie ist rosa. Und rosa ist für Jungs einfach nichts. Die Fahrt ist sehr langweilig und dauert länger als gedacht. Ich hätte nicht geglaubt, dass sich unser Ziel immer noch in Paris befindet. Doch Laura ist sich sicher. Sie hat das Museum im Reiseführer ausfindig gemacht und mir versprochen, dass es mir gefallen werde. „Keine langweiligen Bilder von toten Künstlern“, hat sie gesagt. Ich habe mal von diesem Museum gehört, in dem Menschen aus Wachs gemacht sind. Das würde mich interessieren. Aber soviel ich weiß, befindet sich dieses Madame-Tussy-Ding in London. Vielleicht wäre das auch mal eine Reise wert. Die Sonne brennt vom Himmel, als wir die Bahn-Station verlassen. Es ist fast schon zu heiß und tatsächlich bin ich froh, schon bald einen schattigen Platz über dem Kopf zu haben. Unter meinen Armbeugen sammelt sich ein wenig Feuchtigkeit und ich muss zugeben, mein T-Shirt nimmt mittlerweile einen nicht ganz so angenehmen Geruch an. Laura und ich wollen am Nachmittag noch ein wenig shoppen gehen. Sie sagt, es gebe hier in Paris dazu eine ganz bekannte Straße. Eigentlich halte ich nichts von Shoppen-

Gehen, aber ich will Laura nicht enttäuschen und vielleicht springt für mich ja noch eine schicke Kappe heraus. Zunächst steht ja ohnehin der Besuch des Museums an.

„Die Stadt der Musik“, sagt Laura, als wir vor einem imposanten Gebäude haltmachen. Meine Mutter sagte immer, Paris sei die Stadt der Liebe. Aber vermutlich hat sie sich einfach nur vertan. Das Dach ist seltsam geformt und meine Vorstellung von Museen in alten Gebäuden mit noch älteren Gemälden ist jetzt schon passé. „Das ist ein Musikmuseum“, erklärt Laura weiter. Am Eingang muss ich die Tüten mit den Eiffeltürmen und der Beute sowie meinen Schreibmaschinenkasten abgeben. Ein schielender Mann nimmt die Sachen entgegen und schmeißt sie etwas lustlos in eine große Kiste. Zum Glück haben wir Pluto nicht mehr dabei. Ich könnte mir vorstellen, dass er nur ziemlich ungern in der Kiste Platz genommen hätte. „Hier werden Hunderte von alten Musikinstrumenten ausgestellt“, erklärt Laura, als wir vor den ersten Objekten stehen. Ich wusste nicht, dass es Museen gibt, in denen so wenige Gemälde zu sehen sind. Ich bin durchweg positiv überrascht. Es gibt Gitarren, Geigen und sogar Tubas. Stark. Ich wünschte, ich hätte eine Tuba, die man so um den Bauch binden kann wie in den Zeichentrickfilmen mit Mickey Maus. Laura erzählt mir etwas über ein besonderes Klavier, das in Wirklichkeit gar kein Klavier ist. Das irritiert mich, zumal meine Aufmerksamkeit den Blasinstrumenten gilt. Schon als Kind hatte ich eine Blockflöte. Eine gelbe mit Garfield-Aufkleber drauf. Die war wunderschön und wenn ich mich recht entsinne, war ich auch ein Ass an dem Instrument. Vielleicht könnte ich auch Querflöte spielen. Die sind aus glänzendem Metall.

Wir kommen zu einem kleinen Saal, in dem eine Frau einen Vortrag hält. In ihrer Hand hält sie eine winzig kleine Flöte. Nach einigen Augenblicken schweigt sie und bläst dann in die kleine Pfeife. Eine schönere Musik habe ich selten gehört. Es ist erstaunlich, wozu dieses kleine Holzstück in ihrer Hand fähig ist. Sie macht eine kurze Pause. Das Publikum klatscht und ein Mann mit langen Haaren und einem weißen Schal steht auf und ruft etwas. Auch ich klatsche, denn ich mag das Geräusch, wenn meine Hände aufeinandertreffen. Die ältere Dame verbeugt sich und beginnt wieder zu sprechen.

„Auf der Leinwand steht die Übersetzung von ihrem Vortrag", erklärt mir Laura und zeigt auf die kleine Schrift im Hintergrund, die ich nur schwer lesen kann. Doch der Vortrag scheint spannend zu sein. In dem Raum ist es mucksmäuschenstill. Neben mir hustet ein Mann und wird von seiner Frau dafür böse angeblickt.

„Du hässliche Schabracke", schreit Laura plötzlich und lässt ihren Worten einige lustige Geräusche und Handbewegungen folgen. Damit hat sie die gesamte Aufmerksamkeit. Der ganze Saal guckt uns an. Sie klopft sich zweimal auf die Brust, macht mit der Zunge ein Pupsgeräusch und zeigt dem hustenden Mann den Mittelfinger. Dann schreit sie wie ein Elch und setzt sich wieder. Dieses Mal beginne ich zu klatschen. Damit Laura sich verbeugt, stehe auch ich auf und rufe: „Hurra, Laura! Weiter so! Zugabe!" Einige Menschen drehen sich wieder um, der Mann mit dem weißen Schal steht allerdings erneut auf und ruft ebenfalls: „Bravo, bravissimo!" Nach und nach stimmen immer mehr Menschen mit in das Klatschen ein. Auch wenn ihr Gesichtsausdruck es nicht verrät, scheint Laura so begeistert, dass sie sich zu einer Zugabe hinreißen lässt. „Hört auf, ihr Spinner. Dämliche Vollspasten", ruft sie. Ihre Augen verdrehen sich recht abenteuerlich und ihre Hände klopfen abwechselnd auf Kopf und Bauch. Mama hat immer gesagt, wenn man Grimassen schneide, dürfe man nicht erschreckt werden, sonst würden die Augen so stehen bleiben. Ich würde ihre Worte so unheimlich gerne überprüfen, aber ich habe Angst, Lauras Aussehen könnte darunter ein wenig leiden. Ich glaube, schielend gefällt sie mir nicht so gut. Oder doch? So lustig ihre Vorstellung auch war, eigentlich hätte ich gerne weiter der Frau mit der Flöte gelauscht. Noch immer bin ich von dem Instrument vollkommen begeistert und unheimlich glücklich, dass Laura mich mit in das Museum genommen hat. Blöderweise endet unser Aufenthalt ziemlich plötzlich, als uns ein großer Mann in dunkelblauer Uniform an die frische Luft führt. Das ist schade, denn ich hatte den Eindruck, als wäre die Frau noch gar nicht fertig gewesen. Immerhin bringt uns der nette Mann unser Gepäck. Zum Glück. Mit dem Schreibmaschinenkasten verbinde ich nämlich eine ganze Menge Erinnerungen.

„Hier fahren immer die Radfahrer bei der Tour de France entlang“, sagt Laura. Wir marschieren eine breite Straße hinunter. Ich nicke, obwohl ich nicht die leiseste Ahnung habe, wovon Laura spricht. Ich kenne keine Radfahrer. Als Kind habe ich mal ein Fahrrad besessen. Nicht lange. Als ich bei Frau Kramer Frösche gekauft und den kleinen Eckladen wieder verlassen habe, war das Fahrrad weg. Meine Mutter sagte mir, es sei geklaut worden, aber ich kann mir auch vorstellen, dass es sich jemand nur ausgeliehen hat. Jedenfalls wollte mir Mama kein neues mehr kaufen. Erst, wenn Papa von seiner Weltreise zurückkommt. Bislang ist er noch nicht zurückgekehrt. Die Straße ist voll von Menschen. Hin und wieder beschwert sich jemand über meinen Schreibmaschinenkasten. Aber ich kann ja nichts dafür, dass er so groß ist. Überall gibt es Modegeschäfte und Cafés. In einem Sportgeschäft kaufen wir mir zwei neue T-Shirts. Auf einem steht sogar der Name meines Lieblingsfußballvereins. Bayern München ist wirklich spitze. Wenn die sogar T-Shirts in Paris verkaufen, müssen die einfach nur toll sein. Vor einem kleinen Souvenirladen bleibe ich schließlich stehen.

„Wir haben ganz vergessen, mir im Museum etwas zu kaufen“, sage ich ein wenig trauriger, als ich wirklich bin. „Können wir das nicht jetzt nachholen?“ Laura tätschelt mir über den Kopf.

„Natürlich, Jan. Hier?“, will sie wissen und deutet auf den kleinen Laden. Ich schaue in das Schaufenster und nicke glücklich. Zwei Minuten später bin ich der stolze Besitzer einer Holzflöte.

„Das ist eine Schalmei“, sagt Laura. Ich puste mit aller Kraft hinein, einen Laut bekomme ich trotzdem nicht heraus. Laura lacht. „Da musst du wohl noch ein bisschen üben“, schlägt sie vor. Da hat sie recht.

Am Ende der Straße befindet sich ein großes Tor. Laura sagt, es sei weltberühmt. Ich sehe es zum ersten Mal. Ringsherum hupen sich irgendwelche Fahrzeuge an. Der Verkehr ist nicht ohne, und wenn ich ehrlich bin, antworte ich auf Lauras Frage, ob ich denn dieses große Steintor von Nahem sehen will, nur aus Angst vor den zahlreichen Autos mit „Nein!“. In dem ganzen Trubel gehen leider auch ihre neuen Schimpfwörter ein wenig unter.

Unser Paris-Ausflug endet da, wo er auch angefangen hat. Wir stehen wieder vor dem Eiffelturm. Ein paar wenige Wolken kreisen um die Spitze und ich kann mir vorstellen, dass man von da oben bis nach Hause gucken kann. Mein Nacken schmerzt etwas und wieder überkommt mich ein leichter Schwindel, als meine Augen den Wolken folgen.

„Wollen wir da hoch?", fragt Laura. Ich bin mir nicht so sicher. „Na komm, sei kein Angsthase." Sie schlägt mir mit der Faust ganz leicht gegen den Oberarm. Ich muss zugeben, ein wenig Bammel habe ich schon. Aber ich weiß, dass Frauen wie Laura Angsthasen nicht so attraktiv finden. Da ich ihr natürlich gefallen will, nicke ich zögerlich. Laura brabbelt in einer Tour, als die Kabine sich in Bewegung setzt. Es sei das höchste Bauwerk von Paris, um die dreihundert Meter hoch und diente eigentlich als Fernsehturm. All ihre Erzählungen tragen nicht gerade dazu bei, meine Angst zu überwinden, besonders nicht der Bericht über die zahlreichen Todesfälle. Victor hat ihr erzählt, dass ein Bekannter von ihm die Spitze des Eiffelturms hochgeklettert ist. Er hat Laura im Internet auch Fotos gezeigt. Ich bin schwer beeindruckt. So viel Mut habe ich Victors Freunden gar nicht zugetraut. Laura erzählt mir mit großen Augen von Victors Freunden. Auch ihr scheint Mut zu imponieren. Schade, dass ich nicht so mutig bin. Das würde Laura sicherlich gefallen. Ich verkrieche mich da schon lieber in eine Ecke des Aufzugs und schaue bloß nicht nach unten. Laura hat aufgehört zu brabbeln, dafür flucht sie unaufhörlich. Vermutlich hat die Arme auch ein wenig Höhenangst.

„Sollen wir wieder runterfahren?", frage ich Laura zugegebenermaßen ein wenig bittend, als wir die erste Plattform erreichen. Wenn ich ehrlich bin, habe ich schon mehr als genug gesehen. Laura streichelt mir über den Kopf.

„Hat der Kleine Angst?", fragt sie. Ich bin mir nicht sicher, wie ich die Frage einschätzen soll, doch eigentlich bin ich nicht mehr klein. 1,78 Meter steht auf meinem Perso. Und Angst habe ich auch nicht so richtig. Na ja, zumindest nicht vor Laura. Vorsichtig schüttle ich den Kopf. Ich habe Bedenken, dass zu viel Bewegung das Gleichgewicht des Bauwerks stören könnte. „Na komm schon. Wir habe lange genug dafür angestanden“, erklärt sie. Das stimmt. Das Anstehen war wirklich langweilig, zumal Laura keine Lust auf ein Fecht-Duell mit meinem Leuchtschwert und den beiden kleinen Metall-Eiffeltürmen hatte. Die zweite Gondel ist viel kleiner und enger. Mit meinem Schreibmaschinenkasten auf dem Rücken gibt es für mich kaum eine Gelegenheit, mich in irgendeiner Ecke zu verstecken. Der Fahrstuhl hat überall Scheiben und ich kann nicht anders, als hinauszuschauen. Eigentlich kann ich nicht verstehen, dass da unten so viele Menschen anstehen, nur um sich diese Fahrt zu leisten. Nach wenigen Minuten erreichen wir die dritte Etage. Wenn ich nicht so große Angst hätte hinunterzufallen, wäre der Ausblick sicher toll. Ich kneife die Augen zusammen und stelle mich mit dem Rücken zur Wand. Laura traut sich was: Sie lehnt sich an den wirklich nicht sicher aussehenden Zaun und schaut hinunter. Sie macht zwei, drei seltsame Bewegungen mit den Armen und rüttelt am Zaun. Dabei verheddert sich ihr Schlüsselanhänger im Metall. Ich kann gar nicht richtig hinsehen, denn wenn ich auf den Schlüssel schaue, muss ich unweigerlich auch nach unten auf die kleinen Punkte auf dem Vorplatz des Eiffelturms blicken. Der Schlüssel baumelt frei in der Luft. Zum Glück ist das auch Laura aufgefallen. Sie zieht mit aller Kraft an dem rosafarbenen Band, auf dem eine dämliche Katze blöd aus der Wäsche grinst. Plötzlich gibt das Band nach und reißt an einer Stelle auf. Vor lauter Schreck lässt Laura den Anhänger los. Er rutscht durch den Zaun und fällt auf einen kleinen Vorsprung. Laura geht auf die Knie und versucht vergeblich, durch die kleinen Metallstreben zu fassen. Durch die winzigen Öffnungen auf Kniehöhe hätte noch nicht einmal der Schlüssel gepasst. Dementsprechend deutlich scheitert auch ihr Versuch. Sie rüttelt erneut am Zaun und flucht. Aber anders als sonst. Sie dreht sich um und in ihren Augen sehe ich Tränen. Sie hängt an diesem Schlüssel mit Katzenaufdruck am rosafarbenen Schlüsselband. Ich würde sie gerne trösten, doch traue ich mich nicht, Laura einfach anzufassen. Da hat sie schon einmal böse drauf reagiert. Ich will ihr unbedingt helfen und ich fürchte, die Hilfe sollte schnell kommen. Denn es ist unglaublich windig. Der Zaun ist einige Zentimeter größer als ich und zur Wand hinter mir gewölbt. Ich blicke mich nach einem Wachmann oder Eiffelturm-Angestellten um, kann aber niemanden in Uniform sehen. Das kann ja eigentlich nicht sein, denke ich mir, und schiebe mich durch eine enge Metalltür, die einen Spalt offen steht. Tatsächlich befinde ich mich in einer Art Besenkammer. Bei so viel Werkzeug, Farben und Eimern muss es eigentlich auch Personal geben. Hinter einer weiteren Tür finde ich ein paar Metallstufen, die mit gelb-schwarzem Klebeband verschönert wurden. Ich steige die Treppe empor.

„Allô?“, rufe ich, in der Hoffnung, endlich jemanden zu finden. „Bonjour?“ Nichts. „Priparpous?“ Noch immer nichts. Offenbar hat das Personal heute frei. Am Ende der Treppe befindet sich eine weitere Tür. Ich öffne sie vorsichtig und bin wieder an der frischen Luft, allerdings ohne Zaun, noch ein Stück höher und vor allem mit einer noch größeren Portion Höhenangst. Unter mir sehe ich Laura stehen, die mit Hilfe eines alten Mannes versucht, Finger durch die viel zu eng verwinkelten Metallstifte zu schieben. „Kuckuck“, rufe ich stolz, doch Laura ist viel zu sehr mit sich und dem Schlüssel beschäftigt. „Kuckuck“, rufe ich ein wenig lauter.

„Jetzt nicht“, faucht Laura und schiebt noch einige Schimpfwörter hinterher. Das ist lustig, mich macht es aber ein wenig traurig, dass sie noch nicht einmal aufgeblickt hat. Auf dieser kleinen Plattform befindet sich ein riesengroßer Scheinwerfer. Ich habe mich seit jeher für Lampen und Lichter interessiert. Als Kind hatte ich sogar eine Discokugel mit fünf verschiedenen Farben. Das waren wunderbare Partys, die ich mit meiner Mutter und Lars gefeiert habe. Ich suche vergeblich nach dem „On“-Schalter auf dem Scheinwerfer. Wäre es nicht toll, wenn ich Laura bei ihrer Suche den Weg leuchten würde? So hätte ich sicherlich ihre volle Aufmerksamkeit. Hinter mir höre ich eine aufgeregte Stimme schreien. Vor lauter Schreck springe ich über eine kleine Absperrung und lande auf dem Zaun. Ich bin über meine sportlichen Fähigkeiten selber überrascht, die Freude hält sich aber in Grenzen, da ich einem plötzlichen Herztod sehr nahe bin. Wie in Gottes Namen bin ich bloß auf diesem Zaun gelandet? Und vor allem: Wie komme ich hier wieder heil runter? Laura fuchtelt wild mit den Armen und es dauert einen Moment, bis ich verstehe, warum. Natürlich, das meint sie mit spektakulär. Mühsam krame ich das Notfall-Handy aus meiner Tasche, immer ganz vorsichtig, um mein

Gleichgewicht zu halten. Das ist sicherlich eine Art Notfall. Zumindest befinde ich mich ungesichert etliche Meter über dem Boden. Ich öffne das Menü und wähle die Kamera aus. Es dauert zwar einen Moment, aber schließlich habe ich ein schönes Panorama-Foto von mir auf dem Eiffelturm geschossen. Vorsichtig schiebe ich das Telefon zurück in meine Hosentasche.

„Ach, Jan, das brauchst du doch nicht zu tun", höre ich Lauras Stimme, während ich mich nur darauf konzentriere, nun keine unnötigen Bewegungen mehr zu machen. Ich weiß nicht genau, was ich ihrer Meinung nach nicht tun soll. Aber die Balance zu halten, scheint mir momentan ziemlich wichtig. Der Mann hinter mir schreit immer noch irgendetwas, was nicht gerade zur Entspannung beiträgt. „Komm da runter, Jan. Ich habe noch einen Ersatzschlüssel." Ich weiß wirklich nicht, wie mir ein Ersatzschlüssel jetzt weiterhelfen könnte. Ein Hubschrauber oder eine riesengroße Leiter wären sicherlich hilfreicher. Aber immerhin macht sie sich Sorgen um mich und das erwärmt mein Herz, das allerdings in einer sehr ungesunden Geschwindigkeit vor sich hin schlägt. Ich blicke zu Laura. Sie flucht. Dann macht sie den Rüssel eines Elefanten nach. Toll. Auch wenn mir eigentlich nicht danach zumute ist, bewundere ich ihren Humor. Sie nimmt sich immer die Zeit, mich aufzuheitern. Ich will ihr ebenfalls eine Freude machen und gehe in die Hocke. Dann breite ich die Arme aus und imitiere eine Krähe. „Kra, kra", rufe ich, denn ich glaube, dass Krähen solche Geräusche machen. Ich wiederhole die Bewegung noch einmal. Erst als sich Laura kopfschüttelnd abwendet, denke ich, dass sie genug hat. Ich presse mich an den Zaun und atme erst einmal tief durch. Den Tipp hat mir Mutter gegeben. Immer wenn ich Angst habe, soll ich erst einmal tief durchatmen. Allerdings hilft mir das momentan nicht aus dieser misslichen Lage. Plötzlich spüre ich etwas Hartes, Kaltes an meiner Wange. Vor Schreck springe ich auf und kann mich nur mit Mühe gerade noch an einer Metallstange festhalten. „Jan, du brauchst mir den Schlüssel nicht zu holen. Wir finden einen anderen Weg." Der Schlüssel? Ach ja, den hatte ich glatt vergessen. Doch ich sehe in Lauras Augen die Angst, ihren Schlüssel für immer zu verlieren. Jetzt habe ich die einmalige Chance, ihr Held zu werden. Obwohl ich unheimlich große Angst habe, fasse ich den Entschluss, ihr zu helfen. Ganz langsam drehe ich mich mit dem Gesicht zum Zaun. Nur wenige Zentimeter über mir baumelt so ein Haken, der mich an eine Hundeleine erinnert. Er hängt an einem dicken Seil, das ein Mann mit Bauarbeiterhelm an eine Stange gebunden hat und mit einer Hand zusätzlich festhält. In einem Film über Bergsteiger habe ich gesehen, dass man den Haken so komisch zwischen die Beine knotet. Da ich mir das sehr schmerzhaft vorstelle und die Gürtelschlaufe meiner Shorts auch einen recht stabilen Eindruck macht, befestige ich den Haken an meiner Hose. Dann hangle ich mich ganz langsam nach rechts. Der Bauarbeiter scheint mit dieser Idee nicht so recht einverstanden. Auch wenn ich ihn immer noch nicht verstehe, seine Gesten und sein Gesichtsausdruck sehen nicht gerade nach Anfeuerung aus. Dann weiß ich allerdings nicht, warum er mir den Haken überhaupt zugeworfen hat. Nach einigen endlosen Momenten befinde ich mich endlich wenige Zentimeter oberhalb des Schlüssels. Ganz langsam beginnt der Abstieg. Mit einem Ruck wird mir abrupt das Gleichgewicht genommen. Irgendetwas zieht mit Gewalt meine Hose nach oben. Das ist jetzt nicht wirklich günstig, denn der Schlüssel befindet sich ja unter mir. Mit einem seltsam krächzenden Geräusch gibt meine Hose nach und der Haken fliegt nur knapp an meinen Augen vorbei. Behutsam setze ich einen Fuß neben den anderen und stehe schließlich auf einer kleinen Plattform unmittelbar neben dem Schlüssel. Ich gehe vorsichtig in die Knie, ohne die Hände vom Metall zu lösen, und nach einigen endlosen Augenblicken bekomme ich den Schlüssel zu fassen. Mittlerweile hängt der Haken wieder neben meinem Gesicht. Ich ziehe ihn vorsichtig hinunter und befestige Lauras Schlüssel daran. Damit dürfte das Band in Sicherheit sein. Dann wickle ich mir das Seil mit dem Haken um den Bauch und klettere ganz langsam wieder hinauf. Der Mann mit dem Bauarbeiterhelm sieht alles andere als begeistert aus, als er mir die Hand reicht, damit ich über das kleine Absperrgitter klettern kann. Er schreit und flucht ähnlich wie ich es von Laura gewohnt bin. Als ich wieder in Sicherheit bin, atme ich tief durch. Dann blicke ich hinunter zu den winzig kleinen Punkten, die über die Straßen eilen. In diesem Moment wird mir schwarz vor Augen.

*****

„Wir wären innerhalb von wenigen Stunden wieder in Köln“, sagt Laura und zeigt auf die große Anzeigetafel des Flughafens. Ich erinnere mich nicht, wie ich den Eiffelturm wieder verlassen habe. Meine erste Erinnerung nach diesem unbeschreiblichen Erlebnis ist Lauras warme Hand, die meine hielt, als ich zu mir kam. Umringt von wild durcheinanderquatschenden Sanitätern, war sie mein Ruhepol. Sie hat meine Hand sogar geküsst. Das war aufregend. Schließlich sind wir mit der Bahn zum Flughafen gefahren. Es war ihr Vorschlag, ab nun das Flugzeug für unsere Reisen zu nehmen. Dass sei deutlich schneller, hat sie erklärt. „Wir könnten Dr. Oswald das Geld zurückbringen lassen und wieder ganz normal leben, Jan.“ Laura schaut mich mit ihren großen Augen an. Ich bin froh, dass ich sie nicht erschreckt habe, denn genau so mag ich ihre Augen am liebsten. Andererseits bin ich etwas enttäuscht, dass sie sich offensichtlich nicht mehr an unsere Abmachung hält.

„Du hast mir versprochen, wir besuchen fünf Orte. Wir waren aber gerade erst bei zweien.“ Laura verzieht die Mundwinkel. Dann haut sie sich wieder auf den Kopf. Auch hier gehört ihr die gesamte Aufmerksamkeit. Ich denke, sie steht gerne im Mittelpunkt. Aber wer will das einer so schönen Frau auch verdenken. Schließlich nickt sie.

„Also gut. Es war ja nur ein Vorschlag. Von hier aus können wir ja verschiedene Ziele ansteuern. Wohin willst du?“, fragt sie, klingt aber ein wenig erbost. Ich schaue mir die verschiedenen Postkarten meines Vaters an und entscheide mich schließlich für die mit dem blausten Himmel.

Palma de Mallorca

Mein Schreibmaschinenkasten gilt als Sperrgepäck. Das wusste ich nicht. Ich habe allerdings auch keine Ahnung, was Sperrgepäck wirklich bedeutet. Laura ist von meiner Idee nach Mallorca zu fliegen wenig begeistert. Sie hat vorgeschlagen, den Schreibmaschinenkasten in Paris zu lassen. Das habe ich nicht übers Herz gebracht. Das Leuchtschwert darf ich nicht mit an Bord nehmen. Wegen der Sicherheitsbestimmungen, hat man uns erklärt. Natürlich ist das Schwert nicht ohne, aber es ist aus Plastik. Laura hat es an einem „sicheren Ort“ versteckt. Wenn wir das nächste Mal in Paris sind, werden wir es abholen. Das bedeutet ja immerhin, dass wir irgendwann wieder nach Frankreich zurückkehren. Ich befinde mich also unmittelbar vor meinem ersten Flug und bin mächtig aufgeregt. Von Start und Landung habe ich schon viel gehört. Das soll schon ziemlich rasant sein. Wie auf der Achterbahn im Phantasialand. Da habe ich mich aber auch noch nicht draufgetraut. Laura ist ebenfalls nervös. Vermutlich ist es auch ihr erster Flug. Allerdings hat sie sich am Flughafen super zurechtgefunden. Ich denke, sie hat einen „Telefonjoker“ wie bei „Wer wird Millionär?“ benutzt. Denn nachdem ich ihr unser nächstes Ziel anvertraut hatte, musste sie noch einmal raus telefonieren. Sie verbringt ganz schön viel Zeit mit ihrem Handy. Durch ein großes Fenster konnte ich schon die Maschine sehen, die nach erster Einschätzung einen sehr stabilen Eindruck macht. Ich muss zugeben, dass ich ein wenig ängstlich bin, als wir endlich in das Flugzeug steigen. In einem günstigen Moment konnte ich einen kurzen Blick auf das Cockpit mitsamt Piloten erhaschen. Er sah ganz nett aus. Wir quetschen uns durch einen engen Gang. Ich habe mir das Innere eines Flugzeugs größer vorgestellt. So viele Menschen auf so engem Raum habe ich nicht so gerne. Laura sitzt zum Glück neben mir. Durch ein kleines Fenster sehe ich, wie der Schreibmaschinenkasten ins Flugzeug verladen wird. Ein Mann klopft mir auf die Schulter, sagt etwas, das ich nicht verstehe, und zeigt auf einen Sitz. Ich denke, seine Geste bedeutet, dass ich mich hinsetzen soll. In der Werbung habe ich gesehen, wie ein dicker Mann in einem breiten Flugzeugsessel sitzt. Das verwundert mich, denn ich fühle mich schon ziemlich eingeengt. Ich bekomme den Platz in der Mitte. Laura zu meiner Rechten am

Gang und am Fenster hat es sich der Mann, der sich gerade noch beschwert hat, bequem gemacht. Er riecht nach Zigarette. Wahrscheinlich weiß er nicht, dass Rauchen tödlich sein kann. Meinen gutgemeinten Hinweis über die offensichtliche Gefahr ignoriert er jedenfalls. Auf meine Frage, ob ich nicht vielleicht den Fensterplatz haben dürfe, reagiert er mit einem überheblichen Lächeln. Das ist schade, denn ich hätte gerne die weichen Wolken aus der Nähe gesehen. Es dauert unendlich lange, bis die ganzen anderen Menschen sich sortiert haben. Eine alte Frau versucht krampfhaft, eine viel zu große Tasche in den Verstauraum zu stopfen. Das sieht jedes Kind, dass das nicht passt. Ein kleiner Junge steht kreischend im Gang und hält nach seiner Mutter Ausschau, die bereits Platz genommen hat und sich verhältnismäßig wenig um das Geplärre kümmert.

Mir ist so langweilig, dass ich einen Blick in die kleine Tasche werfe, die an meinem Vordersitz befestigt ist. Es gibt verschiedene Prospekte, die allerdings alle in einer fremden Sprache und für mich insofern ziemlich uninteressant sind. Ich finde eine eingeschweißte Karte, auf die ein recht begabter Künstler die Umrisse eines Flugzeugs und Sitze gemalt hat. Ich stecke das Plastik zurück und finde eine kleine Papiertüte, die mich an mein Pausenbrot in der Grundschule erinnert. Ein Brötchen gibt es für Jan Lehmann heute offensichtlich nicht. Die Tüte ist ziemlich leer. Schade. Während Laura irgendetwas im Gepäckfach über uns verstaut, schaue ich in ihre Brötchentüte. Auch nichts. Nach einigen Minuten haben alle Passagiere ihre Plätze gefunden, doch das Flugzeug macht noch immer keine Anstalten, sich in Bewegung zu setzen. Eine Frau in schickem Rock und weißer Bluse stellt sich mitten in den Gang. Ich glaube, sie hat uns beim Einsteigen freundlich zugenickt. Und das, obwohl ich sie gar nicht persönlich kenne. Sie faselt etwas von irgendeinem Abfall. Vielleicht meint sie die Brötchentüte in meinem Vordersitz. Ich höre nur halbherzig hin, denn Laura versucht mich ebenfalls zu unterhalten. Mit größerem Erfolg, denn diese Ziege macht sie einfach wunderbar nach. So sehr, dass sie wieder einmal die gesamte Aufmerksamkeit auf sich zieht. Als meine unterhaltsame Sitznachbarin plötzlich still ist, setzt die Frau im Rock zum nächsten Vortrag an. Es langweilt mich, auch wenn sie sich etwas lustig eine viel zu große, leuchtend gelbe Plastik-Weste um den Bauch bindet.

Außerdem verstehe ich ihre Sprache nicht so richtig. Aber dann meine ich das Wort Pipe gehört zu haben. Pipe? Heißt das nicht Pfeife? Auf einmal bin ich ganz Ohr. Die Frau hat irgendetwas von Pfeife gesagt. Tatsache. An der Weste befindet sich eine kleine rote Pfeife. Toll. Ich bin nämlich ein recht guter Pfeifer. Ich gucke mich um, wo es diese Westen gibt. Laura spürt meine Nervosität und nimmt meine Hand.

„Bist du aufgeregt?“, fragt sie mich.

„Und wie.“ Eine gelbe Weste mit integrierter Pfeife – wer wäre da wohl nicht aufgeregt.

„Brauchst du aber nicht“, beruhigt sie mich.

„Statistisch gesehen ist das Flugzeug das sicherste Verkehrsmittel der Welt“, erklärt sie weiter. Das verstehe ich jetzt nicht.

„Aber die Weste …“, will ich ihr erklären. Sie lächelt liebevoll.

„Die braucht man nur im Notfall. Und, wie gesagt, den wird es nicht geben.“ Das enttäuscht mich ein wenig. Warum darf man alles nur im Notfall benutzen? Aber wenn ich bei meinem Handy schon mal eine Ausnahme mache, dann auch bei den Westen.

„Und es gibt eine Weste für alle?“, Laura lacht mich an.

„Nein, jeder hat eine. Die befindet sich unter deinem Sitz. Das hat die Stewardess gerade erzählt.“ Laura kann nicht wissen, dass ich der Frau nicht zugehört habe. Vorsichtig taste ich mit den Fingern meinen Sitz ab. Und tatsächlich spüre ich Kunststoff an den Fingerkuppen. Ich löse den Klettverschluss und greife nach der Weste. Sie ist seltsam zusammengerollt. Es dauert nicht lange, bis ich sie komplett entfaltet und mir übergeworfen habe.

„Jan. Die ist wirklich nur für den Notfall“, flüstert Laura, doch ihr Grinsen verrät mir, dass sie es eigentlich sehr lustig findet. Ganz anders sieht das offenbar der Mann zu meiner Linken, der schon zweimal auf einen Knopf gedrückt hat, der sich direkt über ihm an der Decke des Flugzeugs befindet. Dann ruft er nach der Frau in Rock und Bluse, die mit ihren ausgestreckten Armen an einen tanzenden Roboter erinnert. Damit erregt er natürlich die Aufmerksamkeit der anderen Passagiere, die nun alle in unsere Richtung schauen. Klasse. Das ist genau mein Publikum. Ich blase kräftig in das kleine Röhrchen, aber mehr als ein dürftiges „Pfffft“ ist nicht zu hören. Vielleicht kann ich die Tonart ändern, wenn ich an diesem einsamen Faden ziehe? „Puff!“ Irgendwie beengt mich das Ding ganz plötzlich. Um meine Vorstellung abzuschließen, breite ich die Arme aus. Applaus ernte ich nicht, dafür den Unmut der Frau in der schicken Uniform, die ich zum Glück nicht verstehe. Laura anscheinend schon. Sie redet auf Englisch auf die Frau ein, während diese mir ziemlich ungehalten das Plastik über den Kopf zieht. Unterstützt wird sie von dem zuvorkommenden Mann zu meiner Linken. Nach einigem Hin und Her nimmt die Frau die Weste mit und verzieht sich. Der Mann lächelt mich überheblich an.

„Das war knapp“, sagt Laura. „Eigentlich wollte sie dich aus dem Flugzeug werfen.“

„Na zum Glück fliegen wir noch nicht“, stelle ich fest. „Außerdem komme ich sonst nie nach Mallorca.“

„Na ja. Ich konnte sie ja überreden“, erklärt Laura und streckt dem Mann die Zunge heraus. „Jetzt müssen wir uns im Notfall aber meine Weste teilen.“

„Kein Problem. Solange ich die Pfeife benutzen darf“, sage ich bittend. Ich deute ihr Lachen als Zustimmung. Insgeheim hoffe ich auf eine Notlandung auf dem Meer.

Mein erster Flug entpuppt sich als wesentlich unspektakulärer, als ich mir erhofft habe. Mal abgesehen von dem rasanten Start, bei dem ich fies in den Sitz gedrückt werde und der mich immerhin zu einem euphorischen „Hui“ verleitet, ist Fliegen eine ziemlich langweilige Kiste. Einige Passagiere schlafen bereits während des Starts. Auch der Mann neben mir. Ich frage mich, warum er unbedingt den Fensterplatz haben wollte, wenn er sowieso nur schläft.

Wir sind einige Minuten unterwegs, als sich eine knisternde Stimme meldet. Ich kann sie nicht verstehen, Laura meint, den Piloten erkannt zu haben. Ich finde es nett, dass der Pilot den direkten Kontakt zu seinen Passagieren pflegt. Das hätte ich mir früher auf meinem

Schulweg vom Busfahrer gewünscht. Vielleicht hätte er mir bei den Hausaufgaben helfen können.

Dann ist es wieder still. Nach einiger Zeit serviert die Frau mit Rock und schicker Bluse Getränke und Schnitten. Das hätte sicherlich für ein wenig Abwechslung gesorgt. Doch Jan Lehmann hat in Sachen Brot heute definitiv kein Glück. Laura schon. Sie hat eine Schnitte mit frischen Tomaten und Schmierkäse bekommen. Ein ziemlich matschiges Ding, das aber nach Schmackofatz aussieht. Hmmm. Ich blicke Laura mit traurigen Augen an. Den Trick habe ich von Pluto gelernt. Mein Pluto. Mit dem Hund verbinde ich so viele schöne Erinnerungen. Und Plutos Trick ist erste Sahne. Laura reißt mir die Hälfte des tropfenden Brotes ab. Super. Jan Lehmann hat den Kampf gegen das Brot gewonnen. Auch wenn mir schon beim ersten Bissen ein fettiger Tropfen auf die Hose fällt. Nicht schlimm. Ich wische einfach mit der Hand darüber. Wieder meldet sich die knisternde Stimme. Laura hört einen Augenblick zu und erklärt mir dann, dass wir das Festland wohl gerade verlassen haben. Prima. Ich würde zu gerne aus dem kleinen Fenster schauen. Doch der Zigarettenmann hat die Abdeckung des Fensters heruntergelassen. Da er tief und fest schläft, werde ich die Küste Südfrankreichs eher nicht sehen. Erst jetzt wird mir bewusst, dass ich im Flugzeug offenbar keine Höhenangst habe.

„Manchmal kann man von hier oben sogar kleine Segelboote sehen“, erklärt Laura und fixt mich damit vollends an. Die kleinen Schiffe will ich unbedingt entdecken. Vielleicht habe ich ja Glück und ein Wal taucht gerade aus dem Wasser auf. Ich lehne mich vorsichtig vor und versuche, an dem Mann vorbeizugreifen. Daran hindert mich allerdings mein Anschnallgurt. Da ich schon Probleme mit dem Verschließen hatte, wundert es mich nicht, dass ich nun auch beim Öffnen meine Schwierigkeiten habe, zumal ich in meiner rechten Hand die Schnitte halte und meine linke nicht unbedingt besonders begabt ist. Um mich aus dem Sitz zu hieven, drücke ich den rechten Fuß gegen Lauras Armlehne und stütze mich mit dem Ellbogen auf der anderen Armlehne ab. Dann schiebe ich meinen Körper langsam nach links. Vorsichtig, damit die Mayonnaise nicht auf dem Sitzbezug des Flugzeugs landet. Fremde Sachen macht man nicht schmutzig. Ich platziere mein linkes Knie auf der Lehne und greife mit der Hand nach dem Fenster, als das Flugzeug eine seltsame Bewegung macht und sich mein Magen so anfühlt, als würde er über meinen Kopf springen. Ich verliere das Gleichgewicht und knalle mit dem Kopf auf den Schoß des Mannes. Blöderweise klebe ich dabei mein Sandwich gegen die Fensterabdeckung. So gerne ich auch würde, ich glaube, es gehört sich nicht, die Fensterabdeckung eines Flugzeugs abzulecken. Wenn ich den Blick meines Sitznachbarn richtig deute, ist das allerdings gerade mein kleinstes Problem. Der Mann schubst mich zur Seite und ich sehe, dass ich offenbar nicht ganz sauber gegessen habe, denn er hat einen fiesen Fettfleck auf seiner Hose. Gut erzogen wie ich bin, wische ich auch diesen Fleck weg. Auch wenn ich für einen kurzen Moment über das Ablecken nachdenke. Ich kann den Gesichtsausdruck des Mannes nicht so richtig einschätzen, aber ich werde das Gefühl nicht los, dass er mich nicht gut leiden kann. Das ist insofern schade, als mich der Flug zu Tode langweilt. Vielleicht hätten wir über eine ordentliche Partie Mau-Mau zu einer gewissen Freundschaft finden können.

„Mir ist so langweilig“, erkläre ich Laura, in der Hoffnung, sie zu einem Spiel zu animieren. Nach der letzten Zugfahrt habe ich allerdings den Spaß am Versteckspielen verloren. Ich glaube, es wird auch relativ schwer, in einem Flugzeug ein gutes Versteck zu finden.

„Ich bin müde, Jan“, sagt sie. „Willst du nicht ein wenig lesen? Da ist ein Prospekt in der Tasche.“ Sie deutet auf meinen Vordersitz. Ich nehme mir den Prospekt und blättere darin herum. Wenn ich ehrlich bin, schaue ich mir nur die Bilder an. In der Zeitschrift gibt es zahlreiche Bilder von verschiedenen Plätzen dieser Erde. Ein Ort in Indien, einer, der sich Malediven nennt, und ein Ort, dessen Namen ich nicht aussprechen kann. Ich blättere ein paar Seiten weiter. Absurdistan wird nicht angeboten. Dafür finde ich ein Bild, auf dem ein Turm schief in der Gegend herumsteht. Der Turm kommt mir bekannt vor. Natürlich, Papa hat mir von dort eine Postkarte geschickt. Unter dem Bild steht, dass der Turm fast tausend Jahre alt ist. Ich beginne, mich für das alte Bauwerk in Italien zu interessieren. Ich glaube, es steht in Pisa. Ich frage mich, warum Papa mir diese Information vorenthalten hat, und nehme mir vor, Laura in Zukunft mehr über die Geschichte der Gebäude notieren zu lassen. Am liebsten würde ich sofort an meinem Blog arbeiten, doch erst einmal muss ich mich wohl auf die Landung konzentrieren. Denn laut meiner müden Sitznachbarin hat der Pilot den Landeanflug gerade angekündigt. Die Landung ist nicht ganz so angenehm wie der Start. Die Maschine wackelt beängstigend hin und her und ab und zu fällt das Flugzeug wie in ein tiefes Loch. Mir ist schon ein wenig übel. Dazu fühlen sich meine Ohren an, als wäre ich Tauchen gewesen. Laura tippt mir auf die Schulter. Sie hält sich die Nase zu und bläst die Backen auf. Dann macht sie ein Pupsgeräusch, haut sich auf den Kopf, ruft wieder einmal „Schweinepimmel" und bläst ihre Backen erneut auf. Ich weiß zwar nicht warum, aber sie fordert mich ganz offensichtlich dazu auf, die Luft anzuhalten. Sie hat anscheinend doch wieder Lust, mit mir zu spielen. Klasse. Luft anhalten kann ich nämlich gut. Ich halte mir ebenfalls die Nase zu, blase die Luft aber nicht in die Backen, sondern versuche sie nur ganz langsam durch den Mund zu blasen. Als das Flugzeug erneut einen Satz macht und die anderen Passagiere zum Teil kurz aufschreien, hole ich heimlich durch die Nase, die ich natürlich nur halbherzig zuhalte, noch einmal kräftig Luft. Ich bin mir ziemlich sicher, dass das niemand bemerkt hat. Lars ist es früher auch nie aufgefallen. Noch nicht einmal im Schwimmbad, wenn wir Tauchen gespielt haben. Ich bin immer heimlich mit der Nase aus dem Wasser und habe kurz Luft geholt. Meistens habe ich dadurch gewonnen. Nur einmal hat er ganze zwanzig Minuten unter Wasser ausgehalten. Dieser Tausendsassa. Da hatte ich schon lange keine Lust mehr und bin zum Sprungbrett gegangen. Lars konnte nämlich auch ziemlich gut die Luft anhalten. Aber nicht so gut wie ich. Stolz schaue ich in die Runde und sehe, dass mindestens ein Passagier meine Bemühungen bemerkt. Er bläst nämlich auch für einen kurzen Moment die Backen auf. Laura scheint überrascht, wie gut ich im Luftanhalten bin.

Der Landeanflug zieht sich extrem in die Länge und ich bin selber von meinen Fähigkeiten beeindruckt. Mit einem harten Schlag setzt die Maschine auf. Ich schaue Laura an, um zu sehen, ob ich das Spiel gewonnen habe. Ihr Blick verrät nicht viel über den Ausgang des Wettbewerbs und auch die anderen Passagiere zollen mir nicht den Respekt, den ein wahrer Champ verdient hat. Ich bin ein wenig enttäuscht und verschränke die Arme. Genau in dem Moment beginnt mein Sitznachbar zu klatschen. Toll, wenigstens ihm hat es gefallen. In Nullkommanichts stimmen die anderen Passagiere mit ein. Prima. Nur Laura klatscht nicht. Sie scheint nicht besonders gut verlieren zu können. Ich bin es nicht gewohnt, dass man mich durch Klatschen anfeuert und werde dementsprechend ganz rot. Wie es sich nun mal für einen klasse Athleten gehört, schnalle ich mich ab, stehe auf und winke meinem Publikum zu. Die Menschen klatschen immer weiter und ich verstehe natürlich sofort, warum. Sie wollen eine Zugabe. Also halte ich mir demonstrativ die Nase zu und blase ein weiteres Mal die Backen auf. Dann verbeuge ich mich höflich, mache das Victory-Zeichen und grüße damit meine neuen Fans. Es ist ein wunderbares Gefühl, gemocht zu werden. So müssen sich sicherlich auch die guten Fußballer von Bayern München fühlen, wenn sie ein Tor schießen. Der Applaus verebbt schnell wieder. Das ist nicht tragisch. Ich weiß ja, dass ich den Menschen mit meiner herausragenden Leistung eine Freude gemacht habe.

„Bitte schön", sage ich zu meinem Sitznachbarn, als ich ihm freundlich die Hand schüttle. Ich bin froh, dass wir noch Freunde geworden sind. Sport verbindet. Ich würde gerne alle Hände schütteln. Aber ich glaube, dafür bleibt mir keine Zeit. Im Gang hat sich bereits eine Passagier-Karawane in Bewegung gesetzt. Laura findet irgendwann eine Lücke und fädelt geschickt ein. Ich bin nicht ganz so geschickt. Immer wenn ich mich gerade aus der Sitzreihe schieben will, kommt wieder ein Gepäckstück mitsamt Menschen an mir vorbei. Mein neuer Freund ist schon ganz unruhig und ruft irgendwelche Worte, die ich nicht kenne. Dann gibt er mir einen Schubs und ich werde durch das Flugzeug geschoben. Erst vor der schicken Frau in Rock komme ich kurz zur Ruhe. Ihr Lächeln gefriert. Dennoch reiche ich ihr die Hand. Sie schüttelt nur den Kopf und nickt dem Mann hinter mir freundlich zu. Offenbar hat es ihr nicht so gut gefallen. Ich verlasse das Flugzeug über eine seltsame Treppe und stehe plötzlich mitten auf einem Parkplatz mit vielen Flugzeugen. Das verwundert mich nun schon. Ich hatte eigentlich damit gerechnet, dass Mallorca einen eigenen Flughafen mit Gebäude besitzt. Es ist unglaublich warm und ich habe das Gefühl, die Wärme schnürt meine Lunge zu. Laura steht in einem Bus und winkt mir zu. Es wird immer erstaunlicher. Hier scheinen sich Flugzeuge und Buslinien den Bahnhof zu teilen. Eigentlich ist das gar nicht schlecht. So kann man direkt nach der Landung mit dem Bus zum Klavierunterricht oder Fußballtraining fahren. Während ich zu dem Bus schlendere, schaue ich mich nach Straßenbahnen um. Man weiß ja nie. Den Bus stellt mir Laura als Shuttle-Service vor. Das sei gar nicht so ungewöhnlich und auch auf unserem Flughafen nicht selten, hat sie mir erklärt. Es gibt nämlich doch ein Gebäude. Der Unterschied zwischen den Bussen liegt wohl darin, dass dieser Shuttle-Service nicht jede Station anfährt. Unser Bus zu Hause hält zwischen Rodenkirchen und Marienburg ganze vierzehn Mal. Das habe ich mal gezählt, als mir auf der Fahrt zur Musikschule langweilig war. Vierzehn Haltestellen. Zwischen dem Flugzeug und dem Flughafen hält dieser Bus nicht ein einziges Mal. Vor einem großen Eingang öffnen sich schließlich die Türen. Menschenmassen strömen in das Gebäude. „Warum fliegt ihr nach Mallorca, ihr habt doch bestimmt ein eigenes Meer?“, raunzt Laura einen Mann mit Schlapphut an, entschuldigt sich aber direkt wieder. Dann flucht sie verschiedene Schimpfworte. Der kleine Junge an der Hand des Mannes beginnt zu weinen. Aber Laura denkt nicht daran, sich noch einmal zu entschuldigen. Sie flucht immer weiter und schlägt sich fest auf die Brust. Das tut schon beim Zusehen weh. Ein Mann in oliv-grüner Uniform nähert sich uns und redet auf Laura ein. Sie gibt sich selbst eine Ohrfeige und streckt dem Mann die Zunge raus. So gerne ich Lauras Schimpfwörter und spontane Gefühlsausbrüche auch mag, irgendwie habe ich das Gefühl, dass sie gerade nicht so gut ankommen. Der Mann flucht nun ebenfalls und schaut Laura tief in die Augen. Nur wenige Zentimeter trennen ihre Gesichter und als er gerade etwas überheblich lächelt, spuckt Laura ihm mitten ins Auge. Klasse. Was für ein Schuss. Perfekt gezielt. Der Mann in Uniform ist nicht ganz so begeistert und reißt Laura am Arm. Laura schimpft wie ein Rohrspatz. Anders als sonst habe ich dieses Mal den Eindruck, dass sie wirklich böse ist. Der Mann zerrt Laura hinter sich her und ich habe Schwierigkeiten, den beiden zu folgen. Zum Glück gibt es Rollbänder. Ich postiere mich quer auf dem Band, breite die Arme aus und rufe „Vorsicht, der Silver Surfer“. Dann mache ich eine

Hundertachtzig-Grad-Drehung im Sprung, breite noch einmal die Arme aus und muss zu meinem Entsetzen feststellen, dass meine neue Paraderolle auf wenig Begeisterung stößt. Enttäuscht lasse ich die Arme sinken. Vielleicht hat Laura ja meine Show gesehen. Als ich mich zurückdrehe, fehlt von ihr und dem unfreundlichen Mann in Uniform jede Spur. Verflixt. Ohne sie finde ich mich bestimmt nicht zurecht. Ich renne das Rollband entlang und stoße auf eine Gruppe Jugendlicher, die offenbar gerade aus dem Schwimmbad kommen, denn sie tragen Badeshorts, Schwimmflossen und Taucherbrillen. Mit Schnorchel. Und Gründelnetz. So eins hatte ich auch, als ich mit Mama und Lars an der Nordsee gründeln war. „Gründeln", was für ein lustiges Wort. Meine Mutter hat es mir damals beigebracht. Sie meinte damit das Suchen nach Muscheln. Papa haben wir dabei nicht gefunden. Er hat uns eine Postkarte aus Hannover geschickt. Er ist einfach weit rumgekommen.

„Hallo, ich bin Jan Lehmann", stelle ich mich vor. „Ich hab zu Hause auch ein Gründelnetz!" Das beeindruckt. Die Jungs gucken mich an, als wäre ich doof. Dann reißt einer seine Arme in die Höhe und stimmt ein Lied an: „Geh doch nach Hause, du alte Scheiße!" Toll, den Song kenne ich noch gar nicht. Dennoch klatsche ich mit, denn den Text finde ich einfach klasse. Dann fällt mir allerdings Laura wieder ein. Wo kann sie bloß sein? Nicht dass sie im Gefängnis ist. Aufmerksam laufe ich etliche Gänge und Wege entlang. Hin und wieder entdecke ich eine Tür, die allerdings meistens verschlossen ist. Eine braune Holztür kann ich jedoch aufschieben. Es riecht wunderbar. Und ehe ich mich versehe, stehe ich neben einem freundlichen, aber pickligen Typen, der gerade ein Brötchen mit einer Frikadelle belegt. Auf seiner Mütze und seiner Schürze befindet sich das gelbe „M" von meinem Lieblings-Schnell-Restaurant. Ein nach Schweiß riechender Mann schiebt sich an mir vorbei und schubst mich fast in die Fritteuse. Die Pommes sehen einfach lecker aus und in einem unbeobachteten Moment stecke ich mir eine Packung in die Hosentasche. Die Chicken-Nuggets riechen auch ziemlich verlockend und landen unter meinem T-Shirt. Vorsichtig schleiche ich mich wieder durch die Tür. Ich setze mich an einen freien Tisch und gönne mir eine kleine Mahlzeit. Von Laura fehlt jede Spur. Ich glaube, sie mag das Essen von diesem

Imbiss ohnehin nicht so gerne. Dennoch überlege ich mir, ihr einen Burger mitzunehmen. Die Hamburger mag einfach jeder. Auch dieses Mal habe ich keine größeren Schwierigkeiten, den Weg in die Küche zu finden, allerdings starrt mich der dicke Brötchenbeleger etwas merkwürdig an. Ich blicke ihm interessiert über die Schulter, als er einen weiteren Hamburger mit Käse und Zwiebeln belegt. Ach, der sieht wirklich lecker aus. Vorsichtig rollt er den Hamburger in ein Papier und schiebt ihn in ein Metallregal. Er nickt mir zu. Ich denke, er will, dass ich es auch einmal probiere. Warum eigentlich nicht? Mutter hat immer gesagt, dass meine Brötchen einfach die besten sind. Das Brot ist verdammt heiß und ich verbrenne mir die Finger. Der Ehrgeiz ist allerdings größer als die Schmerzen. Ich schiebe das Brot vorsichtig auf ein kleines Brett und ziehe mit einer Metallkelle einen Hamburger vom Grill. Dann werfe ich ihn auf das Brötchen und gebe Ketchup und Mayonnaise dazu. Das sieht toll aus und ich spiele mit dem Gedanken, ihn doch nicht für Laura übrig zu lassen. Dann lege ich noch ein Salatblatt obendrauf, rolle den fertigen Burger in ein Papier und drücke ihn dem dicken Jungen die Hand. Er ist wirklich nett. Ich stecke den Hamburger in meine Hosentasche und verabschiede mich von meinem neuen Freund. Dann verharre ich noch einen Moment, als ich die leckere Eiscreme sehe. Auch davon zwacke ich mir noch einen Becher ab, um ihn direkt zu verputzen. Noch bevor ich mir den ersten Löffel genehmigen kann, spüre ich eine große Hand auf meiner Schulter. Ich folge dem Arm und schaue in schwarze Augen, die wunderbar von einem Busch schwarzer Haare umgeben sind. Der Mann schlägt mir das Eis aus der Hand und schubst mich gegen einen Herd. Dann flucht er und reißt meinen Arm herum. Ich verstehe nicht, warum er so aufgebracht ist. Ich wollte ihm ja nichts wegessen. Er drückt meinen Kopf empfindlich nah an die Fritteuse. Meine Stirn wird schon ganz warm. Plötzlich drückt sich der dicke Junge zwischen uns und bewahrt mich so offenbar vor schlimmen Verbrennungen.

Bedanken kann ich mich nicht, denn die Tür geht auf und ein Mann in oliv-grüner Uniform tritt ein. Obwohl seine Kleidung genauso aussieht, ist es nicht der Herr, der Laura begleitet hat. Mein Angreifer schimpft ununterbrochen und macht einmal mehr einen großen Schritt auf mich zu. Bevor mir noch etwas Schlimmeres zustößt, schiebt mich der Uniformierte aus der Küche.

*****

Laura sitzt auf einem Plastikstuhl, als ich in den kleinen Raum geschoben werde. Ich bin unglaublich froh, sie zu sehen.

„Laura“, rufe ich erleichtert und stürze auf sie zu. Sie erwidert die freundliche Umarmung.

„Sie kennen sich?“, fragt ein kräftiger Mann mit grauen Haaren in gebrochenem Deutsch. Der Uniformierte sagt ein paar Worte, vermutlich auf Spanisch, nickt und verschwindet wieder.

„Klar! Das ist Laura“, erkläre ich dem Grauhaarigen und schaue ihm in die Augen. Er sieht unheimlich freundlich, aber auch ein wenig gefährlich aus. Irgendwie habe ich Angst vor ihm. „Ich habe sie überall gesucht. Ich bin froh, dass Sie sie gefunden haben.“ Der Mann guckt mich an, als wäre ich vom Mond. „Kuckuck“, rufe ich, in der Hoffnung, ihn so zu einer Reaktion animieren zu können.

„Kennen Sie einen ...“, er macht eine kurze Pause und schaut auf ein Blatt Papier, das vor ihm ausgebreitet ist. „... Jürgen Oswald?“

„Ja. Den kenn ich. Und Laura kennt ihn auch. Ist er auch hier?“, will ich wissen und schaue mich suchend um.

„Nein. Dr. Oswald ist Ihr Arzt?“

„Kein richtiger Arzt“, erkläre ich. „Zumindest hat Laura das mal gesagt.“

„Aber Sie sind bei ihm in Behandlung?“, will der Mann nun wissen.

„Eigentlich nicht“, stelle ich klar.

„Aber Ihre Freundin?“

„Platonische Freunde“, sage ich schnell, bevor Laura sich in irgendeiner Weise unter Druck gesetzt fühlt. Der Mann nickt. Er hat den Begriff verstanden. Ich habe ihn bei Mama gelernt, als sie öfter Besuch von Armin bekommen hat.

„Ihre platonische Freundin geht zu Dr. Oswald?“

„Wir gehen beide zu Dr. Oswald." Der Mann nickt verständnisvoll.

„Unter welcher Krankheit leiden Sie und Ihre Freundin?", will er von mir wissen.

„Nein. Wir sind nicht krank. Dr. Oswald tut nur etwas für unsere Seele. Zumindest sagt das Helmut."

„Helmut", wiederholt er, als wäre er ein Papagei.

„Ja. Helmut ist ein Freund von mir."

„Ich sag Ihnen doch, ich habe das Tourette-Syndrom", mischt sich nun auch Laura ein. Ich bin etwas verwirrt, denn eigentlich hat sie auf mich bislang nicht den Eindruck gemacht, als wäre sie krank.

„Und deswegen haben Sie meinen Kollegen angespuckt?" Laura nickt. Sie ist so unglaublich schlau. Ich wäre nie auf die Idee gekommen, mein freches Verhalten mit einer Krankheit zu erklären. Warum ist mir das in der Schulzeit nie eingefallen? Wie ärgerlich. Frau Listig hätte mich bestimmt nicht so oft ausgeschimpft. „Von dieser Krankheit habe ich noch nie gehört", sagt er und kratzt sich über die Stirn.

„Ich auch nicht", lache ich. Laura guckt mich böse an. Ich bin mir nicht sicher, was ich ihr getan habe.

„Und Sie?", fragt er plötzlich und guckt mich an. „Sie haben diese Krankheit auch?" Eigentlich nicht. Aber das muss er ja nicht wissen.

„Ja. Ich habe auch das Florett-Syndrom", antworte ich und versuche, ihm ins Auge zu spucken. Leider war ich schon im Kirschkernweitspucken nie wirklich begabt und mein Sabber tropft unschön von meiner Unterlippe ab. Der Mann schüttelt den Kopf. Denselben Gesichtsausdruck hatte Mutter immer, wenn ich wieder mit schlechten Noten nach Hause gekommen bin. Sie sei ratlos, hat sie dann immer gesagt. Ich bin von meiner Spuckleistung selber ziemlich enttäuscht. Aber, wie gesagt, das konnte ich noch nie. Mir hat es aber auch nie jemand gezeigt.

„Wissen Sie was?", fragt der Mann und klingt ein wenig wie die Katze aus den Shrek-Filmen. „Gehen Sie einfach." Ich gucke ihn verdutzt an, denn ich habe eigentlich mit einer Standpauke gerechnet. „Ich glaube Ihnen kein Wort. Aber ich habe keine Lust, mich mit so einem Kram aufzuhalten.“ Er macht eine kurze Pause. Auf seiner Stirn bilden sich kleine, rote Falten. Kein Wunder, wenn der Idiot die ganze Zeit wie blöd daran kratzt. Er hat unglaublich flauschige Augenbrauen, die ich so gerne mal anfassen würde. „Ich bitte Sie, sich ab jetzt zu benehmen. Wenn Sie wirklich diese Krankheit haben, dann halten Sie sich bitte von anderen Menschen fern. Ich will nicht, dass Sie rumlaufen und Fremde bespucken.“ Dann wendet er sich mir zu. Die Büschel über seinen Augen tanzen lustig hin und her. Wie reißfest die wohl sind? „Und wenn ich oder meine Kollegen Sie noch einmal beim Diebstahl von Hamburgern erwischen, werden wir Sie sofort des Landes verweisen.“

Ui. Das wäre schade. Wir sind ja gerade erst angekommen. Laura steht auf und zieht mich aus der kleinen Kammer. Ich wäre gerne noch ein wenig geblieben. Diese Augenhaarpracht fasziniert einfach.

Nach etlichen weiteren Rollbändern und zig Gängen zeigt mir Laura meinen Schreibmaschinenkasten auf einem Fließband. Er ist umgeben von verschiedenen Sonnenschirmen und Kinderwagen. Ich bin froh, ihn wiederzuhaben. Durch eine kleine Halle verlassen wir das Flughafengebäude. Hier auf Mallorca ist es unglaublich warm. Das gefällt mir. Ich mag die Wärme, auch wenn mir die Luft etwas zu stickig ist. Wir folgen einer Traube Touristen auf den Parkplatz, auf dem sich unzählige Busse befinden. Das verwirrt mich, denn ich sehe kein Haltehäuschen und nach meinem ersten Eindruck haben sämtliche Busse unterschiedliche Nummern. Woher soll man da noch wissen, in welchen man steigen soll? Glücklicherweise hat Laura einmal mehr die richtige Antwort parat. Sie führt mich über eine Straße zu einem Taxistand.

„Warst du schon mal hier?“, will ich wissen, denn Laura kennt sich offenbar gut aus. Sie lacht mich an, ihre Augen zucken ganz komisch, rollen hin und her. Dazu pfeift sie wie ein Vogel.

„Schon oft“, sagt sie, als sie ihre Show beendet hat. „Meine Eltern waren früher immer mit mir hier in Urlaub.“ Zum ersten Mal in all den Jahren erzählt Laura mir von ihren Eltern. Überhaupt spricht sie selten über sich. Da sie sonst mit ihren Einlagen für viel Unterhaltung sorgt, habe ich noch nie daran gedacht, mal nach ihrer Vergangenheit zu fragen.

„Wo sind deine Eltern?“, will ich wissen. Und komischerweise interessiert es mich auch wirklich. Laura kneift die Lippen fest zusammen.

„Meine Mutter hat nicht bei uns gelebt und meinen Vater habe ich auch viele Jahre nicht mehr gesehen“, sagt sie und winkt ein Taxi heran. Ich würde gerne mehr über ihre Familie erfahren, bevor ich aber fragen kann, legt sie mir ihren Zeigefinger auf den Mund. „Wir können gerne ein anderes Mal über meine Familie sprechen. Aber nicht heute.“

„Warum nicht?“, frage ich, denn ich wüsste nicht, über was wir uns sonst auf der Taxifahrt unterhalten können. Laura schüttelt nur den Kopf. Ich kenne sie lange genug, um zu wissen, dass ich jetzt besser nicht noch einmal nachfrage. Der Taxifahrer ist ein netter Spanier, der uns tatsächlich mitnimmt, obwohl Laura ihn als stinkenden Knoblauchfresser beschimpft hat. Vielleicht hat er Laura nicht verstanden. Er schaut seinen Gast auf dem Beifahrersitz zumindest etwas verwirrt an, als sie sich zum Knurren einer Raubkatze am Ohr zieht. Lauras Humor kann der Mann ja auch nicht kennen. Mich erfreut er umso mehr, denn den Ohrenzieher habe ich bislang auch noch nicht gesehen. Ich kenne das Ziel nicht, das Laura dem Taxifahrer genannt hat, aber ich vertraue ihr blind. Als sie die Kirche auf der Postkarte gesehen hat, hat sie sofort genickt, als wüsste sie, wo die steht. Momentan nervt sie mich ein wenig. Ich mag sie ja unheimlich gerne, aber sie brabbelt unentwegt, dabei würde ich so gerne in Ruhe die Landschaft genießen. Laura hat noch ein paar weitere kreative Spitznamen für den Fahrer in petto. Erst als ihr Smartphone klingelt, verstummt sie für einen Moment.

„Ja?“, meldet sie sich genervt. Ich weiß, dass es sich nicht gehört, ein Telefonat zu belauschen. Aber ich kann mich hier im Taxi ja nicht in Luft auflösen und wenn ich ehrlich bin, würde ich zu gerne wissen, wer sie dauernd anruft. Sie dreht sich ein wenig zur Seite und flüstert in den Hörer. Ich wechsele vorsichtig meinen Sitzplatz und drücke mein Ohr gegen Lauras Kopflehne, in der Hoffnung, so ein wenig mithören zu können. „Nein, ich kann jetzt nicht reden“, wispert sie.

Das verstehe ich nicht, denn eigentlich macht ihr Mund Laute, die sich verdammt nach Worten anhören. „Ja, in Palma“, sagt sie. „Der sitzt auf der Rückbank.“ Ha. Damit kann sie ja nur mich meinen. Aber wer sollte sich für mich interessieren? „Nerv mich nicht!“, sagt sie nun ein wenig energischer, ohne ihre Lautstärke zu erhöhen. „Ich habe dir gesagt, ich bringe es zurück, und das werde ich auch tun.“ Ohne sich zu verabschieden, legt sie plötzlich auf. Das gehört sich nicht. Eigentlich würde ich ihr das gerne erklären, aber dann würde sie wissen, dass ich sie belauscht habe. Und wie ich Laura kenne, würde ihr das nicht gefallen.

Ein „Wer war das?“ kann ich mir allerdings nicht verkneifen.

„Ein Freund“, antwortet sie kurz. Mist, ich bin genauso schlau wie vorher.

„Habt ihr über mich gesprochen?“, hake ich nach.

„Jan, geh mir nicht auf den Zeiger.“ Ihre Stimmung hat sich seit dem Anruf dramatisch verschlechtert. Wie kann ich sie jetzt bloß aufheitern? „Ich habe heute so gut wie nichts gegessen, mir ist es unglaublich warm und eigentlich würde ich viel lieber zu Hause sein, statt wie eine Verrückte ziellos durch die Welt zu reisen.“ Bingo. Ich kann ihr helfen. Aus meiner Hosentasche ziehe ich den Hamburger, den ich mir eben noch eingepackt hatte. Ich rolle ihn vorsichtig aus dem Papier. Zugegebenermaßen sah er frisch ein wenig appetitlicher aus und warm ist er auch nicht mehr. Aber Mutter hat immer gesagt, wenn jemand wirklich Hunger hat, dann darf er nicht wählerisch sein.

„Bitte. Der ist für dich“, sage ich, als ich Laura den Burger reiche. Sie guckt erst das labbrige Brötchen und dann mich an. Dann lacht sie.

„Du hast einen Hamburger geklaut?“ Ich bin unheimlich froh, dass sie wieder glücklich ist. So mag ich sie viel lieber.

„Na ja, geklaut kann man eigentlich nicht sagen. Ich habe den Burger ja selber belegt.“ Laura denkt nach. Ich vermute, sie weiß, wie wichtig mir dieser Snack ist, und sucht nun nach einer Ausrede, ihn nicht zu nehmen.

„Du, ich stehe nicht so auf Hamburger, Jan. Aber es ist wirklich lieb von dir." Das stimmt. Das war wirklich lieb von mir. Aber wenn ich ehrlich bin, bin ich froh, dass sie ihn ablehnt. Er sieht so lecker aus.

Nach einigen Minuten Fahrt verliebe ich mich in die Insel. Wir fahren über eine Straße, die neben dem Meer verläuft. Das Wasser ist unglaublich klar und nicht so grau wie an der Nordseeküste. Ich erkenne einen großen Dampfer am Horizont und wünschte, ich wäre dort Passagier. Auf der anderen Straßenseite sehe ich die Kirche, die auf Vaters Postkarte abgebildet ist. Sie befindet sich auf einer kleinen Anhöhe. Durch das Sonnenlicht sieht sie golden aus. Ich bin mächtig beeindruckt. Und auch Laura drückt ihre Nase, nachdem sie sich zweimal daran gezogen und einmal draufgehauen hat, gegen die Fensterscheibe. Ich tue es ihr gleich und hinterlasse dabei eine fiese Schleimspur. Der Taxifahrer lässt uns an einer Seitenstraße raus und kassiert von Laura ein paar Euro. Ich habe den Eindruck, dass es seit unserer Ankunft noch ein paar Grad wärmer geworden ist. Eine Abkühlung wäre jetzt genau das Richtige.

„Wollen wir ins Meer gehen?", frage ich also Laura. Sie lacht schon wieder. Ich freue mich, dass ich sie offenbar genauso unterhalte wie sie mich.

„Man kann hier nicht einfach ins Meer gehen", stellt Laura klar. Das wundert mich, denn eigentlich braucht man nur die Schuhe auszuziehen. „Wir sind hier in der Hauptstadt von Mallorca", erklärt sie weiter, „hier gibt es keinen Strand wie an anderen Orten der Insel. Ich würde vorschlagen, wie suchen uns ein kleines Hotel und dann machen wir die Stadt unsicher. Was hältst du davon?" Eigentlich halte ich viel vom Unsichermachen der Städte, eine Abkühlung wäre mir allerdings gerade um einiges lieber. Ich verstehe noch immer nicht, warum man nicht einfach ins Meer gehen darf. Mutter hat immer gesagt, das Meer gehöre allen Menschen. Also auch mir. Aber ich glaube Laura. Sie hat mich noch nie angelogen. Wir gehen die Straße einige Meter weiter. Es folgt ein Hafen, in dem zahlreiche große Schiffe und Yachten angelegt haben. So viele große Schiffe habe ich noch nie auf einem Haufen gesehen. Ich beneide meinen Vater, denn ich würde auch gerne auf See gehen. In unmittelbarer Nähe des Hafens finden wir ein kleines Hotel. Ein älterer Herr drückt uns einen echten Schlüssel und keine Karte in die Hand. Über eine alte Treppe gelangen wir in den ersten Stock. Das Zimmer ist mit dem in Paris nicht zu vergleichen. Es gibt keinen Flachbildfernseher, die Möbel sind alt und die Matratze sieht nicht besonders gemütlich aus. Allerdings gibt es nur eine Matratze und nur ein Bett. Die Aussicht, die Nacht direkt neben Laura zu verbringen, lenkt von den kleinen Schwächen des Zimmers ab.

„Schau mal", sagt Laura und zeigt auf den kleinen Balkon. Ich trete ans Fenster und bin begeistert. Dann öffne ich die Tür und betrete den kleinen Vorsprung. Wir blicken direkt auf den Hafen und das dahinterliegende Meer. Es ist einfach wunderbar und ich würde am liebsten für immer diese Aussicht genießen, wenn Laura nicht schon andere Pläne geschmiedet hätte: „Ich habe unten am Hafen ein kleines Café gesehen. Da können wir vielleicht einen Kaffee trinken und mal schauen, was dein Blog so macht." Stimmt. Meinen Blog hatte ich ganz vergessen. Laura lächelt mich spitzbübisch an, als würde sie mir etwas verheimlichen. Das Café ist sehr schlecht besucht. Nur an einem Tisch sitzt ein alter Mann und liest Zeitung. Eine junge Frau nickt uns freundlich zu, als wir uns setzen. Laura bestellt sich einen Cappuccino und mir eine heiße Schokolade, auch wenn das nicht meiner Vorstellung von Abkühlung entspricht. Aber sie weiß, wie gerne ich Kakao mag. Laura meldet sich mit ihrem kleinen Notebook im Internet an. Toll, dass das einfach so funktioniert. Es dauert allerdings unendlich lange, bis mein Blog geladen ist.

„Schau mal", sagt sie. „Du hast die ersten User für deinen Blog begeistern können. Und das nicht zu knapp." Stolz blicke ich auf die Zahl der sogenannten Viewer. 743 Menschen haben sich meinen Blog angesehen.

„Ich dachte, man muss etwas Spektakuläres posten, um Menschen zu begeistern?", frage ich.

„Hab ich doch", sagt sie und deutet auf ein kleines Video, das sie anscheinend auf meiner Seite integriert hat. „Guck dir das mal an!" Gespannt starre ich auf das kleine Display. Laura drückt auf „Play". Nichts passiert. Ungeduldig klopfe ich auf den Tisch, auf den die

Kellnerin eine heiße Schokolade mit viel Sahne abstellt. Dann endlich startet der Film. Er ist von schlechter Qualität und nicht zu vergleichen mit dem, was man aus dem Fernsehen kennt. Das Video ruckelt stark. Erst nach wenigen Sekunden erkenne ich den Eiffelturm. Nichts Besonderes, denke ich mir. Im Internet gibt es bestimmt viele Videos vom Eiffelturm, die von besserer Qualität sind. Immerhin hat dieser Clip ein paar Interessierte angelockt. Auch wenn ich mir nicht erklären kann, warum. Etwas gelangweilt nippe ich an meinem Getränk, als ein hysterischer Schrei mich wieder in den Bann des Videos zieht. Wieder schreit jemand. Komisch. Die Kamera zoomt auf das Bauwerk und dann sehe ich es: Ein Verrückter klettert an der Spitze des Turmes herum. Wer würde denn so etwas Irres tun?

„Kennst du den?“, will Laura wissen und zeigt auf die kletternde Person.

„Ich kann ihn ja kaum erkennen“, erkläre ich und gehe mit den Augen ein Stückchen näher an den Bildschirm heran. Ich lese, wenn auch langsam, „Crazy Roof Climber for Peace“. Keine Ahnung, was das bedeutet.

„Das bist du“, sagt Laura stolz. „Jemand hat dich gefilmt, als du meinen Schlüssel wiedergeholt hast.“ Innerlich mache ich vor Freude Purzelbäume. Noch nie bin ich gefilmt worden. „Ich habe den Clip gestern Abend in einem Videoportal gefunden und mir gedacht, du hast bestimmt nichts dagegen, ein Video-Star zu werden.“ Nein. Da habe ich sicherlich nichts gegen. Ich würde Laura am liebsten umarmen und niemals wieder loslassen. Sie tut so unheimlich viel für mich. Und jetzt hilft sie mir sogar, ein Star zu werden. Ich bin auf dem Kurzfilm nicht wirklich zu erkennen, trotz der Tatsache, dass der Kameramann offenbar ein paar Schritte näher an den Turm herangegangen ist. Immer wieder hört man hysterische Schreie. Ich breite derweil meine Arme aus und bewege sie wie eine Krähe hin und her. Dann endet das Video ganz abrupt. Schade. Laura sieht, dass ich etwas enttäuscht bin. „Vielleicht finden wir noch ein besseres. Deine Kletterpartie haben bestimmt einige gefilmt. Oder spektakuläre Fotos gemacht.“ Das bringt mich auf eine Idee. Ein spektakuläreres Bild als mein eigenes wird es bestimmt nicht geben. Zwar handelt es sich sicherlich nicht um einen Notfall, aber ich benutze das Smartphone ja auch nicht wirklich.

„Was hältst du von dem Foto?“, frage ich sie, als ich ihr mein Telefon reiche. Laura reißt die Augen auf.

„Wann hast du das Bild gemacht?“

„Na auf dem Turm. Ich dachte, du wolltest, dass ich ein Bild mache.“ Sie schüttelt den Kopf.

„Das werde ich dazustellen. Damit kriegen wir bestimmt noch einige Viewer mehr.“ Ich hätte nie gedacht, dass sich Menschen überhaupt einmal für mich interessieren würden, und bin restlos begeistert. Die Aussicht auf weitere Viewer reizt mich. „Und schau mal da“, sagt sie und zeigt auf den Eintrag eines Wolfi800. „Der Typ glaubt, mit der Taube kämpfst du für den Frieden.“ Laura grinst. „Jan Lehmann, der Friedenskämpfer.“

„Das war eine Krähe“, erkläre ich und verschränke die Arme.

„Das ist egal. Tauben stehen für Frieden und hören sich viel besser an.“

„Ich könnte ja mal auf die große Kirche da draußen klettern und eine andere Möwe oder Krähe machen“, schlage ich Laura vor. „Das wäre auch besonders spektakulär.“

„Nein!“, bestimmt sie. „Das machst du auf keinen Fall. Du musst dir etwas anderes einfallen lassen. Das war schon viel zu gefährlich. Das darfst du nie wieder tun.“

„Aber die Kirche sieht gar nicht so hoch aus wie der Turm in Paris“, versuche ich es erneut. Doch Lauras Blick sagt mehr als Tausend Worte.

„Lass dir etwas einfallen, was nicht ganz so gefährlich ist“, schlägt sie vor. Dann klappt sie ihr Notebook zu und lächelt mich liebevoll an. „So, und jetzt machen wir endlich die Stadt unsicher.“ Sie legt einen Zehn-Euro-Schein auf den Tisch und steht auf. Ich denke noch über eine besondere Aktion von mir nach, als sie bereits die Tür öffnet. „Kommst du?“ Ich reiße mich aus meinen Träumereien und folge ihr. Der Kakao hat zwar wunderbar geschmeckt, aber ein kaltes Getränk wäre mir jetzt deutlich lieber, auch wenn ich von Limo mit Zitsch immer Sodbrennen und Aufstoßen bekomme. Wenn ich alleine bin, ist das nicht schlimm. Aber vor Laura will ich nicht laut rülpsen. Wir spazieren die lange Straße zurück und kommen an eine kleine Treppe, vor der verschiedene Statuen stehen. Ein Cowboy sieht verdammt echt aus, wäre er nicht auch im Gesicht braun angemalt. Ich bin total fasziniert und kann meine Augen erst von ihm lösen, als ich einen Mann ohne Kopf sehe. Unglaublich. Er sitzt auf einer Bank in schwarzem Anzug, trägt eine Sonnenbrille, einen weißen Hut und hat keinen Kopf. Na das nenne ich mal spektakulär. Wie viele Viewer der Kerl wohl hat? „Gotcha!“ schreit der Cowboy plötzlich, der wie aus dem nichts zum Leben erweckt worden ist. Vor lauter Schreck stoße ich an Laura, die ihr Gleichgewicht nicht halten kann und auf den kopflosen Mann fällt. Der verliert selbst bei seinem Sturz weder Hut noch Sonnenbrille. Dafür reißt der schwarze Anzug auf und ein paar Haare kommen zum Vorschein. Iiiih, das ist ekelhaft. Erst nach kurzer Zeit verstehe ich das Prinzip. Der Typ hatte seinen Kopf unter dem Anzug versteckt. Jetzt erscheint das nicht mehr ganz so spektakulär. Mittlerweile ist sein ganzer Kopf zu sehen und wirkt alles andere als glücklich. Laura nimmt mich an der Hand und wir rennen gemeinsam die wenigen Stufen zur Kirche hinauf. Unterwegs kommt mir ein Mann entgegen, den ich in ähnlicher Verkleidung schon einmal in Paris gesehen habe. Er hat sein Gesicht weiß geschminkt, trägt einen kleinen Schnauzer sowie einen schwarzen Hut. Der Schnauzer erinnert mich an einen Mann aus dem Geschichtsbuch, der wohl ziemlich böse war. Ich werde mal Laura fragen müssen, wer das ist. Zurzeit fehlt mir nämlich ein wenig die Luft. Treppenlaufen war noch nie so richtig meine Stärke. Als wir vor der Kirche stehen, traue ich mich, nach unserem Verfolger Ausschau zu halten. Der Kopflose steht am Fuß der Treppe und repariert sein Kostüm. Erleichtert atme ich aus.

Eine freundliche Frau kommt auf mich zu und bietet mir eine blaue Blume an. Zugegebenermaßen bin ich kein großer Blumenfreund, nicke aber trotzdem, um Laura eine Freude zu machen. Die Frau überreicht mir strahlend die Blume und hält dann die Hand auf. Gut erzogen wie ich bin, schüttle ich sie und bedanke mich freundlich. Zu meiner Überraschung ist sie wenig angetan und schimpft. Laura scheint auch nicht so glücklich. Genervt schüttelt sie den Kopf.

„Hat man mit dir Kerl denn nicht *ein* Mal Ruhe?“, fragt sie. Das verwundert mich, denn eigentlich habe ich gerade keinen Ton gesagt. Ich überreiche Laura die Blume, während sie mich durch die Touristenmasse zieht. „Komm schon, Jan. Lass uns mal in die Innenstadt gehen.“ Von der Kirche sehe ich relativ wenig. Auch keine gute Klettermöglichkeit. Das ist schade, denn es reizt mich schon, weitere Viewer zu gewinnen. Genau in diesem Moment pöbelt Laura eine alte Frau an. „Alte Hexe“ und „spanische Puffmutter“, sagt Laura. In Nullkommanichts hat sie wieder einmal die gesamte Aufmerksamkeit. Das bewundere ich so an ihr. Aber dieses Mal steigert sie sich in einen wahren Rausch. Nach ihrer Fluch-Tirade imitiert sie pfeifend einen Vogel, der offenbar um ihren Kopf schwirrt. Ich stelle mich ein paar Meter abseits und zücke mein Notfall-Handy. Spektakulärer geht es ja wohl nicht. Es dauert einen Augenblick, bis ich die Kamera aktiviert habe. Laura ist mittlerweile zu einem Raben übergegangen, der krächzt, als hätte er zu viel gesungen. Die Menschen bleiben stehen und beobachten Laura, als wäre sie eine Zirkusattraktion. Dann klopft sie sich mal wieder auf die Brust und erntet ein wenig Gelächter. Toll, dass sie nicht nur mich mit dieser Show begeistert. So wird sie bestimmt für ein paar weitere Besucher auf meinem Blog sorgen.

„Was machst du da?“, fährt sie mich an, als sie sich wieder ein wenig beruhigt hat.

„Na, ich filme dich“, erkläre ich ihr und frage mich, ob das eigentlich nicht eindeutig war.

„Aber warum, du Spatzenhirn.“

„Weil wir noch etwas Spektakuläres für unseren Blog benötigen“, sage ich. Manchmal stellt sie so doofe Fragen.

„Aber nicht meine Ticks“, bestimmt sie.

„Deine was?“

„Meine Aussetzer“, erklärt sie. „Die haben im Internet nichts zu suchen.“

„Aber hier auf der Straße bekommen die Leute doch auch alles mit. Warum nicht im Internet?“ Laura denkt lange über meine Worte nach. Dann schüttelt sie den Kopf.

„Na, weil mein Humor am besten auf der Straße funktioniert. Ein Straßenmusikant füllt ja auch keine Konzertsäle.“ Das klingt grundsätzlich logisch, wären da nicht diese unzähligen Casting-Shows. Zum Beispiel Ulf Mertens. Der hat bei einer Casting-Show den zweiten Platz belegt. Das muss so vor zwei Jahren gewesen sein. Und ich kann mich noch genau daran erinnern, dass er zunächst nur auf der Straße musizierte. Er hat zwar keine Konzertsäle gefüllt, da muss ich Laura Recht geben. Aber immerhin brachte er die Dorfhalle in Marienburg mit sechshundertfünfzig Zuschauern zum Kochen. Ich war auch da. Es war toll. Seine Interpretation von „Ich liebe das Leben“ ist einfach unbeschreiblich. Ein Teufelskerl. „Verstehst du? An der frischen Luft funktionieren meine Späße einfach viel besser. Das hat auch etwas mit der Akustik zu tun.“

„Ach ja, stimmt. Klar, die Akustik“, sage ich, gestehe mir aber ein, dass ich keine Ahnung habe, wie sich die frische Luft auf die Akustik auswirkt. Ich muss zugeben, ich bin etwas enttäuscht, denn ich glaube, Lauras Auftritte sind sehr gut, und mit dem richtigen Programm könnte aus ihr eine kleine Berühmtheit werden. Aber wenn sie etwas nicht will, dann werde ich sie sicher nicht dazu überreden können. Wir spazieren durch enge Gassen und kommen an unzähligen Geschäften vorbei.

„Willst du dir ein Souvenir kaufen?“, fragt mich Laura. Erst jetzt fällt mir meine Schalmei wieder ein. Die habe ich ja noch gar nicht ausprobiert. Das will ich unbedingt zuerst tun und schüttle den Kopf. Aber zu einem Eis kann ich nicht Nein sagen. Es gibt Pfefferminz- und Erdbeereis. Laura hat gesagt, es sei nicht so schlimm, dass das rosa ist. Hier kenne mich ja niemand. Trotz der Eiscreme ist mir unheimlich heiß. Ich würde so gerne ins Meer. Wir schreiten über einen großen Platz und wenn ich ehrlich bin, habe ich genau in diesem Moment genug von der Stadt gesehen. Ich kann mich nur noch auf meinen Blog konzentrieren und überlege fieberhaft, wie ich noch weitere Interessenten dazugewinnen kann. Laura zieht mich über eine

Seitengasse den Berg wieder hinunter. Wir kommen an einem kleinen Park vorbei, in dem ein Indianer auf einem Hocker steht. Noch einmal falle ich bestimmt nicht darauf herein, denke ich mir und schreie die Rothaut wie aus dem Nichts an. Dieses Mal erschrickt sie sich. Und der Junge, der gerade ein Geldstück in einen kleinen Eimer geworfen hat, beginnt umgehend zu weinen. Laura sieht gerade irgendwie nicht glücklich aus. Vielleicht lässt sie sich auch deswegen nicht zu einer Show-Einlage animieren. Den richtigen Schlüssel zu ihrem Spaßmotor habe ich ohnehin noch nicht gefunden. Wir spazieren den Park entlang und ein Maler erregt meine Aufmerksamkeit. Er bietet verschiedene Bilder von der Insel an. Ich entscheide mich dazu, eins mitzunehmen. Das mit der untergehenden roten Sonne gefällt mir besonders gut. Der Herr packt das Bild in Papier und überreicht es mir. Ich weiß ja nicht, was Bilder normalerweise kosten, aber die Gemälde meiner Mutter waren bestimmt nicht für 18 Euro zu haben. Glücklich über das gute Geschäft laufe ich mit Laura unter einigen Bäumen lang. Für einen Moment sieht sie stutzend auf meine Hand. Erst jetzt merke ich, dass ich nach ihrer Hand gegriffen habe, und ziehe sie plötzlich zurück. Laura lacht. Sie ist so hübsch und auf ihren Wangen bilden sich kleine Grübchen. Dann nimmt sie meine Hand.

„Ist schon gut, Jan. Wir können ruhig Händchen halten", flüstert sie. Ich kann mein Glück kaum fassen. Dann frage ich mich, was das bedeutet. Ich hatte ja noch nie eine feste Freundin. Sind wir jetzt ein echtes Liebespaar? Halten nicht nur frisch Verliebte Händchen? Ich weiß es nicht und diese ganze Situation ist mir unangenehm. Also ziehe ich meine Hand wieder zurück. Bevor Laura etwas sagt, renne ich los, schmeiße das frisch erworbene Bild zu Boden, reiße mir mein T-Shirt vom Körper und springe mit höchster Geschwindigkeit in den länglichen Springbrunnen vor uns. Gegen eine Abkühlung im Springbrunnen wird schon keiner was haben. Ich lande etwas unvorteilhaft, denn ich habe die Tiefe des Beckens unterschätzt. Das Wasser reicht mir gerade bis zu den Knöcheln beziehungsweise in diesem Moment noch nicht einmal bis zum Bauch. Immerhin kühlt es direkt den blauen Fleck, den ich mir mit großer Sicherheit am Hintern zugezogen habe. Laura fuchtelt mit meinem Bild. Sie hat es offenbar gefunden und aufgehoben. Das ist lieb.

„Jan, komm das raus", schimpft sie. „Das ist kein Schwimmbad."

„Nein aber ein Springbrunnen. SPRING-Brunnen", wiederhole ich. „Verstehst du, Laura? Wegen springen!"

„Ja, das habe ich schon verstanden. Aber du kannst nicht einfach in das Becken springen." Ich finde meinen eigenen Wortwitz unglaublich lustig.

„Aber Spring-Brunnen", wiederhole ich noch einmal, obwohl ich mich vor Lachen kaum auf den Beinen halten kann.

„Komm da jetzt raus, Jan. Das ist langsam nicht mehr lustig. Du bist doch kein Kind mehr." Das stimmt. Ich bin schon lange kein Kind mehr. Deswegen konnte ich ja auch so weit springen. Lauras Laune enttäuscht mich. Vielleicht ist sie noch immer sauer, weil ich sie ungefragt gefilmt habe. „Wenn du jetzt unbedingt zum Meer willst, dann fahren wir mit dem Bus nach El Arenal", schimpft sie. Ich verstehe ihren Zorn nicht, weiß aber ihr Angebot zu schätzen.

„Wohin fahren wir?"

„Wir fahren mit dem Bus zum Ballermann."

Ballermann, was für ein wunderschöner Name. Er erinnert mich an einen Western. Ich hoffe, sie meint nicht den komischen Cowboy, der mich so erschreckt hat. „Und was macht dieser Ballermann? Hat der 'ne Kanone?"

„Jan, ich bin nicht deine Kindergärtnerin. Reiß dich mal ein bisschen zusammen." Sie ist wirklich böse. „Der Ballermann ist eine Art Kneipe direkt am Strand. Da kannst du etwas Kaltes trinken und wir können gleichzeitig im Meer baden. Okay?" Ich wüsste gerne, warum Laura jetzt so genervt von mir ist. Ich wollte ihr nichts Böses. Immerhin will sie mit mir ans Meer fahren. Das finde ich super. Und dann lerne ich noch diesen Ballermann kennen. Was kann es Schöneres geben?

Ohne meinen Schreibmaschinenkasten fühle ich mich irgendwie nackt. Überhaupt fühle ich mich gerade ziemlich nackt. Laura und ich haben in einem kleinen Laden direkt am Strand jeweils ein großes Badetuch und verschiedene Schwimmutensilien gekauft. Laura hat mir zu großen Badeshorts geraten. Sie war wohl nie im Schwimmkurs. Herr Schüttler hat mir schon als ich klein war erklärt, dass man mit einer Pferdedecke keinen Auftrieb und den geringsten Widerstand mit einer hautengen, kurzen Badehose habe. Herr Schüttler war fest davon überzeugt, dass man Badeshorts am besten sogar eine Nummer zu klein kaufen solle. Das war eigentlich gar kein Problem. Bis meine Mutter mir eine eigene Badehose gekauft hat, habe ich die von Lars getragen. Er war ja ein wenig kleiner. Damals ging das ohne Probleme. Heute ist die Speedo schon ein wenig spack und ich habe große Schwierigkeiten, alles zu verdecken. Die Taucherbrille fällt dagegen eine Nummer zu groß aus und auch der Schnorchel hängt etwas unbeholfen in der Luft herum. Bei meiner ersten Trockenübung schnappe ich jedenfalls ein paar Mal unglücklich daneben, kann so aber glücklicherweise meine Schildkröten-Imitation perfektionieren. Natürlich dürfen Schwimmflossen nicht fehlen. Die gibt es in jeder erdenklichen Größe und Farbe. Ich entscheide mich für die neongelben. Die sehen einfach cool aus. Nur ein Gründelnetz habe ich nicht erstanden. Es war von minderer Qualität. Laura scheint mein Outfit jedenfalls zu gefallen. Sie lächelt mich an. Ihr Outfit gefällt mir auch. Ich scheitere kläglich bei dem Versuch, sie nicht anzustarren, und schiebe mir schließlich den Schnorchel in den Mund, um einen Sabberfaden im Keim zu ersticken. Laura hat mir geraten, mich mit Sonnencreme einzureiben. Das hat Mutter früher an der Nordsee auch immer getan. Den Sinn habe ich nie verstanden. Warum sollte ich mich vor der Sonne schützen, wenn ich gleichzeitig braun werden will? Ich schüttle also nur den Kopf und mache mich schließlich auf den Weg ins Meer. Laura will mich nicht begleiten. Sie sagt, sie müsse noch dringend telefonieren. Sie wirkt ein wenig nervös. Jeden Schritt, den ich mache, kommentiert Laura mit dem Quaken einer Ente. Das muss wunderbar aussehen und die Geräusche sind fast perfekt. Wir könnten zusammen auftreten. Der wunderbare Schildkröten- und Enten-Imitator Jan Lehmann featuring the Voicebox Laura. Vielleicht schaffen wir es sogar ins Fernsehen. Bei Gelegenheit werde ich Laura fragen, ob ihre Show-Einlagen denn im Fernsehen funktionieren. Momentan bin ich allerdings damit beschäftigt, mir den Weg ins Meer zu bahnen. Das ist alles andere als leicht, denn zum einen ist der Strand gefüllt mit Leuten, die tanzen, singen und aus bunten Strohhalmen und Metalldosen trinken. Ich habe den Strand an der

Nordsee eigentlich ganz anders in Erinnerung. Da wurden die bunten Plastikeimer eher von Kindern zum Burgbau benutzt. Manche jungen Menschen tragen die Strohhalme sogar als Kopfbedeckung. Verrückt. Zum anderen schaufle ich mit jedem Schritt eine Unmenge Sand in die Luft. Das sieht zwar sehr lustig aus, ist aber unglaublich anstrengend und stößt offenbar nicht bei allen Strandbesuchern auf Gegenliebe. Nach einer gefühlten Ewigkeit erreiche ich das Meer. Es ist sehr kalt und zunächst empfinde ich das Wasser als angenehm frisch. Ein dickes Mädchen springt neben mir umher und spritzt mich nass. Für einen Moment habe ich Angst, dass mein Herz stehen bleibt. Nach wenigen Augenblicken habe ich mich erholt. Mühsam gehe ich ein paar Schritte, ohne dass das Wasser auffallend ansteigt. Das ist aber ein komisches Meer. Überhaupt ist an diesem Meer irgendwie alles anders. Die Menschen sind insgesamt sehr jung und haben verschiedene Verkleidungen an. Mit meiner Speedo-Badehose falle ich da fast schon auf. Einige haben Flaschen dabei, andere komische aufblasbare Gummipuppen, die mit weit geöffnetem Mund und großen Augen in die Weiten des Meeres starren.

Nach einer halben Ewigkeit berühre ich mit dem Inhalt meiner engen Badehose das kalte Wasser und nach nur wenigen Sekunden scheint mir das Stück Stoff doch noch zu passen. Dafür bleibt mir wieder die Luft weg. Ganz langsam versuche ich, meinen Rücken an das Wasser zu gewöhnen. Ich verspüre plötzlich das dringende Bedürfnis zu pinkeln. Da sich das nicht gehört, halte ich ein. Das erfordert meine gesamte Konzentration und so bekomme ich nicht mit, dass sich von hinten Unheil nähert. Kein Hai. Ein junger Mann stürmt hinter meinem Rücken heran und ehe ich mich versehe, bringt er mich in bester American-Football-Manier zu Fall. Dabei stoße ich mir das Knie an und schlucke mindestens zwei Liter Salzwasser. Das Wasser ist so unglaublich kalt, dass mir wieder die Luft wegbleibt. Nur mühsam komme ich wieder hoch. Mal ganz abgesehen davon, dass meine Hose etwas ungünstig verrutscht ist, kann ich nicht mehr länger an mich halten. Zugegebenermaßen muss das ziemlich doof aussehen und auch der junge Mann, der bestimmt in bester Absicht gehandelt hat, ist bei der Hitze sicherlich nicht über die warme Dusche erfreut. Doch wie Mama schon einst sagte, kann man es nicht immer allen

Mitmenschen recht machen. Wie von der Tarantel gestochen, rennt der Mann weg. Ich stehe ziemlich hilflos im Wasser und halte nach Laura Ausschau, während ich meine Körperteile wieder in der Badehose verstaue. Ich will unbedingt wissen, ob Laura meine sportliche Aktivität verfolgt hat. Schließlich erkenne ich Lauras rötlichen Bikini. Sie sitzt auf einem Badetuch und unterhält sich angeregt mit einem Mann, der für einen Tag am Strand etwas unvorteilhaft gekleidet ist. Er trägt ein blaues Hemd mit Krawatte und blaue Jeans. Vielleicht ist er von irgendeiner Behörde oder vom Ordnungsamt. Die gibt es in Köln auch jede Menge. Oder es ist ein Journalist, der Laura zu unserem Blog befragt. Das Interview will ich natürlich nicht verpassen, schließlich habe auch ich meinen Anteil am Erfolg der Seite und will nicht, dass Laura alle Lorbeeren alleine einheimst. Bedauerlicherweise ist der Weg zurück ähnlich beschwerlich. Ich verliere den Mann keinen Moment aus den Augen. Dann zeigt Laura auf mich und für einen kurzen Moment bin ich beruhigt, dass sie mich an unserem Erfolg teilhaben lässt. Der Blick des Mannes folgt Lauras Fingern und zu meinem Erstaunen erkenne ich Dr. Oswald. Toll. Er ist uns bis nach Mallorca gefolgt, um hier vor Ort diese netten Gespräche zu führen. Bislang habe ich Dr. Oswald immer als Vertrauten angesehen – bei so viel Einsatz kann man vielleicht sogar von einem wahren Freund sprechen. Prima. Ich winke fröhlich in Richtung Laura, als der junge Mann einen zweiten Versuch unternimmt und mich wieder mit voller Breitseite erwischt. Dieses Mal allerdings um einiges fester und ein stechender Schmerz erfüllt meine Rippen. Wieder verrutscht meine Badehose, aber dieses Mal richte ich sie unter Wasser. Der junge Mann stürzt sich auf mich und drückt mich ebenfalls unter die Oberfläche. Natürlich war er nicht sonderlich erfreut über mein Wasserlassen, aber im Grunde war er da selber schuld. Ich würde es ihm zu gerne erklären, doch unter Wasser lässt sich eher schlecht sprechen, zumal sich mein Mund und meine Lungen wieder mit Salzwasser gefüllt haben. Ich pruste, als ich kurzfristig an die Wasseroberfläche gelange. Dann werde ich wieder unter Wasser gezogen. Der Mann flucht und schimpft. Ich kann seine Worte nicht verstehen. Schließlich konzentriere ich mich darauf, meine Hose nicht ein weiteres Mal zu verlieren, aber irgendwann merke ich, dass meine

Luft langsam knapp wird. In meiner Not beiße ich dem Kerl in die Wade. Sofort lässt er von mir ab und ich schaffe es endlich an die Wasseroberfläche. Es dauert einen Moment, bis ich genügend Luft bekomme, um mich wieder zu sammeln. Der Typ sieht mich wütend an, ist aber offensichtlich auch ein wenig mit seiner Wade beschäftigt, um die sich das Wasser leicht rötlich verfärbt hat. Bevor er erneut über mich herfallen kann, suche ich meinen Weg wieder Richtung Strand. Der Rückweg fällt mir besonders schwer, bis ich auf die Idee komme, meine Schwimmflossen vielleicht schon im Wasser loszuwerden. Nach etlichen Versuchen und zwei weiteren unfreiwilligen Badegängen sind meine Füße endlich frei und ich rette mich an den Strand. Ich schaue noch einmal zurück. Das Wasser ist voll von Menschen. Dennoch fällt es mir nicht schwer, den Angreifer auszumachen. Der junge Mann steht noch immer an der gleichen Stelle und hält seine Wade. Eine Gruppe von Jugendlichen applaudiert mir, als ich das Wasser endgültig verlasse. Ich verbeuge mich ordnungsgemäß und bedanke mich für die Glückwünsche. Ich denke sogar darüber nach, mich der Gruppe vorzustellen. Mein Wunsch, Dr. Oswald zu begrüßen, ist jedoch viel größer. Ich falte also nur die Hände zu einer Siegerpose und nicke. Als ich mich auf den Weg zu Laura mache, fehlt von Dr. Oswald jede Spur. Vermutlich ist er mal auf Toilette gegangen oder kauft sich auch eine schicke Badehose. Ich kann ihm nur den Rat geben, ebenfalls eine hautenge zu nehmen.

„Wo ist er?“, frage ich Laura, als ich mich neben ihrem Badetuch auf die Knie fallen lasse. Der Wasserkampf war anstrengender als gedacht. Laura blinzelt in die Sonne. Sie wirkt, als hätte sie gerade geschlafen. Aber das kann ja nicht sein.

„Wer?“, fragt sie und überrascht mich. Es war ja nur Dr. Oswald hier.

„Na, Dr. Oswald“, erkläre ich genervt.

„Dr. Oswald?“, wiederholt sie. Das kommt mir jetzt aber seltsam vor. „Unser Dr. Oswald?“, fragt Laura und die dünnen Brauen über ihren Augen kräuseln sich seltsam. Ich nicke irritiert. „Was sollte Dr. Oswald hier machen?“, will sie von mir wissen. „Er hat dich aus Deutschland angerufen.“ Das stimmt. Das hat er. Ich rechne kurz zurück, gebe aber schließlich auf, denn Mathe war noch nie meine Stärke.

„Aber ich habe ihn hier bei dir gesehen“, stelle ich fest. Lauras Augenbrauen nehmen eine noch seltsamere Form an. Dann schüttelt sie den Kopf. Plötzlich lacht sie.

„Ach, Jan“, sagt sie und hält sich den flachen Bauch, der vor Lachen wild zuckt. „Du bist der lustigste Mensch, den ich kenne.“ Sie streichelt mir über den Kopf. Laura hat recht. Ich bin wirklich der lustigste Mensch, den sie kennt. Sie kennt ja jetzt auch nicht so viele lustige Menschen, dennoch verstehe ich nicht, was das mit Dr. Oswald beziehungsweise seinem Verschwinden zu tun hat.

„Aber ich habe ihn wirklich hier bei dir gesehen“, versuche ich es erneut. Laura wirkt, als wollte sie meine Aussage abwägen. Sie denkt jedenfalls einen Moment nach. Dann lacht sie wieder und schüttelt den Kopf hin und her.

„Mich kriegst du nicht“, sagt sie. Fangen? Wir spielen Fangen.

„Hab dich“, rufe ich und schlage ihr auf den Arm. Das gefällt Laura nicht. Sie blickt mir tief in die Augen und schüttelt erneut den Kopf.

„Willst du dich nicht ein wenig hinlegen?“, fragt sie mich. „Du könntet dich etwas sonnen.“ Aber ich habe keine Lust, mich zu sonnen. Das ist viel zu langweilig. Lieber würde ich eine Wasserschlacht mit Spritzpistolen und Wasserballons veranstalten. Doch ich glaube irgendwie nicht, dass ich Laura von meiner Idee überzeugen kann. Dann schon eher die Gruppe um den jungen Mann, der mich eben noch unter Wasser tauchen wollte. Zumindest bespritzen sich die Jugendlichen mit dem Inhalt aus ihren Blechdosen. Ich würde nur zu gerne mitspielen, habe aber Angst, dass der Gebissene in irgendeiner Form Rache nehmen will. Ich schließe für einen kurzen Moment die Augen.

Lauras Smartphone erregt meine Aufmerksamkeit und reißt mich aus einem wunderbaren Traum von Goldfisch Albert, Hund Pluto und Freund Ludo. Laura flucht ein wenig, aber nicht so viel wie sonst. Überhaupt scheint sie zurzeit nicht ganz so zum Spaßen aufgelegt zu sein. Nach einigen Augenblicken hat sie ihr Handy in ihrer Tasche gefunden. Ich bekomme es nur kurz zu sehen, erkenne aber eine

Ziffernfolge mit vier Neunen am Ende. Die Nummer kommt mir irgendwie bekannt vor, aber ich kann sie momentan nicht richtig zuordnen. Laura meldet sich mit „Du hirnverbrannter Vollspast!“ und bereitet mir damit eine ungeahnte Freude. Ich stelle mir vor, dass ihre Mutter angerufen hat – oder vielleicht ihr Vater, schließlich ist Vollspast ja männlich. Schnell wird ihre Stimme wieder ruhiger. Sie flüstert geradezu. Dennoch kann ich sie gut verstehen. „Dann schau genauer“, sagt sie leise und ihr Ton hat etwas Bedrohliches. „Dann schau unterm Bett. Es kann nicht besonders gut versteckt sein. Wie du weißt, ist er alles andere als ein Genie.“ Sie schaut mir direkt in die Augen und für einen Moment habe ich das Gefühl, sie spräche über mich. Doch dann lächelt sie mich an und beruhigt mich sofort wieder. „Ich kann es dir nicht sagen.“ Sie macht eine längere Pause, ihre Laune scheint sich aber nicht zu verbessern. „Erst heute Abend.“ Wieder eine Pause. Sie atmet schwer. Das macht sie eigentlich immer, wenn ich wieder eine lustige Idee gehabt habe. Jetzt scheint ihr Gesprächspartner einen lustigen Einfall parat zu haben. „Dann gucke ich halt später selber“, sagt sie schließlich und beendet, ohne sich zu verabschieden, das Gespräch. Das gehört sich nun wirklich nicht. Doch Laura scheint nicht in der Laune, dass ich sie darauf aufmerksam machen sollte.

„Wer war das?“, frage ich interessiert. Laura lässt ihre Finger über das Display des Handys tanzen. Sie kennt sich mit den elektronischen Geräten aus wie kein anderer.

„Kennst du nicht“, antwortet sie kurz. Vermutlich hat sie recht. Auch wenn ich das komisch finde, denn die Nummer kommt mir noch immer sehr bekannt vor.

„Dein Vater?“, frage ich interessiert.

„Ich habe keinen Kontakt mehr zu meinem Vater.“

„Warum eigentlich nicht?“, wittere ich meine Chance. Laura zieht sich ihre Sonnenbrille über die Augen und legt sich flach auf ihr Handtuch. Ich wünschte, ich wäre einer der kleinen Schweißtropfen, der sich in ihrem wunderschönen Bauchnabel gesammelt hat, oder vielleicht die Sonnencreme, die sie auf ihre Haut aufgetragen hat. Allerdings finde ich Sonnencreme doof. Mutter hat mich immer gewarnt, dass ich ohne Sonnencreme so aussehen würde wie ein Mohrenkopf. Als Kind habe ich mir die Warnung natürlich zu Herzen genommen. Heute wünschte ich manchmal, ich würde so aussehen wie ein Will Smith oder ein Denzel Washington. Nur aufgrund ihres Aussehens haben sie es zu Weltruhm geschafft.

„Meinst du, wenn ich keine Sonnencreme auftrage, sehe ich so aus wie Will Smith?“, frage ich Laura und ziehe sie am Arm. Sie grunzt seltsam. Vermutlich, weil ich sie geweckt habe. Vielleicht ist es aber auch eine Art Zustimmung oder eine misslungene Tier-Imitation.

„Erst wenn du dir schwarze Schuhcreme ins Gesicht schmierst, siehst du aus wie Will Smith“, sagt sie schließlich. Ich denke über ihre Worte nach. Vielleicht hat sie recht, ich bezweifle aber, dass Schuhcreme im Gesicht gesund ist. Zudem kriegt man sie bestimmt nicht mehr so einfach ab von der Haut. Zumindest hat Mutter sich immer beschwert, wenn ich die Handtücher aus dem kleinen Bad benutzt habe, um meine Stiefel am Barbaratag mit Schuhcreme einzuschmieren.

„Meinst du, der Mohrenkopf da vorne hat auch Schuhcreme im Gesicht?“, frage ich sie.

„Bestimmt, Jan“, sagt sie knapp. „Aber sag nicht immer Mohrenkopf. Das ist nicht in Ordnung.“

„Aber Mama hat immer Mohrenkopf gesagt.“

„Das ist trotzdem nicht in Ordnung, Jan. Und ich glaube, das weißt du auch.“ Sie hat recht. Frau Listig hat mir das schon in der Grundschule erklärt. Aber das ändert nichts daran, dass mir der Ausdruck so gut gefällt. Er erinnert mich immer an Mohrenköpfe. Die mag ich gerne. Neger darf ich auch nicht sagen, obwohl mir die Negertaler bei Frau Kramer immer so gut geschmeckt haben.

„Mister, Mister“, sagt eine extrem hohe Stimme. Ich blinzle in die Sonne und erkenne einen großen Schatten, der so gar nicht zu den komischen Lauten passt, die er verursacht. „Sonnenbrille, Uhr, Looki?“, fragt die Stimme, die nach näherer Betrachtung einem Mohr…, äh …, einem dunkelhäutigen Mann zuzuordnen ist. Er trägt eine überdimensional große, leuchtend grüne Sonnenbrille, die eigentlich ziemlich dämlich aussieht. Aber sie soll ja auch nur vor der

Sonne schützen. Das tut sie offensichtlich, denn der Mann hat Adleraugen. „Du keine Sonnenbrille", stellt er fest. Das stimmt. Ich habe keine Sonnenbrille. Ich kann Brillen nicht ausstehen. Die jucken immer so hinter den Ohren. In seinen Händen trägt er zwei Pappschachteln. Eine mit verschiedenen Brillen, eine mit bunten Uhren. Aus einer Umhängetasche starren mich Glubschaugen aus Plastik an. Das ist mir ein wenig unheimlich. „Sonnenbrille gut. Looki, looki!", erklärt er mir. Es rührt mich schon fast, wie sehr er um meine Gesundheit besorgt ist. „Oder Uhr?", fragt er. „Dann weißt du die Uhrzeit." Das klingt nicht nur logisch, nach erster kurzer Überlegung trifft das auch tatsächlich zu. So gerne ich auch eine Uhr hätte – vor allem die schicke gelbe mit den roten Zeigern sagt mir zu –, in meiner knappen Badehose ist kaum Platz für eine Innentasche und somit trage ich auch nicht das nötige Kleingeld mit mir herum. Ich gucke Laura traurig an, doch entweder sie ist fest eingeschlafen oder sie starrt in den blauen Himmel. Der dunkelhäutige Mann scheint sie jedenfalls nicht zu interessieren. Mich schon. Insbesondere seine Hautfarbe. Ich hieve mich von meinem Badehandtuch hoch, schmunzle über den roten Power Ranger auf dem Frottee – ich mag Frottee echt gerne – und stelle mich direkt vor den Verkäufer. Was für ein klasse Job. Der Mann kann den ganzen Tag hier am Strand Sonnenbrillen, Uhren und lustige kleine Kühe verkaufen, die wunderbar tanzen und singen, und seine Haut wird dabei noch wunderbar braun oder schwarz. Obwohl ich mir nicht sicher bin, ob er noch dunkler werden kann. Er freut sich ebenfalls. Zumindest lacht er, als er an mir hinunterschaut. Dann setzt er seine Sonnenbrille ab. „Long Don John da Silva", sagt er und zwinkert mit den Augen wie Laura, wenn sie in ihrem Element ist.

„Nein, nein. Nicht da Silva", sage ich. „Lehmann. Jan Lehmann", stelle ich mich höflich vor und reiche dem Mann die Hand. Er geht nicht darauf ein. Aber er lächelt immer noch freundlich. Seine Haut glänzt in der Sonne. Das muss eine besonders kostbare Schuhcreme sein. Ich befeuchte mit einer ordentlichen Portion Spucke meinen Daumen und reibe ihn über die Wange des Mannes, der seine Freude erstaunlich gut verbergen kann. Seine Augen weiten sich und sein weißer Augapfel steht in wunderbarem Kontrast zu der dunklen Haut. Entweder die Schuhcreme ist wasserfest oder Laura hat mich belogen.

Der Mann lässt die Uhren und Sonnenbrillen überraschend unsanft in den Sand fallen. So freundlich er spricht, ein guter Geschäftsmann ist er wohl nicht. Schließlich würde er dann besser auf seine Ware aufpassen. Er schubst mich unsanft zu Boden und ich verliere das Gleichgewicht. Dann packt er wütend seine Ware zusammen und schimpft auf mich ein.

„Komm, verzieh dich, sonst rufe ich die Guardia Civil“, mischt sich Laura nun ein. Die Tonlage des Mannes hat sich wieder verändert und obwohl ich ihn nicht verstehe, ist mir klar, dass er aus irgendeinem Grund schimpft. Vielleicht, weil ich keine seiner Uhren gekauft habe. Laura wiederholt ihre Aussage und der Mann entfernt sich fluchend.

Ruhe kehrt auch jetzt nicht ein. Die jungen Männer haben ihr Wasserspiel beendet und sich um eine Gruppe hübscher Mädchen geschart. Die Jungs sind von der lustigen Sorte. Jedenfalls lachen sie in einer Tour, lassen ihre Muskeln zucken und springen und tollen im Sand herum. Auch mein spezieller Wadenfreund ist mit von der Partie. Sie sind viel unterhaltsamer, als Laura es momentan ist. Sie liegt still auf dem Rücken und ihr Bauch hebt und senkt sich in gleichmäßigem Rhythmus. Ich beobachte die jungen Männer interessiert und würde zu gerne mitmachen, auch wenn die Mädchen nicht annähernd so hübsch sind wie Laura. Das scheint der Wadenmann auch zu merken. Er starrt Laura unentwegt an und entfernt sich plötzlich aus der Gruppe. Schnell wird mir bewusst, dass er auf uns zukommt.

„Na, Hübsche“, sagt er freundlich. Jetzt hier so vor mir wirkt er viel größer als noch im Wasser. „Wie wäre es, wenn ich mich neben dich lege?“, will er wissen. Er trägt ebenfalls eine bunte Sonnenbrille, aber auch eine lange Badehose, die Herr Schüttler sicherlich nicht gutgeheißen hätte. Er scheint viel Kraft zu haben, denn sein Oberkörper erinnert mich ein wenig an He-Man höchstpersönlich. Und He-Man war immerhin der stärkste Kämpfer der Masters of the Universe. Neben Skeletor. Unter seiner Haut wohnt offenbar ein Tier oder ein großer Walkman, denn seine Muskeln springen und zucken wie wild hin und her. Das sieht nicht gesund aus. Seine Wade auch nicht. Ein dickes Pflaster verhindert die Sicht auf mein Werk.

„Wie wäre es, wenn du dich neben deine komischen Freunde legst, du Schweinekopf“, antwortet Laura. Bei dem Wort Schweinekopf muss ich unweigerlich lachen.

„Worüber lachst du denn jetzt?“, fragt er mich und ballt die Fäuste. Er sieht irgendwie gefährlich aus. Wie Pluto beiße ich zweimal in die Luft und knurre den jungen Mann an. Er wirkt verwundert, aber nicht sonderlich ängstlich.

„Dreckiger Schweinekopf“, wiederholt Laura. „Schweinekopf.“ Sie erinnert mich gerade an eine der alten Schallplatten, die Oma immer gehört hat. Die haben auch alle naselang irgendwelche Worte und Musikpassagen wiederholt, bevor Opa sie wütend abgestellt hat. „Schweinekopf, Schweinekopf.“ Zugebenermaßen nervt es mich langsam ein wenig. Bestimmt hat sie einen Plan. Laura hat immer einen Plan. Der Typ wundert sich ebenfalls über meine Freundin. Also platonische Freundin.

„Bist du behindert?“, fragt er sie schließlich. Ich bin mehr als irritiert, denn ihr knappes Outfit zeigt eindeutig, dass sie nicht behindert ist. Sie hat doch alle Arme und Beine. „Oder bist du einfach nur verrückt?“, will er wissen. Mittlerweile hat auch der Rest der Gruppe ein Interesse an uns gefunden. Nach und nach versammeln sich immer mehr Menschen um uns herum. So langsam bekomme ich ein Gefühl dafür, wie sich ein Affe im Zoo fühlen muss. Oder ein Tiger. Ich mag Tiger. Diesmal schnappe ich wie eine Raubkatze, um den Kerl an seine Wade zu erinnern. Wirklich beeindruckt scheint er nicht gerade. Ganz im Gegenteil: In Anwesenheit seiner Freunde fletscht er die Zähne und erinnert mich an einen Hai, den ich schon mal in einem Film gesehen habe. Seine Fäuste sind so groß wie Fußbälle und nach meinen Erfahrungen in den verschiedenen Schulpausen können Fußbälle im Gesicht erhebliche Schmerzen verursachen.

„Schweinekopf, Schweinekopf“, wiederholt Laura unentwegt und schlägt sich mittlerweile auf die Brust. Ihre Haut nimmt an dieser Stelle eine rötliche Farbe an und ich wünschte, sie hätte sich besser mit Sonnencreme eingeschmiert. „Schweinekopf.“

„Der Schweinekopf zeigt dir gleich, wozu er fähig ist“, sagt der junge Mann. Ich finde es schön, dass er sich mit seinem Spitznamen arrangiert hat. Bei mir dauert das immer länger. Ich mag nicht, wenn Laura mich beschimpft.

„Lass sie in Ruhe“, mischt sich ein anderer Kerl ein, der nicht ganz so lustig wirkt wie der Rest der Gruppe. „Sie ist doch irgendwie krank“, erklärt er weiter, „vermutlich Tourette.“ Schon wieder dieser Ausdruck, den ich in letzter Zeit so oft gehört habe. „Nimm dir lieber den Spasti in der Penishose vor“, sagt der Unlustige, „mit ihm scheint ja alles in Ordnung zu sein.“ Laura klopft sich noch immer auf die Brust und ich habe das Gefühl, dass sie sich in irgendetwas reinsteigert. Immerhin läuft ihre Schallplatte wieder ordnungsgemäß.

„Aber sie beschimpft mich“, verteidigt sich der junge Mann halbherzig, während er sich dennoch von Laura abwendet. Darüber bin ich einigermaßen glücklich. Allerdings nur kurz. Denn das bedeutet offensichtlich, dass er den Rat seines Freundes befolgt und sich auf mich konzentriert. Mit einem Ruck zieht er meine Badehose bis zum Bauchnabel hoch. Er hat wohl nicht gesehen, dass sie extrem eng geschnitten ist … Mein neues Outfit sagt mir nicht zu und ich spüre, dass Lauras Blick meinen Körper genau studiert. Mein Kopf wird ganz warm und ich habe das Gefühl, rot anzulaufen. Ich versuche, meine Hose wieder zurechtzuziehen.

Dieses Unterfangen scheitert kläglich, da der Kerl meine Arme festhält. Er schiebt mich vor sich her. Laura hat wieder mit verschiedenen Ausdrücken begonnen, ihren Unmut kundzutun, doch stößt sie dabei bei den Angreifern irgendwie auf taube Ohren. Plötzlich spüre ich weitere Hände an meinem Körper und irgendetwas reißt mich von den Beinen. Ich werde über den Strand getragen und würde meine Hose nicht in meinen Kniekehlen hängen, fände ich das sogar ganz angenehm. Wobei so ein wenig frische Luft auch an dieser Körperstelle gar nicht so schlecht ist. Ein winzig kleines Flugzeug malt einen weißen Streifen an den wolkenlosen blauen Himmel und für einige Augenblicke habe ich das Gefühl, schweben zu können. Kann ich nicht. Wie aus dem Nichts lassen mich die Hände los und ich plumpse auf den Boden. Ich reagiere blitzschnell und ziehe meine

Hose wieder hoch, bevor Laura einen weiteren Blick auf meinen Freund werfen kann. Als meine Augen den Strand absuchen, muss ich feststellen, dass Laura mich gar nicht sehen kann. Zwei der Schläger haben sich vor ihr aufgebaut. Ich werde wieder äußerst unsanft in die Luft gerissen. Meine Füße verlassen den Boden, ich falle aber nicht hin. Kurzfristig stehe ich wieder – nur für den Bruchteil einer Sekunde. Alles dreht sich und ich verliere vollends die Orientierung. „Hui", rufe ich voller Begeisterung. Bislang habe ich mich nie auf eine Achterbahn getraut, aber irgendwie komme ich auf den Geschmack. Was für eine wunderbare Strandunterhaltung. Ich sehe Sand, Meer und Himmel, bevor sich meine Sicht in ein seltsames Gemisch aus verschiedenen Farben verwandelt. Im Gegensatz zu meinem Unterhaltungszentrum ist mein Magen mit der Drehung nicht einverstanden und ich merke, dass mir der Kakao aus dem Café am Hafen aus dem Mund läuft. Schade, das Geld hätten wir uns also sparen können. Dann lande ich mit dem Kopf auf dem Boden. Sand frisst sich in Mund, Nase und Augen. Ich atme kurz durch, bevor ich mich erneut übergeben muss. Dieses Mal habe ich einen fiesen, bitteren Geschmack im Mund. Ich kann mich nicht erinnern, etwas so Bitteres zu mir genommen zu haben. Dann reißt mir jemand an den Haaren.

„Na, wer ist jetzt der Schweinekopf?", fragt mich eine Stimme. Ich blinzle ein paar Mal und erkenne Mister Wade. Ich bin ein wenig enttäuscht von ihm. Von Fairness hat er wohl nichts gehört. Schließlich hat Laura ihn einen Schweinekopf genannt und nicht ich. „Jetzt bist du der Schweinekopf", stellt er fest und ich würde Laura gerne fragen, ob er recht hat. Bin ich jetzt wirklich der Schweinekopf? Dann werde ich erneut hochgerissen. Dieses Mal lande ich mit dem Hintern unsanft auf dem Boden. Das wäre eigentlich nicht so schlimm, wenn ich mir nicht im SPRING-Brunnen schon einen blauen Fleck geholt hätte. Ich sitze also im Sand und erlange ganz langsam die Orientierung zurück. Die Aussicht über das Meer ist hervorragend und würde mein Magen sich nicht so schlecht anfühlen, würde ich dieses besondere Programm sogar genießen. „Bring mir mal einer den Trichter", ruft der Schweinekopf, der mir noch immer an den Haaren zieht. Dort bin ich relativ unempfindlich. Ein anderer hält meine Beine fest, während ein Dritter meine Arme fixiert. Ein Typ mit langen Haaren und echt toll gebräunter Haut bringt schließlich einen großen Trichter, an dem ein Schlauch befestigt ist. So ein Gerät habe ich noch nie gesehen und weiß dementsprechend auch nicht, wozu es verwendet wird. Ich bin tatsächlich vor Vorfreude ein wenig aufgeregt, auch wenn es mich ein wenig beunruhigt, dass mich gleich drei Menschen festhalten. Schließlich lässt der Schweinekopf, dessen Beschreibung tatsächlich nicht so weit hergeholt ist, – er hat nämlich riesengroße Nasenlöcher – meine Haare los und nimmt den komischen Trichter mit Schlauch entgegen. Er drückt mir das Ende des Schlauches in den Mund. Ich muss ein paar Mal schlucken und es fällt mir schwer, ausreichend Luft zu bekommen. Panik überkommt mich. Erst als ich durch die Nase atme, beruhige ich mich wieder ein wenig. Ich höre, wie eine Blechdose geöffnet wird, und bevor ich mich versehe, läuft eine Flüssigkeit meinen Rachen hinunter. Damit habe ich nun gar nicht gerechnet und ich verschlucke mich. Wieder gerate ich in Panik, denn ich habe Angst zu ersticken. Dann fällt mir meine Nase ein, durch die ich gleichmäßig atme. Erneut höre ich mich prusten. Plötzlich wird der Schlauch aus meinem Mund gezogen. Ich huste. Und nur mit Mühe unterdrücke ich den Reiz, die Flüssigkeit sofort wieder aus meinem Körper zu befördern. Ich will ja kein Schweinekopf sein. Der Gebissene verzieht die Mundwinkel hämisch nach oben. Er wartet, bis ich zweimal Luft geholt habe, dann schiebt er mir den Schlauch erneut in den Mund. Wieder höre ich, dass eine Dose geöffnet wird, und spüre nur kurze Zeit darauf die kalte Flüssigkeit in meinem Hals. Zum zweiten Mal huste und pruste ich und wäre die Situation nicht so verdammt unangenehm, würde ich lachen müssen, denn mich erinnert das Husten und Prusten an ein Kindermärchen, das meine Mutter mir immer vorgelesen hat. Auch dieses Mal fällt mir zu spät ein, dass ich eigentlich besser durch die Nase atmen sollte, und ich kriege kaum Luft. Zu allem Überfluss schmeckt die Flüssigkeit einfach nur widerlich bitter. Nach wenigen Augenblicken werde ich wieder von dem Schlauch befreit. Auch wenn die Situation alles andere als erfreulich ist, fühle ich mich seltsam fröhlich. Ich habe das Bedürfnis zu lachen und will unbedingt tanzen. Ich kann nämlich sehr gut tanzen. Das habe ich schon Victor gezeigt. Aber meine Beine fühlen sich etwas zittrig an. Irgendwie glaube ich, sie würden bei zu viel Bewegung nachgeben. Bevor ich mir darüber weiter Gedanken machen kann, spüre ich erneut das komische Plastik in meinem Mund. Dieses Mal kommt mir die Prozedur gar nicht mehr so schlimm vor und ich schlucke viel mehr von der Flüssigkeit hinunter, als mir davon aus dem Mund läuft. So langsam gefällt mir dieses komische Spiel. Auch weil ich auf einmal unglaublich fröhlich bin. Der Schweinekopf sagt etwas, aber ich kann ihn nicht verstehen. Meine Augen fallen für einen Moment zu und als ich sie öffne, befindet sich der Schweinekopf nur wenige Zentimeter von meinem Gesicht entfernt. Seine Haut riecht nach Kokos und glänzt wunderbar. Das kann ich mir nicht entgehen lassen und lecke dem Kerl durchs Gesicht. Das ist unglaublich witzig. Dann fallen meine Augen wieder zu. Eine lustige Musik dröhnt in meinem Schädel. Irgendetwas von „Zipferl“ und „Vanillekipferl“. Ich muss lachen, denn die beiden Worte reimen sich. Schweinekopf kennt den Song offenbar, denn er steht auf einem Holztisch und stemmt einen Bierkrug in die Höhe. Seine Freunde stehen ebenfalls auf dem Tisch. Nur ich sitze in einer Ecke und kann mich kaum bewegen. Immerhin trage ich neben meiner Taucherbrille und Schnorchel auch ein T-Shirt. Für einen ordentlichen Gründel-Ausflug fehlen jedoch meine Schwimmflossen und das Netz, das aber ja auch noch nicht in meinem Besitz ist. Meine Arme sind mit einem Gürtel auf den Rücken gebunden. Und auch meine Beine sind aneinandergeschnürt. Bevor ich mir darüber Sorgen machen kann, wird es dunkel.

*****

Mein Mund fühlt sich an, als hätte ich Opas Schmirgelpapier gegessen, und mein Kopf, als wäre eine Elefantenherde darübergelaufen. Ähnlich schlecht habe ich mich am Morgen nach Victors Wasser-Abend gefühlt. Mein Magen vollführt erneut die wunderbare Drehung, die ich noch am Nachmittag am Strand erleben durfte. Dieses Mal bereitet sie mir weitaus weniger Freude. Ganz langsam öffne ich die Augen, aber sehen kann ich nicht viel. Nur wenige weiße Punkte. Es dauert einen Moment, bis ich erkenne, dass ich in den dunklen Himmel starre. Meine Kopfschmerzen sind unerträglich. Und meine Ohren rauschen. Halt. Nein. Das ist das Meer. Es fühlt sich so an, als befände sich Sand in allen nur erdenklichen Öffnungen meines Körpers. Auch in der Kimme. Das ist besonders unangenehm. Ich richte mich langsam auf. Meine Hände sind nicht mehr verbunden und auch meine Beine kann ich wieder frei bewegen. Für einen Moment glaube ich, die letzten Erlebnisse nur geträumt zu haben, denn ich befinde mich an derselben Stelle wie am Nachmittag und habe der Dunkelheit nach zu urteilen ein wenig geschlafen. Doch Laura hätte mich sicherlich nicht alleine gelassen. Außerdem sitzt eine komische Plastikpuppe neben mir, die im Hellen noch nicht da gesessen hat. Ich habe unglaublichen Durst, doch beim Gedanken an das Getränk, das mir Schweinekopf eingeflößt hat, wird mir unglaublich schlecht. Ich stoße auf, Flüssigkeit sammelt sich in meinem Mund und nur mühsam kann ich noch rechtzeitig eine kleine Kuhle graben. Nachdem ich mich übergeben habe, lasse ich die Kuhle mit Sand zulaufen. Die frische Luft tut mir gut, ich benötige trotzdem noch einige lange Minuten, bevor ich aufstehen kann. Ich trage noch immer meine schicke Badehose und ein T-Shirt. Meine Taucherbrille und der Schnorchel verzieren mittlerweile das Gesicht der Puppe, deren Mund jedoch so weit geöffnet ist, dass der Schnorchel unter Wasser nicht wirklich effektiv wäre. Ich wünschte, Laura wäre bei mir und könnte mir erklären, was ich nun zu tun habe. Doch von ihr fehlt nach wie vor jede Spur. Ganz langsam schaffe ich es schließlich auf die Beine und bin heilfroh, dass mein Magen sich ebenfalls langsam beruhigt. Nur die Kopfschmerzen quälen mich nach wie vor. Der Strand ist menschenleer und auch die verschiedenen Restaurants, aus denen am Nachmittag noch Menschen strömten, haben mittlerweile geschlossen. Ein paar Hundert Meter entfernt entdecke ich eine Uhr und entziffere, dass wir mittlerweile nach drei Uhr haben. Ich bin über mich selbst überrascht, wie ich nur in einen solchen Tiefschlaf habe fallen können. Das ist so gar nicht meine Art. Trotz des Nickerchens bin ich noch immer hundemüde und will nur in mein Bett. Leider kann ich mich nicht an den Namen meines Hotels erinnern. Geschweige denn an den Hinweg. Wenn ich ehrlich bin, komme ich mir gerade ziemlich verloren vor. Ich entschließe mich, Schnorchel und

Taucherbrille erst später abzuholen. Die Puppe wird wohl kaum damit abhauen. Erst einmal mache ich mich auf die Suche nach einer guten Seele, die mir vielleicht weiterhelfen kann. Ich klettere über ein kleines Mäuerchen und schleiche eine lange Promenade entlang. Um diese Uhrzeit kann man sich tatsächlich vorstellen, dass man an diesem Ort Urlaub machen kann. Nur ein paar Jugendliche gammeln auf dem Weg. Mein Unterfangen, jemanden um Hilfe zu bitten, erweist sich als erschreckend schwer, denn ich befinde mich in einer kleinen Zwickmühle. Zum einen will ich meinen neuen Freunden nicht unbedingt über den Weg laufen und versuche Straßen, die von grölenden Jugendlichen wimmeln, zu meiden. Auf der anderen Seite sind die anderen Straßen menschenleer. Ich komme an einem kleinen dunklen und demnach verlassenen Spielplatz vorbei.

„Pssst", höre ich plötzlich einer Stimme hinter mir. Erschrocken drehe ich mich um, kann aber niemanden sehen. „Pssst", wiederholt die Stimme. Ich schaue mich erneut um und als sich meine Augen etwas an die Dunkelheit gewöhnt haben, erkenne ich eine große Frau auf der Schaukel. Ihre knappe Kleidung lässt keinen Zweifel daran, dass es sich tatsächlich um eine Frau handelt. Ich bin glücklich, eine Weggefährtin zu treffen, denn auch die Frau trägt nicht viel mehr als einen Bikini oder zumindest Unterwäsche. Nur, dass die Federn oder der Stoff irgendwie gemütlicher aussehen als meine Speedo-Schwimmhose. Die Frau kommt auf mich zu. Sie ist schwarz und wirkt durch ihr breites Lächeln angenehm freundlich. Ihr Hintern ist unglaublich groß. Aus einem mir nicht erklärbaren Grund zieht mich ausgerechnet dieser förmlich an. Sie verbreitet einen etwas unangenehmen Duft. Es riecht ein wenig wie in der Umkleidekabine meiner alten Schule.

„Hallo", sagt sie und lächelt wieder.

„Hallo", antworte ich.

„Muschi, Muschi?", fragt sie und es dauert einen Moment, bis ich ihr Anliegen verstehe. Ich überlege, was Mutter in dieser Situation machen würde. Dann nicke ich eifrig. Natürlich will ich eine Katze haben. Gerade, wo ich Pluto so unglaublich vermisse. „Muschi, Muschi", wiederholt sie. Eine Katze habe ich mir immer gewünscht, doch Lars hatte eine Katzenallergie. Noch immer nicke ich. Sie wackelt mit ihrem Zeigefinger hin und her und erinnert mich an ein anderes Märchen, in dem eine Hexe zwei Kinder in den Wald lockt. Die Frau nimmt mich an die Hand und zieht mich über den Spielplatz. An einer dunklen Ecke bleiben wir stehen und ihre pelzige Zunge befindet sich plötzlich in meinem Mund.

KOPFKINO …

Laura sitzt an dem kleinen Tisch, an dem ich am Vortag meinen Kakao getrunken habe. Vor ihr steht ein Teller mit Rührei und verschiedenen Gebäckstücken. Sie wirkt alles andere als glücklich, als ich den Raum in meiner Badehose und meinem schmutzigen T-Shirt betrete. Auch die Kellnerin, die vor weniger als vierundzwanzig Stunden noch so freundlich war, scheint über meine Anwesenheit wenig begeistert.

„Wo warst du?“, fährt Laura mich an, ohne mir einen guten Morgen zu wünschen. Das gehört sich zwar nicht, aber sie wird schon ihren Grund haben.

„Das kann ich dir gar nicht so genau sagen“, erkläre ich ihr und lüge dabei noch nicht einmal. Zumindest an große Teile des vergangenen Abends kann ich mich nicht mehr erinnern. Über andere will ich momentan nicht sprechen.

„Ich habe mir Sorgen gemacht“, sagt sie und ich sehe in ihren Augen, dass das absolut der Wahrheit entspricht. Ein komisches Gefühl überkommt mich, als ich über ihre Worte nachdenke. Es ist das erste Mal, dass sich jemand Sorgen um mich gemacht hat. Es tut mir zwar leid für meine Freundin, aber irgendwo bin ich auch mächtig stolz. „Ich habe dich überall gesucht“, fährt sie fort und erinnert mich unweigerlich an meine Mutter, die diesen Satz gefühlte fünftausend Mal zu mir gesagt hat.

„Aber wir waren doch gemeinsam am Strand“, erkläre ich.

„Schon. Bis diese komischen Typen dich weggetragen haben. Du warst voll wie eine Haubitze.“ Ich nicke, auch wenn ich kein Wort verstanden habe. Sicherlich war ich in irgendeiner Form voll. Schließlich hat Schweinekopf mir unendlich viel Flüssigkeit eingeflößt, aber ich bin mir nicht ganz sicher, was eine Haubitze ist. Bestimmt ein Fisch oder so etwas. Vielleicht ein Kugelfisch, der vor lauter Wasser ganz rund ist. Laura hat sich bereits wieder beruhigt. „Schau mal“, sagt sie freundlich und schiebt mir das Notebook über den Tisch. 8.732 Viewer, lese ich. Ich bin restlos begeistert. Laura sieht meine Freude und lacht.

„Ich habe noch mehr Videos von dir in Paris gefunden. Da hat jemand deine Kletterpartie sogar aus nächster Nähe gefilmt. Das hat eingeschlagen wie eine Bombe. Einige Menschen haben Kommentare zu der Aktion geschrieben." Sie guckt mich mit großen Augen an und zieht das Notebook wieder in ihre Richtung. „Die glauben, du willst eine Botschaft vermitteln. Schau mal: Jakob wünscht sich Frieden in der Welt und Jana meint, es müsse noch mehr mutige Menschen wie dich geben, damit man auf Waffen verzichten könne. Ringo28 will wissen, wo du als Nächstes ein Zeichen für den Frieden setzen wirst. Er wäre so gerne dabei."

„Die Kirche?", frage ich vorsichtig.

„Nein, Jan", antwortet sie bestimmt. „Aber ich habe Fotos von dir in Brüssel gepostet und auch dieses Bild, das ich gestern am Strand gemacht habe." Sie tippt kurz auf der Tastatur herum und schiebt den kleinen Computer wieder in meine Richtung. Das Bild zeigt mich tatsächlich am Strand. Die jungen Männer tragen mich auf ihren Händen und ich sehe einen kleinen Bach aus meinem Mund laufen. Das ist nicht schön, aber scheint meine Fans zu interessieren. Unter meinem Bild stehen Kommentare wie: „Wow, eine besondere Achterbahnfahrt!", „Schaut euch diese Fleischpeitsche an" und „Wir wollen mehr von dir sehen, Le-Man!"

„Le-Man?", frage ich Laura. „Wer ist denn dieser Le-Man?"

„Na schau mal da oben", antwortet sie und zeigt auf das Display. Meine Augen folgen ihrem Zeigefinger und ich lese „Le-Mans Blog". Unglaublich, auf welche Ideen Laura kommt. Den Sinn habe ich aber noch immer nicht verstanden.

„Sehr schön." Ich lache sie an, in der Hoffnung, so meine Unwissenheit ein wenig zu überspielen.

„Na wegen Lehmann. Deinem Namen. Jan Lehmann", erklärt sie mir. Ich kann ihr noch immer nicht folgen. Denn warum hat sie dann nicht einfach Lehmanns Blog geschrieben? „Du bist doch so ein großer He-Man-Fan" fährt sie fort. Das stimmt. Das bin ich wirklich. Ich nicke eifrig, habe aber ihr Anliegen noch immer nicht durchschaut. Sie ist eine unglaubliche Frau. „Und schau mal", sagt sie schließlich und zeigt wieder auf den Rechner. „Das ist das Video von einem russischem Roof Climber. Er ist in Moskau auf ein Gebäude geklettert und hat deine Taubenbewegung nachgemacht."

„Krähe“, erkläre ich ihr.

„Wie dem auch sei. Die Bewegung scheint sehr gut anzukommen.“

„Ich könnte diese Bewegung optimieren und damit irgendwo auftreten, wenn sie so gut ankommt.“

„Vielleicht solltest du dir erst einmal etwas anderes anziehen“, schlägt sie mir vor. Tatsächlich ist mir in dem schmutzigen T-Shirt und der Schwimmhose ein wenig kalt.

„Das ist eine gute Idee“, gebe ich zu. „Was hältst du davon, mir eine Katze zu kaufen?“ Laura schaut mich irritiert an.

„Aber nicht hier auf Mallorca.“ Ihr Blick verrät, dass es wieder einmal wenig Platz für Verhandlungsspielraum gibt. „Wenn wir zurück in Deutschland sind, kannst du dir kaufen, was immer du willst. Oder du gehst ins Tierheim. Da gibt es die meisten Katzen umsonst.“ Ich bin froh, dass Laura immer eine passende Alternative parat hat. „Wenn du willst, fliegen wir zurück nach Deutschland und können dann mal gucken“, schlägt sie vor. So verlockend die Ausschau nach der Katze auch ist, ich würde lieber noch ein paar Tage länger bleiben. Die Insel gefällt mir sehr gut. Vielleicht treffe ich ja auch Erika vom Spielplatz noch einmal wieder.

„Können wir nicht noch ein wenig bleiben?“, frage ich und schaue Laura mit großen Augen an. Ich sehe, wie es in ihr arbeitet. Sie würde so gerne zurückreisen. „Komm schon, Laura. Wir wollten noch andere Ziele ansteuern“, versuche ich sie zu überzeugen, „du hast es mir versprochen.“ Sie denkt einen Moment nach und nickt dann.

„Okay, wir bleiben noch einen Tag hier. Und dann überlegen wir uns, ob wir noch woanders hinfliegen oder wieder nach Hause!“ Für den Moment bin ich mit dem Vorschlag einverstanden. Wenn wir dann erst am Flughafen sind, werde ich sie vom neuen Reiseziel überzeugen. „Geh dich jetzt anziehen“, sagt sie schließlich energisch, schaut auf die Uhr und schiebt mir den Zimmerschlüssel über den Tisch. Sie macht einen seltsamen Eindruck, als hätte sie es eilig. Und einmal mehr habe ich das Gefühl, als wäre sie sauer auf mich. Aber dieses Mal habe ich nichts getan. Ich glaube, es ist das Beste, ihren Wunsch zu erfüllen. Ich nehme den Schlüssel und verlasse das Café. Dann schaue ich noch einmal durch die Fensterscheibe. Laura spricht energisch in ihr Telefon. Anscheinend diskutiert sie mit jemandem. Mein Eindruck hat mich nicht getäuscht. Sie ist nicht wirklich fröhlich.

Zum Glück steht auf dem Anhänger des Schlüssels die Zimmernummer. Die hatte ich nämlich schon wieder vergessen. 14. Ich finde das Zimmer am Ende eines kleinen Flurs. Menschen bekomme ich hier nicht zu sehen. Überhaupt macht das Hotel für mich nicht den Eindruck, als wäre es ausgebucht. Aus einem Raum höre ich einen Staubsauger und aus einem anderen komische Stöhn-Geräusche. Hinter den anderen Türen, gegen die ich mein Ohr lege, vernehme ich nichts. Schließlich bleibe ich am Zimmer 14 stehen und lege auch hier mein Ohr gegen das Holz. Nichts. Dennoch fahre ich erschrocken zusammen, als ich das Zimmer betrete. Laura hat mich nicht angelogen. Sie hat offensichtlich wirklich überall nach mir gesucht. Im Kleiderschrank, im und unter dem Bett. Ja sogar der Lüftungsschacht vor dem kleinen Badezimmer steht offen. Mir wird es umgehend warm ums Herz. Sie muss mich sehr vermisst haben. So sehr, dass sie noch nicht einmal das Bettzeug vom Boden aufgehoben hat. Ich würde am liebsten umgehend zurückgehen und sie umarmen. Doch ihre Laune war schon angespannt genug und ich will sie nicht noch mehr verärgern. Meine Shorts liegen auf dem kleinen Nachttisch. Ich bin froh, dass Laura sie nicht am Strand hat liegen lassen. Daneben finde ich auch mein T-Shirt. Im Badezimmer spritze ich mir ein wenig Wasser ins Gesicht. Das muss vorerst reichen. Dann genieße ich die Aussicht vom Balkon. Die beiden Plastikstühle liegen mit der Lehne auf dem Boden und ich frage mich, ob Laura mich auch hier draußen gesucht hat. Dann gehe ich zurück ins Zimmer und ziehe meinen Schreibmaschinenkasten unter dem Bett hervor. Vorsichtig öffne ich ihn. Die Schreibmaschine erinnert mich an meinen Großvater. Ich hole sie aus dem Kasten und greife dann nach den beiden Tüten, die ich vorsichtshalber versteckt habe. Ich öffne eine der beiden und atme entspannt durch, als ich das Geld sehe. Ich bin mir nicht ganz sicher, aber ich denke, das dürfte für eine Katze reichen.

„Da ist es ja“, sagt Laura. Ich habe sie gar nicht kommen hören und bin überrascht, dass sie hinter mir steht. „Hände hoch, Überfall“, ruft sie und zaubert mir die Erinnerung in mein Hirn und ein Lächeln ins Gesicht. „Hände hoch oder ich schieße“, ruft sie. Das ist ja noch besser als der erste Spruch. Ich verstaue das Geld wieder im Schreibmaschinenkasten und schiebe ihn zurück unter das Bett. „Soll ich es nicht lieber an mich nehmen?“, fragt sie, als sie sich von ihrem falschen Überfall erholt hat.

„Aber warum?“, will ich wissen. „Es ist in dem Kasten super aufgehoben.“ Laura denkt einen Moment über meine Worte nach.

„Schau mal, Jan“, beginnt sie. „Dein Schreibmaschinenkasten ist eine echte Augenweide und hier auf Mallorca ist er nicht sicher.“ Sie macht eine kurze Pause. „Ich habe doch nur Angst, dass jemand ihn klaut und dann wäre auch das Geld weg und wir könnten dir noch nicht mal einen neuen kaufen.“

„Aber ich will nur diesen Schreibmaschinenkasten. Er erinnert mich an meinen Großvater“, erkläre ich ihr. „Der darf nicht geklaut werden.“

„Ich kann ihn in Sicherheit bringen“, schlägt sie mir vor. Die Idee gefällt mir.

„Vielleicht in einem Bankschließfach. Das wäre besonders witzig. Verstehst du? Wegen dem Banküberfall.“ Ich spüre eine innere Aufregung.

„Genau“, stimmt sie mir zu. Ich bin glücklich, dass wir einer Meinung sind. „Ich bringe den Kasten in ein Bankschließfach.“ Sie kniet sich vor das Bett und zieht die Kiste hervor. Ich bin mächtig beeindruckt, dass sie sich so um mich und den Kasten sorgt. Echte Freunde machen so etwas füreinander und Laura ist eine echte Freundin. Der Kasten sieht einfach wunderschön aus. Ich streichle vorsichtig drüber.

„Gibst du mir noch eine Minute?“, frage ich sie. Diesen Satz habe ich schon mal in einer Fernsehserie gehört, die im Krankenhaus gespielt hat. Da ich mit dem Kasten so viele Erinnerungen verbinde, halte ich ihn für angebracht. Sie guckt mich komisch an, versteht aber schließlich, dass ich es ernst meine.

„Okay“, sagt sie. „Ich muss sowieso gerade telefonieren. Danach gehe ich dann zur Bank, okay?“ Sie streichelt mir sachte über den Kopf und ihre Finger berühren dabei meine Wangen. Ich spüre, dass eine seltsame Hitze in mir aufsteigt. Dann dreht sie sich um und verlässt das Zimmer.

*****

Es ist früher Abend, als Laura das Café betritt. Ich habe mir schon ein wenig Sorgen um sie gemacht. Zunächst bin ich durch die Stadt marschiert und habe mir einige Dinge angeschaut. Dann bin ich wieder auf unser Zimmer gegangen und habe ihr Notebook gefunden. Vielleicht hätte sie das auch besser verschlossen. Es soll doch sicher kein Dieb finden. Zum Glück habe ich ein gutes Gedächtnis und so war es kein Problem, mich auf der richtigen Internet-Seite anzumelden. Na ja, fast kein Problem, denn komischerweise kann ich nur in diesem Café auf die Internetseiten zugreifen. Auf unserem Hotelzimmer klappt das nicht. Vielleicht ist es da einfach kaputt. Also habe ich mein Glück im Café versucht und siehe da: Le-Mans Blog lebt! Und nicht nur das. Wir haben mittlerweile über 11.000 Viewer. Ich bin total von den Socken. Das hätte ich mir selbst nicht zugetraut. Ich begeistere Menschen für mich. Ich habe also den Nachmittag damit verbracht, ein paar Dinge zu posten. Es gab sogar ein paar Fragen an mich, die ich natürlich gerne ausgiebig beantwortet habe. Ein Yussi wollte sogar wissen, wo er sich meiner Bewegung anschließen kann. Ich habe ihm geschrieben, dass ich momentan auf Mallorca in einem kleinen Hotel mit dem Zimmer Nummer 14 bin. Er könne sich dort ja mal blicken lassen. Dann könnten wir gemeinsam die Bewegung machen. Mehr als einen Smiley von Hannah78 habe ich als Antwort allerdings nicht bekommen. Dafür hat Jules_Diamond78 „Klettern für den Frieden! Climb for peace!“ geschrieben. Das Beantworten der vielen Einträge macht mir viel Spaß, nur meine Rechtschreibung ist nicht so besonders und ich wünschte, Laura würde immer für mich in die Tasten hauen.

Mittlerweile habe ich den Computer heruntergefahren und konzentriere mich auf meine dritte Tasse Kakao. Laura sieht traurig aus, als sie sich neben mich setzt. Ich mache ein Pupsgeräusch, um sie aufzuheitern, aber sie springt nicht wie erhofft darauf an. Also versuche ich es mit der Schildkröte und als auch das nichts bringt, lasse ich dem Spektakel noch eine lustige Drehung um meine eigene Achse folgen. Ich wüsste zu gerne, was mit ihr los ist, denn ich kann ihr so noch nicht einmal ein Schmunzeln abringen.

„Bist du krank?“, frage ich fürsorglich und mache mit meiner Hand kreisende Bewegungen über meinen Bauch.

„Nein, es ist alles in Ordnung.“ Nur sehe ich in ihren Augen, dass das nicht ganz der Wahrheit entspricht. Ich habe das Gefühl, dass sie etwas bedrückt, traue mich aber nicht zu fragen, was das ist. Also probiere ich es noch einmal mit der Schildkröte.

„Sollen wir an den Strand fahren?“, schlage ich vor, denn da hatte sie gestern ja so viel Spaß. Laura schüttelt den Kopf. Sie ist so unglaublich still. Das kenne ich von ihr gar nicht.

„Komm, wir machen uns noch einen letzten schönen Abend“, sagt sie schließlich mit einem Gesicht, das mich an eine Halloweenmaske erinnert. Sie scheint die Insel gerne zu haben, denn der Abschied fällt ihr sichtlich schwer. Sie hat mir ein frisches T-Shirt mitgebracht, das allerdings ein wenig nach Chemie riecht. Es ist bunt und das ist die Hauptsache. Wir spazieren durch die belebte Stadt, kommen noch einmal an der Kirche vorbei und setzen uns schließlich in ein Restaurant am Hafen.

„Ich hoffe, du magst Fisch?“, will Laura wissen.

„Klar, Mamas Fischstäbchen habe ich geradezu verschlungen“, erzähle ich ihr. Das stimmt. Die Fischstäbchen, die streng genommen gar nicht von Mama, sondern von einem bärtigen Kapitän waren, kamen bei Lars und mir immer besonders gut an. Umso untröstlicher bin ich, dass ich sie nicht auf der Karte finde. Immerhin gibt es mit Sprite eins meiner Lieblingsgetränke. Limo mit Zitsch und Zitrone. Toll. „Hier gibt es wohl keine“, stelle ich fest, auch in der Hoffnung, dass Laura bessere Augen hat als ich.

„Du solltest den Rotbarsch essen“, sagt sie und fährt fort: „Rotbarsch, dummer Arsch, dummer Arsch, Wichsbürste!“ Das war lustig und ich bin froh, dass sie wieder bessere Laune hat.

„Rotbarsch ist ein sehr komisches Wort“, stelle ich fest. „Was ist das für ein Tier?“, will ich wissen. Laura schiebt ihre Lippen nach vorne und macht mit dem Mund ein seltsames Geräusch. Dabei öffnet sie ihre Augen gespenstisch weit. Ich versuche, es ihr nachzumachen, scheitere aber an dem Versuch, meine Lippen so nach vorne zu schieben, geschweige denn, gleichzeitig meine Augen aufzureißen. Bei dem Versuch gerate ich kurz in Panik, eine Maulsperre zu bekommen. Laura lacht. So sehr, dass sich Tränen in ihren Augen bilden. Kurzfristig glaube ich, dass sie weint. Doch das kann ja eigentlich nicht sein. Dazu hat sie keinen Grund. Ich lache also lustig mit und versuche vergebens, meine Fratze zu wiederholen. „Rotbarsch, dummer Arsch, Wichsbürste“, sage nun ich. Bei mir klingt das Ganze nur halb so lustig. Laura steckt sich einen Finger ins Ohr und tutet wie eine Eisenbahn. Ich finde, sie sollte mehr aus ihrem Talent machen, und habe auch schon eine Idee.

Etwa zwanzig Minuten später sitze ich vor einem Rotbarsch, bei dem es sich offensichtlich um einen Fisch handelt. Ich hatte keine Ahnung, wie Fisch schmeckt, weiß aber schon nach dem ersten Bissen, dass ich ihn überhaupt nicht mag. Und auch die Pommes kenne ich von McDonald‘s viel schmaler und salziger. Kurz, ich bediene mich an dem Brot und dieser leckeren Mayonnaise auf dem Tisch. Laura hat ihre Scholle – wenn man es genau nimmt, ist das noch ein viel lustigerer Name als Rotbarsch – mittlerweile komplett verputzt und schaut mich an. Es herrscht eine ungewohnte Stille zwischen uns und ich habe das Gefühl, sie will mir irgendetwas sagen, traut sich aber nicht, mit der Sprache herauszurücken.

„Wann holen wir meinen Schreibmaschinenkasten wieder ab?“, frage ich, auch um sie davon abzuhalten, mich weiterhin einfach nur anzustarren. Laura schüttelt kurz den Kopf, als hätte sie mit offenen Augen geschlafen.

„Morgen“, sagt sie nach einigem Zögern. „Wir holen ihn ab, bevor wir zum Flughafen fahren.“ Sie lächelt, aber es ist nicht ihr normales Lächeln. „Ich habe dir etwas mitgebracht“, sagt sie schließlich und zieht ihre Tasche unter dem Tisch hervor. Oberspitzenklasse. Ich liebe Überraschungen. Allerdings muss ich enttäuscht feststellen, dass es sich bei der Überraschung nur um ein Stück Papier handelt. Eine neue bunte Kappe oder ein lustiges Taschenbuch aus Entenhausen wären mir deutlich lieber gewesen. Sie legt den dünnen Streifen auf den Tisch und schiebt ihn auf mich zu. Vielleicht ist es ein Gutschein. Lars hat mir zum Geburtstag auch immer Gutscheine geschenkt, die er selbst gemalt hat. Einmal Zimmer aufräumen, einmal Müll rausbringen, einmal Spülmaschinendienst übernehmen – etwas wirklich Gutes ist aber nie dabei gewesen.

Ziemlich schnell erkenne ich, dass Laura den Gutschein zumindest nicht selbst gemalt hat. Kleine Buchstaben, die von einer Schreibmaschine stammen könnten, befinden sich unter einem blau-roten Zeichen. In Sachen Logoraten bin ich wahrlich keine Größe, darum kann ich zunächst nichts damit anfangen, aber ich kann zumindest meinen Namen lesen. Ich meine, so ein Stück Papier vor Kurzem in der Hand gehalten zu haben.

„Nimm schon“, fordert sie mich auf. Vielleicht ist es ein Imitationswettbewerb, zu dem sie mich angemeldet hat. Durchaus aufgeregt nehme ich also das Papier an mich.

„Ach, wie schön“, freue ich mich zugegebenermaßen künstlich, denn ich kann eigentlich nicht besonders viel mit diesem Papier anfangen. „Danke schön“, sage ich, drücke das Papier an die Brust und wiege es leicht hin und her. Das habe ich mir bei Lars abgeguckt, der genau diese Bewegung mit seinen Geschenken an seinem Geburtstag gemacht hat.

„Das ist ein Ticket“, erklärt Laura schließlich. „Ein Flugticket nach London. Da wolltest du doch schon immer hin.“ Sie grinst über beide Ohren. Super. Tatsächlich wollte ich schon immer mal nach London, um zu schauen, ob der Ben wirklich so groß ist, wie alle immer sagen. Allerdings finde ich es etwas übertrieben, dass Laura vor lauter Freude weinen muss. „Schau mal, das LHR steht für London Heathrow. Von dort kommt man mit der U-Bahn ganz schnell in die Innenstadt“, erklärt sie mir ernst. Ich nicke beeindruckt. Laura ist wirklich schlau. Ich bin froh, dass sie ihr Wissen mit mir teilt. Vielleicht werde ich irgendwann einmal auch so schlau. „Ich glaube, es ist die blaue Linie.“ Hui. Blau mag ich. „Und man kann direkt am bekannten Piccadilly

Circus aussteigen.“ Sie lächelt noch immer und ich muss zugeben, Piccadilly hört sich mehr als lustig an. Sie wiederholt Piccadilly noch zweimal und haut sich gleichzeitig auf die Stirn und die Brust. Toll, wie sie zwischen Spaß und Ernst immer hin und her springt. Das mag ich.

„Besuchen wir auch dieses Wachsfigurenkabinett?“, frage ich und würde am liebsten laut losprusten, als mir einfällt, wie Joschua im Schulunterricht immer Wichsfigurenkabinett gesagt hat. Laura verzieht die Mundwinkel und sieht für einen Moment sehr traurig aus. Das beunruhigt mich ein wenig. Schließlich nickt sie.

„Der Flieger geht morgen früh um 10.30 Uhr. Du musst um spätestens 9 Uhr da sein“, erklärt sie mir. „Am besten kommst du mit dem Taxi zum Flughafen.“ Ich bin mir nicht ganz sicher, warum Laura mir das heute schon alles erklärt. Ich denke, sie will mir ein bisschen mehr Verantwortung übertragen. „Das kann man ganz leicht an der Rezeption im Hotel bestellen.“ Ich mag es, wenn ein Plan frühzeitig ausgearbeitet ist. Dann kann man sich besser darauf vorbereiten. Nur nervt mich das ganze Geschwafel inzwischen auch ein wenig. Ein dicker Kellner erregt meine Aufmerksamkeit. In einer Hand hält er mindestens dreißig Gläser, die er zu einer Traube geformt hat. Laura macht auch große Augen und steckt sich einen Finger ins Ohr. Sie ist offensichtlich ähnlich begeistert wie ich.

„Das kann ich auch“, sage ich schließlich, in der Hoffnung, dass ich ihr damit imponiere.

„Du Wichsbürste?“, fragt sie und wiederholt den Ausdruck zweimal. „Du bist zu dumm zum Autofahren“, fährt sie fort und trifft mich an einer empfindlichen Stelle. Schließlich habe ich den Führerschein noch nicht, weil ich zweimal durch die theoretische Prüfung gerasselt bin. Doch vermutlich ist es wieder einer ihrer Späße. „Entschuldigung“, sagt sie schließlich. „Das wollte ich nicht sagen.“ Immerhin entschuldigt sie sich. Aber warum hat sie es dann gesagt?

„Ich kann das wirklich“, erkläre ich und friemle mir mein Glas zwischen Zeige- und Mittelfinger. Laura verdreht die Augen und feuert mich mit zwei weiteren „Wichsbürste“-Rufen zusätzlich an. In meinem Element schiebe ich auch ihr Glas neben das andere. Das war leicht. Leider stehen mir keine weiteren Gefäße zur Verfügung. Auf dem Nachbartisch werde ich fündig. Das freut vielleicht nicht das ältere Paar, das sich gerade Eis einverleibt, doch ich weiß, dass ich Laura damit glücklich mache. Zwei weitere Gläser passen zwischen Mittel- und Ringfinger, allerdings nur mit viel Mühe, da die Rundungen der Gläser aneinanderstoßen. Zwischen Ring- und kleinen Finger passt somit nur ein Glas. Jetzt wird es schwerer als gedacht. Wie bekomme ich die anderen unter? Laura schüttelt den Kopf, während sie sich mit den älteren Menschen vom Nachbartisch unterhält. Vermutlich erzählt sie gerade, was für ein Teufelskerl ich bin. Das spornt mich zusätzlich an. Ich schiebe zwei weitere Gefäße zwischen die Kelche und bin mit meinem Latein endgültig am Ende.

„Laura", rufe ich. „Schau mal", fordere ich sie auf und winke mit den Gläsern. Ups. Vielleicht war das nicht die beste Idee. Zwei Gläser fallen sofort zu Boden und zerbrechen in tausend Stücke, die anderen berühren etwas unglücklich den dicken Kellner, auf dessen Stirn sich postwendend ein roter Fleck bildet. Wütend schimpft er auf mich ein. Allerdings in einer Sprache, die ich nicht verstehe. Ich entschuldige mich und lege die anderen Gläser auf den Tisch. Laura strahlt. Sie ist glücklich und das macht mich glücklich. Dann widmet sie sich wieder unseren Tischnachbarn, die mich nicht fröhlich anschauen. Da kann ich Abhilfe schaffen, denke ich mir. „Hallo, ich bin Jan Lehmann", stelle ich mich wohlerzogen vor. „Wir haben eine Bank ausgeraubt", sage ich stolz. Lauras Augen weiten sich wieder. Dieses Mal glaube ich nicht, dass es sich dabei um eine ihrer lustigen Grimassen handelt. Dann verfällt sie in ein hysterisches Lachen.

„Er ist so lustig", erklärt sie dem älteren Pärchen und zumindest die Frau lächelt freundlich zurück. „Immer für einen Spaß zu haben." Sie schüttelt den Kopf und ihre Haare wackeln hin und her.

„Das war kein Witz", erkläre ich. „Wir haben wirklich eine Bank ausgeraubt. Ich kann es beweisen." Der Blick des alten Mannes wird noch düsterer. Er glaubt mir nicht. Und auch Laura scheint mit meiner Darstellung ihre Probleme zu haben. Ihr Kopfschütteln wird energischer.

„Nein. Jan, hör auf mit dem Blödsinn“, sagt sie streng. „Nachher glauben die Menschen, wir hätten eine Straftat begangen.“ Dabei betont sie das Wort „Straftat“ komisch und ihre Augen nehmen eine bedrohliche Form an. „Wir wollen doch nicht eingesperrt werden, für etwas, was wir nicht getan haben“, fährt sie fort. Laura verwirrt mich. Ihr Gesicht wechselt zwischen fröhlich und bedrohlich hin und her. Dazwischen streut sie immer wieder eine Fratze oder ein Schimpfwort ein. Wenn mich das schon verwirrt, was müssen dann erst die anderen Zuhörer denken? Außerdem verstehe ich nicht, warum Laura den Bankraub abstreitet. Ich war dabei, habe sie gesehen. Ohne das Geld wären wir doch gar nicht so weit gekommen. Oder? Dabei fällt mir ein, dass Laura die Tickets nach London wohl aus eigener Tasche gezahlt haben muss. Sie ist sehr großzügig. Vielleicht ist es ihr peinlich, durch den Bankraub Berühmtheit zu erlangen. Wenn sie wüsste.

„Sie müssen mir glauben“, erkläre ich. „Wir haben in Köln eine Bank ausgeraubt.“ Ich strahle über beide Augen und dennoch scheint sich das Pärchen nicht ganz wohl zu fühlen. Sie schaut immer wieder auf den Boden und er mir grimmig ins Gesicht. „Schauen Sie sich meinen Blog an. Le-Mans Blog. Das ist ein Wortspiel. Ich heiße nämlich Lehmann und mag He-Man“, erkläre ich. „Da steht alles drin! Auch, dass ich jetzt für den Frieden klettere.“

„Wir müssen dann auch gehen“, sagt Laura plötzlich und ich bin über ihren Zeitdruck überrascht. Normalerweise kann ich im Restaurant nicht lange sitzen bleiben, wenn wir aufgegessen haben. Laura hat sich darüber schon beschwert. Jetzt ist sie es, die gehen will. „Unser Flug geht gleich“, schiebt sie hinterher. Auch das verwundert mich, denn Laura hat mir eben noch erklärt, dass der Flug erst morgen um 10:30 Uhr geht und ich um spätestens 9 Uhr am Flughafen sein soll. Ein Taxi, das ich an der Rezeption bestelle, soll mich da hinbringen. Ganz einfach. Doch Laura hat schon einen Fünfzig-Euro-Schein auf den Tisch gelegt und den Stuhl nach hinten geschoben. Dann nimmt sie mich an die Hand – etwas fester, als meiner Meinung nach nötig – und zieht mich aus dem Restaurant an die frische Luft. Es ist noch immer angenehm warm und wenn ich nicht den Eindruck hätte, Laura sei unheimlich böse auf mich, dann würde ich von einem perfekten Sommerabend sprechen. Auf der Promenade am Hafen kommen uns unzählige Menschen entgegen, die sich fröhlich unterhalten. Ich bin ein wenig neidisch, denn Laura spricht keinen Ton mit mir. Sie genießt unseren letzten Abend hier auf Mallorca nicht richtig und das stimmt mich schon traurig. Wir überqueren eine große Kreuzung und stehen plötzlich wieder am Fuße der Kirche. Der Mann ohne Kopf ist verschwunden und auch der Cowboy ist nicht mehr zu sehen.

„Da ist ein Café", sage ich zu Laura und zeige auf ein paar Tische, die unmittelbar vor einem unheimlich großen Springbrunnen stehen. Es ist der größte Springbrunnen, den ich je gesehen habe. So groß meine Lust auch ist, mit Anlauf hineinzuspringen, ich halte mich zurück. Denn obwohl das Wasser wunderbar aussieht, – es erinnert eher an einen großen See, auf dem verschiedene Wasserfontänen für sommerliche Stimmung sorgen – befindet sich kein anderer Mensch im Wasser. Das wird bestimmt einen Grund haben, den ich allerdings nicht nachvollziehen kann. „Sollen wir uns auf eine Cola da hinsetzen?", will ich von Laura wissen.

„Du dummer Vollidiot", fährt sie mich an. Ich bin mir nicht sicher, wie ich reagieren soll. Die Wortwahl erinnert an eine ihrer Show-Einlagen, ihr Gesichtsausdruck jedoch eher an eine Figur aus der Geister-Rikscha im Phantasialand. „Bist du vollkommen übergeschnappt?" Ich schüttle verlegen den Kopf. Vollkommen nicht. „Du bringst uns in Teufels Küche", stellt sie fest. Ich kann ihr nicht folgen, denn ich weiß nicht, was ich falsch gemacht habe. Es wird doch wohl nicht an meinem Versuch mit den Gläsern gelegen haben. „Wie konntest du nur so blöd sein, das mit dem Banküberfall überall herauszuposaunen?", hilft sie mir schließlich auf die Sprünge. Oh oh, eine böse Vorahnung schiebt sich hinter meine Stirn. „Mann, Jan. Wir können dadurch ernsthaft Probleme bekommen. Selbst dir muss klar sein, dass der Banküberfall nicht richtig war. Das ist eine Straftat." Erneut betont sie das Wort „Straftat" so seltsam, als wollte sie mir etwas damit sagen. Natürlich ist auch mir bewusst, dass es sich nicht gehört, eine Bank auszurauben. Aber ich sehe das nicht so eng wie sie. Schließlich haben wir niemandem wehgetan und hier auf Mallorca wird das Geld auch sicherlich keiner vermissen. „Das ist nicht mehr lustig“, schimpft sie. „Stell dir nur einmal vor, die Polizei bekommt davon irgendwie Wind. Und dann?“ Laura ist richtig böse. So böse, dass sie seit geraumer Zeit keine lustige Fratze mehr gezogen hat. Ein junges Paar kommt uns entgegen und für einen kurzen Moment verstummt Laura. Erst als die beiden außer Hörweite sind, setzt sie wieder an: „Wir wandern ins Gefängnis. Willst du das? Wenn die erst einmal unsere Namen haben, können wir nie wieder nach Deutschland zurück. Wir werden am Flughafen verhaftet.“ Scheiße, daran habe ich gar nicht gedacht. Ich spüre, wie sich mein Magen zusammenzieht. „Mal ganz abgesehen davon könnte dieses komische Paar im Restaurant längst die Polizei gerufen haben.“ Ich fühle mich plötzlich hundeelend und muss zugeben, dass mir Lauras Worte sehr nahegehen. So weit habe ich nicht gedacht. Angeblich passieren einem im Gefängnis schlimme Dinge. Mutter hat mich zumindest immer gewarnt, irgendwann mal im Kittchen zu landen. Das sei unglaublich furchtbar und so manche Ehe sei genau daran kaputtgegangen. „Du willst doch nicht, dass deine Kinder ohne Vater aufwachsen. Oder?“ Nein, will ich natürlich nicht. Es muss schlimm sein, ohne Vater aufzuwachsen. Dann lieber einen Seemann als Papa. Den sieht man zwar nicht so oft, dafür schreibt er von den schönsten Orten dieser Erde Postkarten. „Ich bin stinksauer auf dich“, reißt Laura mich aus meinen Gedanken. Ich würde ihr so gerne die ganze Wahrheit erzählen, wenn mir nicht irgendetwas in meinem Inneren raten würde, den Mund zu halten. Sie dreht sich um und stapft wütend davon. So habe ich sie noch nie erlebt. Immerhin lässt sie sich zu einem „Gehirnamputierter Hornochse“ und „Schwabbelschweinekopf“ hinreißen. Zuletzt haben mich die ständigen Wiederholungen ihres Programms ja schon ein wenig genervt, doch momentan stimmt mich ihre Gefühlslage glücklich. Tief in ihrem Inneren ist sie also noch immer die Alte. In sicherem Abstand folge ich ihr.

Mit dem Bus fahren wir noch einmal zurück zum Strand. Es dämmert bereits und meiner Meinung nach ist es auch ein wenig zu kühl, um noch einmal baden zu gehen. Aber ich halte den Mund, denn insgeheim hoffe ich, Erika, meine Bekanntschaft von gestern Abend, wiederzutreffen. Auch wenn ich ihre Sprache nicht spreche, haben wir uns prächtig verstanden. Prächtig! Laura habe ich davon nichts erzählt.

Mein Magen fühlt sich sehr seltsam an und ich merke, dass meine Hände leicht schwitzen. Ich könnte nicht sagen, dass ich mich in Erika verliebt habe, auch nicht, dass ich sie lieber mag als Laura, aber wenn ich an sie denke, wird mir schon ein wenig anders. Laura hat sich wieder einigermaßen beruhigt. Zumindest beschimpft sie mich nicht mehr. Wir steigen an einer Bushaltestelle aus und marschieren die Promenade entlang. Aus verschiedenen Richtungen hämmert dumpf Musik. Obwohl es schon fast dunkel ist, ist der Strand noch belebt. Leute lachen und blödeln herum. Ich würde mich zu gerne einer Gruppe anschließen, die mit einem leuchtend roten Ball „Schweinchen in der Mitte“ spielt. Ich traue mich nicht, da ich in der Schulzeit grundsätzlich das Schweinchen war. Baden geht zu diesem Zeitpunkt keiner mehr. So langsam gewinne ich den Eindruck, dass auch Laura nicht zum Baden gekommen ist.

„Da vorne ist eine Bar“, sagt sie und zeigt auf eine Neonreklame. „Ich habe mir gedacht, zum Abschluss könnten wir noch einen Cocktail trinken gehen.“ Ich nicke eifrig, auch wenn ich noch nie einen Cocktail getrunken habe und Mutter mich davor immer gewarnt hat. Die Chance, mich mit Laura wieder zu versöhnen, werde ich mir aber auf keinen Fall entgehen lassen. Wir kommen an verschiedenen Lokalen vorbei und vor einem bleibe ich kurz stutzig stehen. Genau danach habe ich Ausschau gehalten. Laura zieht mich an der Hand und nach wenigen Augenblicken erreichen wir die von ihr ausgemachte Bar. „Königstreff!“ Schon der Name verspricht einen hohen Service, wenn sich hier einst die Könige verabredet haben. Verschieden bunte Deckenstrahler verwandeln den Raum in ein wahres Wunderland. Menschen verschiedenen Alters stehen an Stehtischen oder sitzen in breiten Sesseln und trinken mit Strohhalmen ihre Getränke. Ich bin mir sicher, meine Glasnummer würde hier eins a ankommen, allerdings ist meine Technik noch nicht so ausgefeilt, dass ich mich an diese großen Gefäße herantraue. Ich denke, dass ich auch erst überall die Strohhalme loswerden müsste. Vielleicht später. Erst einmal muss ich aus der Karte schlau werden, die mir Laura reicht, als wir endlich einen Stehtisch ergattert haben. Swimmingpool, Planters Punch, Sex on the Beach. Ich muss lachen, als ich den Namen lese. Denn das Wort „Sex“ bringt mich immer zum Schmunzeln. Den will ich. Ich bestelle bei einem jungen Mann mit seltsamer Haarpracht. Die Seiten sind ganz kurz, aber das Haar auf dem Kopf steht ab. Er erinnert mich an Mecki den Igel und ich würde die Zacken zu gerne mit meinen Fingerspitzen berühren. Seine Nase ist mit einem Ring durchzogen und in seine Ohrläppchen hat er Korken gesteckt. Das sieht so dämlich aus. Seine Arme sind tätowiert. Unglaublich. Wie wird er das irgendwann mal seinen Enkeln erklären? Meine Mutter hat immer gesagt, Gott hat uns so geschaffen, wie wir sind. Wenn er gewollt hätte, dass wir mit Malereien geschmückt sind, hätte er das selbst gemacht. Da hat sie vermutlich recht. Laura scheint es zu gefallen. Sie lächelt ihn an und wenn ich es nicht besser wüsste, würde ich behaupten, sie hat ihm sogar zugezwinkert. Das finde ich nicht gut.

„Magst du Tätowierungen?“, frage ich sie, als der Kellner nach unserer Bestellung verschwunden ist. Laura schaut ihm hinterher.

„Na ja. Ich habe nichts gegen sie. Ich habe ja selber eine. Aber besonders mögen, würde ich jetzt nicht sagen.“ Ihre Laune hat sich offenbar etwas gebessert.

„Aber wenn du mal alt bist, dann hängt das bestimmt. Dann sieht das nicht mehr schön aus“, erkläre ich ihr und habe den Wortlaut meiner Mutter im Ohr. Sie zögert einen Moment. Dann verzieht sie ihre Mundwinkel leicht nach oben.

„An der Stelle wird sicherlich nie etwas hängen“, erklärt sie mir. Ich würde zu gerne wissen, von welcher Stelle sie spricht, und suche ihre Haut nach Indizien ab. „Das Tattoo ist gut verpackt, Jan. Mach dir keine Mühe“, sagt sie. Dann schaut sie wieder zum Kellner.

„Sind es die Ohren?“, will ich wissen.

„Sind was die Ohren?“

„Na, was du an ihm magst“, erkläre ich und frage mich, ob sich die Frage vielleicht doof anhört.

„Ich mag ihn nicht. Ich finde ihn nur interessant. Auch wegen der Ohren“, antwortet sie mir. Als der Kellner die Getränke bringt, strahlt er Laura an und zieht eine Augenbraue hoch. Der Mann hat sehr dünne Augenbrauen, die ein wenig gemalt aussehen. Irgendwie gefällt mir der Verlauf des Abends so gar nicht. Erst dieser Streit und jetzt findet sie auch noch den bemalten Kellner toll.

„Magst du kein Sex on the beach?“, fragt er mit tiefer Stimme, als er die Getränke abstellt.

„Das kommt auf die Gesellschaft an“, antwortet Laura und lächelt. Der Kellner strahlt über beide Ohren, schürzt seine Lippen seltsam und zwinkert Laura zu.

„Ich finde, er sieht dämlich aus“, stelle ich fest und verschränke die Arme, als er den Tisch schließlich wieder verlassen hat. Dann probiere ich mein Getränk, das zu meinem Ärger ohne Schirm gereicht wurde, und muss husten. Es schmeckt ekelhaft bitter, doch das will ich mir vor Laura und dem Kellner nicht anmerken lassen und tue so, als wäre ich erkältet. Zu allem Überfluss eignet sich mein Glas überhaupt nicht zu einer Traube. Es ist ein ganz normales Glas ohne Stiel. Laura hat einen Schirm und ihr Getränk sieht toll türkisblau aus. Was für eine super Farbe.

„Ich muss mal kurz an die frische Luft“, lüge ich. Laura sieht mich verwirrt an, zuckt dann aber mit den Schultern. Ich renne über die Straße zu dem Lokal, das mir vorhin schon aufgefallen ist. Der Laden ist noch leer, was nicht heißt, dass sich das nicht bald ändern wird. Ich spreche kurz mit der Bedienung und verschwinde schließlich wieder. Laura sitzt mittlerweile an der Bar und unterhält sich mit dem Kellner. Erneut spüre ich das seltsame Gefühl in meinem Bauch. Irgendwie tut mir der Anblick weh. Ich setze mich auf meinen Stuhl und nippe an meinem Getränk. Es schmeckt fürchterlich. Laura sieht mich und kommt umgehend zu mir herüber. Das tut gut.

„Hi“, sagte sie und setzt sich neben mich. „Ich habe noch mal über deine Aktion im Restaurant nachgedacht.“ Sie schaut mich mit ihren großen Augen an, klopft sich auf die Brust, nimmt einen Schluck und spuckt ihn auf den Tisch. Dann rülpst sie. Mir ist ihr Verhalten ein wenig peinlich, auch wenn ich es grundsätzlich lustig finde. Die Leute am Nachbartisch starren uns schon seltsam an. „Du hast gesagt, du könntest beweisen, dass wir die Bank ausgeraubt haben“, flüstert sie. „Wie wolltest du das anstellen?“ Mit der Frage habe ich jetzt gar nicht gerechnet. Die Antwort liegt mir auf der Zunge, trotzdem entschließe ich mich, sie nicht vorzubringen. Laura hat in dem Restaurant schon so böse reagiert und ich will die gute Stimmung nicht verderben.

„Das war nur ein Witz“, lüge ich und fühle mich schlecht. Mutter hätte mir jetzt befohlen, drei „Vater unser“ zu beten. Das macht man nämlich, wenn man lügt. „Sollen wir mal in einen Club gehen?“, frage ich, um sie auf andere Gedanken zu bringen. Laura zuckt wieder mit den Schultern. Sie schaut mich an, als würde sie mir noch eine unangenehme Frage stellen wollen, entscheidet sich dann aber offenbar dagegen.

„Bist du eifersüchtig?“

„Nein!“, antworte ich eine Spur zu laut. Ihre Augenbrauen kräuseln sich. „Ich habe eine Überraschung für dich.“ Laura legt den Kopf schräg. Plötzlich ist sie ganz ernst.

„Ich will nicht, dass du mir etwas schenkst.“ Ihr Gesichtsausdruck hat sich verfinstert. Sie sieht alles andere als glücklich aus. „Du darfst mir nichts schenken. Das habe ich nicht verdient.“ Ich habe den Eindruck, als kämpfe sie mit den Tränen. Doch das kann ja eigentlich nicht sein. Höchstens vor Rührung.

„Schau es dir wenigstens mal an“, fordere ich sie auf, aber sie schüttelt den Kopf. „Es ist nur eine Kleinigkeit. Und es ist ja auch kein Geschenk. Du kannst es nicht mit nach Hause nehmen. Wirklich.“ Laura verzieht wieder das Gesicht. Dann schaut sie sich um.

„Es ist aber kein Elefant?“, fragt sie und strahlt über das ganze Gesicht.

„Ein Elefant?“ Ihre Frage verwirrt mich. „Was willst du mit einem Elefanten?“

„Na, weil der zu groß ist, um ihn mit nach Hause zu nehmen“, erklärt sie mir. Wie gewohnt nicke ich, obwohl ich keinen Ton verstehe. Das habe ich mir in der Schule angeeignet. Das kam bei Frau Listig besonders gut an.

„Also kommst du jetzt mit?“ Laura nickt ebenfalls. Ich bin glücklich.

„Na wenn das mal nicht unser Vollspast ist“, bemerkt eine Stimme hinter mir. Mein Herz bleibt kurz stehen, als ich Schweinekopf erkenne. Nur kurz. Dann ziehe ich meine Kamera aus der Tasche und mache ein Foto von ihm. Auch mit Schweinekopf bin ich mittlerweile ja ganz gut befreundet. „Du hast einen schönen Rucksack dabei", stellt er fest. Das stimmt. Mein Rucksack ist wirklich schön.

„Komm schon", fordert mich Laura auf und zieht an meinem Arm. „Ich will die Überraschung sehen."

„Moment. Das sind meine Freunde", erkläre ich ihr und verharre vor der Eingangstür der Disco.

„Genau. Wir sind Freunde, Lady", sagt Schweinekopf. Mir ist noch nicht aufgefallen, dass Laura eine Lady ist. Ich weiß allerdings auch nicht genau, wie Ladys so aussehen. „Und weil wir so gute Freunde sind, wollte ich dich um einen kleinen Gefallen bitten", sagt Schweinekopf.

„Klasse", antworte ich kurz. Ich liebe es, Freunden behilflich zu sein. „Was kann für euch tun, Jungs?", frage ich und lege meine Hand auf seine Schulter. Er sieht sie seltsam an und meine Hand wandert wieder in die Hosentasche.

„Wir haben hier ein paar Flaschen Wodka. Die sind so schwer zu tragen. Aber du hast einen Rucksack." Bis jetzt kann ich seine Äußerungen nur bestätigen, ein schlüssiges Bild ergibt sich für mich aber noch nicht. Er wartet einen Moment.

„Und?", durchbreche ich die Stille. Schweinekopf atmet genervt aus.

„Und es wäre supernett, wenn du uns die Flaschen in die Disco tragen würdest." Wieder macht er eine Pause und schaut mich mit großen Augen an. „Na, weil die so schwer sind." Die sehen wirklich schwer aus. Und ich würde Schweinekopf zu gerne aus der Patsche helfen, aber ich kann nicht.

„Tut mir leid, mein Freund. Aber Laura hat mir verboten, für andere Menschen Sachen zu transportieren. Wer weiß, was in den Flaschen ist", sage ich und nicke Laura zu. Sie ist offensichtlich auch stolz, dass ich ihren Rat befolge.

„Da ist Wodka drin", sagt Schweinekopf.

„Aber es könnte auch Rauschgift sein", erkläre ich.

„Du kannst durch die Flasche durchgucken. Es ist Wodka“, sagt er und wackelt mit einer der drei Flaschen hin und her.

„Flüssigrauschgift“, schlage ich vor. „Tut mir leid. Die Entscheidung ist gefallen und es gibt kein Zurück mehr.“ Ich öffne Laura die Tür zur Disco. Schweinekopf grummelt etwas hinter mir, doch ich kann es schon nicht mehr verstehen. Die Musik in diesem Raum ist einfach zu laut. Skeptisch betritt Laura das Lokal. Ich muss zugeben, es ist sehr düster und nicht besonders einladend. In der Mitte des Raums befindet sich eine Theke und ein paar Meter entfernt ein großer, roter Vorhang. Der Laden hat sich tatsächlich ein wenig gefüllt. Ich würde nicht sagen, dass er voll ist, aber es sind bestimmt hundert Menschen anwesend. Das passt. Es laufen irgendwelche Schlager, die ich nicht kenne. Nicht meine Musik. Ein junger Mann steht neben der Bühne. Er trägt einen glitzernden Anzug, der für Mallorca eigentlich viel zu warm sein müsste. In einer Hand hält er ein Mikrofon. Die freundliche junge Dame, mit der ich eben gesprochen habe, grinst mich an.

„Wer ist das?“, fragt Laura.

„Ich kenne ihren Namen nicht, aber wir sind uns sympathisch.“ Das stimmt. Das sind wir uns wirklich, denn wir haben uns ja eben schon so gut verstanden.

„Was machen wir hier?“, will Laura wissen. Ihr Ton ist wieder ein wenig gereizt.

„Das gehört alles zur Überraschung“, beruhige ich sie. „Willst du etwas trinken?“ Laura schüttelt den Kopf. Dann geht ein Scheinwerfer an und der Mann im glitzernden Anzug betritt die Bühne. Die Menschen grölen und jubeln. Der Mann spricht perfekt deutsch. Das hätte ich nicht gedacht, schließlich sind wir ja auf Mallorca und nach meiner Information gehört das zu Spanien.

„Herzlich willkommen“, ruft der Mann. Ich bin schon ganz aufgeregt. Damit hat Laura sicherlich nicht gerechnet. Danach hat sie mich bestimmt lieber als den Kellner aus dem Königstreff. „Heute haben wir eine ganz besondere Nummer im Programm“, ruft er. Das Volk tobt. „Heute haben wir einen speziellen Gast aus Köln“, fährt er fort. Ich lache Laura an – sie sieht nicht begeistert aus. Ich merke, dass mein Herz schneller schlägt als sonst und dass meine Hände ganz feucht werden. Außerdem drückt mein Kopf ganz komisch und meine Kehle ist trocken. „Begrüßt mit mir die verrückte Laura!“, ruft der Mann ins Publikum. Jetzt gröle auch ich. Und ich klatsche. „Wo ist denn unsere verrückte Laura?“, will er wissen.

„Hier, hier“, schreie ich und zeige auf sie, „hier ist sie.“ Laura schüttelt den Kopf. Sie kann es nicht fassen. Meine Überraschung ist gelungen. Die Menschen in meiner direkten Umgebung starren uns an, einige schreien, andere lachen. Mein Blick schweift über die Menge. Schweinekopf hat es auch in die Disco geschafft. Er steht in der ersten Reihe und unterhält sich mit seinen Freunden. Als er Laura und mich sieht, fasst er sich vor lauter Lachen sogar an den Bauch. Er zeigt auf uns und seine Gruppe stimmt in die „Laura“-Anfeuerung der anderen Gäste ein.

„Jan, was soll das?“ Laura beißt ihre Zähne so fest aufeinander, dass ich sie kaum verstehen kann.

„Du hast gesagt, deine Show funktioniert nicht auf unserem Blog. Also habe ich mir gedacht, du willst sie vielleicht vor Publikum vortragen.“ Ich weiß, dass sie am liebsten auf der Straße auftreten will, aber mir gefällt die Akustik in diesem Schuppen besonders gut. Mittlerweile tobt die Menge und ein dicker Mann vor mir zieht Laura sogar an der Hand.

„Ich kann das nicht auf Knopfdruck“, ruft sie, während sie von den anderen Menschen nach vorne durchgereicht wird. Ich bin so stolz auf sie. Das Publikum wird sich nicht mehr einkriegen. Der lustige Mann im Anzug hilft Laura auf die Bühne. Dann verlässt er sie über eine kleine Holztreppe. Der Scheinwerfer leuchtet Laura genau ins Gesicht. Schweinekopf hat mittlerweile sein T-Shirt ausgezogen und wirbelt es wie der Fahnenschwenker des JGV Rheingold 07 durch die Luft.

„Laura“, ruft der Moderator, „mach uns deine einzigartige Tier-Show, die dich in Köln bekannt gemacht hat.“ Laura steht auf der Bühne. Sie zittert am ganzen Körper. So habe ich sie noch nie gesehen. Komisch. Zuletzt haben mich ihre Show-Einlagen schon ein wenig genervt. Manchmal fand ich sie sehr unpassend und irgendwie wiederholt sich auch alles. Jetzt, wo ich ihr mal die Chance gebe, schweigt sie.

„Dummer Wichsknubbel“, schreit sie ganz plötzlich. „Ihr dummen Penisflitschen“, ruft sie und haut sich auf den Kopf. Dann beginnt sie zu weinen und rennt von der Bühne. Ich atme erleichtert aus, das Publikum grölt. Vermutlich nicht vor Begeisterung, denn Lauras Vorstellung war nicht so berauschend. Der Moderator ist ebenfalls nicht angetan. Sein grimmiger Blick folgt Laura, dann sucht er das Publikum nach jemandem ab, und ich habe das dumpfe Gefühl, dass es sich dabei um Jan Lehmann handeln könnte. Einen solchen Abgang hat Laura nicht verdient. Sie ist eine großartige Unterhaltungskünstlerin. Mutig stapfe ich auf die Bühne. Der Moderator scheint vergeblich nach den richtigen Worten zu suchen. Er sieht mich mit großen Augen erwartungsvoll an, als könnte ich eine Erklärung liefern, warum Laura weggerannt ist. Kann ich nicht. Aber ich kann etwas anderes. Flöte spielen, zum Beispiel. Zum Glück habe ich das Instrument in meiner hinteren Hosentasche. Ich ziehe es hervor und spiele umgehend los. Für einen Augenblick ist das Publikum ganz still. Kaum habe ich die ersten Töne aus dem Holzinstrument hinausgequetscht – zugegebenermaßen hörten die sich eher wie Flatterfürze alter Kühe an –, als das Publikum zu schreien beginnt. Mich wundert es schon, dass meine Klänge offenbar nicht so gut ankommen. Vielleicht, weil der Moderator mir in mein kleines Konzert hineinplappert. Schweinekopf und seine Freunde grölen mir zu, und einer der muskelbepackten Jungs schmeißt mit einem Glas nach mir. Ich gerate so langsam in Panik, denn ich habe das Gefühl, das Publikum nicht mehr beruhigen zu können. Dabei will ich Schweinekopf und den Rest des Publikums so gerne in meinen Bann ziehen. Es gibt nicht viel, womit ich Menschen begeistern kann. Klettern wird in diesem Gebäude schwer und zum Tanzen fehlt mir gerade die richtige Musik. Endlich kommt mir eine Idee. Als das nächste Glas auf die Bühne fliegt und der Moderator den DJ auffordert, endlich Musik zu spielen, nehme ich die seltsam geformte Flöte in den Mund und lege den Kopf so in den Nacken, dass die untere Öffnung nach oben zeigt. Von einem kleinen Stehtisch nehme ich mir ein Glas mit gelber Flüssigkeit und schütte sie in die Flöte. Bei dem Versuch wird zwar mein Gesicht ganz nass, doch ein Großteil der Flüssigkeit findet seinen Weg in meine Speiseröhre. „Hi Fans“, rufe ich, als das Glas leer ist. Tatsächlich klatschen einige. Schweinekopf ist ganz hin und weg. Er wirbelt wieder sein T-Shirt und reckt sogar den Daumen hoch. Mittlerweile kommt Musik aus den Boxen. Ich greife mir das nächste Glas und schütte es in die Öffnung. Ich nehme mir vor, beim nächsten Mal die Löcher der Flöte besser abzudichten. Schweinekopf ist so begeistert, dass er auf die Bühne kommt. Unter seinem Ärmel lugt eine Flasche Wodka hervor. Ich freue mich wie ein Schneekönig, dass er in der Lage war, die Flasche mit reinzubringen. Er reißt mir die Flöte aus der Hand und steckt sie sich in den Mund. Dann winkt er seinen Freunden zu. Ich bin ihm behilflich, ziehe die Flasche aus seinem Ärmel und schütte sie in die Öffnung. Ein junger Mann in viel zu kleinem, buntem Oberhemd beschwert sich vergeblich. Um Schweinekopf bei Laune zu halten, setze ich die Flasche nicht ab. Mein neuer Freund gluckst vor Glück. Toll. Vor lauter Freude klatsche ich in die Hände, dabei lasse ich blöderweise die Flasche fallen. Dann sehe ich Laura durch die offene Tür. Sie sitzt auf dem Bordstein und scheint traurig zu sein. Das tut mir leid. Ich nehme Schweinekopf die Flöte ab und folge Laura auf die Straße.

„Hey“, sage ich. „Ist schon gut. Das ist das Lampenfieber“, erkläre ich ihr. „Das ist mir auch schon mal passiert.“ Und das ist noch nicht mal gelogen. Als ich in der Grundschule bei einem Theaterstück das Reh spielen sollte, habe ich auch keinen Ton rausgekriegt und bin schließlich von der Bühne gelaufen. Oder eher galoppiert, weil ich das Gefühl hatte, Rehe galoppieren. Ich war einige Tage das Schulgespräch. Laura dreht sich von mir weg. Ich denke, sie will alleine sein.

„Wie konntest du das nur tun?“ Ihre Stimme bebt.

„Na ja. Ich habe das mit der Bedienung ausgemacht“, erkläre ich. So aufgewühlt habe ich sie noch nie erlebt.

„Warum hast du das gemacht?“

„Ich wollte dir nur eine Freude machen. Außerdem habe ich gehofft, ein wenig Werbung für den Blog zu machen.“

„Ich sag dir jetzt mal was.“ Laura schaut mir tief in die Augen. Für einen Moment hört sie sogar auf zu weinen. „Das mit dem Blog interessiert mich nicht.“ Ich sehe Wut in ihren Augen. „Das ist DEIN

Blog. Deiner! Also kümmerst du dich darum, mach damit, was du willst. Aber lass mich in Ruhe." Sie tippt mir mit dem Zeigefinger fest auf die Brust und in diesem Moment wünschte ich mir, sie würde die Bewegung wie sonst bei sich machen.

„Aber es war doch deine Idee", versuche ich mich zu verteidigen.

„Es war meine Idee, um dir eine Freude zu machen. Es ist dein Blog. Dort kannst du schreiben, was dir passiert. Ich helfe dir auch gerne beim Schreiben, aber ich will nicht, dass du etwas über mich schreibst."

„Und über uns beide?" Laura guckt mich überrascht an. „Was ist, wenn ich etwas über uns beide schreibe?"

„Was meinst du?", will sie wissen.

„Na, ob es in Ordnung ist, wenn ich etwas schreibe, das uns beide betrifft?" Laura atmet tief durch.

„Wegen mir", sagt sie leise. Ihr Zorn hat sich ein wenig gelegt.

„Gut. Ich habe das mit dem Bankraub gepostet. Ich bin mir sicher, dass uns die Interessierten jetzt die Bude einrennen." Ich kriege Lauras Blick nur kurz zu sehen. Er reicht, um zu wissen, dass sie nicht glücklich ist. Dann springt sie auf und rennt davon.

Mit einem Taxi fahre ich zurück ins Hotel. Ich finde in meinen Shorts noch ein paar Geldstücke, die offenbar reichen. Zumindest lässt mich der Mann gehen. Es ist spät geworden. Ich habe Laura gesucht, aber nicht mehr gefunden. Vielleicht ist sie schon auf dem Hotelzimmer. Ich steige traurig die Treppe empor, denn ich weiß nicht, was ich falsch gemacht habe. Es muss aber einen Grund geben, dass Laura so böse ist. Als ich das erste Stockwerk erreiche, hellt sich meine Stimmung auf. Die Tür ist nur angelehnt. Laura ist schon da.

„Huhu", rufe ich, als ich die Tür öffne. „Ich wusste, dass du …" Laura ist nicht mehr da. Ihre Sachen auch nicht. Traurig gehe ich zum Fenster und schaue, ob ich sie auf der Straße sehe. Dort bricht mir das Herz. Mein Schreibmaschinenkasten liegt auf einer alten Mülltonne.

London

Ein wenig verloren sitze ich auf einer mit bläulichem Polster bezogenen Sitzbank und starre auf ein Gepäckband. Ich habe mir London ganz anders vorgestellt. Auf meinem Englischbuch in der Schule gab es rote Busse, lustige Telefonzellen und diesen Big Ben. Hier gibt es unfassbar viele Menschen mit unterschiedlichen Hautfarben, die seltsame Sprachen sprechen. Sogar ein Mann mit Turban schleicht an mir vorbei. Ehrlich gesagt habe ich keine Ahnung, was ich jetzt machen soll. Vielleicht hätte ich Laura besser zuhören sollen, aber zu dem Zeitpunkt konnte ja noch keiner ahnen, dass sie böse auf mich sein und ich alleine nach London reisen würde. Die ganze Nacht habe ich darauf gewartet, dass Laura zurückkommt. Ich war nur noch einmal kurz auf dem Hof, um meinen Schreibmaschinenkasten zu holen. Zwar waren die Tüten weg, der Kasten selber ist aber zum Glück noch in gutem Zustand. Immerhin lagen auf dem Nachttisch neben meinem Bett ein paar Euroscheine. Als Laura am Morgen noch immer nicht aufgetaucht ist, habe ich den Entschluss gefasst, schon einmal zum Flughafen zu fahren. An den Teil von Lauras Erklärung konnte ich mich gut erinnern. Eigentlich hatte ich gehofft, Laura würde am Flughafen auf mich warten, doch sie tauchte nicht auf. Dafür habe ich andere alte Bekannte gesehen. Schweinekopf und seine Freunde lungerten auf blauen Plastikschalen am Flughafen herum. Fast alle von ihnen trugen eine Holzflöte, ähnlich meiner, bei sich. Wirklich gut sahen sie aber nicht aus. Vor allem mein spezieller Freund machte auf mich einen sehr kranken Eindruck. Er fasste sich laufend an seinen Schweinekopf und massierte sich die Stirn. Mit Hilfe einer freundlichen Dame in blauer Uniform – ich mag Uniformen – habe ich den richtigen Flieger gefunden. Bis zum Start hatte ich noch immer die Hoffnung, Laura würde es noch schaffen, offenbar hat sie jedoch den Flieger verpasst. Zum Glück war die Fluggesellschaft so schlau, meinen Nebenplatz an einen anderen wartenden Passagier zu vergeben. So hatte ich zwei Banknachbarn, mit denen ich mich nur zu gerne unterhalten hätte. Sie sprachen allerdings beide kein Deutsch und unterhielten sich schließlich – ich denke, auf Englisch – über meinen Kopf hinweg. Das fand ich zwar sehr unhöflich, aufgrund der Tätowierungen und der großen Oberarme der beiden Kurzhaarträger habe ich aber vorsichtshalber den Mund gehalten. Nun sitze ich hier am Flughafen in London und versuche mich krampfhaft an den zweiten Teil von Lauras Erklärung zu erinnern. Aus irgendeinem Grund muss ich dabei die ganze Zeit an die Zeichentrickserie Piggeldy und Frederick denken. Auch wenn mich Laura mit ihren plötzlichen Show-Einlagen schon ein wenig genervt hat, vermisse ich sie unglaublich. Sie schreit ja nicht ununterbrochen und auch ihre komischen Bewegungen sind eigentlich meist recht originell. Ein schrilles Warnsignal reißt mich aus meinen Gedanken und nach kurzer Wartezeit wird mein Schreibmaschinenkasten von einem Kofferband ausgespuckt. Ich schultere ihn und verlasse die große Halle, nur um in eine noch größere zu gelangen. Hinter der Schiebetür warten unzählige Menschen, die Papiere mit unterschiedlichen Namen hochhalten. „Jan Lehmann" suche ich vergebens.

„Hallo, ich bin Jan Lehmann", stelle ich mich freundlich einem dunkelhäutigen Mann vor, der eine schicke Uniform trägt. Der Mann legt den Kopf zur Seite, antwortet aber nicht. „Ich muss zum Big Ben", erkläre ich, denn dort stammt die Postkarte meines Vaters her. Der Mann zuckt mit den Schultern und widmet sich wieder den Mülleimern, mit denen er vor meiner Unterbrechung schon zugange war. Vermutlich spricht er nicht so gut Deutsch. An einem grünen Schalter versuche ich erneut mein Glück. Die junge Frau, die einen großen Brillanten in der Nase trägt und sich offenbar mit Fingerfarbe einen roten Klecks auf die Stirn gemalt hat, lächelt mich immerhin freundlich an. Auch sie kann mit meiner Vorstellung nicht viel anfangen. Erst als ich den Namen „Big Ben" nenne, erhellt sich ihr Blick und sie nickt. Sie kramt ein Stück Papier aus einer Schublade und hält es mir unter die Nase. Die verschiedenen Linien und Buchstaben erinnern mich an ein Suchbild. Die Frau spricht nur wenige Worte und diese offenbar sehr langsam. Das hilft mir nicht, denn ich verstehe sie trotzdem nicht. Sie legt das Papier auf den Tisch.

„You", sagt sie und deutet mit einem Kugelschreiber auf mich.

„Nicht Ju", erkläre ich ihr. „Jan!" Den Namen Ju kenne ich nicht. Sie nickt.

„Jan“, wiederholt sie. Die Frau hat sehr gut aufgepasst. Mit dem Kuli zeigt sie wieder auf mich. Dann auf den Plan. „Jan here“, sagt sie. Das habe ich verstanden. Geht doch. Ich befinde mich also offensichtlich an einem Ort, der Terminal 4 heißt. Was für ein seltsamer Name.

Meine ganze Konzentration sollte wohl eher der Frau gelten. Sie erklärt mir schließlich etwas. „Big Ben here“, sagt sie und zeigt auf die Mitte des Papiers. Mit dem Kuli fährt sie die blaue Strecke entlang und ich erinnere mich, dass Laura etwas von einer blauen Linie erklärt hat. Wahrscheinlich ist es wie in Paris der Fahrplan einer Bahn. Ich folge der Fahrt mit dem Kugelschreiber aufmerksam. „Out“, sagt die Frau und lächelt wieder so freundlich. Auch wenn ich sie nicht kenne, finde ich sie sehr nett. Wir würden bestimmt Freunde werden. Dann fährt sie mit dem Stift eine gelbe Linie entlang. „In Westminster“, sagt sie und zeigt auf einen Namen, „you'll find Big Ben.“ Vermutlich soll ich dort aussteigen. Aber Laura hatte etwas von einer anderen Sehenswürdigkeit gesagt.

„Piggedy?“, frage ich. Die Frau schaut mich mit großen Augen an. Sie hat den gleichen Blick, den Victor verwendet, bevor er sagt: „Nichts verstehen.“ Dann weiten sich ihre Augen.

„Piccadilly Circus?“, will sie wissen. Ich nicke, obwohl mir „Piggedy“ besser gefällt. „Okay.“ Wieder fährt der Stift die blaue Linie von Terminal 4 entlang. Dieses Mal bleibt er auf der Linie und stoppt schließlich bei „Piccadilly Circus“. Sie nickt wieder. „You'll find the next station right over there“, sagt sie und zeigt auf eine Rolltreppe, die in eine Art Schacht führt. Auch wenn ich kein Wort verstanden habe, weiß ich, dass sie mir den Weg zur Bahnstation zeigt.

Ich bedanke mich höflich und schüttle der Frau zum Abschied die Hand. Das gehört sich so. Mir ist nach wie vor ein wenig mulmig, als ich die Rolltreppe betrete. Es ist hier alles so anders als bei uns. Ein seltsamer Geruch steigt mir in die Nase. Menschen eilen an mir vorbei, als wären sie in Zeitnot. Nach wenigen Metern versperrt mir ein komisches Gerät den Weg. So etwas habe ich noch nie gesehen und es stellt mich vor ein großes Rätsel. Gleich mehrere Kunststoff-Flügel machen ein Durchkommen kaum möglich, ein schwarzhaariger Mann mit erschreckend bleicher Haut geht an mir vorbei, legt seine Hand auf einen kleinen Metallkasten und die Kunststofflehnen schnellen mit einem knallenden Geräusch zurück. Das ist ja spannend. Es erinnert mich an einen Agentenfilm. Vermutlich befindet sich in dem Metallkasten ein kleines Gerät, das die Fingerabdrücke überprüft. Das will ich auch ausprobieren. Vorsichtig stelle ich mich vor das Gerät und lege meine Finger auf den Kasten. Nichts passiert. Von hinten läuft ein Mann ausversehen gegen mich. „I'm sorry", nuschelt er und will sich vermutlich bei mir entschuldigen.

„Null Problemo, würde Gordon Shumway sagen", erkläre ich und lächle ihn an. Er hat den Spaß offenbar nicht verstanden. Das kann ja auch nicht jeder wissen, denke ich mir und helfe ihm auf die Sprünge: „Alf heißt auf Melmac Gordon Shumway."

„Come on, go on!", verstehe ich, auch wenn ich eigentlich gar nichts verstehe. Nur sein Gesichtsausdruck verrät mir, dass er von meiner Gordon-Shumway-Geschichte nicht so angetan ist. Um weiteren Ärger zu vermeiden, lege ich meine Hand erneut auf die Box. Dieses Mal ein wenig höher. Doch es passiert noch immer nichts. Ich versuche es also mit der anderen Hand. „I'm in a hurry. Go on, you stupid wanker", ruft ein anderer Mann. Ich nicke freundlich.

„Null Problemo", wiederhole ich, um ihn zu beruhigen. „Gordon Shumway", erkläre ich, forme mit der Hand eine Pistole und mache „Peng!" Das Gerät ist definitiv kaputt, denn auch mit der anderen Hand lassen sich die Lehnen nicht öffnen. Ich lecke meinen Daumen an und rubble ihn über das Metall. Noch immer passiert nichts, also befeuchte ich auf ähnliche Weise meine ganze Hand. Vielleicht muss ich meine Finger irgendwo registrieren lassen. Oder ich habe keine Fingerabdrücke, weil ich zu oft gebadet habe.

„All right", mischt sich ein Mann mit ordentlichem Bierbauch ein. Der Bauch ist so groß, dass neben dem Bier auch das dazugehörige Fass Platz finden würde. Immerhin trägt der Mann eine schicke Uniform. „You need a ticket", sagt er. Ich nicke freundlich, denn ich will nicht noch einen Menschen verärgern. Verstanden habe ich ihn nicht. „Ticket?", fragt er nun. Ich schüttle den Kopf, denn ein Ticket habe ich nicht. „Come on", sagt er und macht mit der Hand eine

Bewegung. Ich denke, dass ich ihm folgen soll. Wir gehen den ganzen Weg zurück, fahren mit einer anderen Rolltreppe wieder hinauf und schon nach wenigen Minuten bin ich wieder zurück in der großen Halle. Ich winke der Frau mit dem roten Punkt, aber sie ist in ein Gespräch mit einem bärtigen Mann vertieft.

„Huhu“, rufe ich. Sie reagiert noch immer nicht.

„Come on, boy“, sagt der Mann. Wieder macht er mit der Hand die lustige Bewegung. Wir marschieren einen kleinen Gang entlang und vor einer blau leuchtenden Reklame bleiben wir stehen. Er deutet auf einen großen Computer. „There you are“, sagt er. Auf der Maschine steht mit großen Buchstaben „Ticket“ und endlich fällt auch bei mir der Groschen. Hier kann ich also mein Bahnticket lösen. „German?“, will der Mann wissen. Ich denke einen Moment nach, dann nicke ich. Wer weiß, was er gefragt hat. Er drückt auf den Bildschirm, der sich in Gesichtshöhe befindet. Laura wüsste bestimmt, was zu tun ist. Genau in diesem Moment fehlt sie mir ganz schrecklich. Eigentlich fehlt sie mir schon den ganzen Tag ganz schrecklich. Der Mann drückt auf die deutsche Fahne. Die erkenne ich natürlich. Ich gucke so gerne Sportsendungen. Da wird sie alle naselang eingeblendet. Ich lese die ersten Worte und bin heilfroh, dass es eine deutsche Fahne gibt. Zufrieden nicke ich. Der Mann neigt kurz den Kopf und hebt eine Hand.

„Tschüssikowski“, sage ich und strahle über meinen eigenen Spaß. Eigentlich ist es gar nicht mein Spaß. Herr Vollmer hat sich so immer von uns verabschiedet, wenn die sechste Stunde vorüber war. Wir fanden es lustig, der Bierbauch-Mann wohl nicht ganz so. Er geht, ohne sich noch ein einziges Mal umzudrehen. Aufmerksam lese ich mir dic Tcxte auf dem Display durch. Obwohl es sich ganz offensichtlich um Deutsch handelt, verstehe ich allerdings nur Bahnhof. Was um Gottes Willen hat es mit diesen Zonen auf sich und warum sollte ich ein Ticket für drei Tage kaufen? Ich will ja nur einmal vom Flughafen zum Piggedy. Ich drücke auf verschiedene Tasten und freue mich darüber, denn jedes Mal geht ein neuer bunter Bildschirm auf. Eine ältere Dame klopft mir vorsichtig auf die Schulter.

„Go on“, sagt sie und bewegt ihre Hand, als wollte sie eine lästige Fliege vom Butterzopf verjagen.

„Ich kann dir helfen“, sagt ein Mann mit bleicher Haut in einem Akzent, der mich sehr stark an diesen Sänger mit der lustigen Frisur erinnert, den meine Mutter so gerne gehört hat. „Wohin musst du denn?“, fragt er mich.

„Zum Piggedy“, antworte ich. Er runzelt die Stirn und fährt mit der Zunge über seine Zähne. Einer davon ist golden und eine Schlange ziert seinen Unterarm. Ich finde das sehr merkwürdig, wobei der Mann ja ansonsten sehr nett zu sein scheint. „Ich würde nicht zu viel Sonnencreme verwenden“, erkläre ich ihm. „Sonst kommt die Sonne gar nicht bis auf deine Haut.“ Natürlich ist Sonnenschutz wichtig, aber in seinem Fall würde ich da vielleicht eine Ausnahme machen. „Oder du nimmst Schuhcreme.“ Die Augenbrauen des Mannes nehmen eine seltsame Haltung ein.

„Anyway. Wenn du zum Piccadilly Circus willst, musst du mit der blauen Linie fahren. Die Station liegt in Zone eins. Hier sind wir in Zone sechs. Du musst also ein Ticket kaufen, das alle Zonen abdeckt“, erklärt er. Ich finde diesen Akzent so putzig. Dennoch frage ich mich, warum der Kerl nicht anständig Deutsch gelernt hat. „Willst du später mit der Bahn noch ein wenig umherfahren?“, fragt er mich. Ich deute das als eine Einladung. Einladungen sollte man nie ausschlagen, oder? Also nicke ich. „Okay. Dann kauf dir eine One-Day-Travelcard“, fordert er mich auf. „Damit kannst du den ganzen Tag Bus und Bahn in ganz London fahren. Wohin du willst.“ Das hört sich gut an.

„Ich bin Jan Lehmann“, stelle ich mich vor und reiche ihm die Hand.

„Hallo Jan. Ich bin David“, sagt er.

„Wie David Hasselhoff“, stelle ich fest. „Das ist der Typ, der die Mauer eingerissen hat.“ David zuckt mit den Schultern. Wenn ich ehrlich bin, habe ich das auch nur von Ulf gehört. Aber Ulf ist unheimlich schlau. Warum sollte man ihm also nicht glauben? David drückt auf ein paar Knöpfe und schließlich erscheint eine Zahl auf dem Display.

„Das macht acht Pfund neunzig“, erklärt er mir und ich muss umgehend lachen.

„Mett?“

„Pardon?“ David macht große Augen und dreht sich erschrocken um.

„Neun Pfund Mett?“ Er braucht einen Moment. Dann nickt er.

„You‘re a clown“, sagt er. Dann wird sein Gesicht wieder ernst. Er zieht mich ein wenig zur Seite und lässt die ältere Dame vorbei, die sofort mürrisch auf das Display einschlägt. „Pfund ist das englische Geld. Hier gibt es keine Euro“, erklärt er mir. Das finde ich seltsam. Warum sollte es gerade in England keine Euro geben. Überall gibt es Euro. Und muss ich hier immer mit einer Waage rumlaufen, um Pfund abzumessen? Das erscheint mir ein wenig umständlich. David öffnet sein Portemonnaie. Er zieht verschiedene Scheine hervor. „Siehst du?“, fragt er mich. „Das ist englisches Geld. Es heißt Pfund. So wie dein Geld Euro heißt.“ David ist ein sehr gebildeter Mann. So viel steht schon mal fest.

„Aber wie komme ich an diese Pfund?“, will ich wissen. Auf seinem Gesicht breitet sich ein Grinsen aus.

„Du musst es umtauschen. Da vorne gibt es eine Wechselbank“, erklärt er und zeigt mit dem Finger auf einen Schalter, hinter dem ein junger, dunkelhäutiger Mann sitzt. Er könnte David ein wenig von seiner Bräune abgeben. Mein neuer Kumpel sieht nämlich alles andere als gesund aus. „Aber mit diesen Wechselstuben musst du aufpassen. Die bescheißen dich gerne mal.“ Das ist nicht nett. Eigentlich ist das sogar ziemlich gemein, denn ich weiß ja gar nicht, wie man das Geld hier wechselt. „Ich mache dir einen Vorschlag“, sagt David schließlich. „Ich tausche dir das Geld um.“ Er macht eine kurze Pause. „Ich mache dir einen fairen Preis. Okay?“ Ich nicke. „Du brauchst keine Zinsen zu bezahlen und auch nicht die Bearbeitungsgebühr, die die Wechselstube haben will.“ Ich finde David super. Und er ist so hilfsbereit. „Dann hast du keine Probleme“, fährt er fort. Er öffnet sein Portemonnaie und zieht erneut einige Scheine hervor. „Wie viel Geld hast du da?“, will er wissen und deutet mit dem Kopf auf meine Hosentasche. Ich war noch nie so gut im Zählen, aber wenn mich nicht alles täuscht, müssten es so um die dreihundert Euro sein. Ich ziehe die Scheine hervor. „Das sind dreihundert Euro?“, fragt David. Ich nicke, ohne es konkret zu überprüfen. „Okay“, sagt er. Ich sehe, dass sein Kopf arbeitet. Er rechnet offenbar. „Der Kurs ist eins zu sechs“, erklärt er mir, doch ich verstehe das nicht. David erkennt das glücklicherweise. „Ein Euro …“, sagt er, „… ist nicht gleich ein Pfund.“

„Warum nicht?“, frage ich.

„Das sind sehr komplizierte wirtschaftliche Zusammenhänge. Das kann ich dir erklären, es würde aber zu lange dauern. Du kannst mir aber glauben – ich arbeite für eine große englische Bank. Ich bin also Fachmann.“ David ist so nett, dass ich augenblicklich ein schlechtes Gewissen bekomme. Dabei habe ich sicherlich nicht seine Bank ausgeraubt. Noch nicht. „Also deine dreihundert Euro sind jetzt in etwa fünfzig Pfund wert“, erklärt er mir. Dabei kneift er die Augen zusammen. Offensichtlich rechnet er das alles im Kopf noch einmal genau nach. „Mit Zinsen würdest du in der Wechselstube höchstens zwanzig Pfund bekommen. Ich gebe dir fünfzig“, schlägt er mir vor. „Ich kann das bei uns in der Bank eins zu eins umtauschen. Da gibt es keine Zinsen.“ David ist so nett. Es ist mir schon fast peinlich, das Geld anzunehmen. Auf der anderen Seite muss ich ja irgendwie an neun Pfund gelangen, um endlich diesen Piggedy zu sehen. Ich schlage also ein und überreiche ihm feierlich die dreihundert Euro. Er händigt mir die fünfzig Pfund aus, lächelt freundlich und hilft mir noch, das richtige Ticket zu erstehen. Dann klopft er mir auf die Schulter. „Wenn du mal Hilfe brauchst, komm mich besuchen oder ruf mich einfach an. Ich stehe im Telefonbuch“, sagt er. Ich bin begeistert. Erst seit wenigen Minuten bin ich in London und schon habe ich einen ersten guten Freund gefunden.

Dank David finde ich die richtige Bahnstation und sitze wenige Minuten später zwischen zwei Asiaten inklusive deren vier Koffern in einem Bahnabteil. Die Abteile unterscheiden sich nicht großartig von denen in Köln, außer dass man hier quer zur Fahrtrichtung sitzt. Das ist aber nicht schlimm. Nur rückwärts wird mir schlecht. Nach wenigen Augenblicken fährt die Bahn oberirdisch. Das gefällt mir, denn ich hatte unter der Erde schon ein wenig Angst, dass der Tunnel einstürzen könnte. Ich drücke meine Nase fest gegen die Fensterscheibe, um besser sehen zu können. So ist der Abstand zwischen meinen Augen und der Fensterscheibe nicht so groß. Die Landschaft ist ganz anders als bei uns und die Autos fahren tatsächlich auf der anderen Straßenseite. Ansonsten ist London gar nicht so groß, wie ich gedacht habe. Ich sehe weder große Einkaufshäuser noch die vielen Sehenswürdigkeiten, die in meinem Englischbuch aufgeführt waren. Zum Glück habe ich mir immer nur die Bilder angeschaut, sonst hätte ich mir die Objekte ja nicht so gut einprägen können. Und Frau Lahnstein hat immer gesagt, dass deswegen auch meine Noten so schlecht seien. Aber Mama hat mir erklärt, das liege daran, dass ich für Englisch nicht so talentiert sei. Meine Stärken lägen offenkundig woanders. Ich glaube ja, sie liegen in der Tier-Imitation. Auch wenn ich bislang damit keinen Durchbruch erzielt habe. Immerhin habe ich schon ein paar Tausend Viewer für meinen Blog begeistern können. Das kann ja auch nicht jeder von sich behaupten.

Nach einigen Stationen befinden wir uns wieder in einem Tunnel. Das gefällt mir nicht so gut, aber ich habe wohl keine Wahl. Die Asiaten sind mittlerweile ausgestiegen. Neben mir sitzt eine Frau, die ebenfalls einen roten Punkt auf der Stirn trägt. Das kommt mir ein wenig seltsam vor, denn eigentlich ist Karneval schon seit einigen Monaten vorbei. Aber vielleicht feiern die das hier in London zu einem anderen Zeitpunkt. Menschenmassen steigen dem Zug hinzu oder aus. Mir fällt auf, wie sehr sie sich alle unterscheiden. Es gibt dunkle, braune, gelbe und weiße Menschen. Manche sind alt, manche jung. Und sie sprechen komische Sprachen. Ich meine sogar absurdisch erkannt zu haben. Nach einer halben Ewigkeit kommen wir an eine Station, die Piggedy Circus heißt. Ich spüre eine gewisse Aufregung, weil ich kurz davor bin, meine erste Sehenswürdigkeit in London zu erreichen. Nach ein paar ellenlangen Gängen, durch die ich von Menschenmassen gedrängt werde, nehme ich einen wunderbaren Klang wahr. Von der Musik bin ich regelrecht begeistert. Bei uns in Köln werden in den Bahnstationen nur Verspätungen der Bahn bekanntgegeben. Ich lausche der schönen Melodie. Glücklicherweise wird die Musik lauter. Am Ende eines weiteren Tunnels steht ein Mann. Im Vorbeigehen hätte ich ihn fast übersehen. Das wäre allerdings sehr schade gewesen, denn der Mann ist eine echte Marke.

Er trägt einen schwarzen Hut und eine dunkle Sonnenbrille. Vor allem hält er aber auch eine Gitarre, und zwar eine bunte. Ihre grellen Farben ziehen mich mindestens genauso magisch an wie die Musik, die sie gemeinsam mit dem Mann verursacht. Die beiden faszinieren mich so sehr, dass ich stehen bleibe. Die anderen Passanten enttäuschen mich ein wenig. Ich finde es unfair, dass sie dem Mann so wenig Beachtung schenken. Immerhin schmeißt der ein oder andere Fußgänger Geld in eine Kiste, die mich an meinen Schreibmaschinenkasten erinnert. So viele Geldmünzen auf einmal habe ich schon seit vielen Jahren nicht mehr gesehen. Ich glaube, das letzte Mal, als ich mit dem Ralf aus der achten Klasse den Kaugummiautomaten bei Frau Kramer aufgemacht habe. Er hatte mir gesagt, er sei der offizielle Automaten-Entleerer. Als die Polizei wenige Tage später bei uns vor der Tür stand, stellte sich heraus, dass Ralf mich angelogen hatte. Und nicht nur mich, der Polizei muss er erzählt haben, es sei meine Idee gewesen. Es war aber nicht so schlimm. Denn Kinder im Alter von zwölf Jahren können anscheinend nicht verhaftet werden. Zum Glück wissen das viele Kinder nicht. Ich denke, die Einbruchsrate würde sonst rapide ansteigen. Komisch, dass die Polizei da nicht andere Gesetze erfindet.

„Ich bin Jan Lehmann“, stelle ich mich dem Mann vor, der sein Gitarrenspiel beendet, nachdem ich ihm vorsichtig auf die Schulter geklopft habe. Vermutlich schaut er mich verwirrt an – durch die dunkle Brille kann ich das nicht genau sagen. „Ich spiele auch ein Instrument“, erkläre ich weiter. „Vielleicht spielen wir mal ein Duett“, schlage ich vor. Der Mann sagt noch immer nichts. Schließlich spielt er ein neues Lied. Dass er nicht mit mir reden will, finde ich schon unverfroren. Das gehört sich nicht. Also tippe ich ihn noch einmal an. Vielleicht versteht er mich auch nicht. Vielleicht spricht er nur englisch. „Ich, Jan Lehmann“, erkläre ich und zeige mit meinem Daumen auf mich. „Ich auch Musik.“ Mit meinen Händen tue ich so, als würde ich auf einer Flöte spielen. Ein junger Asiate lacht, als er mich sieht. Er breitet die Arme aus und macht eine Möwe nach. Dann reckt er den Daumen in die Höhe. Das freut mich. Ich bereite den Leuten mindestens genauso gerne Freude wie Laura und erwidere den Vogel-Gruß. Nur hat Laura wesentlich mehr Talent dazu. Immerhin lacht der Asiate. Wahrscheinlich glaubt er, dass ich für die wunderbare

Musik verantwortlich bin. Also wippe ich fröhlich mit den Schultern und tue so, als wäre ich ein erfolgreicher Musiker. Immer mehr Leute bleiben stehen und freuen sich des Lebens. Ein junger Mann mit Glatze und zahlreichen Ohrringen wirft sogar eine kupferne Münze in die Kiste. Toll. Ich habe an mir ein weiteres Talent entdeckt. Das wird ja immer besser. Vielleicht macht jemand ein Foto von mir oder dreht wieder einen kleinen Film und stellt ihn ins Internet. Ich wusste doch, dass ich noch spektakuläre Dinge finde. Ein weiterer Mann schmeißt eine Münze in die Kiste. „Hey", ruft eine Stimme. Ich drehe mich um. „Climb for peace", ruft eine junge Frau mit dunkler Haut. Ich mache das Victory-Zeichen und rufe „Hi, Fans". Wieder klimpert es. Ich freue mich jetzt schon auf die Abrechnung, denn ich gehe fest davon aus, dass der Gitarrist mir meinen Anteil geben wird. Ich will nicht vermessen sein, die Hälfte würde mir durchaus reichen. Der Musiker ist über meine wunderbare Einlage offenbar alles andere als glücklich. Nach wenigen Augenblicken stoppt er das Lied und flucht. Er hat eine überraschend hohe Stimme und würde sein Gesichtsausdruck nicht so unglaublich gefährlich aussehen, müsste ich vermutlich lachen. Er schimpft und ballt die Fäuste. Dabei pendelt die Gitarre unglücklich hin und her. Er kommt einen Schritt auf mich zu und stößt mit der Gitarre an eine große, schwarze Box, aus der meiner Meinung nach die Musik rauskommt. Sie fällt um und macht ein seltsames rauschendes Geräusch. Nun ist die Sache klar. Ich wittere Betrug. „Du Lügenbaron", rufe ich und zeige auf ihn. „Die Musik kommt gar nicht aus der Gitarre", schreie ich und ziehe damit erst recht den Zorn des Mannes auf mich. Komischerweise interessieren sich die anderen Menschen nicht für meine Entdeckung. Das finde ich schade, denn es ist das allererste Geheimnis, das ich lüften konnte. Aber woher sollen die das auch wissen? Der Musiker wirft wütend seine Gitarre auf den Boden, die dabei ein ekelhaftes Geräusch verursacht. Vielleicht kommt die Musik doch nicht aus der Box? Ich weiß es nicht. Ich weiß aber, dass ich meine Beine unter die Arme nehmen sollte, denn der Mann wirkt nicht gerade glücklich. Ich laufe so schnell ich nun mal mit Rucksack und Schreibmaschinenkasten rennen kann. Dabei versuche ich mich nicht umzudrehen. Erst nach zwei weiteren langen Gängen blicke ich zurück. Von dem Mann fehlt jede Spur. Ich scheine auch ein ganz guter Läufer zu sein.

Schließlich komme ich an eine steile Rolltreppe. Zum Glück muss ich diese hochfahren, runter würde mir sicherlich ein wenig schlecht. Dann stehe ich wieder vor so einer komischen Absperrung. Doch der Mann mit dem dicken Bierbauch hat mir gezeigt, wie ich diese mit meinem Ticket öffne. Stolz halte ich meine Karte in die Höhe, schiebe sie in einen kleinen Schlitz und werde auch prompt durchgelassen. Über eine kleine Treppe gelange ich schließlich wieder an die Oberfläche. Die Luft tut gut und ich merke, dass eine gewisse Anspannung von mir abfällt. Ich glaube, enge Räume, Tunnel und Ähnliches sind nicht so mein Ding. Neugierig schaue ich mich um. Ich stehe mitten auf einem Platz. Um mich herum fahren und hupen Autos. Auf dem Platz befindet sich ein Springbrunnen, in dem kein Wasser fließt. Ein Kopfsprung würde sich also nicht anbieten. Auf der gegenüberliegenden Seite sehe ich eine große Leuchtreklame. So eine große Werbung habe ich noch nie gesehen, schon gar nicht an einer Häuserwand. Sie fasziniert mich schon ein wenig, denn es werden sogar kleine Filme auf ihr abgespielt. Komischerweise machen die Menschen um mich herum Fotos von der Leinwand. Vielleicht erwarten sie einen echten Hollywood-Streifen. Da ich das Fernsehprogramm nicht kenne, setze ich mich auf eine Stufe vor dem wasserlosen Springbrunnen und starre die Leinwand an. Nach zwanzig Minuten nervt es mich allerdings. Einen Spielfilm habe ich nicht gesehen, dafür habe ich unheimlichen Appetit auf Hamburger mit Cola. Ich stehe also wieder auf und blicke mich suchend um. So sehr ich mich auch konzentriere, eine Sehenswürdigkeit, die dem Namen Piggedy gerecht wird, sehe ich nicht. Dafür habe ich jetzt großen Hunger. Auf der Suche nach etwas zu essen schlendere ich die Straße entlang. Ich komme an bunten Geschäften und verschiedenen Restaurants vorbei. Irgendwie habe ich große Lust auf McDonald‘s. Auf der anderen Straßenseite verlässt eine Gruppe Jugendlicher ein Geschäft. Einer der Jungen trägt eine wunderbare Zuckerwatte in der Hand. Zwar wäre mir ein Hamburger lieber, aber Zuckerwatte habe ich auch schon seit vielen Jahren nicht mehr gegessen. Ich betrete einen kleinen Gang, von dem links und rechts mehrere Geschäfte abgehen.

Eine steile Rolltreppe führt in ein anderes Stockwerk. Es ist laut und in dem Gebäude befinden sich vor allem Jugendliche. Ich komme an einem Stand mit Waffeln und anderen Leckereien vorbei, momentan gehört meine gesamte Aufmerksamkeit jedoch den bunten Lichtern, die überall aufflackern. Ich habe nicht die leiseste Ahnung, wo ich hier gelandet bin, aber sollte es sich um einen Einkaufsladen handeln, unterscheiden die sich hier in London grundlegend von denen in Deutschland. Es ist ein wenig wie ein großer Jahrmarkt, nur in einem Haus. Ich sehe Spielautomaten, kleine Motorräder ohne Reifen, die vor einem Bildschirm aufgebaut sind, ja sogar ein Fußball-Elfmeter-Spiel gibt es hier. Ich bin mächtig beeindruckt und wünschte, Laura wäre hier. Mit ihr hätte ich sicherlich eine Menge Spaß gehabt. Vielleicht kommt sie ja nach und wir treffen uns irgendwo. Und dann haben wir noch ein paar schöne Tage hier in London.

Vor allem die kleinen Motorräder interessieren mich sehr. Ich kann mich erinnern, dass ich vor vielen Jahren mal auf einem ähnlichen vor einem großen Kaufhaus in Köln gefahren bin. Obwohl ich noch sehr klein gewesen sein muss, weiß ich noch, dass es in Köln sicher keinen Bildschirm an der Maschine gegeben hat. Ein junger Mann mit bunter Kappe – einer sehr schönen bunten Kappe, die mir sicherlich auch eins a stehen würde – setzt sich auf eine rote Maschine. Aufmerksam folge ich seinen Bewegungen. Er lehnt sich über den Motor des Motorrads und schnallt die Füße auf kleine Pedale. Plötzlich startet auf dem Bildschirm ein Countdown und als die Zahl eins erreicht ist, wird ein Straßenverlauf angezeigt. Es dauert nur einen kleinen Moment, bis ich das Prinzip verstanden habe. Offenbar kann der Motorradfahrer mit seinen Bewegungen die Strecke beeinflussen. Heureka. Ich bin hellauf begeistert. Der Mann ist richtig gut. Allerdings habe ich zu bemängeln, dass er keinen Sturzhelm trägt. Ich bin mir nicht sicher, ob das regelkonform ist. Dennoch ist mein Interesse geweckt. Und auch ich will mein Glück versuchen, allerdings wäre da noch etwas zu klären. Als der Mann vier Runden beendet hat, stoppt die Tour. Ich tippe dem Fahrer auf die Schulter.

„Hallo“, sage ich. Der Mann schaut mich verwirrt an, nickt aber dann. „Ich bin Jan Lehmann“, stelle ich mich höflich vor. „Ich würde auch gerne einmal Motorradfahrer werden“, erkläre ich ihm. Er hat noch keinen Ton gesagt, starrt mich aber an, als wäre das vollkommen abwegig. Aber er kann unmöglich wissen, wie schlecht ich mich mit der Straßenverkehrsordnung auskenne. „Brauche ich eigentlich einen Führerschein?“

„What the heck are you talking about?“, sagt der Mann, schüttelt den Kopf und verschwindet. Zugegebenermaßen habe ich ihn nicht verstanden, aber ich deute seine Worte, als wäre die Fahrt zwar ohne Führerschein nicht erlaubt, aber er habe noch keinen Polizisten in der Nähe gesehen. Zumindest würde mir eine solche Antwort gut in den Kram passen. Ich bedanke mich höflich, stelle Schreibmaschinenkasten und Rucksack in eine Ecke und klettere auf das Motorrad. Auch ich beuge mich über den Motor und stelle meine Füße auf die Vorrichtungen. Blöderweise passiert rein gar nichts. Das enttäuscht mich. Ob das Ding merkt, dass ich keinen Führerschein habe? Traurig steige ich wieder ab, als mir ein kleiner Schlitz auffällt. Jetzt erinnere ich mich. Meine Mutter hat mir damals vor dem Kaufhaus die Fahrt auf dem Motorrad spendieren müssen. Sie hat einen Euro in das Gerät geschmissen und schon „fuhr“ ich los. Vermutlich werde ich mit einem Euro hier jedoch nicht weit kommen. Wenn David recht hat, muss ich bestimmt mit einem Pfund bezahlen. Ein Lächeln huscht über mein Gesicht, als ich mir vorstelle, wie ich ein Pfund Schweinehack in die Maschine stopfe. Die Engländer sind schon ein verrücktes Volk. Zum Glück habe ich am Ticketautomaten einige Münzen wiederbekommen. Ich probiere sie der Reihe nach aus. Schon beim zweiten Versuch höre ich ein Motorengeräusch. Klasse. Es hört sich an wie eine echte Maschine. Der Bildschirm wird kurz schwarz und nach einem Augenblick startet der Countdown. Ich setze mich wieder auf die Maschine. Erst jetzt merke ich, wie beweglich das Gerät ist. Sobald ich mich nur ein wenig zur Seite lehne, neigt sich das Motorrad bedrohlich nah der Erde. Als der Countdown runtergezählt ist, befinde ich mich auf der Straße. Nur leider passiert nicht viel. Von hinten überholen mich mehrere Motorräder. Mir kommt es so vor, als würde ich mich nicht von der Stelle bewegen. Ich schiebe meinen Hintern mit einem Ruck nach vorne, in der Hoffnung, so die Maschine zum Laufen zu bekommen. Das sieht sicherlich ein wenig dämlich aus, aber irgendwie muss sich das Motorrad doch fortbewegen lassen. Dann lehne ich mich über die Lenkstange. Noch immer passiert nichts. Wütend reiße ich an dem Griff und die Maschine startet. Es dauert einen Moment, bis ich das Prinzip verstanden habe. Je mehr ich an dem Griff drehe, umso schneller wird mein Gefährt. Ich gebe Vollgas. Straßenpfeiler, Bäume, Begrenzungspfähle und Werbetafeln rasen so schnell auf mich zu, dass mir ganz schwindelig wird. Nur mit Mühe schmeiße ich mich rechtzeitig in die erste Kurve, kann nur durch ein halsbrecherisches Manöver einem anderen Motorrad ausweichen. Durch die plötzliche Gewichtsverlagerung stürze ich seitlings vom Motorrad und schlage mir den Kopf an meinem Schreibmaschinenkasten an. Ein dicker Junge schaut sich das Spektakel aus der Nähe an. Er blickt mir in die Augen, während er an seinem Eis leckt. Dann schüttelt er den Kopf und lacht überheblich. Die Maschine brummt zwar noch immer, doch ich beschließe, mich sicherheitshalber von dem Gefährt fernzuhalten. Vielleicht ist Motoradfahrer doch nicht der richtige Beruf.

In einem weiteren Stockwerk finde ich noch mehr Spielgeräte. Es gibt sogar Dungeons& Dragons. Das Spiel hatte Lars auf seinem C64, den er von Papa geerbt hat. Auch ich habe etwas von Papa geerbt. Vier Blue Jeans in unterschiedlichen Blautönen. Sie passen mir nicht, wegwerfen will ich sie aber trotzdem nicht. Sie erinnern mich zu sehr an meinen Vater.

Es stellt sich heraus, dass ich auch kein guter Kämpfer bin. Schon nach wenigen Augenblicken ist das Spiel für mich wieder beendet. Dafür habe ich ein weiteres Pfund ausgegeben. Noch zwei Münzen habe ich. Damit will ich sparsam umgehen. Mutter hat immer gesagt, wenn man wenig Geld hat, soll man es nur für die wirklich schönen Dinge des Lebens ausgeben. Das will ich mir zu Herzen nehmen. Das erste Pfund schmeiße ich also in einen Automaten, in dem ein Kran befestigt ist. Auf dem Boden eines Kastens befinden sich verschiedene Stofftiere, eins schöner als das andere. Zum Beispiel gibt es da einen SpongeBob Schwammkopf. Den finde ich super. Ich bewege also den Kran und stelle mich nach eigener Einschätzung gar nicht so dämlich an. Zumindest bekomme ich eine seltsame Meerjungfrau, wohlgemerkt nicht Arielle, zu fassen. Vorsichtig ziehe ich sie an der Flosse hinauf. Unmittelbar bevor ich sie in die dafür vorgesehene Öffnung fallen lasse, macht sie sich selbstständig und der Kran bewegt sich wieder an seine Ausgangsposition zurück. Zwar hat es weder für die falsche Arielle noch für SpongeBob Schwammkopf gereicht, aber immerhin weiß ich jetzt, dass ich mich als Kranführer gar nicht so schlecht mache. Vielleicht ist das eine Option für die Zukunft. Ich werde es mir auf jeden Fall vormerken. Das letzte Pfund werde ich schließlich im obersten Stockwerk los. Und das lohnt sich. Schon von Weitem hat dieses Gerät meine Aufmerksamkeit erregt. Wobei Gerät eigentlich das falsche Wort ist. Es handelt sich um eine kleine Bühne, auf der abwechselnd bunte Lampen anspringen. Dazu ertönt laute Musik. Lieder, die man aus dem Radio kennt. Hinter der Bühne steht eine Leinwand, auf der Zeichentrickmenschen tanzen. Ich bin total beeindruckt. Vor allem von der jungen, dunkelhäutigen Frau, die gerade eine atemberaubende Show abliefert. Toll. Da ich ja bekanntermaßen ebenfalls ein sehr guter Tänzer bin, will ich mein Glück versuchen. Es hat sich eine kleine Menschentraube um das Mädchen gebildet, als ich die Tanzfläche erreicht habe. Sie wird von den Jugendlichen angefeuert. Sie bewegt sich aber auch sehr gut. Auf der Leinwand flimmern verschiedene Zahlen auf, deren Bedeutung ich allerdings nicht einordnen kann. Die Menschen klatschen und auch ich versuche einzustimmen. Mit einem Spagat hört das Mädel auf. Die Leute sind völlig aus dem Häuschen. Dabei haben sie mich noch nicht gesehen. Wenn ich schon Victor und seine Freunde aus Absurdistan begeistern kann, dann bestimmt auch diese Gruppe von Engländern.

„Ich will. Ich als Nächstes“, rufe ich und drängle mich an einem jungen Kerl vorbei, der ebenfalls gerne sein Können zur Schau stellen will. Ich bin allerdings schneller. „Ich bin dran!“ Hastig starte ich die Maschine und noch bevor die Musik angefangen hat zu spielen, bin ich bereits in meinem Element. Ein Fuß nach links, einer nach rechts. Dann eine geschickte Körperdrehung. Mit den Armen versuche ich Kreisbewegungen zu machen, muss aber feststellen, dass das parallel zu meinen Beinbewegungen gar nicht so einfach ist. Dennoch gebe ich alles. Die Musik passt nicht zu meinem Tanzstil und ich nehme mir vor, mich beim DJ zu beschweren. Ich stelle mich offensichtlich beachtlich gut an, denn die Gruppe lacht und grölt. Ein Mann macht mit den Armen eine Bewegung, die an einen Vogel erinnert. Ich baue den Move in meinen Tanz mit ein. Das muss einfach spitze aussehen. Mit den Armen setze ich zu einer Wellenbewegung an, während ich mit den Beinen einen kleinen Hopserlauf auf der Stelle absolviere. Schweiß läuft mir die Stirn herunter, das ist jetzt egal. Solange ich meinen treusten Fans eine Freude machen kann, ist Anstrengung nebensächlich. Und das Lachen entschädigt für alles. Ich bin so in meinem Element, dass ich gar nicht merke, dass die Musik schon lange vorbei ist. Erst als der junge Mann von eben unmittelbar vor meinen Augen winkt, lege ich eine kurze Pause ein. Die Menschenmenge ist noch größer geworden und alle sehen glücklich aus. Mich macht es unheimlich stolz, dass ich so viele Leute begeistern kann. Ich wünschte, Laura wäre hier und hätte das Ganze mit ihrem Handy gefilmt. Wenn sich das Video nicht für unseren Blog anbietet, was dann? Apropos, ich würde zu gerne wissen, ob ich mit meinem Blog weitere Menschen angesprochen habe. Auch wenn Lauras Sorge sicherlich nicht ganz unbegründet ist und ich auch nicht ins Gefängnis will, unterm Strich glaube ich, dass es eine gute Idee war, die Sache mit dem Bankraub zu erwähnen. Ich könnte mir schon vorstellen, dass so der ein oder andere neugierig auf den Blog geworden ist. Leider kann ich das nicht überprüfen, denn Laura hat ihr Notebook mitgenommen. Vielleicht kann ich mir ja hier in London ein eigenes kaufen. Aber vermutlich kann das dann nur Englisch. Und ich muss zugeben, dass ich die Sprache nicht so gut beherrsche. Ich schließe meinen Tanz mit einem Sprung in die Hocke ab und warte auf die Reaktion der Zuschauer. Erst nehme ich nur Lachen war, aber mit einem Mal brandet ein Applaus auf, den ich sonst nur bei Sportveranstaltungen im Fernsehen gesehen habe. Wie es sich gehört, verbeuge ich mich, falte die Hände zusammen und mache damit die Siegerpose. „Hi, Fans“, sage ich und mache mit den Fingern ein Victory-Zeichen. Das hat mir Lars in der Grundschule beigebracht. Ich würde meinem Publikum so gerne noch eine Zugabe präsentieren, wenn mir dazu nicht das nötige Kleingeld fehlen würde. Also verabschiede ich mich von einigen meiner Anhänger per Handschlag. So gehört sich das schließlich. Ich winke noch einmal und fahre die Rolltreppe wieder hinunter. Erst jetzt wird mir bewusst, dass ich meinen Rucksack und den Schreibmaschinenkasten an den

Motorrädern habe stehen lassen. Nur: Wo standen die noch mal? Auf der Suche danach komme ich durch diverse Hallen auf verschiedenen Ebenen. Es gibt sogar eine Schießbude wie auf Pützchens Markt. Ich bin restlos begeistert, weiß aber auch, dass ich kein Geld mehr habe, um mir die Flinte zu schnappen. Ich fahre Rolltreppen hinauf und an anderer Stelle wieder hinab. Ich finde Treppen und versteckte Türen, nur diese Motorräder sehe ich nicht. Nach einer gefühlten Ewigkeit stehe ich plötzlich wieder vor dem Gebäude. Ich bin mir nicht ganz sicher, wie ich hier hergekommen bin, will aber unbedingt wieder rein. Schließlich verbinde ich mit dem Schreibmaschinenkasten viele tolle Erinnerungen. Auch meinen Rucksack hätte ich gerne wieder, denn da befindet sich ja auch noch ein wenig Wäsche und vor allem meine Zahnbürste drin. Ich gehe also wieder durch die Gänge und fahre mit der Rolltreppe hinauf. Nach kurzem Suchen werde ich fündig. Mein Rucksack steht direkt neben der roten Maschine. Nur mein Schreibmaschinenkasten ist weg. Das stimmt mich sehr traurig. Da hatte Laura ihn extra in ein Bankschließfach bringen lassen, dort wurde er offensichtlich gestohlen und auf dem Müll unseres Hotels abgelegt. Wenn das mal kein Zufall ist. Und nun wird er mir in London geklaut. Schade, es war so ein schöner Kasten. Und die Schreibmaschine erst. Auf der anderen Seite ist der Kasten so auffällig, dass ich ihn auf der Straße bestimmt schnell wiederfinde. Das kann ja eigentlich kein großes Problem sein.

*****

Glücklich streichle ich mir über den Bauch. Zwar habe ich meinen Schreibmaschinenkasten nicht wieder, dafür aber ein McDonald‘s gefunden. Es gab sogar Chicken McNuggets mit Currysoße. Die mag ich am liebsten. Dazu habe ich ein paar Pommes und eine Cola verdrückt. Auf der anderen Straßenseite habe ich endlich die erste Sehenswürdigkeit entdeckt. Mir war es nicht bewusst, aber offensichtlich kommen Yellow und Red hier aus London. Zumindest besitzen sie ganz in der Nähe von Piggedy einen eigenen Laden. Und als wäre das nicht genug, haben die beiden ihre eigene Statue an der

Häuserfassade. Das muss ich mir mal näher anschauen. Ich bin noch nicht im Haus, da strömt mir schon ein wunderbarer Schokoladenduft entgegen. Vielleicht handelt es sich sogar um eine M&M's-Fabrik. Mir war gar nicht bewusst, dass die beiden Schokoladendrops auch noch bunte Freunde haben. Der ganzen Laden ist voll mit Kleidung, Plastikfiguren und Schokolade. Unglaublich. So etwas habe ich noch nie gesehen. Die Reise nach London hat sich schon gelohnt. Ich kaufe mir zwei T-Shirts und muss feststellen, dass von meinen fünfzig Pfund nicht mehr viel übrig ist. Vielleicht rufe ich einfach David an und frage ihn, ob er mir helfen kann. Er hat es mir ja immerhin angeboten. Ich muss nur ein Telefonbuch finden, denn da steht ja seine Nummer drin. Zunächst aber würde ich gerne meinen Blog überprüfen. Leider weiß ich nicht, wie. Ich verlasse den Laden wieder und stehe plötzlich auf einem großen Platz, vor einem Kino. Ich schaue mir die Plakate an und wundere mich, dass die Touristen von diesen Plakaten keine Fotos machen. Sie sind offensichtlich nur an den Bewegtbildern interessiert. Ich spiele mit dem Gedanken, Helmuts Notfall-Handy zu benutzen, bin mir aber nicht sicher, ob es sich bei der Suche nach einem Notebook um einen Notfall handelt.

„Wir gehen jetzt erst einmal zum Big Ben“, sagt ein Mann plötzlich neben mir. Auf Deutsch. Klasse. Ich drehe mich zu ihm um. Er redet auf einen kleinen Jungen ein, dessen Brille unglaublich dicke Gläser hat. Daneben steht eine Frau mit einer ähnlichen Augendekoration.

„Hallo, ich bin Jan Lehmann“, stelle ich mich höflich vor. Der Mann wirkt zunächst etwas verunsichert, entschließt sich aber dennoch zu einem „Hallo“. „Darf ich Sie kurz stören?“, frage ich ihn freundlich.

„Ich kaufe nichts“, sagt er.

„Das ist kein Problem. Ich auch nicht“, versichere ich ihm, ohne zu wissen, wo diese komische Unterhaltung hinführen soll. „Ich benötige Hilfe“, sage ich stattdessen. Der Mann zuckt mit den Schultern, als hätte ich ihm eine schwere Frage gestellt. Das habe ich nicht. „Ich brauche Hilfe und ich habe gehört, dass Sie Deutsch sprechen. Nun, ich spreche auch Deutsch.“ Der Mann guckt mich an, als wäre ich ein Außerirdischer. Vielleicht hat er nicht damit gerechnet, dass außer ihm noch jemand Deutsch spricht.

„Womit kann ich Ihnen denn helfen?“, fragt er schließlich, auch weil seine Frau mit den dicken Brillengläsern ihm etwas ins Ohr geflüstert hat. Der Junge kommt auf mich zu und bohrt seinen Zeigefinger in mein Bein. Warum, weiß ich nicht.

„Ich bin auf der Suche nach einem Notebook.“ Der Mann schüttelt den Kopf. Er hat mich offensichtlich nicht verstanden. Also helfe ich ihm ein wenig auf die Sprünge. „Also normalerweise hat Laura ein Notebook“, erkläre ich. „Aber Laura hat den Flug verpasst und jetzt bin ich alleine in London und habe kein Notebook.“

„Wofür brauchen Sie denn dieses Notebook?“

„Na, wegen meines Blogs. Ist doch klar.“ Der Mann zuckt wieder mit den Schultern, nimmt Frau und Junge an die Hände und stapft los. „Bitte“, flehe ich. Der Mann dreht sich noch einmal zurück und kommt auf mich zu.

„Sie müssen also ins Internet?“, fragt er. Ich nicke. „Hat Ihr Hotel denn keine Verbindung?“

„Verbindung wozu?“, frage ich. Der Mann atmet schwer aus. Vielleicht hat er eine Lungenerkrankung.

„Gibt es in Ihrem Hotel gar kein Internet?“, will er jetzt wissen.

„Ich habe kein Hotel“, stelle ich fest.

„Aber Sie wohnen sicherlich irgendwo.“ Dieses Mal nicke ich, auch wenn das ja nicht mehr ganz der Wahrheit entspricht. „Und da gibt es kein Internet?“

„Ich weiß nicht, ob Victor Internet hat, früher hatte ich welches.“ Irgendwas stimmt mit den Schultern des Mannes nicht. Wieder zuckt er so komisch. „Aber er hat mich rausgeschmissen. Deswegen bin ich ja mit Laura nach London gereist. Doch sie hat den Flug verpasst. Jetzt bin ich alleine hier. Und ich brauche ein Notebook, um meinen Blog zu überprüfen.“

„Haben Sie Geld?“, will er wissen.

„Ja“, antworte ich. Auch wenn ich ihm verschweige, dass ich nur noch ein paar Pfund habe.

„Sie sollten sich vielleicht erst einmal ein günstiges Hotel suchen. Und dann an der Rezeption fragen, ob es Internet gibt. Ich denke, das wäre das Sinnvollste. Unser Hotel ist an der London Bridge. Das kann ich sehr empfehlen. Es ist auch nicht so teuer. Und es gibt in der Lobby Internet. Aber es gibt noch zahlreiche andere Hotels.“ Der Mann ist sehr hilfsbereit und zum Dank schüttle ich ihm die Hand. Dann verabschiede ich mich. Er hat mir sehr geholfen. Ich wandere eine breite Straße entlang, biege ein paar Mal ab und muss zugeben, dass ich den falschen Straßenverkehr unterschätzt habe. Schließlich erkenne ich an einer Häuserfassade den Schriftzug eines Hotels. Glücklich überquere ich die Straße. Ein Mann mit lustigem Hut und komischem Anzug öffnet mir die Tür. Ich bedanke mich, traue mich aber nicht, ihm die Hand zu geben, denn er trägt wunderbare weiße Handschuhe. Ein Mann in schickem Zwirn kommt auf mich zu und begrüßt mich. Er hat blondes Haar, das er sich seltsam zur Seite gekämmt hat. Er sieht irgendwie merkwürdig aus. Ein Muttermal prangt auf seiner Wange.

„Hallo, ich bin Jan Lehmann“, stelle ich mich nett vor. „Ich brauche ein Zimmer“, erkläre ich.

„Oh“, sagt er. „Haben Sie reserviert?“, will er wissen. Er spricht erstaunlich gut Deutsch.

„Nein. Ich bin auf der Durchreise“, sage ich und kopiere dabei eine Filmszene, die mir spontan einfällt, deren Filmtitel aber weiter im Verborgenen bleibt.

„Wir haben leider keine Zimmer mehr frei“, erklärt mir der Mann und bringt mich freundlich zur Tür. „Das hier ist das Ritz“, sagt er schließlich.

„Gut“, antworte ich. „Aber wissen Sie vielleicht, wo ich noch ein Zimmer bekommen kann? Ich bin ein wenig verloren.“ Er mustert mich. Dann wandern seine Mundwinkel wenige Millimeter nach oben.

„Sie sollten sich ein anderes Hotel suchen. Das Ritz liegt über Ihrem Niveau. Aber hier in London gibt es unzählige Hotels.“

„Mir wurde ein Hotel an der London Bridge empfohlen“, erkläre ich. „Aber ich habe keine Ahnung, wo das ist.“

„Kommen Sie mal mit“, fordert mich der schicke Mann auf. Er öffnet mir die Tür und tritt mit mir auf die Straße. „Sehen Sie da vorne die Treppe?“ Ich nicke. „Da müssen Sie runtergehen. Das ist eine Bahnstation. Sie fahren mit der grauen Linie vier Stationen und sind an der London Bridge. Dort sind einige Hotels.“ Da der Mann so freundlich war, gebe ich ihm die Hand und bedanke mich. Dann mache ich mich auf den Weg. Jetzt kann mich nichts mehr aufhalten. Fast nichts, denn in der Bahnstation gibt es wieder diese seltsamen Schranken. Mein Bahnticket habe ich in den Automaten bei Piggedy geschoben. Also muss ich mir wohl ein neues kaufen.

*****

Ich gähne, als der Computer in der Hotellobby langsam die Internetseite aufbaut. Es war ein anstrengender Tag, dennoch bin ich sehr zufrieden, dass eigentlich alles einigermaßen geklappt hat. Nur mein Schreibmaschinenkasten ist verschwunden. Aber ich habe die Hoffnung noch nicht aufgegeben, ihn wiederzufinden. Vielleicht starte ich einen Suchaufruf auf meinem Blog. Ich gebe den Namen meines Blogs in der Suchmaske der Startseite ein. So hat mir das Laura gezeigt. Entweder ist der Computer besser als Lauras oder das Internet ist in England besser ausgefeilt, denn die Seite baut sich viel schneller auf als sonst. Als sie vollständig geladen ist, stockt mir der Atem. „78.439 Viewer“, lese ich. So viele Menschen schauen sich sonst ein Fußballspiel an. Jetzt interessieren sie sich für mich. Ich könnte mit meinen Geschichten ein Fußballstadion füllen. „Siehste?“, sage ich eindeutig zu laut. Der junge Mann an der Rezeption, der mich so freundlich empfangen hat, schaut zu mir hinüber. Ich winke ihm freundlich. Ich hatte recht. Die Bankraub-Geschichte kommt bei den Menschen gut an. Ich gehe die verschiedenen Nachrichten durch, die mir die fremden Menschen geschickt haben. Es ist ein tolles Gefühl, so viele Fans gewonnen zu haben. Und es werden ständig mehr. Gerade ist ein neuer dazugekommen. Die meisten Viewer feuern mich an. „Mach weiter so!“, „Wann kletterst du wieder?“ oder „Go, Le-Man, go!“, lese ich. Ein anderer findet es schön und gut, auf den Eiffelturm zu klettern, aber eine Bank auszurauben, sei kein Kavaliersdelikt. Vermutlich hat Klopper18 recht, allerdings ist mir dieses

Kavaliersdelikt-Wort kein Begriff. „Damit finanziert er doch nur seinen Kampf für den Frieden", antwortet LieschenMüller. Das gefällt mir, auch wenn es nicht stimmt. Ich bewege die Seite mit dem Rädchen in der Maus wieder nach oben, dann logge ich mich ein und will einen neuen Eintrag verfassen, schließlich wollen meine Freunde bestimmt wissen, wo ich mich befinde. Als ich gerade zur neuen Nachricht ansetze, stelle ich fest, dass mein Bankraub-Eintrag weg ist. Ich frage mich, ob ich das nur geträumt habe. Aber die Viewer haben darauf geantwortet. Vielleicht habe ich ihn irgendwie gelöscht. Also gebe ich die Geschichte noch einmal ein, finde jetzt sogar ein paar Formulierungen, die mir noch besser gefallen, bei denen ich aber nicht ganz sicher bin, ob ich sie richtig geschrieben habe. Dann schicke ich eine neue Nachricht in die Welt hinaus. Ich erzähle meinen Anhängern von meinem ersten Tag in London: die Erlebnisse in diesem seltsamen Einkaufszentrum, der lustige Musikant und wie man diese Schranken austrickst. Ich habe nämlich bei der Fahrt zum Hotel festgestellt, dass das Ticket, nachdem man es in den Schlitz geschoben hat, an einer anderen Stelle wieder herauskommt. Wenn man schnell genug ist, kann man es entnehmen und tatsächlich wiederbenutzen. Das System ist offenbar noch nicht ausgereift. Julchen13 erklärt in einer Nachricht, dass es sich bei dem Mann mit Sonnenbrille und Gitarre sicherlich um einen Straßenmusikanten handelt. Die dürfen angeblich in den U-Bahn-Tunneln Musik machen. Das kann durchaus sein, doch in der U-Bahn macht der Begriff Straßenmusikant wenig Sinn. Laut Julchen13 verdienen sich die Musiker „dumm und dämlich", müssen aber immer auf einer bunten Fläche stehen. Ich lese noch ein paar weitere Nachrichten, beantworte die eine oder andere Frage und entschließe mich letztlich, das Internet wieder zu verlassen. Ich bin ein wenig traurig, denn insgeheim hatte ich gehofft, dass Laura mir ebenfalls eine Nachricht hinterlassen würde. Mir hat aber überhaupt keine Laura geschrieben. Vladim hat aber ein Bild gepostet, wie ein Mann eine Vogelfigur auf einem hohen Stahlträger macht. Darunter stehen komische Buchstaben, die mich nicht erkennen lassen, um welchen Stahlträger es sich handelt. Ich freue mich über die Bilder und finde es schade, dass Laura nicht will, dass ich weiter klettere. Zudem macht sich mittlerweile Hunger in mir breit. Auf der anderen Seite bin ich sehr müde und habe keine Lust mehr, das Hotel heute noch zu verlassen. Zum Glück habe ich auf meinem Zimmer kurz nach dem Einchecken eine Speisekarte entdeckt. Ich wusste nicht, dass man in Hotels auch essen kann. Wenn ich das mal auf Mallorca geahnt hätte, hätten wir vielleicht unseren letzten Abend auf der Insel lieber auf dem Zimmer verbracht und Laura hätte nicht so einfach wegrennen können. Ich verlasse die Lobby und betrete mein Zimmer. Ähnlich wie in Paris benötigt man dazu eine Plastikkarte, die man zudem braucht, um Strom zu erzeugen. Ich muss zugeben, dass ich das von dem Mann aus dem Nachbarzimmer weiß, der sich glücklicherweise als deutschsprechend und zudem hilfsbereit herausgestellt hat, nachdem ich erst einmal eine halbe Stunde im Dunkeln umhergeirrt bin. Leichte Verständnisprobleme habe ich allerdings mit der Speisekarte. Ich bestelle schließlich Hamburger mit Chips. Die beiden Speisen kenne ich aus Deutschland, auch wenn mich die Kombination ein wenig wundert. Bei uns kommen Chips aus der Tüte und nicht zum Hamburger. Glücklicherweise scheint der Koch des Hotels das ähnlich zu sehen, vielleicht ist er auch Deutscher, denn ich bekomme tatsächlich von einem Mann in roter Uniform – ich mag Uniformen – ganz gewöhnliche Pommes zu meinem Hamburger gebracht. Normalerweise würde ich mich beschweren, doch eigentlich sind mir Pommes viel lieber als Chips. Der Hamburger schmeckt eins a, die Pommes sind ein wenig zu salzig. In einem kleinen Kühlschrank finde ich eine Flasche Cola. Es ist wie im Paradies. Und das Beste ist, es ist alles umsonst. Oder der Kellner hat einfach nur vergessen zu kassieren. Ich werfe noch einen Blick aus dem Fenster und lege mich dann ins Bett, lasse aber vorsichtshalber meine Klamotten an, falls der Kellner später noch auftauchen sollte, um das Geld fürs Essen abzuholen.

*****

Ich bin ziemlich früh wach und habe zudem schlecht geschlafen. Das ist schon erstaunlich, denn ich war so müde wie lange nicht mehr. Zwar ist der Kellner nicht aufgetaucht, doch er hat mich trotzdem in gewisser Weise vom Schlafen abgehalten. In weiser Voraussicht wollte ich nämlich schon mal ein wenig Geld bereitlegen. Blöderweise ist von meinem Geld nicht mehr viel übrig. Eigentlich gar nichts. Die ganze Nacht habe ich wach gelegen, aus Angst, bis in die frühen Morgenstunden Teller schrubben zu müssen. Mutter hat früher immer gesagt, dass wenn wir im Restaurant mehr essen, als wir uns leisten können, wir alle Teller putzen müssen. Mittlerweile glaube ich aber, dass das Essen wirklich umsonst ist. Vielleicht so eine Art Willkommensgruß. Vor lauter Langeweile habe ich Fernsehen geschaut. Obwohl ich kaum ein Wort verstanden habe, hätte ich fast einen Herzinfarkt bekommen. Es wurde nämlich ein Foto von mir gezeigt. Das vom Eiffelturm. In großen Buchstaben habe ich „Climb for Peace“ gelesen. Keine Ahnung, was das bedeutet, mein Englisch ist ja nicht so gut. Ob ich dabei bin, berühmt zu werden? Es folgen Bilder von anderen Menschen, die ebenfalls auf irgendwelche Bauwerke klettern und meine Krähen-Imitation nachahmen. Es sind sogar Menschen mit dunkler Haut und auch Asiaten zu sehen. Die Leute mögen mich. Wer hätte das gedacht? Das hilft mir allerdings nicht bei meinem kleinen Problem: Ich muss irgendwie an Geld kommen, habe aber auch schon eine Idee. Ich werfe einen Blick aus dem Fenster und sehe, dass auf den Straßen schon zu dieser Tageszeit viel Betrieb ist. Müde betrete ich das Badezimmer. Es ist aus wunderbaren Steinen, die schimmern, wenn man den Kopf seitlich auf die Ablage legt. Ich schaue in den Spiegel und eine Träne läuft mir über die Wange. So gerne ich auch die Vergangenheit meines Vaters nacherlebe, Laura fehlt mir. Sie hat mich alleine gelassen. Ich habe fest damit gerechnet, dass sie nachkommen würde. Vermutlich ist es ihr peinlich, den Flug verpasst zu haben, oder sie hat gestern keinen mehr bekommen. Mich beschleicht so langsam das Gefühl, dass ich meine Reise von nun an alleine fortsetzen muss. Das hat zumindest einen Vorteil: Meine Heimreise kann ich ein wenig hinauszögern. Vielleicht treffe ich ja mit ein wenig Glück auf meinen Vater und dann bin ich nicht mehr so einsam. Diese Idee hat nur einen kleinen Haken: Wenn ich ehrlich bin, habe ich nicht die leiseste Ahnung, wie mein Vater eigentlich aussieht. Meine Mutter hat mir immer gesagt, er habe es gehasst, wenn jemand die Kamera auf ihn richtete. Vielleicht mag ich deshalb alle fotografieren. Warum habe ich bloß David vergessen? Noch nicht einmal an ihrer Hochzeit seien laut Mama Bilder gemacht worden. Zum Glück habe ich diese Denkweise nicht von ihm geerbt. Ich denke, ohne meine Bilder wäre meine Internetseite bestimmt nur die Hälfte wert. Dennoch werde ich nach ihm suchen. Vielleicht kennt man am Hafen seinen Namen. Immerhin scheint er ein großer Seemann gewesen zu sein. Das war Marco Polo auch, von dem habe ich auch nie ein Bild gesehen und dennoch war er laut der Zeichentrickserie „Es war einmal…“ zu seiner Zeit bekannt wie ein bunter Hund. Bei diesem Gedanken fällt mir Pluto ein, den ich sehr vermisse. Mein Schreibmaschinenkasten fehlt mir auch und Laura noch viel mehr. Ich muss zugeben, von meinen besten Freunden sind momentan nicht mehr viele bei mir. Vielleicht versuche ich noch mal Victor anzurufen, er freut sich bestimmt, meine Stimme nach all der Zeit mal wieder zu hören. Ich fahre mit dem Aufzug in den Keller, denn dort gibt es das Frühstück. Aus Angst, dem Kellner über den Weg zu laufen, trage ich ein anderes T-Shirt. Vielleicht erkennt er mich dann nicht direkt. In meine Taschen stecke ich die letzten vier Münzen. Ich weiß zwar nicht, wie viel Pfund das sind, aber es wird wohl für ein Brötchen noch reichen. Die kosten ja in der Bäckerei Wirtz bei uns um die Ecke auch nur achtundzwanzig Cent. Viel mehr wird es wohl nicht sein.

Wie sich nach einem kurzen Blick über die Frühstücksauswahl herausstellt, komme ich bestimmt sogar noch günstiger davon, denn komischerweise gibt es gar keine Brötchen. Das finde ich schon seltsam. Da hat das Hotel einen Flachbildfernseher auf dem Zimmer, aber zum Frühstück gibt es Toastbrot und Marmelade. Ich finde auch ein wenig Schinken und Käse, doch der sieht ganz anders aus als bei uns. Und es gibt Ketchup mit den Bohnen, die Mama immer in diesem serbischen Bohneneintopf gekocht hat. Der Eintopf war eine von Mamas Spezialitäten. Den hatte sie immer innerhalb weniger Minuten gekocht. Unglaublich, aber wahr. Ich würde diese Bohnen zu gerne probieren, habe aber Angst, dass ich mir die nicht leisten kann. Also warte ich, bis ein dicker Mann, der die halbe Frühstücksauswahl auf seinem Teller spazieren führt, sich wieder gesetzt hat, werfe einen Blick über meine Schulter und stecke meinen Zeigefinger in einem günstigen Moment in die rote Soße. Es schmeckt so gar nicht nach Mamas Eintopf. Ich bin mit den beiden Scheiben Toast auf meinem

Teller eigentlich zufrieden und schmiere mir mit einem Löffel ein wenig Butter und einen kleinen Klecks Marmelade drauf. Nicht zu viel, denn ich weiß nicht, was die matschige Masse kostet. Komischerweise schmeckt das Brot sehr salzig. Einen Kaffee, den mir ein Mann in schwarzem Anzug anbietet, lehne ich dankend ab. Ich bin ein wenig beruhigt, dass es sich offensichtlich um einen anderen Kellner handelt als gestern Abend auf meinem Zimmer. Nachdem ich die Brotscheiben verputzt habe, lege ich meine letzten Kupfermünzen auf den Tisch. Da ich keine Serviette habe, wische ich mir den Mund an einem Zipfel Tischdecke ab, rücke den Stuhl zurück und stehe auf. Ich hoffe, die Münzen reichen tatsächlich, um den Toast zu bezahlen. Dennoch würde ich mich deutlich wohler fühlen, wenn ich schon wieder auf meinem Zimmer oder in der Lobby wäre. Schnellen Schrittes gehe ich an den anderen Tischen vorbei und nicke freundlich, wenn mich jemand anblickt. Ich sehe die Tür zum Flur schon vor mir, als sich eine kräftige Hand auf meine Schulter legt. Auch wenn ich damit fast schon gerechnet habe, bleibt mir fast das Herz stehen.

„Excuse me“, sagt ein Mann mit tiefer Stimme. Ich drehe mich um. Meine Finger sind feucht und Schweißtropfen laufen mir den Rücken hinunter. Der Mann trägt ebenfalls einen schwarzen Anzug, seine Haut ist ganz dunkel und faltig. An manchen Stellen deckt die Schuhcreme nicht mehr so gut. Er arbeitet bestimmt schon seit vielen Jahren hier. „You shouldn’t wear shorts in here“, erklärt er mir und zeigt auf meine Hose. Vermutlich will er wissen, ob ich noch mehr Geld in der Tasche habe.

„Nein, nein“, sage ich. „Mehr Geld habe ich wirklich nicht.“

„No shorts in here“, erklärt der Mann mir jetzt. Er ist mir sympathisch und auch deswegen würde ich ihm so gerne Geld geben. Leider habe ich keins. Ich schüttle noch einmal den Kopf. Wieder zeigt der Kellner auf meine Hose. Vielleicht gefällt sie ihm einfach nur. „No shorts“, sagt er ganz langsam und sein Zeigefinger wackelt lustig hin und her. Dieses Mal glaube ich, ihn verstanden zu haben, offensichtlich darf ich den Speisesaal nicht mit meinen Shorts betreten. Das finde ich zwar seltsam, momentan freut es mich aber viel mehr, dass ich ihn verstanden habe. Vielleicht ist mein Englisch ja doch nicht so schlecht und Frau Lahnstein hat sich damals bei der Notenvergabe geirrt. Ich nicke und zeige auf das Kleingeld auf meinem Tisch, lächle und ziehe die Augenbrauen hoch. Dann schiebe ich mich an dem Mann in Uniform vorbei. Meine Vermutung, besser Englisch zu sprechen als angenommen, verstärkt sich, als ich an der Rezeption auf meine Bitte „Telefonbuch, please", tatsächlich ein Telefonbuch ausgehändigt bekomme. Stolz wedle ich mit dem dicken, gelben Buch hin und her und nehme es mit auf mein Zimmer. In meiner finanziellen Notlage habe ich mich entschlossen, David anzurufen. Dazu darf ich sogar ganz offiziell das Notfall-Handy benutzen. Allerdings stehe ich vor einer größeren Hürde: In dem blöden Buch gibt es zahlreiche Davids. Ich hätte meinen David vielleicht nach dem Nachnamen fragen sollen. Ich könnte natürlich alle Davids anrufen, bis ich den richtigen gefunden habe, nur würde ich dafür wohl viel zu lange brauchen. Vielleicht habe ich am Abend mehr Zeit. Jetzt will ich eigentlich in die Stadt. Vielleicht kann ich mir dort ja ein wenig Kleingeld dazuverdienen. Als ich meinen Rucksack neben dem Bett stehen sehe, kommt mir auch die Idee, wie … Ich öffne den Rucksack, schiebe verschiedene Tüten zur Seite, ziehe ein T-Shirt heraus und krame schließlich meine Pfeife hervor. Sie riecht mittlerweile ein wenig streng, aber ich will ja reinblasen und nicht dran riechen. Julchen13 hatte von den Straßenmusikanten gesprochen, die sich dumm und dämlich verdienen. Da ich ja ein Meister an der Pfeife bin, zumindest gehe ich nach meinen Vorerfahrungen an der Blockflöte davon aus, mache ich mir auch keine Sorgen, dass das schiefgehen könnte. Als ich den Rucksack gerade wieder auf den Boden stellen will, fällt mir auf, dass die Seitentasche ein wenig offensteht. Da ich die Seitentasche noch nie benutzt habe, kommt mir das seltsam vor. Mutig ziehe ich an dem kleinen Metallclip. Ich klappe die Öffnung um und finde ein Stück Papier. Laura hat mir tatsächlich noch eine Überraschung hinterlassen. Bei meinem Fundstück handelt es sich um ein weiteres Flugticket. Komischerweise nur um eins. Warum hat sie denn ihr Flugticket nicht auch in den Rucksack gesteckt? Das macht ja gar keinen Sinn. Sie konnte unmöglich wissen, dass sie den Flug verpassen würde.

Ich schaue mir den Rucksack noch einmal näher an, nur leider finde ich keine weiteren Überraschungen. Ein Blick auf das Ticket verrät mir, dass der Flug übermorgen Abend geht. Und zwar nach Köln/Bonn. Super, so brauche ich mich nicht mehr darum zu kümmern. Dennoch wäre ich lieber mit Laura gemeinsam zurückgereist. Viel Zeit zum Trübsalblasen bleibt mir allerdings nicht, da ich ja unbedingt Big Ben sehen will. Außerdem muss ich mir wohl oder übel ein wenig Geld dazuverdienen. Ich packe mir die Pfeife in die Tasche, ziehe das bunte T-Shirt über und verlasse das Hotelzimmer. Die Sonne strahlt bereits, als ich auf die Straße trete. Es ist ähnlich warm wie in Palma, doch hier riecht es nach Hamburgern und Pommes. Direkt neben dem Bahnhof, an dem ich gestern ausgestiegen bin, steht ein hohes Gebäude. Es ist so hoch, dass mir beim Hochschauen schwindelig wird. So gerne ich es für meinen Blog auch erklimmen würde, es ist selbst mir tollkühnem Menschen zu hoch. Ich steige eine steile Treppe hinab und schiebe mich in einem unbeobachteten Moment gemeinsam mit einem Mann mit Turban durch die Bahnabsperrung. Meine Fahrkarte scheint nämlich nicht mehr zu funktionieren. Dabei stoße ich den Turban-Träger allerdings etwas unglücklich an und kassiere dafür einen ziemlich bösen Blick. Ich weiß schon, dass sich Bahnfahren ohne Ticket genauso wenig gehört wie eine Bank auszurauben, aber manchmal muss man auch Dinge tun, die sich nicht gehören. Ich will mir ja ein Ticket kaufen, mir fehlt aktuell nur das nötige Kleingeld. Und daran will ich ja was ändern. Technisch gesehen fahre ich ja auch gar nicht ohne Ticket, sondern ich fahre gar nicht.

Aufgeregt, entdeckt zu werden, mische ich mich unter die Menschenmenge und folge dem Verlauf eines langen Ganges. Auf den ersten Blick sehe ich keinen anderen Musikanten. Das ist mir ganz recht, denn die Leute sollen ja mir ihr Geld geben. Allerdings sehe ich auch keine bunte Fläche, von der Julchen13 gesprochen hat. Warum spielen die Musikanten eigentlich ausschließlich auf dieser bunten Fläche? Das ergibt für mich keinen Sinn, aber es scheint hier in England eine Regel zu sein. Ich gehe sämtliche Gänge und Treppen entlang, bin bestimmt eine halbe Stunde unterwegs, doch diese Straßenmusikantenflächen finde ich einfach nicht. Enttäuscht setze ich mich auf eine Bank. Züge kommen und gehen, Menschen steigen aus. Sie sind in Eile. Ich bin zwar nicht in Eile, würde aber auch zu gern Bahn fahren. Ich muss eine Lösung finden. Vielleicht habe ich nicht gründlich genug gesucht. Ich stehe wieder auf und gehe eine Treppe hinauf. Menschen kommen mir entgegen und fluchen über mich. Mir fällt schon auf, dass ich der einzige Passant bin, der in diese Richtung geht, was mir aber momentan völlig egal ist, denn meine Konzentration gilt einzig dem Aufspüren der bunten Fläche.

Leider bringt auch meine zweite Suche nicht den erhofften Erfolg, allerdings finde ich auf einer Bank an einem anderen Bahnsteig eine alte Zeitung. Ich verstehe kein einziges Wort, doch die Bilder sind knallbunt. Zufrieden packe ich die Zeitung ein und laufe die Gänge entlang. Vor einer Rolltreppe bleibe ich kurz stehen und schaue mir den Menschenfluss an. Sorgfältig falte ich die alte Zeitung auseinander und breite sie direkt vor der Rolltreppe aus. So muss einfach jeder Passant stehen bleiben. Dann lege ich meine bunte Truckerkappe auf den Boden und stelle mich auf die Zeitung. Einige Passanten machen auf mich den Eindruck, als wären sie mit meiner Platzwahl nicht komplett einverstanden, aber sie haben ja noch nicht den lieblichen Klang meiner Pfeife gehört. Das Mundstück schmeckt widerlich. Bei meinem ersten Versuch stoße ich auf einen ungeahnt großen Widerstand und puste noch einmal kräftiger hinein. Wenn ich ehrlich bin, habe ich mir das schon anders vorgestellt und bin mit der Melodie nicht glücklich. Die Menschen, die sich an mir vorbeischlängeln oder sogar interessiert stehen bleiben, lachen. Ich puste noch einmal in meine Tröte. Ein Sabberfaden macht sich selbstständig, läuft in Zeitlupe die Flöte hinunter und hinterlässt eine feuchte Spur. Dann zieht er sich ganz langsam von der Pfeife hinunter und fällt auf den Boden. Die Menschen lachen, einige klatschen. Ein Mann stellt sich vor mich und breitet die Arme aus. Die Geste kenne ich mittlerweile nur zu gut. „Hey Peace-Climber“, ruft er mir zu und streckt den Daumen in die Höhe. Ich forme mit meinen Fingern das Victory-Zeichen und rufe „Hi, Fans.“ Dann nicke ich freundlich und breite die Arme aus, als würde ich einen Applaus erwarten. Danach blase ich die Backen ein weiteres Mal auf. Mit aller Kraft puste ich die Luft in das dünne Mundstück. Mir wird ein wenig schwindelig. Ich stütze mich auf einen Asiaten, der erschreckend klein ist, damit aber nun mal die perfekte Voraussetzung einer Jan-Lehmann-Stütze mit sich bringt. Die Leute lachen, als wäre ich eine dieser Spaßkanonen aus dem Fernsehen. Tatsächlich schmeißen einige Touristen Geldstücke in meine Mütze. Immer mehr. Ich bin total begeistert. Entweder die Leute haben keine Ahnung von Musik oder ich bin ein ungeahntes Flötentalent. Vielleicht bin ich einfach zu nah an dem Instrument dran und bekomme insofern den Klang der Flöte nicht richtig mit. Nach einigen Minuten ist meine Kappe so gut gefüllt, dass ich mir eine Pause gönne. Ich sehe nämlich tatsächlich Sternchen. Das Geld müsste eigentlich für eine Fahrkarte reichen. Ich falte also die Zeitung wieder zusammen. Anscheinend rechtzeitig, denn ich sehe schon von Weitem ein paar Uniformierte auf mich zukommen. Sie sehen nicht begeistert aus. Vermutlich hat mich der Turban-Träger als Schwarzfahrer verraten. Denn da ich ja auf einer bunten Fläche Musik gemacht habe, können sie mir deswegen nichts anhaben. Ich nehme also die Beine in die Hand und laufe einen langen Gang entlang, bis ich ein Sperrgitter erreiche. Ich springe darüber hinweg und renne eine Rolltreppe hinauf. Dann biege ich zweimal ab und bin ganz plötzlich wieder an der frischen Luft. Komischerweise gar nicht dort, wo ich den Bahnhof eigentlich betreten habe. Ich laufe eine Straße entlang und verstecke mich in einem Laden. Aus dem Fenster beobachte ich die Straße. Zwar sehe ich viele Menschen, von den Uniformierten fehlt aber jede Spur. Ich atme aus und erst als ich zur Ruhe komme, bemerke ich eine alte Frau, die mich seltsam anschaut. Sie hat ihre überdimensional große Brille von der Nase genommen und den Kopf zur Seite geneigt. Ihre Lippen sind leuchtend rosa bemalt und ihr altes, dünnes Haar ist orange. Von Weitem hätte sie vermutlich eine gewisse Ähnlichkeit mit Pumuckl. Dazu hat sie ein süßes Parfum aufgetragen. Ihr Blick verunsichert mich. Ich kann ihn nicht deuten.

„Hallo, ich bin Jan Lehmann“, stelle ich mich freundlich vor und reiche der Frau die Hand. Kalte, schlaffe Finger berühren mich, vorstellen mag sie sich offensichtlich nicht. Dann zieht sie ihre Hand wieder zurück. Noch immer beobachtet sie mich, als wäre ich ein Außerirdischer. Da die Frau anscheinend nichts anderes macht als zu gucken, schaue ich mich in dem Laden um. Das ganze Geschäft ist zugestellt mit alten Möbeln, Lampen und Bilderrahmen. Auf einer kleinen, dunkelbraunen Kommode entdecke ich eine alte Schreibmaschine. Ich spüre, wie mein Herz schneller schlägt, denn eine ähnliche hat mein Opa früher besessen. Vielleicht sollte ich mir diese Schreibmaschine zulegen, möglicherweise gibt es einen passenden Schreibmaschinenkasten dazu. Das wäre so toll. Zwar habe ich mir durch meine musikalische Einlage einige Geldstücke dazuverdient, aber ich bezweifle, dass sie für die Schreibmaschine reichen werden. Meine alte Maschine hat dreihundertfünfzig Euro gekostet. Bei Davids fairen Preisen wären das also mehr als sechzig Pfund. So viel werde ich nicht haben. Ich drehe mich wieder zu der älteren Dame um, die mich nach wie vor anstarrt, dann zucke ich die Schultern und als ich sehe, dass von den Uniformierten auf der Straße noch immer jede Spur fehlt, verlasse ich den Laden.

*****

Ich streife ein wenig durch die Londoner Straßen. Die Stadt ist wirklich groß und ich habe Angst, mich zu verlaufen. Meine Mutter hat mir als Kind eine Geschichte vorgelesen, in der ein weiser Mensch eine Sandspur hinterlässt, um den Weg aus einem Labyrinth zu finden. Leider habe ich nicht genügend Sand. Dafür habe ich mir aber in einer U-Bahn-Station einen Plan der U-Bahn besorgt und mit einem roten Kringel die Bahnstation in der Nähe meines Hotels gekennzeichnet. Ich finde die Vielzahl an bunten Linien zwar verwirrend, doch wenn man sich ein wenig Zeit nimmt, durchschaut man den U-Bahn-Plan zumindest in Teilen. Vermutlich habe ich noch ein paar kleinere Probleme, weil mein Englisch zwar gut, aber noch nicht das allerbeste ist. Auf meinem Weg komme ich an verschiedenen interessanten Gebäuden vorbei. Unter anderem an einem McDonald's. Mein Geld reicht, um mir zwei Cheeseburger zu kaufen. Bis auf die Gurke mag ich Burger von McDonald's ganz gerne. Die Gurke esse ich nie mit. Lars und ich haben das labbrige, braune Ding früher immer an die Glasscheiben geworfen. Wessen Gurke länger hängenblieb, der hat eine Limo gewonnen. Auch heute schmeiße ich die Gurke an die

Fensterscheibe, aber alleine macht das Spiel keinen Spaß und die Gurke rutscht innerhalb weniger Sekunden die Scheibe hinunter.

Ich sehe zahlreiche seltsame kleine Supermärkte, in denen man alles von Unterhosen mit englischer Flagge bis hin zu lustigen schwarzen Helmen findet. Für das Geld, das mir nach dem Erwerb der Cheeseburger mit Gurke und einer neuen Fahrkarte geblieben ist, kaufe ich mir einen der schwarzen Hüte und ziehe ihn sofort auf. Wenn ich mich richtig erinnere, sind das die Hüte von Polizisten, die einen lustigen Namen tragen. Wie genau die heißen, daran kann ich mich allerdings nicht mehr erinnern. Somit sind die wenigen Pfund, die ich mir teuer erspielt habe, wieder aufgebraucht. Ich werde einfach bei nächster Gelegenheit wieder ein kleines Konzert geben.

Das Wetter lädt geradezu zu einem Spaziergang ein. Es ist angenehm warm und obwohl die Stadt voll von Bussen und Taxis ist, hört man hier und da Vögel zwitschern. Ich schlendere zahlreiche Straßen entlang, vergesse vollkommen die Zeit und stehe schließlich auf einem großen Platz. Eine Menschentraube hat sich angesammelt. Zunächst glaube ich, die Leute bestaunen eine weitere Sehenswürdigkeit, doch ab und zu klatschen sie oder lachen. Dass sie das Gebäude bejubeln, ist wohl eher unwahrscheinlich. Neugierig bahne ich mir meinem Weg durch die Menschenmasse, trete dabei aus Versehen dem einen oder anderen auf die Füße, bin aber schon glücklich, dass das kleine Kind, das ich mit einem liebgemeinten sachten Schubser zur Seite treibe, nicht sofort heulen muss.

In der Mitte der Menschenmenge steht ein Mann mit wilden, grauen Haaren, roten Hosenträgern und tätowierten Armen. Um den Kopf trägt er ein Mikrofon, wie das von Madonna in den Videos ihrer Konzerte. Aber der Mann singt nicht, er spricht. Die Sprache ist mir unbekannt, doch er scheint für viel Spaß zu sorgen, denn immer wieder brandet lautes Gelächter auf. Das gefällt mir sehr gut. Ich fühle mich ihm sofort verbunden, weil ja auch ich ein wahrer Meister in der Unterhaltung anderer Menschen bin. Der Mann mit den lustigen Haaren und Hosenträgern erzählt offenbar Witze und animiert die Leute zum Klatschen und Jubeln. Er ist ein wirkliches Talent, hat aber auch die richtige Bühne. Ich wünschte, Laura wäre bei mir, sie würde den Mann sicher in den Schatten stellen. Schließlich verbeugt er sich und geht ein paar Schritte zurück. Ich bin zwar nicht gut im Schätzen, aber ich würde behaupten, rund fünfhundert Menschen haben sich versammelt, vielleicht auch hundert, und warten gespannt auf die nächste Einlage des Mannes. Die lässt nicht lange auf sich warten. Er greift nach einer Leiter, die an eine Mauer gelehnt ist. Ich blicke mich zugegebenermaßen nervös nach Bauarbeitern um, die eventuell sauer auf den dreisten Diebstahl reagieren könnten. Von den Besitzern der Leiter fehlt jede Spur. Der Mann bindet sich drei leuchtende Kegel um den Bauch. Wären sie nicht so grell, könnte er sie von der Kegelbahn im Gutshof Hammerschmidt geklaut haben. Doch die sind, glaube ich, aus Holz und schon ziemlich alt. Ich vermute, der Mann ist Artist, wie ich welche als Kind im Circus Sarrasani gesehen habe. Ich gehe davon aus, dass er die Leiter eins a auf der Nase tragen kann und gleichzeitig die Kegel durch die Gegend wirft. Pustekuchen. Auf eine lustige Nasennummer warte ich vergeblich. Der Mann stellt die Leiter einfach auf den Boden. Die kann nie und nimmer ohne die dazugehörende Wand oder einen Baum halten. Vielleicht hat er im Physikunterricht einfach nicht aufgepasst. Er hält die Leiter fest und erzählt ununterbrochen Witze. Zumindest lachen die Menschen. Er muss richtig gut sein, denn es gibt vereinzelt Menschen, die sich vor lauter Spaß und Lachen den Bauch halten. Einer schüttelt unentwegt den Kopf und haut sich mit aller Kraft auf die Beine. Ich bin schwer beeindruckt. Am liebsten würde ich dem Publikum meine Pfeifen-Vorstellung anbieten, aber ich will dem Leitermann nicht die Show stehlen. Er steht mittlerweile mit beiden Beinen auf der ersten Stufe und raubt mir damit fast den Atem. Damit hätte ich so gar nicht gerechnet. Wie macht er das bloß? Die Leiter steht frei, mitten auf dem Platz, und der Mann auf der ersten Stufe. Das ist faszinierend. Allerdings wackelt er leicht hin und her. Eine alte Showgröße wie ich sieht natürlich sofort, dass die Vorstellung nicht perfekt ist. Dem Publikum scheint es jedoch trotzdem zu gefallen. Die Menschen klatschen. Der Mann klettert eine weitere Stufe hinauf und die Leute applaudieren. Es ist beeindruckend, wozu dieser Mann fähig ist. Er kann dabei sogar sprechen. Vielleicht sollte er sich noch mehr auf den Trick konzentrieren, dann würde die Leiter nicht unentwegt hin und her wackeln. Würde ich seine Sprache sprechen, würde ich ihn darauf aufmerksam machen. Ich spüre schon, wie mein Körper die Bewegung mitmacht, als stünde ich selbst auf der Leiter. Nach einigen Sekunden ist der Mann am höchsten Punkt angekommen. Er hat die Leiter fest zwischen die Beine geklemmt und breitet die Arme aus. Das Publikum klatscht. Auch ich stimme begeistert ein. „Bravo", rufe ich, „bravissimo." Der ein oder andere schaut mich an und mit einem energischen Nicken animiere ich die Leute, in meine wohlwollenden Worte einzustimmen. Mit wenig Erfolg. Der Mann kramt die Kegel hervor. Dann wirft er dem kleinen Jungen neben mir einen der Kegel zu. Das finde ich gemein, ich hätte auch nur zu gerne an dem Trick teilgenommen. Ich schaue dem Jungen böse in die Augen. Dann nehme ich ihm den Gegenstand ab. Der Mann auf der Leiter reagiert ein wenig genervt. Da er seinen Trick vermutlich nicht unterbrechen will, schreit er mir etwas zu und öffnet die Hand, als wollte er den Kegel schnappen. Der Junge hat mittlerweile einen älteren Mann geholt, der energisch auf mich einspricht. Normalerweise müsste ich mich jetzt natürlich vorstellen. Das gehört sich so. Aber ich bin gerade Teil dieses großartigen Zaubertricks. Das muss der ältere Mann doch sehen. Man kann nicht mitten im Zaubertrick die Künstler ansprechen. Das weiß jedes Kind. Ich zucke nur mit den Schultern und konzentriere mich auf meine Aufgabe. Der Mann scheint mit der Wahl des Kegelträgers nicht glücklich. Er schaut mich mittlerweile wirklich böse an. Ich hole gerade zu einem fantastischen Wurf aus, als der Künstler mich noch einmal bremst. Er streckt die flache Hand aus, sagt wie ein Schutzmann „Stopp" und friemelt dann an seinem Anzug herum. Das war so nicht abgesprochen, denke ich ärgerlich. Er lässt sich unglaublich viel Zeit. Offenbar muss er sich unbedingt noch seine Anzugjacke ausziehen. Also ganz ehrlich: Ein professioneller Show-Man hätte sich sicherlich früher um sein Outfit gekümmert. Ich habe derweil mit dem Jungen mitsamt dem alten Mann zu kämpfen, die hin und wieder an dem Kegel ziehen. Schließlich hat der Künstler seine Jacke ausgezogen und die Ärmel seines Hemdes hochgekrempelt. Es kann also losgehen. Wieder unterbricht er meinen Wurfversuch. Mit einer eindeutigen Handbewegung zeigt er mir die Wurftechnik. Ich bin kein guter Werfer, daher freue ich mich über seinen

Verbesserungsvorschlag. Ich hole also schließlich aus und lasse den Kegel los. Offenbar habe ich die Flugbahn falsch eingeschätzt. Der Kegel fliegt im hohen Bogen über den Artisten. Immerhin habe ich die ersten Lacher auf meiner Seite. Vielleicht ist der Künstler auch deswegen ein wenig erbost. Bevor sich das nervige Kind den Kegel schnappen kann, renne ich über den Platz, hole das Plastikding und stelle mich wieder vor den Artisten. Er hält die Hände vor die Augen, als er mich sieht. Nur kurz, schließlich muss er ja irgendwie auch das Gleichgewicht halten. Dann hole ich erneut aus. Dieses Mal fliegt der Kegel nicht so weit, ist aber für den Artisten noch immer nicht zu erreichen. Wütend schnauzt er mich an, zum Glück verstehe ich ihn nicht. So kann ich mir zumindest vorstellen, er hätte mich angefeuert. Wieder bin ich der Schnellste am Kegel, wieder stelle ich mich auf die richtige Position. Dieses Mal entschließe ich mich, meine eigene Wurftechnik zu verwenden. Wenn ich das Ding von unten nach oben werfe, habe ich einfach nicht so viel Kontrolle. Der kleine Junge steht erneut vor mir und hält die Hand offen, als erwarte er Kleingeld von mir. Ich werde ihm weder Geld noch den Kegel geben, zumal ich doch nicht viel Geld habe. Dieses Mal hole ich kräftig aus und schleudere den Kegel auf den Artisten. Bingo. Volltreffer. Der Kegel trifft ihn unterhalb des Kopfes in Höhe seines Kehlkopfes. Von meiner Wurftechnik beeindruckt, vergisst er, rechtzeitig die Arme zu schließen und vor allem das Gleichgewicht zu halten. Sein Gesicht verzieht sich zu einer Grimasse, die eine Mischung aus Angst, Wut und Schmerz widerspiegelt. Immerhin hört für einen Moment das Gewackel auf. Ganz langsam lehnt sich die Leiter mitsamt Artisten nach hinten und fällt schließlich um. Mein Wurf verfehlt seine Wirkung nicht. Das Publikum tobt. Es lacht und klatscht wie in einem großen Theater. Ich weiß natürlich, was sich gehört. Ich breite die Arme aus und verbeuge mich. Dann zeige ich auf meinen Partner, ohne den die Show vermutlich nur halb so viel wert gewesen wäre. Ich nicke noch einmal, falte meine Hände zu einer Siegerpose und winke zum Abschied. Ein dicklicher Mann kommt auf mich zu. „Hi“, sagt er. Seine Haare sind blondiert und über seine Stirn läuft eine Schweißperle.

„Hallo“, antworte ich freundlich und reiche ihm die Hand, „ich bin Jan Lehmann“, stelle ich mich vor, wie es sich für einen wohlerzogenen jungen Mann gehört.

„Jordi“, sagt der Mann. „Deutschland?“, will er wissen. Ich nicke. „Ich bin Unterhaltungskünstler und habe deine Show-Einlage gesehen“, erklärt er mir mit lustigem Akzent, „ich versuche, eine neue Show auf die Beine zu stellen. Dein Auftritt hat mir sehr gut gefallen. Hättest du Interesse, mal für mich aufzutreten?“ Er lächelt mich an. Das gefällt mir. Er scheint ein sehr sympathischer Mann zu sein. „Du würdest am Anfang sechs Pfund die Stunde verdienen.“ Ich denke einen Moment nach, dann habe ich ausgerechnet, dass das sechsunddreißig Euro entspricht. Das hört sich gar nicht so schlecht an.

„Wann denn?“, will ich wissen.

„Erst in zwei, drei Wochen. Aber dann starten wir so richtig durch“, antwortet er strahlend. Ich kann nicht anders, als ebenfalls zu lächeln.

„Da bin ich schon wieder woanders“, erkläre ich. „Ich fliege schon bald zurück nach Köln. Vielleicht ein andermal.“ Ich hasse es, diesen freundlichen Mann zu vertrösten. Jordi nickt und reicht mir eine kleine Karte mit einem Namen und einer Telefonnummer.

„Falls du es dir anders überlegst, kannst du mich gerne anrufen. Du hast viel Talent und ich würde dich ganz groß rausbringen. Vielleicht mit einer eigenen TV-Show.“ Ich bin begeistert. Von einer eigenen Fernsehserie habe ich immer geträumt. Vielleicht eine Agentenserie. Ich bedanke mich freundlich und reiche Jordi zum Abschied noch einmal die Hand.

Ich wusste gar nicht, dass dieser Big Ben läuten kann. Das kann er. Doch er ist kaputt. Anders als die große Kirche bei uns in Köln läutet Big Ben alle Viertelstunde. Wenn ich einen Ordnungshüter sehe, werde ich ihm von diesem technischen Defekt berichten. Dennoch ist das Gebäude beeindruckend. Big Ben ist unglaublich groß und strahlt in einem tollen Gelb. Ich frage mich, ob es darin auch Beine der Heiligen Drei Könige gibt, wie in Köln. Es ist bereits Nachmittag. Ich muss zugeben, dass ich mich verlaufen habe. Doch jetzt bin ich endlich an dem großen Turm angekommen. Wirklich genießen kann ich den Anblick nicht. Zum einen ist man ziemlich schnell mit der

Begutachtung des Turms fertig, zum anderen schieben mich die Menschenmassen geradezu durch die Gegend. Das nervt ungemein. Ich füge mich also meinem Schicksal und lasse mich von einer Menschentraube treiben. Nach wenigen Minuten befinde ich mich auf einer großen Brücke, von der man einen noch besseren Blick auf Big Ben hat. Und nicht nur das. Wenn mich nicht alles täuscht, sehe ich auf der anderen Seite der Brücke ein Riesenrad. Spitze. Da muss es eine Kirmes geben. Ich folge der Brücke. Über eine kleine Treppe erreiche ich das Ufer eines erschreckend dreckigen Flusses. Er erinnert mich schon ein wenig an den Rhein. Nach einigen langen Minuten bin ich schließlich am Riesenrad. Der Weg hat sich länger gezogen als zunächst angenommen. Dennoch bin ich von dem Riesenrad schwer angetan. Es ist das Größte, das ich je gesehen habe, und nicht im Entferntesten mit dem Rad von der Deutzer Kirmes zu vergleichen. Für einen Moment spiele ich mit dem Gedanken, es zu erklimmen. Vielleicht wäre es einfacher, nur auf das Dach einer dieser Kabinen zu klettern, die mich an Raumschiffe aus einem Science-Fiction-Film erinnern. Da sich das Rad ja dreht, müsste ich irgendwann oben angekommen. Allerdings verwerfe ich die Idee wieder. Denn schlau wie ich bin, bin ich das Ganze mal in Gedanken durchgegangen und zu dem Schluss gekommen, dass die Kabine bei einer kompletten Drehung ja irgendwann auf dem Kopf stehen muss. Spätestens dann würde mich meine Position viel Kraft kosten. Die Vorstellung, kopfüber in der Kabine zu hängen, hält mich letztlich überhaupt von der Fahrt mit dem Riesenrad ab. Dafür fahre ich eine Runde mit einem kleinen Karussell, bin aber von der geringen Geschwindigkeit enttäuscht. An einer Brücke finde ich einen Plan, der mir die nächste Bahnstation anzeigt. Da sie sich auf derselben Strecke wie mein Hotel befindet, beende ich meinen heutigen Tagesausflug.

Es dauert eine knappe Stunde, bis ich das Hotel erreiche. Leider bin ich zunächst in die falsche Bahn eingestiegen. Das habe ich aber erst nach fünf Stationen gemerkt. Schon ein wenig erschöpft stehe ich schließlich erneut vor diesem riesengroßen Gebäude. Es ist sehr hoch und beim Gedanken daran, die ganzen Treppenstufen bis oben zur Spitze gehen zu müssen, wird mir ganz flau im Magen. Auf der anderen Seite würde ich so bestimmt wieder eine ganze Menge Fans für meine Seite dazugewinnen. Ich bin hin und her gerissen, entschließe mich dann aber, noch einen weiteren Tag abzuwarten. Ich betrete schließlich das Hotel und setzte mich sofort an den Rechner in der Lobby. Es dauert ewig, bis meine Seite geladen ist. Die Freude ist umso größer, als ich lese, dass ich mittlerweile 143.512 Menschen auf meine Seite gelockt habe. Ich brauche dieses große Gebäude nicht zu erklimmen. Das beruhigt. Meine Seite läuft ganz von alleine. Nicht schlecht. Ich gehe die zahlreichen Nachrichten durch, die man mir geschickt hat. Wieder wollen die Menschen viel über mich und meine Abenteuer wissen. Einige fragen, was ich gerade mache, andere wollen wissen, ob ich für den Frieden noch einmal eine Bank ausraube und Fonsi14 will sich unbedingt mal mit mir treffen. Das finde ich besonders schön, denn ich kann mich nicht erinnern, dass sich schon jemals jemand mit mir treffen wollte. Am liebsten würde ich mich natürlich mit Laura verabreden, nur ist auch heute leider keine Nachricht von ihr dabei. Dafür finde ich aber eine von Ulfinator. „Le-Man, du bist ein Held!", schreibt er. Das freut mich. Denn mir war nicht bewusst, dass ich in einem Atemzug mit Superman, Batman und Catwoman genannt werden kann. Unter der Nachricht befinden sich einige Buchstaben und Ziffern, die blau untermalt sind. Ich habe keine Ahnung, was das zu bedeuten hat. Mehr oder weniger aus Versehen klicke ich die Schrift an und es öffnet sich eine neue Seite. Das verwirrt mich, bis ich deutsche Sätze erkenne. Es verwundert mich schon, dass es hier in England Internetseiten auf Deutsch gibt. Meine ist ja auch mehr oder weniger in meiner Muttersprache. Ich lese die ersten Zeilen und erkenne, dass ich anscheinend tatsächlich berühmt bin. Dieser Text handelt eindeutig von mir und meinen Erlebnissen. „Der junge Mann hat eine Bank ausgeraubt und verhöhnt mit seinen Posts im Internet die Polizei geradezu. Er will den Menschen nichts Böses. Ganz im Gegenteil. Der vermeintliche Bankräuber kämpft für den Frieden. Mit beeindruckenden Kletteraktionen, die streng genommen ebenfalls verboten sind, erreicht er ein junges Publikum und begeistert es mit seinen mutigen Tauben-Imitationen für den Weltfrieden …" Ich bin wirklich beeindruckt. Es gibt sogar ein Foto von mir, auf dem ich allerdings nicht besonders gut getroffen bin. Ich hoffe, dass mein Vater diesen Text liest. Er wäre sicher stolz auf mich.

Wer hätte schon gedacht, dass der kleine Jan es mal auf eine Internetseite schafft. Zufrieden schreibe ich meine heutigen Erlebnisse auf. Ich vermerke, wie schade es ist, dass Laura nicht bei mir ist, um die schönsten Geschichten fotografiert zu haben. Dann schreibe ich Fonsi14, dass ich mich sehr gerne mal mit ihm treffen kann, ob er Lust hat, nach London zu kommen, oder ob wir uns nicht lieber in Deutschland treffen wollen. Schließlich lese ich die neusten Nachrichten. Marieeee findet es ebenfalls schade, dass ich kein Foto gemacht habe, und schlägt mir vor, beim nächsten Mal ein Selfie aufzunehmen. Das hört sich eigentlich ganz gut an. Allerdings weiß ich nicht so genau, was ein Selfie ist. Piero bittet mich, noch einmal auf ein Gebäude zu klettern. Das wäre spannender als dieses ewige Blabla. Ich hätte ja auch ein Ziel, das ich nicht aus den Augen verlieren dürfe. Mir kommt das hohe Gebäude vor dem Hotel in den Sinn, aber ich kann mich noch immer nicht dazu durchringen.

Bevor ich den Computer ausschalte, hat Fonsi14 geantwortet. Er schlägt vor, dass wir uns in Köln treffen, denn er sei auch Kölner. Ich bin für den nächsten Samstag, denn da sollte ich ja wieder zu Hause sein und samstags habe ich immer am wenigsten zu tun. Fonsi14 ist einverstanden. Wir treffen uns also am Samstag um 14 Uhr auf der Domplatte. Die kenne ich. Das ist der große Platz vor der großen Kirche. Ich schalte den Rechner an dem kleinen Knopf aus und verschwinde auf mein Zimmer. Dort bestelle ich mir erneut den Hamburger, denn den Rest der Karte verstehe ich nicht. Außerdem hat er ja vorzüglich geschmeckt. Auch heute bringt mir der Kellner zum Glück Pommes anstatt der angekündigten Chips. Vermutlich sind sie ausgegangen und noch ist niemand dazugekommen, neue zu kaufen. Auch wenn ich müde bin, kann ich nicht so richtig einschlafen. Ohne Laura fühle ich mich so einsam. Ich habe lange nichts mehr von ihr gehört und das bin ich nicht gewohnt.

*****

Ich habe sehr unruhig geschlafen. Ich würde Laura so gerne von meinen ganzen Erlebnissen erzählen. Unseren Blog scheint sie ja nicht zu lesen, sonst hätte sie mir bestimmt eine Nachricht hinterlassen. Es dauert, bis ich mich endlich aufgerafft habe. Nach einer Katzenwäsche verlasse ich das Hotelzimmer. Ich habe mir die freundlichen Worte des Kellners zu Herzen genommen und beim Gang zum Frühstück vorerst auf die Shorts verzichtet. Dementsprechend kalt ist es untenrum, auch wenn das Wetter wieder einen warmen Tag verspricht. Mich verwundert dennoch der Gesichtsausdruck des Mannes in Uniform. Auch mit meinen Boxershorts scheint er nicht zufrieden zu sein. Na ja, streng genommen sind das auch Shorts. Aber Mutter hat mir verboten, komplett nackt durch die Gegend zu laufen, nachdem ich mir damit in der Schule Ärger eingehandelt hatte. Unter dem strengen Blick der anderen Gäste setze ich mich auf meinen Platz und bin ein wenig verwundert, dass die wiederum allesamt Hosen tragen. Vielleicht hat es ja etwas mit dem Wochentag oder den Vorlieben des Kellners zu tun. Wie dem auch sei, ich gönne mir heute neben den zwei Scheiben Toast mit Marmelade auch noch ein Croissant, das mich an Frankreich und Laura erinnert, und ein wenig Rührei, das aber widerlich matschig ist. Anschließend verlasse ich den Speisesaal, dieses Mal, ohne Geld auf den Tisch zu legen, denn nach meiner Erfahrung ist in diesem Haus alles umsonst. Ich setze mich noch einmal in die Hotellobby an den Computer. Das Leder des Stuhls klebt fies an meinen Oberschenkeln und tatsächlich fühle ich mich in diesem Outfit ein wenig unwohl. Nicht, weil ich nicht gerne ohne Hose rumlaufe, das mache ich zuhause ja laufend. Vielmehr stört mich ein Mann in dunkler, schicker Hose und weißem Hemd, der eigentlich Zeitung liest, dabei aber immer wieder über das Papier hinweglinst und mich aus strahlend blauen Augen anschaut. Er ist gut gekleidet und seine Haut sieht nach Sonnenurlaub aus. Vielleicht war er auch gerade erst auf Mallorca und schlägt sich nun in London durch. Als er wieder aufblickt und sieht, dass ich ihn anschaue, lächelt er freundlich, nickt mir zu und widmet sich dann wieder seiner Zeitung. Ich weiß nicht warum, aber irgendwie ist mir der Mann unheimlich. Ich komme mir beobachtet vor. Wenn ich James Bond wäre, müsste ich mir nun wahrscheinlich Sorgen vor einem anderen Geheimagenten machen. Aber ich bin nicht James Bond, ich bin Jan Lehmann. Ich lade meine Seite und stelle mit Genugtuung fest, dass sich die Zahl meiner Fans wieder vergrößert hat. Ich überfliege die neuen Einträge, schenke ihnen aber wenig Beachtung. Dann lade ich zum ersten Mal seit sehr langer Zeit meine Facebook-Seite. Erst beim achten Versuch nimmt der Rechner mein Passwort an. Für einen Moment hatte ich Sorge, dass der Computer ein englisches Passwort verlangt. Das Problem ist, ich weiß nicht, wie ich Jani1234 ins Englische übersetze. Die Seite lädt sich rasend schnell, löst bei mir aber erhebliche Bedenken aus. Wenn ich das richtig sehe, habe ich 17.429 neue Freundschaftsanfragen und 28.314 Nachrichten. So viele Menschen kenne ich überhaupt nicht. Etwas überfordert mache ich den Rechner so schnell ich kann wieder aus. Das sind mir deutlich zu viele Anfragen. Ich schaue mich zögerlich um. Der Mann hat seine Augen wieder auf mich gerichtet und grinst mich an. Vielleicht wegen meiner spärlichen Beinbekleidung. Er kann ja nicht wissen, dass mich der Kellner dazu aufgefordert hat. Plötzlich steht der Mann auf, legt seine Zeitung zur Seite und kommt auf mich zu.

„Das war Facebook, oder?“, fragt er mich und ich bin im ersten Moment ein wenig überrascht, auf Deutsch angesprochen zu werden. Ich nicke verlegen. „Ich bin da auch angemeldet“, sagt er. Wohl erzogen, wie ich bin, stehe ich auf.

„Hallo, ich bin Jan Lehmann“, stelle ich mich vor und reiche dem Mann die Hand.

„Günter Hönig“, sagt er und ergreift mit festem Druck meine Finger. Obwohl er mir irgendwie unheimlich ist, finde ich Günter auf Anhieb sympathisch.

„Schlagen Sie sich auch hier so durch?“, will ich von ihm wissen. Er denkt einen Moment über die Frage nach. Vielleicht ist er nicht der Schlauste, aber das ist ja nicht schlimm. Es kann ja nicht jeder clever sein. Dann schüttelt er den Kopf.

„Ich bin auf Geschäftsreise“, erklärt er mir. Ich weiß nicht so genau, wie ich mich ihm gegenüber verhalten soll, zumal ich mir nur mit Boxershorts und T-Shirt bekleidet ein wenig nackt vorkomme. Doch Günter Hönig weiß, wie man miteinander spricht. „Wo schlagen Sie sich denn so durch?“ Das ist eine gute Frage.

„Ach, gerade gestern war ich auf so einem großen Platz und habe einen überforderten Artisten bei seinem Trick unterstützt“, erzähle ich. „Das war ganz cool. Ich bin ein guter Showmaster und überlege, mit Jordi eine eigene Show aufzuziehen.“ Günter nickt beeindruckt. Das gefällt mir. Sonst haben die Leute, wenn ich ihnen von meinen Hobbys erzähle, nicht so viel Verständnis.

„Da waren Sie bestimmt im Covent Garden. Da gibt es viele Gaukler, Artisten und Künstler.“

„Kennen Sie sich in London gut aus?“, will ich von ihm wissen. Günter nickt.

„Ich bin in London groß geworden“, antwortet er mir. „Aber sag doch Günter zu mir“, fährt er fort. Das ist aber nett und Günter ist so ein schöner Name.

„Aber du sprichst so gut Deutsch, Günter.“

„Ich bin ja auch Deutscher und lebe wieder in Deutschland. Aber meine Großeltern sind aus England und bei ihnen habe ich in meiner Kindheit gewohnt.“

„Und wo wohnst du in Deutschland?“, frage ich neugierig.

„In der Nähe von Köln“, sagt er und ich spüre, dass mein Herz schneller schlägt. Was für ein Zufall!

„Kennst du Rodenkirchen?“ Günter nickt.

„Klar. Das liegt vor den Toren von Köln. Ich komme aus Kerpen“, sagt er. Das habe ich noch nie gehört.

„Wenn du willst, zeige ich dir ein wenig von London.“ Das ist wirklich nett von ihm. Obwohl er als Geschäftsmann eigentlich viel beschäftigt sein müsste, nimmt er sich für mich den ganzen Vormittag Zeit. Er kennt sich sehr gut aus, zeigt mir verschiedene große Gebäude, deren Bedeutung er mir genau erklärt, und lädt mich am Mittag sogar auf ein Butterbrot ein. Das ist schon ein wenig komisch, denn erstens habe ich schon gefrühstückt, zweitens kommt das Brot aus einer Pappschachtel vom Supermarkt und nicht aus Muttis Brotkasten. Wir sitzen auf einem Liegestuhl in einem Park mitten in London. Ich stelle mir vor, wie schön ein Park auf dem Platz wäre, auf dem ich mich mit Fonsi14 treffen will. Oder auf der großen Fläche, wo die ganzen

Bahnen abfahren. Günter weiß unglaublich viel über die Stadt. Er erzählt, dass es hier früher Räuber gegeben und London, was Bösewichte und Gauner angeht, eine sehr bewegte Vergangenheit habe. Das ist wirklich sehr spannend. Günter kennt sogar ein paar schaurige Geschichten. Ich bin ja nicht so der Fan von Horror-Storys. So gar nicht. Das muss ich mir aber vor meinem neuen Freund nicht anmerken lassen. Es macht mich stolz, dass ich mit Günter bereits den zweiten erwachsenen Freund innerhalb weniger Tage gefunden habe. Ludo fehlt mir schon ein wenig.

Günter berichtet von einem Platz im Park, in dem jeder Mensch von seinem Recht auf Meinungsfreiheit Gebrauch machen dürfe. Ehrlich gesagt verstehe ich nur Bahnhof. Ich kenne das Recht nicht. Doch mein neuer Kumpel ist in seinem Element. Er merkt, dass ich ihm nicht folgen kann, und erklärt mir, was es mit dem Platz auf sich hat. Offensichtlich handelt es sich um eine „Ecke“, wie Günter sagt.

„Da darf jeder einen Vortrag halten. So wie der Lehrer in der Schule. Du warst doch in der Schule, Jan?“

„Natürlich war ich in der Schule. Jeder muss zur Schule gehen.“ Ich bin ein wenig stolz, dass auch ich ihm noch etwas beibringen kann. „Und da darf jeder etwas erzählen?“, will ich wissen.

„Ja. Dort werden schon seit dem 19. Jahrhundert Vorträge zu allen Themen gehalten. Man bringt sich eine Box oder eine Leiter mit und erzählt etwas.“ Ich denke einen Moment nach. Ich würde zu gerne einen Vortrag halten. Hätte ich doch den Artisten an diesem komischen Platz nach seiner Leiter gefragt. Das wäre bestimmt eine Riesengaudi geworden, zumal ich auf der Zauberleiter frei in der Luft hätte stehen können.

„Und man darf über alles sprechen?“ Günter nickt.

„Nur über die Königin und ihre Familie darfst du kein Wort verlieren. Das ist verboten.“ Ich muss innerlich schmunzeln. Ich kenne die Königin ja gar nicht, also kann ich auch nichts über sie erzählen. „An der Stelle wurden früher die Verbrecher aufgehängt. An einem Galgen“, fährt Günter fort.

„Cool“, sage ich, obwohl mich die Vorstellung vom Mittelalter mit Galgen und Folter frösteln lässt. „Wo ist dieser Platz?“, will ich wissen und schaue mich aufgeregt um.

„Iss mal dein Sandwich auf und dann zeige ich ihn dir.“ Vermutlich meint Günter das Butterbrot aus der Pappschachtel, denn das ist die einzige Speise, die ich bei mir trage. Es sei denn, ich finde in meinem Rucksack noch ein altes Mars. Das Brot schmeckt sehr lecker. Es sind richtige Hühnerstücke drauf. Ich schlucke es gierig hinunter und spüle die Krümel mit einer eiskalten Cola weg, die mir Günter ebenfalls spendiert hat. Dann nimmt er mir die Pappschachtel ab und steckt sie in eine Plastiktüte. „Und du bist also Showmaster?“, fragt er mich, als wir eine kleine Straße durch den Park marschieren. „Dann muss dir das Sprechen an Speakers‘ Corner ja liegen.“

„Ich unterhalte die Menschen eher durch meine Musik, meine waghalsigen Klettereinlagen und meinen Humor“, erkläre ich ihm. „Aber ich bin ein Multitalent. Vielleicht werde ich eines Tages mal ein großer, bekannter Showmaster. Man weiß ja nie, was das Leben einem so bringt.“ Das hat meine Mutter schon immer gesagt. Günter strahlt. Er ist wirklich ein Freund. Ich mag ihn richtig gerne.

„Wo bist du denn schon alles hochgeklettert?“, fragt er mich neugierig.

„Zum Beispiel auf den Eiffelturm“, berichte ich stolz. „Das war ein Erlebnis“, fahre ich fort. „Die Leute im Internet sind da völlig drauf abgegangen. Ich habe auf meiner Internetseite schon fast 200.000 Viewer.“ Günter lauscht mir interessiert. Er stellt keine unangenehmen Fragen und zweifelt meine Geschichten nicht an. Es kommt mir so vor, als wären wir schon seit vielen Jahren unheimlich gut befreundet. „Und ich habe eine Bank ausgeraubt“, höre ich mich plötzlich sagen. Laura hat mir zwar verboten, die Geschichte überall rumzuerzählen, aber Günter ist ein Freund. Und Freunden kann man einfach alles sagen. Für einen Moment habe ich Angst, Günter würde zornig reagieren und mir die Leviten lesen, doch mein neuer Wegbegleiter schaut mich interessiert an und gibt mir das Gefühl, weitersprechen zu wollen. Ich erzähle ihm vom Banküberfall, von Laura, ja sogar von Pluto und Ludo. Hin und wieder stellt er mir ein paar Fragen.

„Das ist Speakers' Corner", sagt Günter plötzlich. Ich drehe mich um und bin enttäuscht. Ich hätte eigentlich ein Rednerpult mit Mikrofon, wie es der amerikanische Präsident hat, erwartet. Und auch ein Redner selber wäre natürlich schon schön gewesen. Tatsächlich sehe ich gar nichts. Nichts. „Leg los", fordert er mich auf. „Hier kannst du frei von der Leber reden." Günter benutzt laufend Ausdrücke und Sätze, die ich gar nicht kenne. Er scheint sehr gebildet zu sein. Im Moment ist er mir ein wenig unangenehm. Denn wenn ich ehrlich bin, weiß ich überhaupt nicht, worüber ich jetzt sprechen soll. „Erzähl ein wenig über dich, Jan. Über deine Erlebnisse", animiert er mich. Früher habe ich es gehasst, vor der ganzen Klasse einen Vortrag halten zu müssen. Das ist bis heute nicht besser geworden, doch ohne Publikum zu sprechen, fällt mir sogar noch schwerer. Ich stelle meinen Rucksack auf den Boden, räuspere mich und lege los.

„Hallo, ich bin Jan Lehmann", stelle ich mich erst einmal vor. Ein älteres Paar schleicht an uns vorbei. Der Mann nickt mir freundlich zu, während die Frau gedankenversunken auf den Boden starrt. Sie wollen mir offensichtlich nicht zuhören. „Ich bin ein echter Showmaster", fahre ich also fort. So ganz hat sich mir der Sinn noch nicht erschlossen. Schließlich ist mein einziger Zuhörer Günter und dem habe ich die komplette Geschichte eben schon vorgetragen. Dennoch wiederhole ich sie. Durch meinen Blog weiß ich ja, wie spannend die Erlebnisse sind und wie gut sie beim Publikum ankommen, nur: Frei erzählt ist das eine andere Hausnummer. Also streue ich meine Tauben-Imitation ein. Nach wenigen Minuten breche ich meinen Vortrag ab.

„Keine Lust mehr?" Günter scheint ein wenig enttäuscht zu sein.

„Nein. Es ist nicht die fehlende Lust", versuche ich zu erklären. „Es interessiert nur keinen und du kennst die Geschichte schon. Ich hatte gehofft, neue Fans zu gewinnen. Aber die Passanten gehen einfach vorbei. Ich glaube, ich bin kein guter Erzähler." Da wäre Laura sicherlich besser geeignet. Sie weiß, wie sie das Publikum auf ihre Seite ziehen kann, und kennt den richtigen Zeitpunkt für ihre gelungenen Späße. Ich hoffe, dass wir irgendwann einmal gemeinsam nach London fahren und ich ihr dann die Speakers' Corner zeigen kann. Sie würde den Park mit Menschen füllen. Günter sieht mich verständnisvoll an. Dann schüttelt er den Kopf.

„Wenn du Showmaster werden willst, musst du selbstbewusster auftreten, Jan. Dann gibt es kein ‚Das kann ich nicht so gut.'" Er schaut mir tief in die Augen, kommt zu mir und nimmt mich in den Arm. „Wir sind hier in England. Die Passanten verstehen dich nicht. Es ist doch klar, dass sie nicht stehenbleiben. Aber hier kannst du lernen, frei zu sprechen. Und du bekommst Selbstvertrauen, glaub mir." Teilweise glaube ich Günter. Doch er bedenkt nicht, dass meine Internetseite auch in England funktioniert. Da hat keiner Probleme mit der Sprache. „Vielleicht übst du noch ein wenig", schlägt er mir vor. „Ich habe jetzt noch einen Termin. Den kann ich leider nicht verlegen. Aber wenn du willst, treffen wir uns um 20 Uhr im Hotel und gehen gemeinsam irgendwo essen." Das hört sich sehr gut an, auch wenn ich es natürlich schade finde, dass Günter mich jetzt alleine zurücklässt. Ich bin nämlich nicht gerne alleine.

„Aber bis 20 Uhr ist schon noch eine lange Zeit", stelle ich auch ohne Blick auf die Uhr fest.

„Üb noch ein bisschen. Und wenn du dann noch Zeit hast, dann musst du dir unbedingt den Buckingham Palace anschauen." Günter zieht eine Karte aus seiner Tasche und erklärt mir den Weg zu diesem Palast. Ich mag Schlösser und es ist bestimmt super, eins aus der Nähe zu betrachten. Mein neuer Kumpel drückt mir zudem einige Geldscheine in die Hand. Wäre ich nicht so knapp bei Kasse, hätte ich sie sicher nicht angenommen. Ich nehme mir vor, ihm das Geld zurückzuzahlen. Vielleicht kann David mir bei der Umrechnung behilflich sein. Ich danke Günter von ganzem Herzen und winke ihm noch einmal zu, bevor ich mich wieder auf meinen Platz stelle und an meinem Selbstbewusstsein arbeite.

Auch wenn es Günter sicherlich gut gemeint hat, ich habe meine Probleme, diesen Palast zu finden. Ganz so einfach, wie er gesagt hat, ist es offensichtlich nicht. Erst nach etlichen Minuten komme ich auf eine Straße, die auf seine Beschreibung passen könnte. Allerdings hat er nichts von den Absperrgittern erwähnt, die links und rechts die Straße säumen. Offenbar bin ich an der richtigen Stelle, denn eine große Menschenmenge hat sich angesammelt. Ich laufe die Straße entlang und genieße die Sonnenstrahlen, die sich mühsam ihren Weg durch das grüne Laub der Bäume suchen. Hin und wieder schnappe ich deutsche Wörter auf und ärgere mich, dass diese Menschen lieber den blöden Palast sehen als meinem Vortrag lauschen wollen.

Mit ihren Bäumen, den Leuten und den blau-weiß-roten Flaggen an den Laternenpfählen imponiert mir die Straße. Ab und zu läuft mal ein Passant quer darüber. Plötzlich geht ein Raunen durch die Menschenmenge. Ich schlängle mich an einer Familie vorbei, schiebe ein kleines Mädchen zur Seite und stelle mich hinter das Gitter in die erste Reihe. Was auch immer hier vorbeikommt, ich kann es aus nächster Nähe beobachten. Plötzlich setzt Blasmusik ein und ich fühle mich schlagartig wie zu Hause. Von Weitem sehe ich eine Blaskapelle, die lustige schwarze Hüte aufhat, aber anders als bei meinem heiß geliebten Karneval sind die Fellmützenträger rot-schwarz und nicht rot-weiß gekleidet. „Anderes Land, andere Sitten“, hätte meine Mutter jetzt bestimmt gesagt. Das Karnevalslied selber habe ich auch noch nicht gehört. Aber auch das ist nicht verwunderlich, schließlich bringen die Höhner ja jährlich neue Songs raus. Nach einigen Minuten stolziert die Gruppe an uns vorbei. „Kamelle“, rufe ich. „Kamelle, Strüßje.“ Die Gruppe ist alles andere als großzügig. Nicht ein Bonbon, Lutscher oder Blumenstrauß wird geworfen. Vielleicht, weil es sich um eine Kapelle handelt. Ich hake mich bei einer Frau zu meiner Rechten ein und versuche, sie zum Schunkeln zu animieren. Die Frau ist wenig begeistert und reißt sich wieder los. Das kann ich nicht so recht verstehen, denn wenn sie keine Lust auf Karneval hat, hätte sie nicht herkommen sollen. Dann fällt mir ein, dass ich noch gar kein Kostüm trage. Ich öffne meinen Rucksack und ziehe den schwarzen Helm hervor. Zum Glück trage ich auch mein rotes T-Shirt und fühle mich pudelwohl. Als die Gruppe sich wieder in Bewegung setzt, animiere ich sie lauthals, „Viva Colonia“ zu spielen. Mit wenig Erfolg. Die Gruppe entfernt sich und bläst einen weiteren Song. Auch dieser ist mir noch nicht bekannt, und ich nehme mir vor, mich ein bisschen besser auf das kommende Karnevalsfest vorzubereiten.

Wenige Augenblicke später folgt eine weitere Gruppe. Auch diese trägt die lustigen Fellmützen, von denen ich mir unbedingt eine zulegen will. Mein Plastikhelm ist natürlich auch schön, doch mit dieser schicken Kopfbedeckung kann er einfach nicht mithalten. Mich verwundert allerdings, dass zwei Fußgruppen im selben Kostüm herumspazieren. Diese Gruppe hat allerdings keine Instrumente bei sich, dafür trägt sie Schießgewehre, die wirklich echt aussehen.

Es folgt eine dritte Gruppe auf Pferden. Auch das bin ich von unserem Karneval nicht gewohnt. Aber es hat was. Negativ fällt mir auf, dass keine der Gruppen auch nur eine Süßigkeit schmeißt. Das finde ich schon schade.

Es folgt eine weitere Fußgruppe, die weder Waffen noch Instrumente trägt. Ich vermute, dass es sich bei dieser Gruppe um die Funken handelt. Es fehlt allerdings das Funkenmariechen. Das finde ich äußerst traurig. Vielleicht haben die Jungs nicht die Kraft, das Mädchen in die Höhe zu stemmen. Kurzerhand entschließe ich mich, mich der waffenlosen Gruppe anzuschließen. Ich schnalle meinen Rucksack auf den Rücken, ziehe mir den Helm tief ins Gesicht und springe über das Absperrgitter. Es dauert einen Moment, bis meine Beine sich dem Rhythmus der Gruppe angepasst haben. „Da simmer dabei", starte ich mein Lieblingslied. Die Gruppe lässt sich nicht aus der Ruhe bringen. Dafür aber zwei Männer in dunkler Uniform, die einen ähnlichen Helm tragen wie ich. Sie sprechen hektisch in ein Mikrofon und kommen auf mich zu. Natürlich habe ich ihr Anliegen direkt durchschaut. Ich bin ja nicht doof. Sie haben mich als stark genug für das Funkenmariechen ausgemacht. Klar. Ich habe aber auch einigermaßen kräftige Oberarme. Offensichtlich habe ich ihren Wink mit dem Zaunpfahl verstanden. Als ich die Reihe kurz verlasse, bleiben die beiden Uniformierten stehen. An der Straßenseite zwischen zwei Gittern steht ein kleines Mädchen. Sie wirkt auf mich einigermaßen zierlich und könnte daher genau meine Kragenweite sein. Ich nehme sie an die Hand, fasse ihr Glucksen als Zustimmung auf und hieve sie auf meine Schulter. Unter großer Anstrengung laufe ich wieder zur Gruppe und als ich ankomme, stemme ich das Mädchen in die Höhe. In diesem Moment bewundere ich sämtliche Funken, die erwachsene Frauen problemlos durch die Gegend tragen. Ich rufe „Alaaf", bevor mir endgültig die Puste ausgeht. Etwas unsanft lasse ich das Mädchen zu Boden sinken. Genau zum richtigen Zeitpunkt, denn mindestens vier uniformierte, schlecht gelaunte Menschen rennen schreiend auf mich zu. Ich bekomme es tatsächlich mit der Angst zu tun und nehme so schnell ich kann Reißaus. Dabei verliere ich blöderweise meinen Helm, aber ich habe ganz andere Sorgen, denn die Männer sind sehr schnell. Zugute kommt mir allerdings, dass sie bei der Hitze in voller Montur laufen. Zumindest glaube ich, dass ich deswegen viel schneller bin. Ich finde eine Lücke im Zaun, biege rechts auf eine kleine Straße ab und laufe sie, ohne mich ein weiteres Mal umzuschauen, entlang. Dabei komme ich an einem großen Park vorbei. Auf der anderen Seite des Weges streiten sich zwei Gänse um die beste Liegeposition in einem kleinen Teich. Ich würde mir das Spektakel zu gerne aus der Nähe anschauen, glaube aber, dass ich dazu wenig Zeit habe. Erst als ich erneut abbiege, traue ich mich, ein wenig Tempo herauszunehmen. Von den Uniformierten fehlt jede Spur. Offensichtlich bin ich ein ganz guter Läufer. Vielleicht kann ich noch Karriere bei Olympia machen. Allerdings tut mir die Brust schon ein wenig weh, meine Oberschenkel machen den Eindruck, als würden sie jeden Moment nachgeben und zu allem Übel fehlt mir mein Helm. Das ist schade, denn ich habe sehr gute Erinnerungen an ihn.

*****

Mein T-Shirt ist noch immer nass vor Schweiß, als ich eine knappe Stunde später das Hotel betrete. In der Lobby ist tote Hose. Ich nutze die Gunst der Stunde und setze mich an den Rechner. Die Anzahl meiner Fans hat sich noch einmal enorm gesteigert. Diese Entwicklung macht mich mächtig stolz, auch weil es bedeutet, dass ich ohne Laura sehr gut zurechtkomme und Erfolg habe. Sie hat mir noch immer keine Nachricht hinterlassen. Ich mache mir Sorgen, dass sie noch immer auf Mallorca festhängt. Vielleicht hat sie ja einer meiner Viewer gesehen und ich sollte einen Aufruf über das Internet starten. Doch vorher erzähle ich von meinem neuen Freund Günter und von meinem ersten britischen Karnevalszug. RingelRita klärt mich auf, dass es sich wahrscheinlich um eine alljährliche sommerliche Parade gehandelt hat. Mir ist es egal, wie der Zug heißt, ich bin jedenfalls enttäuscht über die monotonen Kostüme und dass ich kein einziges Lied erkannt habe. Jolo wünscht sich, dass ich die Kronjuwelen klaue, die ich allerdings nicht kenne, und Lydia warnt mich vor Günter. Sie könne sich vorstellen, dass es sich bei meinem neuen Kumpel um einen verdeckten Ermittler handele. Das glaube ich nicht. Er trug weder einen langen Mantel noch eine falsche Brille. Ich verabschiede mich, nachdem ich Alfi versprochen habe, bald auch mal wieder ein Video oder Fotos auf die Seite zu stellen. Er rät mir, in London ein Gebäude zu erklimmen. Zum Beispiel Big Ben. Das wäre das richtige Zeichen für den Frieden.

Günter holt mich um kurz vor acht auf meinem Zimmer ab. Lydias Hinweis hat mich ein wenig skeptisch gemacht, deswegen schaue ich mir den Mann genau an. Aber es gibt nichts, was auf einen verdeckten Ermittler schließen lassen könnte. Er lächelt schon freundlich, als er mein Zimmer betritt, und schaut sich neugierig in meinem kleinen Raum um.

„Schön hast du es hier“, sagt er und sieht aus dem Fenster, „mit Blick auf The Shard. Ich bin beeindruckt.“ Er zeigt auf das hohe Gebäude, auf das ich möglicherweise noch klettern werde, und erkennt mein Interesse. „Das Haus ist 2012 gebaut worden. Es ist mit über dreihundert Metern eins der höchsten Gebäude Europas“, erklärt er mir.

„Ich habe mir überlegt, es zu erklimmen“, erkläre ich Günter. Er zieht die Augenbrauen hoch. „Du weißt doch, ich bin schon auf den Eiffelturm geklettert.“ Günter wirkt immer noch skeptisch. „Das hat auf meinem Blog für sehr viel Bewegung gesorgt. Jetzt würde ich gerne weitere Viewer gewinnen.“

„Ich würde das nicht machen“, sagt er und schüttelt den Kopf.

„Aber du sollst es ja auch nicht machen. Ich will da hochklettern. Ich glaube nicht, dass es meinem Blog etwas bringen würde, wenn du da raufsteigst.“ Günter schaut mich noch immer seltsam an. „Es ist auch wirklich gefährlich“, fahre ich fort. Vielleicht kann ich ihn so von meinem Vorhaben abbringen. Ich will nicht, dass er von meinem Ruhm etwas abzwackt.

Er lacht. „Ich habe Höhenangst. Ich klettere da bestimmt nicht drauf. Ich würde aber auch an deiner Stelle da nicht hochgehen“, sagt er mir und ich nehme mir seine Worte zu Herzen. Wir verlassen das Hotel und gehen zu Fuß an dem Fluss vorbei. Es ist ein wunderbarer Sommerabend und ich wünschte, meine Reise würde immer weitergehen. Kinder toben über die Straße und Tauben suchen die kleinen Rasenstücke am Gehweg nach Essensresten ab. Es ist schade, dass mein Ausflug morgen endet, aber mein Flieger geht nun mal. Da gibt es wohl keinen Ausweg. Ich nehme mir vor, irgendwann eine ähnliche Reise zu machen. Vielleicht sogar mit Laura, wenn ich sie denn noch einmal wiedersehe. Der Gedanke, dass wir uns nie wieder begegnen, treibt mir Tränen in die Augen.

Wir kommen an dem Riesenrad vorbei und ich denke darüber nach, Günter auch hier um Rat zu fragen. Ich lasse es schließlich, da sich noch immer Tränen in meinen Augen befinden und meine Stimme sicherlich komisch klingt. Wir betreten ein kleines Restaurant, das sich in einer engen Seitenstraße befindet. Die Kellner sind allesamt dunkelhäutig und der Raum mit bunten, leuchtenden Lampen übersät. Eine goldene, überdimensionale Gießkanne steht mitten im Raum und eine bunte Elefantenkette ziert die Fensterbank. Es riecht nach komischen Gewürzen. Wir setzen uns an einen kleinen Tisch und es dauert nicht lange, bis ein Kellner uns die Speisekarte bringt. Günter sagt etwas in einer Sprache, die ich nicht kenne, und der Kellner nimmt uns die Speisekarte wieder ab, um sie keine halbe Minute später wiederzubringen.

„In manchen Restaurants versuchen sie, die Touristen zu betrügen“, erklärt er mir. Das ist nicht nett, allerdings frage ich mich, warum wir im Restaurant von Betrügern essen gehen. Die sollte man eigentlich nicht unterstützen. Ich verstehe nur Bahnhof und bin ziemlich glücklich, dass Günter für uns bestellt. Der Kellner nickt einmal, nimmt uns die Karten ab und verschwindet. „Ich habe gesehen, dass du traurig bist“, sagt Günter und legt den Kopf zur Seite. Vermutlich soll ich ihm jetzt antworten. Doch wie? Er hebt kurz einen Finger und fummelt in seinem Rucksack herum. Dann schaut er mich wieder an. „Wegen dieser Laura?“, will er wissen. Ich nicke. Ich bin wirklich traurig. Sie ist meine einzige Freundin. Und dazu noch die beste. Nur mit Mühe kann ich meine Tränen unterdrücken. „Warum ist sie dir so wichtig?“ Günter stellt ähnliche Fragen wie Dr. Oswald, doch er sieht dabei wirklich interessiert aus. Also erzähle ich von ihr. Von ihren wunderbaren Augen, ihren Zöpfen und ich traue mich sogar, von ihrem Körper zu schwärmen. Noch lieber erzähle ich aber von ihren Show-Einlagen, ihren Witzen und ihren lustigen Grimassen. Günter stellt hier und da Fragen, nickt interessiert. Ich habe gar nicht mitbekommen, wie die Zeit vergangen sein muss, denn plötzlich steht ein Kellner mit verschiedenen kleinen Tellern vor uns. Er stellt sie ab und verschwindet. Günter legt sich den Finger auf die Lippen. „Erst essen wir“, erklärt er und tunkt ein seltsames, trockenes Stück Brot in eine weiße Soße. Nach dem Brot bekommen wir trockenen Reis und rötliches Fleisch gebracht. Ich bin erst zögerlich, denn so buntes Fleisch habe ich noch nie gegessen. „Das ist Huhn“, sagt er mir, aber ich bin mir nicht sicher. Ich kenne Huhn nur in Weiß oder mit goldener Kruste bei McDonald‘s. Am liebsten mit Curry- oder süßsaurer Soße. Aber Günter wird schon wissen, was wir hier essen. Er hat es ja schließlich bestellt. Ich habe mein letztes Fleischstück noch nicht heruntergeschluckt, als Günter wieder nach Laura fragt. Ich bin geneigt, mir nun meinen Zeigefinger auf die Lippen zu legen. Auf der anderen Seite will ich von Laura erzählen. Er würde sie bestimmt auch mögen. Jeder mag Laura. Selbst Victor hat sie zu lieben gelernt. Manchmal glaube ich, ein bisschen zu viel. „Vielleicht ist Laura krank“, sagt Günter plötzlich aus dem Nichts. Ich bin schockiert, denn ich habe keine Ahnung, wie er auf diese absurde Idee kommt. Ehrlich gesagt bin ich sogar ein bisschen sauer auf ihn. Wie kann er nur so etwas Gemeines behaupten? „Du sagst, sie schreit immer lustige Ausdrücke, macht komische Geräusche, schlägt sich, zieht Grimassen.“ Er macht eine kurze Pause. „Das hört sich für mich wie das Tourette-Syndrom an.“ Seine Augen sind groß und wieder habe ich das Gefühl, als erwarte er eine Reaktion. Die kann er haben. Am liebsten würde ich aufstehen und das Restaurant verlassen. Ich versuche, mich am Riemen zu reißen, denn aus irgendeinem Grund möchte ich mehr von ihm erfahren. Also bemühe ich mich, seinen Blick zu imitieren. Ohne Erfolg. Günter starrt mich noch immer an. Schließlich wird es mir langweilig.

„Laura ist nicht verrückt", erkläre ich und verschränke die Arme. Günter lächelt mal wieder. Gerade finde ich das nicht so sympathisch wie sonst.

„Das behaupte ich doch auch gar nicht, Jan. Sie ist nicht verrückt. Aber sie hat Symptome, die auf ein Krankheitsbild passen. Keine Sorge", sagt er schließlich und legt seine Hand auf meinen Arm, „die Krankheit ist weder ansteckend noch tödlich. Laura kann halt gewisse Dinge nicht unterdrücken. Sie hat Zwänge", erklärt er mir. Ich kann seine Worte nicht verstehen und bin noch immer geneigt, das Restaurant zu verlassen. „Schwamm drüber", sagt er und ich muss lachen, als ich an eine lustige Folge SpongeBob-Schwammkopf denke. „Erzähl mir noch ein bisschen was über diesen Banküberfall. Das finde ich besonders spannend." Wieder legt er seinen Kopf zur Seite. Aus irgendeinem Grund lädt mich diese Geste geradezu zum Erzählen ein. Ich schildere ihm alles. Erzähle ihm, dass wir eigentlich in der Stadt eine Kappe gekauft haben, dass ich gar nicht mit Lauras Vorhaben, die Bank auszurauben, vertraut gemacht worden bin und dass mir der alte Mann leid tut, den ich noch mal getreten habe. Das wollte ich nicht. Er hat mir ja nichts getan.

„Du wusstest also gar nicht, dass ihr die Bank ausraubt?", fragt Günter, obwohl ich ihm genau das gerade erklärt habe. Für seinen seltsamen Blick hört er aber erschreckend schlecht zu.

„Ich bin mir gar nicht sicher, ob Laura die Bank wirklich ausrauben wollte. Sie ist ja erst einfach ohne die Beute verschwunden. Das war schon ein bisschen komisch."

„Und wie viel Geld habt ihr erbeutet?"

„Laura hat das Geld gezählt. Ich kann nicht so gut zählen." Günter nickt.

„Und mit dem Geld habt ihr eure Reisen finanziert", stellt er fest. „Und dann war Laura auf einmal weg? Mit deinem Schreibmaschinenkasten mit den Tüten?" Günter hat doch ganz gut zugehört. Er kann sich sogar an Kleinigkeiten erinnern. Er ist schon ein guter Freund.

„Ich glaube, Laura ist nicht einfach weg. Sie wird ihr Flugzeug verpasst haben." Günter schüttelt den Kopf.

„Jan, sei mir jetzt nicht böse. Ich weiß, du magst Laura sehr gerne. Aber ich glaube, sie hat es faustdick hinter den Ohren." Auch wenn der Ausdruck lustig klingt, ist Günter plötzlich ganz ernst und das gefällt mir gar nicht. „Ich glaube, sie ist mit der Beute abgehauen."

„Das ist sie nicht", stelle ich entschieden fest. Doch ich merke, dass Günter nicht so leicht von seiner Meinung abzubringen sein wird. „Warum sollte sie auch? Wir hatten so viel Spaß."

„Aber warum hat sie dann nur dir ein Ticket nach London gekauft? Warum hat sie dir den Schreibmaschinenkasten nicht zurückgebracht? Und wo ist sie jetzt? Warum hat sie sich nicht auf deinem Blog gemeldet?"

Mutter hat immer gesagt, dass es auf alle Fragen Antworten gibt, man aber nicht immer alle Antworten kennen muss. Ich glaube, meine Mutter war eine sehr schlaue Frau. Ich kenne die Antworten auf seine Fragen nicht und ich will sie vielleicht auch gar nicht kennen. Ich weiß nur, dass ich Laura vermisse und ich bin mir sicher, dass ich ihr auch fehle. Wir hatte so eine schöne Zeit. Ich schaue auf meinen leeren Teller und merke, dass ich schon wieder mit den Tränen zu kämpfen habe. Es ist der letzte Abend meiner Reise, ich habe meinen Vater nicht getroffen und Laura verloren. Klar, ich habe auch viele neue Freunde gefunden, dennoch habe ich mir die Reise ganz anders vorgestellt. Aber ich weiß, dass Laura nicht mit meinem Geld abgehauen ist. Dafür kenne ich sie zu gut. Ich bitte Günter, mir keine blöden Fragen mehr zu stellen. Er nickt. Dann bestellt er sich noch einen Kaffee und als er diesen endlich ausgetrunken hat, bezahlt Günter und wir treten wieder auf die Straße. Es ist noch immer warm, obwohl die Sonne sich so langsam verabschiedet. Die Straßen sind voll von Menschen, die sich angeregt unterhalten, lachen und fröhlich durch die Gegend schlendern. Mir ist weder nach Unterhaltung noch nach gemeinsamem Spazierengehen zumute. Also bitte ich Günter, mich ein wenig alleine zu lassen. Er nickt verständnisvoll.

„Damit du dir noch ein schönes Andenken kaufen und das Hotel bezahlen kannst", sagt er, als er mir einen Geldschein in die Hand drückt. Dann umarmt er mich. „Ich bin sehr froh, dich kennengelernt zu haben." Ganz langsam löst er seine Arme wieder. „Ich hinterlasse an der Rezeption meine Karte. Dann kannst du mich anrufen, wenn du Hilfe brauchst. Ich komme ja auch aus Köln. Vielleicht treffen wir uns da mal wieder." Er ist so nett. Ich bin glücklich, ihn getroffen zu haben, und winke ihm zum Abschied. Dann laufe ich die Straße zum Fluss hinunter und schlendere einen kleinen Weg entlang. Auch wenn ich sonst nicht gerne alleine bin, genieße ich die Einsamkeit. Ich setze mich auf eine Bank und denke über Günters Worte nach. Laura hat schon komische Eigenschaften, oft in unmöglichen Situationen böse Wörter in den Mund genommen und meine Mutter hätte mir möglicherweise den Umgang mit ihr verboten. Dennoch hat sie für viel Unterhaltung gesorgt. Natürlich ist Laura nicht verrückt. Sie ist einfach nur anders als andere Menschen. Das heißt aber noch lange nicht, dass sie krank ist. Tatsächlich glaube ich inzwischen, dass Laura ursprünglich die Bank nicht ausrauben wollte. Sie hat sicherlich nur die Gunst der Stunde nutzen und mir diese unglaubliche Reise ermöglichen wollen. Nein, Laura ist ein herzensguter Mensch, der nur das Beste für mich will. Insofern ist es auch ausgeschlossen, dass sie mir das Geld abnehmen wollte. Aber das habe ich Günter ja auch schon gesagt. Ich blicke in den Sternenhimmel, der sich mittlerweile über dem Fluss ausgebreitet hat. Bei allen Enttäuschungen, Freiheit ist ein unglaublich tolles Gefühl, das ich niemals mehr missen will. Vielleicht ist das die positive Erkenntnis meines Trips.

*****

„Hey, Partner", ruft eine Stimme hinter mir. Eigentlich wollte ich gerade nach dem richtigen Flug auf der großen Tafel gucken, doch die Stimme kommt mir bekannt vor. David grinst mich über beide Ohren an. Er hat sich verändert. Er trägt eine Kappe, eine Sonnenbrille und neuerdings einen Schnauzer. Ich bin überrascht, wie schnell seine Haare wachsen, aber er ist es unverkennbar. „Wie geht es dir?", fragt er mich mit seinem lustigen Akzent. Ich würde ihm am liebsten meine ganzen Erlebnisse schildern, aber ich darf meinen Flug nicht verpassen.

„Gut“, sage ich. „London ist eine wunderschöne Stadt“, stelle ich fest. Mir wird gerade bewusst, dass ich auch ohne Laura jede Menge Spaß hatte. Natürlich hätte ich mit ihr noch mehr Spaß gehabt.

„Ich habe gehört, du bist eine kleine Berühmtheit“, sagt er freundlich. „Du bist doch dieser Roof Climber, der für den Frieden klettert.“ Ich spüre, dass ich ganz rot werde. Das ist mir ein wenig peinlich. „Hast du noch englisches Geld, das ich dir zurücktauschen soll?“, schlägt er plötzlich vor, „Du wirst es ja in Deutschland nicht gebrauchen können.“ Er strahlt geradezu.

„Nein“, erwidere ich. Seine Argumente sind nicht unbegründet, aber ich will mein Geld behalten. Es ist für mich eine Art Erinnerung. Jetzt, wo ich weder Pluto noch den Schreibmaschinenkasten habe. Ich zücke meine Digitalkamera, schließlich fehlt mir David noch in meiner Sammlung. Er erschrickt, als das Blitzlicht aufflackert. „What the fuck“, fährt er mich an und von seiner Freundlichkeit im Gesicht ist nicht mehr viel geblieben. „You stupid little bastard“, schreit er und der Ton verrät mir, dass seine Wortwahl nicht freundlich ist. Einige Leute drehen sich zu uns um. David zieht seine Kappe tiefer ins Gesicht. Dann nimmt er mich am Arm und führt mich zu einem Toiletteneingang. Dabei bohrt sich sein Daumen tief in meine Haut neben dem Hals.

„Aus“, beschwere ich mich. Doch David lässt erst unmittelbar vor der Toilette los.

„Warum machst du Fotos von mir?“, fragt er mich. Seine Stimme ist sehr leise, der Unterton nicht wirklich angenehm. Er ist böse auf mich. Ich habe keine Ahnung, was ich falsch gemacht habe. „Warst du bei der Polizei?“, fragt er mich.

„Nein, warum sollte ich?“, will ich von ihm wissen. Denn ich wüsste nicht, wozu ich mich dort hätte melden sollen.

„Was machst du mit dem Foto?“, fährt er mich wieder an.

„Ich fotografiere alle meine Freunde“, erkläre ich ihm. Das muss ihm einleuchten, doch David lässt sich gar nicht mehr beruhigen.

„Gib mir die Kamera“, fordert er mich auf. Ich denke nicht daran. Ich verbinde viel zu schöne Erinnerungen mit ihr. „Du gibst mir jetzt die Kamera.“ Seine Stimme wird wieder ein wenig lauter.

„Is everything all right?“, fragt mich eine ältere Dame.

„Fuck off“, beruhigt sie David. Offensichtlich zufrieden stapft sie davon. „Du löschst jetzt sofort das Bild“, sagt er zu mir, doch ich schüttle nur den Kopf. Er ist mein Freund, also gibt es auch ein Foto von ihm. „Es darf keine Bilder von mir geben“, erklärt er weiter. Das verstehe ich nicht. Warum sollte es keine Bilder von ihm geben dürfen? Das ergibt keinen Sinn.

„Okay, du bekommst fünfzig Pfund von mir, wenn du das Bild löschst“, schlägt er mir vor. Eigentlich ist es nicht meine Art, meine Bilder zu verkaufen. Aber vermutlich sieht David in meiner Arbeit als Fotograf viel Potenzial. Außerdem sind fünfzig Pfund schließlich dreihundert Euro. Der Schreibmaschinenkasten im Laden der alten Dame hat genauso viel gekostet. Es wäre ja töricht, das Angebot nicht anzunehmen. Allerdings habe ich einen kleinen Einwand.

„Ich bräuchte das Geld aber schon in Euro. Schließlich fahre ich ja zurück nach Deutschland“, erkläre ich ihm. David guckt mich verdutzt an. Dann zieht er sein Portemonnaie hervor. Ich bin überrascht, wie viele Euro-Scheine David in seiner Geldbörse hat. Er scheint wirklich ein Finanzexperte zu sein. Dann drückt er mir zwanzig Euro in die Hand.

„Der Kurs hat sich geändert. Du bekommst leider nicht mehr so viel“, sagt er.

„Dann nicht.“ Ich reiche ihm die zwanzig Euro und lasse die Kamera wieder in meiner Tasche verschwinden. Für einen Moment habe ich das Gefühl, David will mich vermöbeln. Zumindest ballen sich seine Fäuste bedrohlich. Dann atmet er tief durch.

„Okay, du kleiner Mistkerl. Wie viel willst du?“

„Na ja. Ein Schreibmaschinenkasten müsste schon drin sein. Nach deinem ersten Kurs wären es ja dreihundert Euro. Das sollte reichen.“ David drückt mir die Scheine in die Hand und ich stopfe sie in meine Hosentasche. Dann friemle ich aus der anderen die Kamera hervor und öffne das Menü. In diesem Moment rennt David wie von der Tarantel gestochen los. Überrascht drehe ich mich um. Mehr als einige Passanten und zwei Männer in Uniform kann ich allerdings nicht erkennen. Eigentlich könnte ich Davids Bild jetzt behalten, schließlich kann ich nicht mehr auf seine Rückkehr warten. Mein Flieger geht gleich. Aber versprochen ist versprochen und wird nicht gebrochen. Ich drücke auf „löschen".

Köln

Mit einem mulmigen Gefühl sitze ich im Flugzeug, das ich fast noch verpasst hätte. Es geht also wieder nach Hause. Das Problem ist nur, dass ich eigentlich gar kein Zuhause mehr habe. Ich weiß nicht genau, wo ich hin soll. In das Mädchengeschäft von Victor will ich nicht. Vielleicht holt mich ja Laura vom Flughafen ab und wir fahren zu ihr. Ich denke über meine Reise nach. Das schlechte Gefühl vom Abend ist ein wenig dem Stolz gewichen. Denn dank meiner Reise, meiner Erlebnisse und meinen spektakulären Auftritten bin ich zu einer kleinen Berühmtheit geworden. Ich habe am Morgen noch einmal meinen Blog geöffnet und mit Freude festgestellt, dass sich die Zahl der Viewer auf 300.118 erhöht hat. Das ist eine überraschend schnelle Entwicklung. Natürlich hatte ich keine Zeit mehr, alle neuen Einträge zu lesen. Doch einige meiner Fans haben sich über meine offenen Worte gefreut, andere gewundert und wieder andere haben mich gewarnt, nach Hause zu kommen. Warum, weiß ich nicht. Ich weiß auch nicht, welche offenen Worte sie gemeint haben. Schließlich habe ich gestern Abend gar nichts mehr geschrieben. Bestimmt meinen sie meine Einträge insgesamt. Irgendwie ging diese Reise viel schneller vorbei, als ich mir das gedacht hatte. Vielleicht mache ich in ein, zwei Wochen noch einmal eine ähnliche Reise. Vielleicht kann ich dann noch mal David besuchen. Ich bin nicht mehr dazu gekommen, mich von ihm zu verabschieden.

„Entschuldigung“, sagt eine freundliche Stimme neben mir und eine Hand berührt meine Schulter. Ein junger Mann in meinem Alter lächelt mich an. „Du bist doch dieser Le-Man“, sagt er. Er breitet die Arme aus und flattert, als wäre er ein abstürzender Vogel. „Kann ich ein Autogramm haben?“ Ein Grinsen breitet sich ganz langsam über mein Gesicht aus. Wahnsinn. Ich bin nach einem Autogramm gefragt worden. Wenn das mal nicht ein Zeichen von Berühmtheit ist … Vielleicht darf ich irgendwann mal auf der Couch bei „Verstehen Sie Spaß?“ Platz nehmen. Schließlich bin ich ja eindeutig ein gern gesehener Spaßvogel.

„Natürlich“, sage ich stolz. „Ich habe aber noch keinen eigenen Kugelschreiber. Den muss ich mir jetzt wohl zulegen.“ Der Mann schaut mich ein wenig verwirrt an. „Du hast eine schöne Kappe“, sage ich. Er zieht einen Filzstift aus der Innentasche und reicht ihn mir. Dann legt er eine Zeitung auf den kleinen Tisch, auf dem sich eben noch ein trockenes Brötchen und eine Zitronenlimonade befunden haben. „Wo darf ich denn mein Autogramm hinmachen?“, will ich von ihm wissen, während ich in der Zeitung blättere.

„Am besten direkt auf dein Bild“, sagt er. Das könnte schwierig werden. Denn das einzige Bild, das ich dabei habe, ist das auf meinem Personalausweis und den muss ich eigentlich behalten. Zumindest haben Helmut, aber auch meine Mutter gesagt, dass ich den nicht verlieren oder aus der Hand geben darf. Das hat schon zu kleineren Schwierigkeiten am Flughafen und im Hotel geführt. Da konnte ich jeweils überzeugt werden, doch dem jungen Mann mit der schönen Kappe werde ich meinen Ausweis nicht überlassen. Offenbar merkt der Mann mein Zögern und dreht die Zeitung auf die Titelseite.

„Da. Direkt auf dein Foto, bitte“, sagt er und deutet mit dem Zeigefinger auf das große Bild. Ich bin leicht geschockt, als ich mich wiedererkenne. Aber auch ein bisschen stolz. Das Foto wurde offenbar gestern Abend in der Nähe des Flusses gemacht. Ich muss mich erst einmal setzen. Nachdenklich starre ich auf die dicken Buchstaben, die über meinem Bild stehen. „LE-MAN: Jetzt spricht der Bankräuber!“ Mein Magen zieht sich komisch zusammen. Es fühlt sich ein wenig an wie der Moment, als ich festgestellt habe, dass Laura das Flugzeug verpasst hat. Natürlich habe ich gewusst, dass Laura und ich Geld geklaut haben, aber deswegen muss man mich noch lange nicht als Bankräuber bezeichnen. Wenn das Helmut oder Dr. Oswald lesen …

„Was ist jetzt mit meinem Autogramm, Le-Man?“

„Einen Moment“, stammle ich und lese die ersten Worte. „Geklaut, getürmt, bestohlen. Jan Lehmann exklusiv über seine Wahnsinnstat, seine große Liebe und seine Zukunft. Allein in die weite Welt gezogen, um ein Internetstar zu werden. Mit Le-Man sprach Jetzt-Reporter Günter Hönig.“ Ich bin schon ein wenig stolz, mit einem echten Reporter befreundet zu sein. Allerdings habe ich ein Interview gar nicht mitbekommen. Der Mann mit der wunderbaren Kappe zieht an der Zeitung, doch ich lasse sie noch nicht los, schließlich will ich nicht mein erstes Autogramm verpassen. Ich kritzle meine Unterschrift auf mein Bild, stehe kurz auf und drücke dem Mann die Hand. Er freut sich offenbar sehr darüber und beugt sich zu mir.

„Wenn du irgendwann mal was brauchst, lass es mich wissen. Ich kann dir alles besorgen“, flüstert er mir ins Ohr. Das ist gut zu wissen, denn ich kann sehr oft etwas gebrauchen. Etwa Einkäufe von Spar oder Wandfarbe vom Baumarkt. Mal sehen.

„Sie sind ein Bankräuber?“, will mein Sitznachbar von mir wissen. Ich habe noch nie in meinem Leben so viel Aufmerksamkeit bekommen. Klar, Günter hat ja geschrieben, dass ich jetzt ein Internetstar bin, aber so langsam spüre ich das auch. Ich nicke stolz. Der Mann ist bestimmt schon über siebzig. Seine Haut ist fleckig und sein Haar weiß und dünn. „Ich bin auch schon einmal ausgeraubt worden“, sagt er. „Früher hätte man Sie verbrannt.“ Das ist komisch. Ich dachte, nur Hexen seien früher verbrannt worden. Aber vielleicht haben ja früher die Hexen die Banken ausgeraubt.

„Darf ich auch ein Autogramm haben?“, fragt die junge Frau am Fenster. „Für meinen Sohn“, erklärt sie mir, während sie mir ihren Kugelschreiber reicht. Der Alte schüttelt erneut den Kopf. Stolz nehme ich ihre Zeitung und schreibe meinen Namen auf mein Bild. Sie bedankt sich höflich und ihre Freundlichkeit war der Mühe wert – ich schreibe nicht sonderlich gerne. Der Zuspruch ermuntert mich. Ich leihe mir bei der freundlichen Frau den Kugelschreiber aus und stehe auf.

„Wollen Sie vielleicht ein Autogramm haben?“, frage ich den Familienvater, der seine kleinen Töchter gerade davon abhält, einen Lolli in die Haare einer alten Dame zu kleben. Er schaut mich genervt an. „Vielleicht für Ihre Tochter“, schlage ich vor, denn ich glaube, dass ich gerade bei den jungen Menschen gut ankomme. Dennoch schüttelt er den Kopf. Also probiere ich es bei dem möglichen Lolli-Opfer. Die ältere Dame zeigt sich sofort begeistert und reicht mir ein Papiertaschentuch. Dann versuche ich mein Glück auf der anderen Seite des Gangs. Zugebenermaßen ist die Ausbeute eher enttäuschend. Nur vier Leute wollten ein Autogramm, zwei von ihnen haben streng genommen geschlafen. Im Eifer des Gefechts bin ich von der freundlichen Frau in roter Uniform auf meinen Platz verwiesen worden. Sie wollte übrigens auch kein Autogramm haben. Nur wenige Minuten später landen wir auf dem Flughafen Köln/Bonn. Auch wenn ich gerne noch ein paar Tage länger geblieben wäre, ist es ein schönes Gefühl, nach Hause zu kommen. Ich nehme meinen Rucksack aus dem Fach über meinem Kopf, verabschiede mich von der netten Frau, nicke dem alten Mann immerhin zu und schiebe mich in die Schlange, die ganz langsam das Flugzeug verlässt. Da ich ja keinen Schreibmaschinenkasten mehr habe, brauche ich auch nicht auf mein Gepäck zu warten. Ich gehe an dem Kofferband vorbei und folge einer älteren Dame durch eine automatische Schiebetür. Schon ein wenig erwartungsvoll drehe ich mich um, nur um festzustellen, dass Laura nicht da ist. Natürlich bin ich enttäuscht. Ich habe schon ein wenig mit ihr gerechnet. Wieder sehe ich eine Menge Personen, die irgendwelche Schilder mit Namen hochhalten. Trotz meiner mühsam erlangten Berühmtheit steht „Jan Lehmann“ auf keinem Schild. Ein netter Herr in Lederjacke nickt mir freundlich zu. Dann winkt er sogar. Er muss mich erkannt haben. Ich forme beide Hände zur Victory-Pose und rufe „Hi, Fans“. Der Mann lacht. Er ist offensichtlich ein großer Fan. Vermutlich hat er den einen oder anderen Beitrag auf meiner Seite hinterlassen. Sein Bart ist flauschig und es sieht so aus, als hätte er nur die Stelle um die Augen und Nase von Haaren befreit. Er ähnelt einem Kapuzineräffchen. Die sind ziemlich süß.

„Jan?“, fragt er mich. Obwohl es vertraut klingt, bin ich mir ziemlich sicher, den Kerl noch nie gesehen zu haben. Er ist bestimmt über vierzig. Außer Ludo und Günter habe ich keine Freunde in seinem Alter. Aber vielleicht ist es ja ein Freund von Günter. Ich nicke.

„Kennst du den Günter?“, will ich von ihm wissen. Er kräuselt kurz seine Augenbrauen und schüttelt dann den Kopf. Vielleicht ist er ein Freund von Ludo.

„Du bist doch Jan Lehmann?“ Er legt den Kopf schräg und hat in diesem Moment ein wenig was von Pluto.

„Ja, ich bin Jan Lehmann“, stelle ich mich freundlich vor. „Du darfst aber gerne Jan oder Le-Man sagen. Das ist nämlich mein Spitzname.“ Wie es sich gehört, reiche ich ihm die Hand. Der Mann hat einen sehr festen Händedruck. Wäre ich empfindlich, würde ich sagen, ein wenig zu fest.

„Mein Name ist Rico Stein", sagt er und betont seinen Namen, als müsste irgendwo in meinem Kopf ein Groschen fallen. Ich lache über den Gedanken. „Kriminalhauptkommissar Rico Stein", fährt der Mann fort. Es dauert einen Moment, bis ich seine weiteren Worte einordnen kann. „Ich bin Polizist", erklärt er mir freundlich. Blöderweise merke ich erst jetzt, dass mich Rico Stein noch immer sehr fest an der Hand hält. Ein ungutes Gefühl breitet sich von meinem Kopf bis hin zu meinem Magen aus. „Ich habe deinen Blog gelesen." Rico Stein sieht mich mit großen Augen an. Das ungute Gefühl verwandelt sich in Stolz.

„Und? Hat er dir gefallen?", will ich wissen. Wieder kräuseln sich seine Augenbrauen. Das sieht sehr lustig aus. Ich würde zu gerne daran ziehen, aber vielleicht ist er dann nicht mehr mein Freund.

„Ja, ja", sagt er schließlich. „Ich fand ihn toll. Vor allem deine Posts über den Banküberfall haben mich interessiert."

„Ja, stimmt, die waren einfach klasse. Allererste Kajüte", stimme ich ihm zu. Rico Stein gefällt mir immer besser. Ich könnte mir vorstellen, dass ich mich mit ihm ähnlich gut verstehe wie mit Günter. Allerdings hält er noch immer meine Hand fest. Und zwar noch immer ziemlich feste.

„Nun ja, weißt du, Jan?", stammelt er und sein Händedruck tut noch ein wenig mehr weh. „Ich bin nun mal Polizist und Menschen, die eine Bank ausrauben, finde ich jetzt grundsätzlich nicht so gut." Er guckt mich streng an und schlagartig ist das blöde Gefühl in meinem Magen wieder da. „Sei mir nicht böse, aber ich kann deinen Blog nicht leiden." Das macht mich schon ein wenig traurig, aber jeder Mensch hat nun mal seine eigene Meinung. Das hat mir meine Mutter schon erklärt. „Wenn ich ehrlich bin, kann ich dich nicht leiden. Du tanzt uns auf der Nase herum. Und diese ganze Scheiße mit dem Frieden nehme ich dir auch nicht ab." Wieder benutzt Rico so ein lustiges Wortspiel, das in meiner Vorstellung einfach zu komisch aussieht. „Du hast uns von vorne bis hinten verarscht. Aber weißt du, Jan? Das ist jetzt vorbei", sagt er und dreht mir die Hand auf den Rücken. Das tut jetzt so langsam schon ein wenig weh. Er drückt mich unsanft vor sich her und ich merke, wie sich die Menschen nach mir umdrehen. Verhaftet bin ich noch nicht, denn Rico Stein hat mir nicht meine Rechte vorgelesen. Und das weiß ja schließlich jedes Kind, zumindest jedes, das Privatfernsehen hatte und T.J. Hooker gucken durfte. Wenn man mir nicht die Rechte vorliest, kann ich auch nicht belangt werden. Vor der Tür steht ein silberner BMW. Der ist schick und ich freue mich, als mich Rico Stein zur Hintertür begleitet und mit einem kräftigen Druck auf meinen Kopf klarmacht, dass ich mich auf die Rückbank setzen soll. Am Steuer sitzt eine Frau. Ich würde sagen, sie ist Mitte dreißig, aber bei Frauen fällt mir das Einschätzen des Alters unheimlich schwer.

„Hallo, ich bin Jan Lehmann", stelle ich mich natürlich vor. Allerdings, ohne der blonden Frau die Hand zu reichen, denn die befindet sich noch immer mit einem schicken Metallreifen auf meinem Rücken. Mich wundert es schon, dass so ein heißer Feger so einen schicken BMW fährt. Das passt gar nicht.

„Kriminalkommissarin Michaela Zielinski", sagt sie und lächelt. „Da hast du uns ja eine Zeit lang ordentlich in Atem gehalten", fährt sie fort. Sie ist mir unheimlich sympathisch, auch wenn ich sie nicht kenne. Ähnlich wie bei Laura spüre ich diese seltsame Wärme, wenn ich von ihr angelächelt werde. Wir fahren über die Autobahn und sind innerhalb weniger Minuten in Köln. Schon von Weitem habe ich die große Kirche gesehen, die für mich Heimat verkörpert wie kaum etwas anderes. Vielleicht mein Bett, doch das gehört ja jetzt Victor. Nach einigen Augenblicken halten wir vor einem grauen Gebäude. Rico Stein steigt aus und öffnet auch mir die Tür. Dann hilft er mir unsanft aus dem Wagen. Das Metall an meinem Handgelenk schmerzt sehr, aber ich will einfach nicht wehleidig sein. Rico Stein schiebt mich weiter vor sich her, öffnet mühselig Türen und schließlich führt er mich einen langen Gang entlang. Dann bleibt er vor einer Tür stehen, schubst mich unsanft hinein und bittet mich mindestens genauso unfreundlich, Platz zu nehmen. Obwohl mir meine Mutter beigebracht hat, dass Höflichkeit oberstes Gebot ist, er aber nichts davon wissen will, gehorche ich ihm. Denn nicht zu gehorchen, wäre mindestens genauso unhöflich. Ohne ein weiteres Wort zu sagen, verlässt er den Raum.

Es ist kalt, mein Handgelenk schmerzt und ich habe auch schon auf komfortableren Stühlen gesessen. Vor allen Dingen weiß ich aber nicht, worum es hier überhaupt geht. Sicherlich hat es mit dem Banküberfall zu tun. Ich mache mir so meine Gedanken, als sich plötzlich die Tür öffnet und die hübsche blonde Polizistin eintritt, deren Namen ich allerdings schon wieder vergessen habe.

„Hallo Jan“, sagt sie und ich wünschte, ich könnte so freundlich ihren Namen nennen. „Wir müssen uns unterhalten“, erklärt sie mir. Ihr Strahlen mindert meine Magenschmerzen - bis Rico Stein eintritt. Ich frage mich, warum ich mir seinen Namen eingeprägt habe, ihren aber nicht.

„Wir werden dich jetzt verhören“, sagt Rico Stein und setzt sich auf einen weiteren orangenen Plastikstuhl, der mir gegenüber steht. „Anwesende: Rico Stein und Michaela Zielinski“, sagt er und ich merke mir den Namen der Polizistin. Noch einmal werde ich ihn bestimmt nicht vergessen. Dann nennt er meinen Namen, mein Alter, das ich ihm eigentlich bislang noch gar nicht genannt habe, und faselt etwas von einem schweren Banküberfall in der Kölner Innenstadt. Michaela Zielinski strahlt mich unentwegt an. Als wollte sie mir sagen: Mach dir keine Sorgen, ich bin ja bei dir. Auf diese Art und Weise hat meine Mutter mich immer beruhigt. Dann fordert Rico Stein mich auf, alles über den Banküberfall zu erzählen. Ich schildere ihm alles, erzähle vom Überfall, von meiner Bahnfahrt mit Pluto, ja selbst von Victor weiß ich zu berichten.

„Victor Asarenko aus der Ukraine?“, hakt Rico Stein nach. Ich schüttle den Kopf.

„Nein. Victor kommt aus Absurdistan.“ Michaela Zielinski strahlt noch immer. Rico Stein scheint über meine Antwort nicht ganz so glücklich zu sein.

„Das ist hier kein Kasperletheater!“, fährt er mich an, „Obwohl du schon ein Kasper bist. Der Suppenkasper“, stellt er fest. Ich weiß nicht, wer der Suppenkasper ist, aber ich bin Jan Lehmann. „Du hast doch diesen Victor Asarenko bei dir wohnen lassen“, schimpft er. „Das ist auch strafbar", erklärt er weiter. Ich bin ein wenig ratlos, denn ich verstehe ihn nicht. „Punkt eins", Rico Stein streckt seinen Zeigefinger in die Luft, „er hat keine Aufenthaltsgenehmigung. Punkt zwei: Er hat aus eurer Wohnung ein Bordell gemacht. Punkt drei: Er dealt seit vielen Jahren." Er schaut mich mit großen Augen an, als erwarte er eine Reaktion. Ich habe leider keine Ahnung, wie ich reagieren soll. „Du kannst mir nicht erzählen, dass du davon nichts gewusst hast. Ihr seid ein fieses Gesindel", sagt er. Michaela Zielinski räuspert sich und zeigt auf ein Gerät, das mich ein wenig an meine alte Hi-Fi-Anlage erinnert. „Okay", sagt er in einem ruhigeren Ton. „Du bleibst also dabei, dass du mit dieser Laura die Bank ausgeraubt hast?", fragt er. Ich nicke.

„Weißt du, Jan?", mischt sich jetzt Michaela Zielinski ein, „Es gibt da ein kleines Problem. Wir haben uns lange mit Laura Jansen unterhalten." Dieses Mal werde ich aus vier Augen angestarrt.

„Ich kenne keine Laura Jansen", stelle ich fest.

„Die Laura, mit der du die Bank ausgeraubt hast", sagt Rico Stein. Er macht auf mich nicht gerade einen glücklichen Eindruck. Ich nicke. Jetzt kenne ich sogar Lauras Nachnamen. „Das Problem ist: Laura wollte die Bank gar nicht ausrauben." Michaela Zielinski ist wirklich hübsch und sie gibt sich auch Mühe, nett zu sein, doch dass sie mir nicht zuhört, gefällt mir gar nicht. „Sie leidet unter einer Krankheit. Bei dieser Krankheit macht man Dinge, die man eigentlich nicht machen sollte." Dieselben Worte habe ich schon bei Günter gehört und nicht geglaubt. Warum sollte Laura krank sein, sie macht einen recht gesunden Eindruck. „Auch wenn sie es gesagt hat, wollte sie die Bank gar nicht ausrauben."

„Aber dann hätte sie es doch nicht gesagt, oder?", frage ich kleinlaut. Ich habe ein wenig Angst vor diesem Gespräch.

„Das ist genau das Problem. Sie sagt Dinge, tut Dinge, die sie eigentlich nicht machen will. Sie kann sie einfach nicht kontrollieren. Aber du schon, Jan. Du kannst kontrollieren, was du tust." Michaela Zielinski schaut mich ernst an. „Du weißt genau, was du tust. Du hast das Geld mitgenommen, du hast einen alten Mann getreten", fährt sie fort.

„Aber Laura war auch dabei“, verteidige ich mich.

„Wir haben die Videoaufnahmen aus der Bank gesehen“, meint Rico Stein. „Du wusstest wahrscheinlich nicht, dass diese Banken Videokameras haben. Die haben sie aber. Und wir können auf dem Band genau sehen, dass Laura Jansen die Bank verlassen hat. Es gibt keinen Grund, warum wir ihr nicht glauben sollten.“ Rico Stein macht eine kurze Pause. Zum ersten Mal, seitdem ich mit ihm in diesem Raum sitze, macht er ein freundliches Gesicht. Sympathischer wird er mir dadurch trotzdem nicht. „Das ist genau das, was sie uns auch gesagt hat. Und das lässt nur einen Schluss zu: Als Laura ‚Banküberfall‘ gerufen hat, hast du deine Chance gesehen, ganz schnell an viel Geld zu kommen. Sie hat ihren Fauxpas bemerkt und die Bank verlassen. Wenn du schlau gewesen wärst, hättest du das Geld einfach da gelassen. Dann wäre nichts passiert. Aber jetzt, jetzt hast du ein Problem.“ Er schlägt mit der Faust auf den Tisch und nicht nur ich zucke zusammen. Auch Michaela Zielinski hat mit diesem Gefühlsausbruch anscheinend nicht gerechnet. Ich bin sprachlos. Schon als Kind hatte ich Schwierigkeiten, mich in Wortgefechten zu wehren. Jetzt fällt mir gar nichts ein. Denn das, was der Mann von sich gibt, hört sich so schlau an. Das kann sich ja niemand ausdenken. „Blöderweise hast du die Rechnung ohne Frau Jansen gemacht. Sie ist dir hinterhergereist und hat dir das Geld abgenommen“, fährt er fort und ich wünschte, er würde den Mund halten, „da war aber schon der Großteil ausgegeben. Sie hatte nicht mehr viel Geld bei sich.“ Das stimmt wahrscheinlich, obwohl ich das nicht genau beurteilen kann, denn ich weiß ja nicht, wie viel Geld es eigentlich war. „Und diese Nummer ‚Dummer Junge‘ kannst du dir auch sparen. Das nimmt dir keiner ab.“

„Ich bin nicht dumm“, sage ich, denn das hat mir Mutter erklärt, „ich bin besonders.“ Michaela Zielinski lächelt. Sie mag mich. Und ich sie. Auf freundschaftlicher Basis. Dennoch bin ich mir überhaupt nicht im Klaren, wohin dieses Gespräch führen soll.

„Gibst du jetzt zu, dass du die Bank ausgeraubt hast?“, will Rico Stein von mir wissen. Ich nicke, denn lügen gehört sich einfach nicht. Nach einigen weiteren Fragen werde ich alleine gelassen. Erst eine gefühlte Ewigkeit später öffnet sich die Tür wieder. Dieses Mal kommt Michaela Zielinski allein.

„Helmut Schimming holt dich gleich ab", erklärt sie mir und setzt sich mir gegenüber. Michaela Zielinski hat wunderbare Haare und auch ihre Zähne sind einfach nur schön. „Du kennst Helmut?", fragt sie mich.

„Ja, klar. Er hat mir sein Notfall-Handy gegeben. Aber das ist leer oder kaputt."

„Er holt dich gleich ab und bringt dich dann nach Hause." Ich bin etwas verwundert, denn ich habe schon mit dem Aufenthalt in einer Gefängniszelle gerechnet. Laura hatte mich ja davor gewarnt. Ich blicke Frau Zielinski verwundert an. „Die Staatsanwaltschaft glaubt, dass keine Fluchtgefahr besteht. Außerdem hat sie ein Gutachten in Auftrag gegeben, ob du schuldfähig bist. Bis das da ist, darfst du nach Hause. Aber versprich mir, dass du nicht wegläufst", sagt sie und löst meine Handschellen. Sie riecht gut. Als ich abgekettet bin, reiche ich ihr die Hand, denn bislang war das nicht möglich. „Pass auf dich auf, okay?" Ich nicke. Sie öffnet die Tür und zeigt mir einen Stuhl, auf den ich mich setzen darf. Ich glaube nicht, dass alle Gefangenen einen ähnlichen Luxus erfahren. Ich sehe ihr noch eine Weile nach, bis sie durch eine Tür verschwindet. Wenige Minuten später taucht Helmut auf. Ich habe das Gefühl, als hätte er zugenommen. Er nimmt mich in den Arm und drückt mich an sich.

„Du machst Sachen", flüstert er. Ich bin glücklich, ihn zu sehen. Wir schlendern zu seinem Auto. Er öffnet mir die Tür und schließlich höre ich das vertraute Geräusch des Motors.

*****

Ich wache auf, als Helmut den Wagen auf einen Parkplatz lenkt. „Da wären wir", sagt er und zeigt aus der Windschutzscheibe. Ich schaue hinauf zu meiner alten Wohnung.

„Die Wohnung gehört mir nicht mehr“, erkläre ich Helmut. „Ich habe sie bei einem Wettspiel verloren.“ Helmut schnaubt und schüttelt den Kopf. Ich liebe diese Bewegung an ihm.

„Victor ist nicht mehr da“, erklärt er mir.

„Aber Wettschulden sind Ehrenschulden.“

„Es gab keinen verbindlichen Vertrag über diese Wette. Außerdem sitzt Victor im Gefängnis. Den wirst du so schnell bestimmt nicht wiedersehen.“

„Bei ihm besteht bestimmt Fluchtgefahr“, glänze ich mit meinem neuen Wissen.

„Bestimmt“, antwortet Helmut, „ich habe dir ein paar neue Möbel besorgen lassen. Und lad mal dein Handy wieder auf. Ich habe versucht, dich zu erreichen. Im Kühlschrank findest du etwas zu essen. Du musst ja einen Mordshunger haben.“ Er reicht mir den Wohnungsschlüssel, den ich Victor übergeben hatte. Natürlich bedanke ich mich, denn das gehört sich so. Ich schüttle ihm zum Abschied die Hand und bin froh, endlich wieder zu Hause zu sein. Die Wohnung riecht ein wenig seltsam. Es erinnert mich an das Krankenhaus, in dem man mir damals den Kugelschreiber aus der Nase gezogen hat. An den Fensterscheiben hängen neuerdings rote Vorhänge und rote Lampen verzieren die Fenster. Es sieht schon ein wenig seltsam aus. Wirklich gemütlich ist das nicht. In meinem alten Zimmer steht ein neues Bett. Es ist viel größer als mein altes und nicht mehr aus dem schönen, hellen Holz, an dem meine Duplo-WM-Bilder von 1998 hängen. Wie gerne bin ich neben Jürgen Klinsmann und Thomas Häßler aufgewacht. Das neue Bett ist aus Metall, hat dicke Stangen an allen Seiten und ein paar Handschellen hängen an einem Bettpfosten. Ich wünschte, Rico Stein hätte mir ähnliche Handschellen mit fluffigem Stoffmantel angelegt, dann würde mein Handgelenk bestimmt nicht so schmerzen. An der Decke hängt eine Art Schaukel. Ich muss zugeben, ich habe mich in Victor getäuscht. Ich hätte nicht für möglich gehalten, dass er sich um den Spaß seiner Angestellten kümmert. Auch wenn ich eine Schaukel bei Mädchen in meinem Alter etwas seltsam finde.

Das Wohnzimmer hat sich ebenfalls verändert. Mitten im Raum befindet sich eine große Matratze, die zwar an sich gemütlich aussieht, aber mit komischen Flecken überzogen ist. Überall stehen Kerzen und rote Lampen. Auf einer kleinen Kommode steht ein neuer, viel größerer Fernseher und unter dem Fenster ein Aquarium mit leuchtenden Fischen, von denen einige ganz passable Rückenschwimmer sind. Ich lege mich auf die Matratze und schalte den Fernseher ein, um ihn sofort wieder abzuschalten. Schweinekram darf ich nicht schauen. Ich will mich eigentlich gerade ins Bett legen, als das Telefon klingelt. Immerhin steht das alte Ding noch da, wo ich es vor meiner Reise gelassen habe. Nach dem vierten Klingeln hebe ich ab. Dr. Oswald ist glücklich, von mir zu hören, fragt mich nach meinem Befinden und macht einen neuen Termin mit mir aus. Er will sich mit mir über meine Urlaubserfahrungen, aber auch über den Banküberfall unterhalten. Er sagt übrigens, er sei nicht auf Mallorca gewesen, aber ich habe ihn definitiv erkannt. Vielleicht hat es sich aber auch um eine Fata Morgana gehandelt. Die gibt es doch im Sand. Gar nicht so glücklich war er allerdings über das Interview, das mein Kumpel Günter Hönig in der Zeitung veröffentlicht hat. Da hätte ich ein bisschen mehr drüber nachdenken können, meinte Dr. Oswald. Ich wusste ja noch nicht einmal, dass Günter überhaupt ein Interview mit mir gemacht hat. Dr. Oswald sagt, er solle für die Staatsanwaltschaft ein Gutachten über mich erstellen. Das scheint so eine Art Zeugnis zu sein. Ich mache mir keine großen Sorgen, denn Mathe und Deutsch, hat er gesagt, würden nicht benotet werden und im Betragen hatte ich zu Schulzeiten immer eine Zwei. In zwei Tagen wollen wir uns treffen. Von Laura habe er nichts gehört, erklärt er mir auf mein Nachfragen.

Meine Willkommen-zurück-Party fällt zugegebenermaßen etwas einsam aus. Ich wünschte, Laura wäre zur Begrüßung hier gewesen. Wir hätten uns beim Chinesen etwas zu Essen bestellen können, Fernsehen geschaut – vorausgesetzt, ich hätte einen Sender ohne Schweinekram gefunden – und uns über Lauras Show-Einlagen amüsiert. Stattdessen sitze ich alleine auf meiner Couch und verputze einige Scheiben Toast mit Salami. Helmut hat es mit dem ganzen Fleisch, den Reissorten und den Kartoffeln gut gemeint. Aber meine Kochkünste stoßen bereits bei der Zubereitung von Toastscheiben an ihre Grenzen. Ich schaffe es einfach nicht, den Toast rechtzeitig aus der Maschine zu holen, damit er goldbraun ist. Ich würde zu gerne meine Internetseite laden, nur fehlt mir für Victors Computer das Passwort. Das Klingeln an der Tür reißt mich aus meinen Gedanken. Laura. Sie ist zurück. Mein Magen fühlt sich ganz komisch an und ich spüre, dass meine Hände feucht werden. Mein Herz rast, wie damals in der Schule, als ich vor Marvin mit der Schere weggelaufen bin. Ich kann kaum noch atmen, als ich die Tür endlich öffne.

„Hallo Jan“, sagt Günter. „Wie geht es dir?“ Für einen Moment bin ich enttäuscht. Dann überwiegt aber die Freude, dass ein Freund zu Besuch ist. Das kommt ja nicht allzu oft vor. Er reicht mir die Hand und tritt ein.

„Mir geht es ganz gut. Ich bin ein bisschen müde“, sage ich. Günter hat sich bereits an mir vorbeigeschoben und sieht sich um.

„Schön hast du es hier“, sagt er. Sein Gesichtsausdruck verrät mir, dass er sich nicht wohlfühlt, als er mit dem Fuß Victors große Matratze zur Seite schiebt. „Ich muss mit dir reden“, fährt er fort, „können wir uns irgendwo hinsetzen oder sollen wir etwas essen gehen?“ Ich denke einen Moment nach. Es ist zwar nicht Laura, aber ich könnte mir bestimmt auch mit Günter einen netten Abend machen. Wir sind nun mal gute Freunde, die viele gute Erinnerungen miteinander teilen.

„Wir könnten Chinesisch bestellen und nachher auf der Couch sitzen und einen Film im Fernsehen sehen.“ Günter denkt über das Angebot nach. Dann schüttelt er den Kopf.

„Ich habe heute noch zu arbeiten“, sagt er. „Leider keine Zeit für einen gemeinsamen Couchabend. Aber das holen wir bestimmt irgendwann mal nach.“ Schade, das wäre bestimmt ein großer Spaß geworden. „Aber Chinesisch können wir sehr gerne bestellen.“ Klasse. Ich renne zu meiner alten Kommode im Wohnzimmer und bin glücklich, dass Victor den Bestellzettel von Wongs Chinastube nicht weggeworfen hat.

„Aber du muss anrufen. Ich traue mich nicht“, rufe ich, als ich zurück ins Wohnzimmer komme. Zwischen Zeigefinger und Daumen hält Günter ein Kleidungsstück, das mich sehr an Erika aus Mallorca erinnert. Jetzt im Nachhinein wundere ich mich schon über das knappe

Outfit. Es muss ihr schrecklich kalt gewesen sein. Günter wirft das Stück Stoff über einen Stuhl und setzt sich auf die kleine Couch, die Victor stehen gelassen hat. „Ich mag ja das Huhn süß-sauer am liebsten. Und du?“, frage ich ihn.

„Ich muss erst einmal in die Karte schauen, Jan“, sagt er und hört sich dabei ein wenig wie Helmut an. Ich reiche ihm das Papier und setze mich neben ihn. Es ist so schön, dass er mich besucht. Er wirft einen Blick auf die Karte, zückt sein Handy und in Nullkommanichts hat er das Essen bestellt und die richtige Adresse genannt. Ich kann mich gar nicht erinnern, ihm diese gegeben zu haben. Aber wenn er sie nicht wüsste, wäre er wohl kaum hier.

„Hast du das Interview gelesen?“, fragt er schließlich und schaut mich mit großen Augen an. Natürlich ist er stolz auf sein Werk. Ich freue mich ja auch immer, wenn ich etwas auf meiner Seite geschrieben habe.

„Zum Teil“, sage ich. Das ist nicht gelogen, denn der Einstieg gehört nun mal zum Interview.

„Und? Wie hat es dir gefallen?“

„Sehr gut. Ich fand es sehr gut.“

„Siehst du!“, sagt er. Ich werfe einen Blick durchs Zimmer, bevor er fortfährt: „Und nicht nur du bist begeistert. Wir haben ja auch eine Internetseite. Auf die habe ich das Interview gestellt und einen Link auf deinen Blog gesetzt.“ Ich verstehe nur Bahnhof. „Und mittlerweile hast du über eine Million Viewer auf deinem Blog.“ So muss es sich anfühlen, wenn man im Lotto gewinnt. Ich kann es noch gar nicht glauben. Eine Million Viewer auf meinem Blog. Damit hat bestimmt noch nicht einmal Laura gerechnet. „Die Leute sind verrückt nach dir“, fährt er fort und sein Lächeln wird immer breiter. „Sie lieben deine Geschichten, deine Erlebnisse. Sie wollen alles über dich wissen. Wir haben heute so viele Leserbriefe erhalten wie noch nie in der Geschichte der Zeitung ‚Jetzt‘. Das ist unglaublich, Jan. Du bist ein wahrer Goldesel.“

Ich finde es grundsätzlich nicht so nett, dass er mich als Esel bezeichnet. Aber zum einen bin ich es von Laura ja nicht anders gewohnt, zum anderen glaube ich, dass er es nicht böse meint.

Goldesel hört sich auf jeden Fall nicht so schlimm an wie Esel. Dann wird Günter plötzlich ernst. „Die Frage ist, wie wir aus dir am besten Kapital schlagen.“ Wieder kann ich seinen Worten nicht folgen. „Ich habe lange mit dem Verleger gesprochen. Ich denke nicht, dass du ihn kennst. Aber ihm gehört einer der größten Buchverlage Deutschlands.“ Günter macht eine Pause. Ich habe Angst, dass seine Augen platzen könnten, so weit sind die geöffnet. „Verstehst du denn nicht?“, fragt er. Seine Stimme hat einen anderen Ton angenommen. „Jan, wir schreiben ein Buch über deine Geschichte. Über dich. Über dein Leben. Von deiner Geburt bis zum Banküberfall. Da kommt alles rein.“ Sein Strahlen erinnert mich an Lars, unter dem Weihnachtsbaum sitzend, als er eins von Papas Geschenken geöffnet hat. Papa hat uns die Geschenke immer geschickt. Es waren immer die größten Präsente. Er muss als Seefahrer viel Geld verdient haben. „Die Leute lieben die Art, wie du schreibst. Und ich fand deine ersten Einträge am Anfang eurer Reise auch spitze. Am Ende hast du deutlich nachgelassen. Aber daran kann man feilen.“ Ich würde ihm zu gerne sagen, dass Laura die ersten Einträge geschrieben hat, aber Günter ist voll in seinem Element. Er ist gar nicht mehr zu bremsen. Erst als es an der Türe schellt und mir ein Mann mit schmalen Augen eine duftende weiße Tüte überreicht … Ich fische ein paar Eurostücke aus meinem Fluchglas, das in meiner Abwesenheit erschreckend leer geworden ist, und bezahle den Mann. Anschließend stelle ich das Essen auf den Tisch und verschwinde in der Küche beziehungsweise in dem Raum, der früher einmal die Küche war. Jetzt befinden sich seltsame Ösen und Ketten an der Wand. Ich wundere mich, dass Victor gar keine Spülmaschine mehr hat. Die hat uns doch so viel Arbeit abgenommen. In Victors Zimmer finde ich auf dem Boden einen Löffel. Ich wische ihn an meinem T-Shirt ab und betrete das Wohnzimmer.

„Den müssen wir uns teilen“, sage ich. „Wir haben offensichtlich nur noch den einen. Die anderen hat Victor bestimmt mit ins Gefängnis genommen. Günter schaut ein bisschen komisch aus der Wäsche – und dann den Löffel an.

„Du, ich nehm das mit. Ich esse erst später“, sagt er. Er zieht das Alu-Schälchen über den Tisch, fasst es aber nicht mehr an. Ich habe so einen Hunger, dass ich seins mitessen würde. Vorausgesetzt, wir haben einen ähnlichen Geschmack. Aber bis auf Huhn süß-sauer mag ich beim Chinesen nicht viel. Außerdem hat Mama immer gesagt, dass die Chinesen auch Hunde kochen. Günter setzt zum Gespräch an, doch ich habe bei ihm etwas Wichtiges gelernt. Ich lege meinen Zeigefinger auf den Mund und genieße das Essen. Er zieht seine Augenbrauen seltsam zusammen, lächelt und zuckt mit den Schultern. Chinesisches Essen. Lecker. Das hat mir gefehlt.

„Also“, sage ich, nachdem ich den letzten Bissen runtergeschluckt habe, „was hat es nun mit deinem Buch auf sich?“ Günter guckt mich an, als hätte ich ihn beleidigt. Das habe ich nicht, zumindest nicht bewusst.

„Nicht mein Buch, Jan. Es geht um dein Buch.“ Er schüttelt den Kopf. „Du musst besser zuhören.“ Ich nicke. Das hat schon Frau Listig in der Schule betont. Vielleicht sind meine Ohren einfach nicht die besten. „Der Verlag, in dem meine Zeitung erscheint, würde gerne ein Buch von dir veröffentlichen.“

„Von mir?“, frage ich. Den Teil habe ich offensichtlich wirklich überhört. Günter nickt.

„Den Leuten gefallen deine Nachrichten so gut, dass wir glauben, dass dein Buch ein voller Erfolg wird. Ich bin fest davon überzeugt, dass wir einen Bestseller rausbringen.“

„So wie Harry Potter?“ Wieder nickt Günter.

„Genau, einen Bestseller wie die Harry-Potter-Romane.“

„Toll. Ich mag Zauberer-Geschichten. Vielleicht schreibe ich auch über einen kleinen Zauberer. Oder einen Action-Helden mit Zauberkraft.“

„Nein, Jan.“ Wieder schüttelt er den Kopf. „Du sollst keinen Roman über jemand anderen schreiben. Du sollst ein Buch über dich schreiben.“ Ich bin verwirrt. „Pass auf, Jan. Die Leute interessiert, was du in Brüssel gemacht hast, wie du auf den Eiffelturm geklettert bist, warum du die Bank ausgeraubt hast. Du kannst ja schreiben. Jetzt musst du nur ein bisschen ausführlicher schreiben als auf deinem Blog. Ein wenig blumiger, die Worte mit mehr Bedacht wählen. Und immer, wenn du ein Kapitel fertig geschrieben hast, gibst du es mir zu lesen.

Ich helfe dir ein wenig und dann bin ich mir sehr sicher, dass wir einen Bestseller schreiben werden." Er macht eine Pause. „Also? Was meinst du?" Ich denke über seine Worte nach. Wirklich verstanden habe ich ihn nicht. Wie schreibt man denn blumig? Was meint er damit? Keine Ahnung, aber ich will ihn nicht enttäuschen. Er war immer so nett zu mir.

„Ich bin einverstanden", höre ich mich sagen und ärgere mich sofort, denn eigentlich bin ich überhaupt nicht einverstanden. Wie auch? Ich habe ja nicht einmal die leiseste Ahnung, was der Kerl von mir will, geschweige denn, wie man ein Buch schreibt. Zu allem Überfluss haben ihm nur die Passagen meiner Internetseite gefallen, die Laura geschrieben hat. Doch Günter hat seine Tasche längst geöffnet und einige Blätter Papier hervorgezogen.

„Wir müssen nur diesen kleinen Vertrag unterschreiben." Er legt den Stapel auf den Tisch und hält mir einen Kugelschreiber hin. Das ist eine komische Situation, denn wenn ich mich recht entsinne, darf ich Verträge nur im Beisein von Helmut unterschreiben – oder er hat sie für mich unterschrieben. Ich weiß es nicht mehr. Ich kann mich nicht daran erinnern, jemals einen Vertrag unterschrieben zu haben.

„Muss ich das denn alles lesen?"

„Nein, Jan." Günter lacht. „Das wäre ja viel zu viel. Es ist einfach nur eine Formsache. Wenn du irgendwelche Bedingungen hast, schreibt man die in so einen Vertrag und dann hat das später auch vor Gericht Gültigkeit."

„Ach so", antworte ich. Vor Gericht hört sich eigentlich gut an. Vor Gericht sollte nämlich alles seine Gültigkeit haben. „Wie viel Geld bekomme ich denn?", will ich wissen. Denn ich habe gehört, dass die Erfinderin von Harry Potter durch ihre Bücher reich geworden ist. Reich will ich nicht werden, aber mir eine echte Weltreise ermöglichen. Günter lacht.

„Das hängt davon ab, wie groß der Absatz der Bücher ist. Viel Geld wirst du erst einmal nicht verdienen. Dafür musst du eine ganze Menge Bücher verkaufen. Unter dem Punkt Honorierung findest du deinen Anteil." Ich setze zur Unterschrift an, halte dann aber noch einmal inne, denn ich will, dass Laura mir hilft. Irgendetwas in meinem Inneren hält mich davon ab, Günter meinen Wunsch zu nennen.

„Lies dir den Vertrag in Ruhe durch. Ich muss noch gerade einen Anruf tätigen“, sagt Günter. Er steht auf und geht auf meinen Balkon. Ich überfliege die Zeilen, denn ich mag Lesen nicht so gerne. Beim Punkt Honorierung zögere ich. Ich suche vergeblich nach einem Betrag und dem Euro-Zeichen. Die einzige Zahl, die ich sehe, ist eine „1“ mit einem komischen Symbol dahinter. Vielleicht ist das das Zeichen für meinen Anteil. Das halte ich schon für ein bisschen wenig, schließlich will ich das Geld mit Laura teilen. Und einen Anteil teilt man schwer. Ich denke einen Moment nach und verbessere die Zahl. Da ich einundzwanzig Jahre alt bin, male ich eine „2“ vor die „1“. Jetzt ist eigentlich Günter wieder dran, eine neue Zahl zu malen. Diese Art zu verhandeln habe ich in einem Mafia-Film gesehen. Ich kritzle dennoch meinen Namen an insgesamt sechs Stellen, bevor Günter das Wohnzimmer wieder betritt. „Gut so, Jan. Das hier ist dein Exemplar.“ Er legt einige Blätter Papier auf den Tisch. „Ich muss los. Ich habe noch zu tun“, sagt er schließlich. Vermutlich ein unliebsamer Auftrag, denn das Strahlen ist aus seinem Gesicht verschwunden. „Es ist wichtig, dass du dich an die Zeitvorgaben hältst.“ Günter sieht mein fragendes Gesicht. „Lies dir den Vertrag noch einmal in Ruhe durch. Da steht genau drin, wann du das Manuskript abgeben musst. Aber wenn du mir alle zwei Wochen ein Kapitel ablieferst, kommt das schon hin. Das schaffst du schon. Du hast ja sonst nicht viel zu tun.“ Wenn er wüsste. Schon bald steht mein Treffen mit Dr. Oswald an. Da geht immer ganz schön viel Zeit bei drauf. Günter drückt mir zum Abschied die Hand. Er nennt mich sogar Partner, was mich mächtig stolz macht. Noch stolzer macht mich allerdings, dass ich ein echter Schriftsteller werde. Meine Bücher werden bestimmt auf der ganzen Welt verkauft. Und dann wird mein Vater mein Buch lesen und auch er wird stolz auf seinen Jan sein.

*****

Aufgrund der Nachrichten auf meinem Blog habe ich mir Fonsi14 ganz anders vorgestellt. Er hat eine Halbglatze und unter seiner Nase einen schwarz-grauen Schnauzer. Er nickt unentwegt. Ich kann nicht sagen, dass mir sein Auftreten sympathisch ist, trotzdem spüre ich auf Anhieb einen direkten Draht zu dem Mann. Er sitzt auf einer Stufe vor der großen Kirche und blättert in einer Zeitung. An einem roten Luftballon habe ich ihn erkannt. Der Ballon passt gar nicht zu dem Mann, der auf den ersten Blick klein aussieht. Als er mich sieht, steht er auf und lächelt mich an. Er ist tatsächlich nicht viel größer als ein Kind. Er klopft sich den Staub von seinem Mantel, der für dieses Wetter viel zu warm ist.

„Du bist Fonsi14?“, gehe ich auf Nummer sicher. Er streckt mir die Hand hin.

„Nenn mich Alfons, Fonsi14 nenne ich mich nur im Internet.“ Er nickt noch immer in einer Tour. Die ständige Bewegung nervt mich. „Dort sollte man nicht zu viel von sich preisgeben.“ Als er lacht, frage ich mich, warum ich mich seltsam belehrt fühle.

„Ich bin Jan Lehmann“, stelle ich mich freundlich vor. Ich ziehe meine Kamera aus der Tasche, mache ein Foto und reiche ihm die Hand. Der Mann hat schlaffe Finger und doch fühlt sich die Berührung irgendwie warm an. Wir gehen ein paar Meter, bevor Fonsi14 mich in ein Straßencafé einlädt. Es gibt Eiscreme und Fonsi14 sagt, ich könne so viel naschen, wie ich nur wolle. Das sei das Mindeste. Er bindet den roten Luftballon an einen Stuhl. „Du wolltest dich also mit mir treffen?“, frage ich ihn, während ich auf mein Spaghetti-Eis mit Extrakrokant warte. Fonsi14 nickt. Dieses Mal heftiger als sonst.

„Ich habe im Internet von deiner Reise gelesen. Ich bin nämlich viel online, weißt du?“ Eine ältere Dame in engen Hosen und knapper weißer Bluse bringt mein Spaghetti-Eis. Es schmeckt wunderbar. Fonsi14 trinkt einen Kaffee und isst einen Schokobecher. Auch keine schlechte Wahl. „Ich wollte früher auch viel verreisen. Leider bin ich nie dazu gekommen“, erzählt er mir und ich höre eine gewisse Traurigkeit in seiner Stimme.

„Aber du musst doch nur in die Bahn steigen und schon geht’s los!“ Fonsi14 lacht.

„Das ist nicht immer so einfach, Jan. Weißt du, ich habe in der Vergangenheit viel falsch gemacht. Fehler. Große Fehler. Und für diese Fehler muss man Opfer bringen. Mein Opfer war es, meine Familie aufzugeben. Jetzt muss ich hart arbeiten, um überleben zu können. Ich habe kein Geld, um zu verreisen." Seine traurigen Augen rühren mich und es fällt mir nicht leicht, meine Tränen zu unterdrücken. Dabei kenne ich diesen Menschen kaum. „Deswegen bin ich eigentlich auch hier", sagt er zögerlich. Seine Augen erinnern mich ein wenig an Opas. Sie sind fast schon schwarz. Er kratzt sich verlegen über seine Halbglatze und kleine, weiße Hautstücke lösen sich. „Na ja, das mag jetzt vielleicht ein wenig komisch klingen, denn ich bin dir ziemlich fremd …" Er macht eine kleine Pause. Mit der rechten Hand fordere ich ihn auf, weiterzureden. Er denkt einen Moment nach, vermutlich sucht er die richtigen Worte. „Es ist so, Jan", fährt er schließlich fort, „ich habe, wie gesagt, Fehler gemacht. Ich habe neben meiner Familie auch viel Geld verloren. Und ich dachte, du könntest mir vielleicht helfen."

„Klar", sage ich, denn Mama hat mir beigebracht, dass man Menschen in Not immer helfen muss. Und momentan glaube ich, dass sich Fonsi14 in Not befindet.

„Ich dachte, du könntest mir ein wenig Geld leihen." Die Worte kommen Fonsi14 nicht leicht über die Lippen. Ich spüre, dass es ihm schwerfällt, einen Fremden um Geld anzubetteln. Seine Not muss groß sein. „Nicht viel", sagt er, als er mein Zögern sieht. „Ich dachte nur, du hast ja diese Bank ausgeraubt und da musst du ja noch ein wenig Geld übrig haben, oder?" Ich bin mir nicht sicher, wie viel ich verraten darf. Deswegen lege ich nur den Kopf zur Seite. „Komm schon. Vielleicht fünftausend?", fragt er. Er leckt sich über die Lippen. Das sieht ein wenig fies aus. Dann zieht er die Mundwinkel etwas gequält nach oben. Ich esse mein Eis auf und lege einen Zehn-Euro-Schein auf den Tisch. Ich will nicht, dass mich Fonsi14 einlädt. Dann stehe ich auf und lege meine Hand auf seine Schulter.

„Vielleicht ein anderes Mal, Papa." Ich drehe mich um und verlasse das Straßencafé. Dann schaue ich noch einmal zurück. Fonsi14 ist verschwunden, der Luftballon hängt noch da.

*****

„Hörst du mir überhaupt zu?“, will Dr. Oswald von mir wissen. Wenn ich ehrlich bin, war ich gerade ganz schön weit weg. Schriftsteller werden fällt mir nämlich enorm schwer. Das Angebot, das mir Günter vor zwei Tagen unterbreitet hat, ist ja schön und gut. Dass es so kompliziert sein würde, damit hätte ich nicht gerechnet. Zunächst habe ich mir noch einmal den Blog durchgelesen. Es sind wieder einige neue Viewer dazugekommen. Dann habe ich die ersten Zeilen geschrieben. Als ich mir diese dann aber nochmal durchgelesen habe, hat sich das alles nicht mehr so schön angehört. Von blumig kann gar keine Rede sein. Wobei ich mir noch immer nicht erklären kann, was Schreiben mit Blumen zu tun haben könnte. Ich wünschte, Laura würde mir helfen. Aber von ihr habe ich noch immer nichts gehört. Dafür war Rico Stein noch zweimal zu Besuch. Ohne Michaela Zielinski. Er sagte, er würde mich so lange nerven, bis er die gesamte Wahrheit erfahren habe. Vielleicht sollte er sich dann einfach mein Buch kaufen – wenn es denn überhaupt irgendwann mal fertig wird. „Jan“, ermahnt mich Dr. Oswald, „es ist wichtig, dass du mir zuhörst.“ Eigentlich mag ich den Mann mit dem Vollbart gerne, aber heute habe ich gar keine Lust auf diesen Besuch. „Jan, du musst mir schon helfen. Ich soll ein Gutachten für die Staatsanwaltschaft über dich erstellen. Danach entscheidet sich, was mit dir passieren wird.“ Ich höre ihm zwar zu, doch wieder verstehe ich nicht alles. Was für ein Gutachten? Warum über mich? „Über Laura habe ich auch eins erstellt. Sie ist aus dem Schneider.“ Ich würde auch sehr gerne aus dem Schneider sein.

„War sie hier?“, frage ich neugierig. Bei einem Blick durch das Wohnzimmer fällt mir auf, dass es eine neue Deckenbeleuchtung gibt. Was mag wohl aus meinem R2D2 geworden sein?

„Nein“, sagt er schnell, „jetzt geht es ja auch erst einmal um dich. Du erkennst den Ernst der Lage nicht. Wenn dieses Gutachten nicht stimmig ist und du nicht weißt, was ich über dich da reingeschrieben habe, landest du schneller im Gefängnis, als es dir lieb ist. Ich habe nur noch knapp zwei Wochen. Bis dahin müssen wir eine einheitliche Geschichte über dich und deine Vergangenheit ausgearbeitet haben."

„Aber ich habe keine Zeit", erkläre ich, „ich muss Günter mein erstes Kapitel abgeben. Er war bei meinem letzten Anruf schon ganz genervt." Das stimmt. Als ich ihn gestern angerufen habe, weil ich mich nicht an den Namen des Mannes mit dem lustigen Schnauzer im Zugabteil erinnern konnte, war er wirklich sauer. Er hat gesagt, ich solle doch Walter Schnuddelbü schreiben. So heißt kein Mensch.

Die heutige Stunde mit Dr. Oswald zieht sich irgendwie in die Länge. Ich bin müde, als ich sein Haus verlasse. Mit dem Bus fahre ich heim. Ich schlendere die Treppe hinauf, in dem Bewusstsein, dass hinter der Tür ein Job auf mich wartet, vor dem ich mich am liebsten drücken würde. Ich weiß einfach nicht, wie ich das Projekt richtig angehen soll.

„Hallo Jan", höre ich eine Stimme hinter mir. Erschrocken fahre ich zusammen. Mein Herz setzt für einen Moment aus, um dann ein Höllentempo aufzunehmen. Als ich mich umdrehe, zieht sich mein Magen zusammen. Ich spüre ein Stechen in den Augen und merke, dass sie sich mit Tränen füllen. Laura. „Es tut mir unendlich leid", sagt sie und auch ihr laufen Tränen über die Wangen. Ich weiß nicht recht, was ihr leidtut, aber ihrem Gesichtsausdruck nach zu urteilen, muss es etwas Schlimmes sein. Sie nimmt mich in den Arm und ich spüre eine angenehme Wärme in mir aufsteigen. Sie riecht gut. So sehr mir ihre Tränen wehtun, fühlt sich diese Umarmung unendlich gut an. Sie drückt sich fest an mich. Ich spüre ihre nassen Augen am Hals. Wir stehen bestimmt fünf Minuten im Flur, ohne ein einziges Wort zu verlieren. Und dennoch habe ich das Gefühl, dass wir uns durch diese Berührung unheimlich viel sagen. So nahe war ich Laura noch nie. Ich überwinde meine Schüchternheit und drücke ihr einen Kuss auf die wohlduftenden Haare. „Ich hätte dich niemals alleine lassen dürfen", flüstert sie schluchzend. Sie löst ihre Augen von meinem Hals, schaut mich eindringlich an und ich ahne, was jetzt kommt …

Es ist eine wahre Gefühlsexplosion, als sich unsere Lippen treffen. Ich habe noch nie eine Frau geküsst – außer Erika. Aber das war komisch. Jetzt küsse ich Laura und es fühlt sich unglaublich an. Ihre weichen Lippen schmecken nach Erdbeere. Nach einer viel zu kurzen Zeit löst sie sich von mir. „Jetzt bleibe ich bei dir“, sagt sie.

„Dann kannst du mir bei meinem Buch helfen“, schlage ich vor.

„Bei welchem Buch?“ Sie wischt sich mit der Handfläche die Tränen aus den Augen.

„Günter hat mich gebeten, ein Buch über meine Erlebnisse zu schreiben.“

„Wer ist Günter?“, fragt sie. Stimmt, den kann sie ja nicht kennen. Ich öffne die Tür. Es riecht ein bisschen streng in meiner Wohnung, aber darüber kann Laura hinwegsehen. Sie verdreht allerdings die Augen, als sie mein neues Bett und die rote Deko von Victor sieht.

„Günter habe ich in London kennengelernt. Ein Tausendsassa. Wir haben uns lange unterhalten.“

„Das Arschloch, das das Interview mit dir gemacht hat?“ Laura ist auf einmal so aufgebracht. Das finde ich schade, mit Tränen hat sie mir besser gefallen. „Dummer Ochsenpimmel!“

„Günter ist kein Arschloch. Er hat mir Geld gegeben, mir ein Essen spendiert und mir Teile von London gezeigt. Ohne ihn hätten wir nicht so viele Viewer auf unserer Seite.“

„Er hat dich bloßgestellt.“ Ich kann Laura nicht folgen. „Hat er dich wegen des Interviews überhaupt gefragt?“

„Er hat mich sogar ganz viel gefragt“, erkläre ich ihr und nicke eifrig. Laura schüttelt den Kopf.

„Und was bekommst du für dieses Buch? Er muss dich doch bezahlen.“

„Einundzwanzig Anteile“, verkünde ich stolz. „Damit wir besser teilen können.“ Laura schaut mich fragend an.

„Nur damit ich das verstehe …“, beginnt sie, „dieser Günter hätte gerne, dass du ein Buch über deine Erlebnisse schreibst, und du bekommst dafür einundzwanzig Prozent? Falls das Buch ein Erfolg werden sollte, was ich durchaus mal infrage stellen – Wichskopf – will, bist du reich.“

„Das Buch wird bestimmt ein Erfolg. Es wird ein bisschen so wie Harry Potter, nur ohne Zauberer. Dafür mit mir." Wieder schüttelt sie den Kopf, zieht eine Grimasse, steckt sich den Finger erst ins Ohr, dann in die Wange und macht ein seltsames Plopp-Geräusch.

„Normalerweise wird so etwas in einem Vertrag festgehalten. Wenn es den nicht gibt, brauchst du für Günter auch nichts zu schreiben."

„Aber es gibt einen Vertrag, den habe ich selbst unterschrieben. Ohne Helmut." Dass ich meinen ersten eigenen Vertrag selbst unterschrieben habe, lässt mich fast vor Stolz platzen.

„Na ja, den wirst du ja gelesen haben!" Wieder verzieht sich ihr Gesicht und ihre Finger zittern. Ich muss über Günters Worte nachdenken. Vielleicht ist Laura wirklich krank und diese Show-Einlagen sind gar nicht gewollt. Selbst wenn dem so wäre, für mich gehören sie einfach zu Laura dazu und ich wäre traurig, wenn sie die richtige Medizin gegen diese Krankheit bekommen würde. Jetzt schüttle ich den Kopf. „Du hast den Vertrag nicht gelesen?", fragt sie eine Spur zu laut.

„Günter sagte, da stünde schon alles Wichtige drin. Da habe ich ihm vertraut."

„Du bist ein richtiger Dummkopf", sagt sie aus voller Überzeugung und dieses Mal ist das weder eine Show-Einlage noch eine Krankheit. „Gib mir den Vertrag. Ich will ihn lesen. Ich hoffe, du hast wenigstens ein Exemplar für dich bekommen."

„Natürlich habe ich das. Ich bin ja nicht voll blöd", verteidige ich mich, obwohl ich genau dieses Gefühl gerade habe. Ich ziehe den Stapel Papier von der Kommode und reiche ihn Laura. Sie ist wütend auf mich. Ich verspüre plötzlich Angst, sie könnte wieder weggehen.

„Jan …" Ihr Ton gefällt mir nicht. „Das hättest du nie im Leben unterschreiben dürfen", erklärt sie mir. Sie versucht, ruhig zu bleiben, aber ich habe schon das Gefühl, dass es in ihr brodelt. „Da ist bestimmt ein Haken an der Geschichte. Da ist irgendwas faul. Am Ende bekommst du kein Geld, aber du willst doch bestimmt etwas dafür haben, oder?" Ich denke über diese Frage nach. Dann schüttle ich den Kopf.

„Eigentlich will ich nur dich wiederhaben. Du hast mir sehr gefehlt." Laura lächelt. „Du darfst mich nicht einfach alleine lassen", höre ich mich jetzt sagen. Sie nickt.

„Es tut mir leid." Laura kommt auf mich zu. Sie nimmt mich erneut in den Arm und streichelt mir über den Kopf. Dann haut sie zweimal feste drauf und nennt mich einen hirnamputierten Lackaffen. Ich bin so froh, dass sie die Alte ist. „Ich hätte dir auch nicht die ganze Beute abnehmen dürfen."

Das Lächeln auf meinem Gesicht müsste sich eigentlich über beide Ohren erstrecken. Es tut so gut, sie so zu sehen. „Hast du ja auch nicht", sage ich, „ich habe ja einen Teil hier in meinen Socken für besondere Momente aufbewahrt." Ich öffne meinen Rucksack und ziehe den zugegebenermaßen stinkenden Stoff heraus. In der Mitte sind noch ein paar Scheine eingewickelt.

„Das darf aber nicht Dr. Oswald sehen", sagt sie. Ich habe keine Ahnung, was Dr. Oswald mit der Beute zu tun hat. Ich hatte aber auch nicht vor, dem Mann mit dem Vollbart meine Socken vorzuführen. „So, und jetzt lass mich mal dein Buch sehen."

Voller Stolz präsentiere ich ihr die ersten Sätze, die ich auf meinen Papierblock gekritzelt habe. Immer wieder schüttelt Laura den Kopf. Ich vermute, es macht sie stutzig, dass ich so ein schriftstellerisches Talent habe. „Und dieser Günter hat die Einträge auf dem Blog gelesen?" Ich nicke.

„Ja! Gut, oder?"

„Nein. Nicht gut. Erst einmal schreibt man so etwas nicht handschriftlich auf einen Block." Ich glaube, Laura ist das Wortspiel vom Blog auf einem Block noch gar nicht aufgefallen, denn momentan lache ich alleine. „Dann sind da Rechtschreibfehler drin. Das ist ja nicht mehr feierlich. Das könnte mein kleiner Bruder besser geschrieben haben."

„Du hast einen kleinen Bruder?" Laura nickt.

„Du wirst ihn sicherlich bald kennenlernen." Sie drückt mir einen Kuss auf die Wange. „Aber mal ganz ehrlich: Das hier", sagt sie und wedelt mit meinem Block Papier, „das ist echt scheiße! Du kannst nicht schreiben. Und ich weiß auch nicht, wie dieser Günter auf die Idee gekommen ist, du könntest es."

„Ihm haben die ersten Einträge auf unserer Seite so gut gefallen", erkläre ich ihr.

„Genau. Und die habe ja bekanntlich ich geschrieben." Das hat gesessen. Sie streichelt mir über den Kopf. „Aber ich werde dir damit helfen."

„Aber wie?"

„Du sagst mir, was ich schreiben soll. Deine Erlebnisse, deine Gefühle, ja sogar, wie du die anderen Menschen wahrgenommen hast, und ich mache daraus anständige deutsche Sätze. Und dann werden wir deinem Günter zeigen, was du für ein guter Schriftsteller bist."

Die Idee gefällt mir.

Epilog

Eine nasse Zunge leckt mir über die Innenseite meines nackten Fußes. Ich ziehe ihn unter die Decke. In erster Linie, um der Kälte zu entfliehen. Es ist kalt geworden. Umso schöner ist es, dass ich mich an Laura kuscheln kann, wann immer ich will. Wir leben seit einigen Monaten gemeinsam in meiner Wohnung. Laura hat die rote Deko nicht so gut gefallen. Wir sind jetzt ein Paar. Ein Paar mit Hund. Julchen sieht zwar nicht aus wie Pluto, aber ich verbinde jetzt schon sehr gute Erinnerungen mit ihr. Wir haben auch eine neue Schreibmaschine mit Kasten. Ich nutze sie, um meinem Hobby nachzugehen. Dem Schreiben. Sämtliche Seiten werden von Laura noch einmal abgeschrieben. Sie sagt, damit sie digital in ihrem Computer vorliegen, doch ich weiß, dass sie meine Rechtschreibfehler verbessert. Das ist auch gut so, denn Deutsch war ja nie so meine Stärke.

Der Nachteil an der Schreibmaschine ist, dass ich damit nicht in meinen Blog schreiben kann, der noch immer sehr gut besucht wird, obwohl ich Laura versprechen musste, keine wilden Kletterpartien mehr zu riskieren. Es gibt noch immer Menschen, die gerne mehr über unser Leben und unsere Abenteuer erfahren wollen. Auch wenn ich auf kein weiteres Gebäude geklettert bin, glauben unsere User, dass ich mich für den Frieden einsetze. Das tue ich auch gerne, schließlich ist Frieden ja etwas Schönes. Mit Günter haben wir uns dennoch gestritten. Vor Gericht. Ihm ist zu spät aufgefallen, dass ich die Zahl verbessert habe. Dem Richter ist dagegen direkt aufgefallen, dass ich den Vertrag gar nicht hätte unterschreiben dürfen. Nur in Anwesenheit von Helmut. Der Vertrag gilt so nicht. Das Buch war aber schon gedruckt. Also hat mir das Gericht einen stattlichen Anteil von fünfundzwanzig Prozent zugesprochen. Die Zahl mag ich nicht ganz so gerne, aber laut Laura bekommen wir dadurch mehr Geld. Im Sommer soll das Buch erscheinen. Laura und ich haben uns lange Gedanken über den Titel gemacht. Ich hatte eigentlich die besseren Vorschläge. „Le-Man, der echte He-Man!“, „Le-Man, die Rückkehr der Gartenspinne“ oder „Le-Man II – Der Held der Straße!“ Doch Laura war nie so recht einverstanden. „Womit hat denn alles angefangen?“, hat sie mich dann gefragt. „Na ja, als ich aus Versehen eine Bank ausraubte.“ Sie hat einen Moment nachgedacht und dann gelächelt. Das heißt bei ihr „ja“. Günter war auch sofort einverstanden. Größere Probleme hatte ich damit, mir einen Autorennamen einfallen zu lassen. Da Laura ja geschrieben hat, will ich nicht, dass mein Name auf dem Buch steht. Laura will nicht, dass ihr Name auftaucht, da es sich ja um meine Ideen und Erlebnisse handelt. Also haben wir kurzerhand ein Telefonbuch aufgeschlagen und mit dem Finger auf einen Namen getippt. Ich muss zugeben, der Name Bartsch gefällt mir nicht so gut. Er erinnert mich an diesen Fisch, den wir auf Mallorca gegessen haben. Der Mensch mit diesem Namen wird sich bestimmt einige dumme Witze angehört haben müssen. Günter hat der Name gefallen. Unsere Arbeit ist damit erledigt. Zumindest die mit unserem ersten Buch. Dr. Oswald hat ein Gutachten über mich geschrieben. Das scheint sehr gut gewesen zu sein, denn die Richter haben sich entschlossen, mich nicht wegzusperren. Auch Laura hat es gefallen. Sie hat sich bei Dr. Oswald persönlich bedankt. Seitdem habe ich nichts mehr von ihm gehört. Laut Laura ist er auf unbestimmte Zeit verreist. Mein neuer Doc heißt Wischnewski, ist sehr nett, hat aber weder eine schöne Lampe, an die ich einen R2D2 hängen könnte, noch einen flauschigen Vollbart. Dennoch fühle ich mich sehr wohl bei ihm. Nur die Bank will ihr Geld zurückhaben. Das Blöde ist: So viel Geld habe ich nicht. Ich werde es wohl in kleinen Raten abstottern müssen. Laut Helmut ist auch dort noch nicht das letzte Wort gesprochen. Da müsse man mal abwarten. Laura und ich wollen nächstes Jahr im Sommer eine neue Reise machen. Vielleicht eine Weltreise. Ich könnte mir gut vorstellen, diese große Statue mit der Krone in New York zu erklimmen. Unsere Viewer können sich freuen, es wird schon bald Neuigkeiten von Le-Man geben!

Danksagung

Eine gute Idee und die Verschriftlichung dieser machen noch lange kein Buch. Es bedarf der Unterstützung vieler, denen ich hier danken möchte. Allen voran meiner Familie und meiner Frau sowie den zahlreichen wirklich guten Freunden, die mir seit einem Vierteljahrhundert in allen Lebenslagen zur Seite stehen. Vielen Dank an meine Privatlektoren Barbara, Dana und Sabine, die die gröbsten Schnitzer im Vorfeld bereinigt haben, an Rainer, meinen privaten IT-Support und Andreas für die Gestaltung meiner Homepage. Ein weiterer Dank gilt der professionellen Lektorin Sandra Schindler, die den ganzen anderen Rest bereinigen musste, sowie Tim Rohrer mit seinem FeuerWerke Verlag, der von Beginn an von dieser Idee überzeugt war und das Projekt mit viel Leidenschaft umsetzt. Mein besonderer Dank gilt natürlich Leopold Schmitz und Wolf-Dieter Bartsch.

Eine kleine Bitte zum Schluss …

Wir hoffen, Ihnen hat dieses Buch um die Geschichte von Laura und Jan gefallen …

Der schnellste Weg, andere Leser da draußen an Ihren Erfahrungen mit diesem Buch teilhaben zu lassen, ist eine Rezension im Online-Buch-Shop. Ihr Feedback hilft nicht nur anderen Lesern, Neues zu entdecken, sondern auch dem Autor, zu verstehen, was aus Lesersicht in diesem Buch gut und weniger gut ist. Nur so kann sich der Autor weiterentwickeln und Ihnen sowie anderen Lesern in Zukunft noch schönere Geschichten präsentieren. Außerdem sind Ihre Erfahrungen, Erkenntnisse und Eindrücke als ehrliches Leser-Feedback eine enorme Wertschätzung vieler liebevoller Arbeitsstunden, die in dieses Buch geflossen sind.

Danke also schon im Voraus, wenn Sie sich zwei bis drei Minuten Zeit nehmen und eine kleine Bewertung zum Buch veröffentlichen.

Mehr zum Autor finden Sie auf
www.facebook.com/bartschsimon/ und
www.feuerwerkeverlag.de/bartsch/

Abonnieren Sie auch unseren Verlags- und Autoren-Newsletter und erfahren Sie so als Erster von unseren **Neuerscheinungen**, **Autorennews** und exklusiven **Buch-Gewinnspielen**:
www.feuerwerkeverlag.de/newsletter/

Unser gesamtes Verlagsprogramm finden Sie unter
www.FeuerWerkeVerlag.de

FEUER WERKE VERLAG

Weitere Bücher des Autors/Verlages:

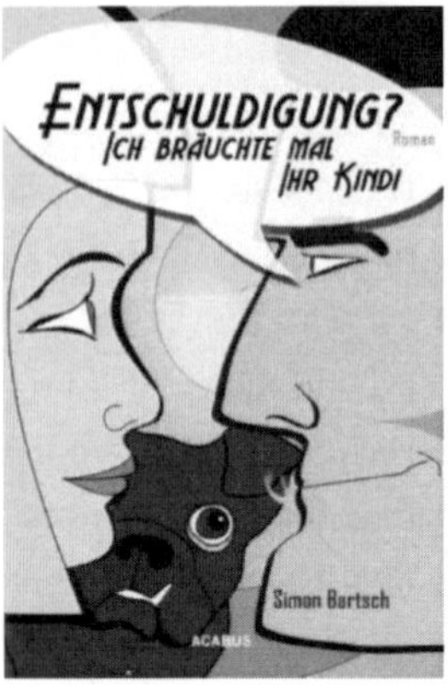

Entschuldigung? Ich bräuchte mal Ihr Kind!

Simon Bartsch

ISBN 978-3862822706

Marc Wagner, Endzwanziger und vom Glück verwöhnt, jobbt auf Mallorca, hat eine reiche Verlobte, eine Eigentumswohnung in Köln und jede Menge Erfolg bei anderen Frauen. Ein perfektes Leben – wäre da nicht sein Bruder Christoph. Dieser lässt einen von Marcs One-Night-Stands auffliegen, und Marcs Glückssträhne endet abrupt. Von der Verlobten verlassen, droht ein finanzielles Fiasko. Der Ausweg? Eine ausgelobte Baby-Prämie der Oma. Dazu fehlt nur eine gebärfreudige Frau. Für einen Womanizer scheinbar gar kein Problem. Doch dabei hat Marc nicht mit den Hürden des Alltags, seiner seltsamen Familie und der „grausamen" Frauenwelt gerechnet.

Am Ende des Tunnels

Dr. Tobias Klatt

ISBN 978-3-945362-02-0

Keine Angst, es ist nur Liebe.

Marlies Zebinger

ISBN 978-3-945362-04-4